論創ミステリ叢書49

大倉燁子探偵小説選

論創社

大倉燁子探偵小説選　目次

創作篇

随筆篇

凡例

一、「仮名づかい」は、「現代仮名遣い」（昭和六一年七月一日内閣告示第一号）にあらためた。
一、漢字の表記については、原則として「常用漢字表」に従って底本の表記をあらため、表外漢字は、底本の表記を尊重した。ただし人名漢字については適宜慣例に従った。
一、難読漢字については、現代仮名遣いでルビを付した。
一、極端な当て字と思われるもの及び指示語、副詞、接続詞等は適宜仮名に改めた。
一、あきらかな誤植は訂正した。
一、今日の人権意識に照らして不当・不適切と思われる語句や表現がみられる箇所もあるが、時代的背景と作品の価値に鑑み、修正・削除はおこなわなかった。
一、作品標題は、底本の仮名づかいを尊重した。漢字については、常用漢字表にある漢字は同表に従って字体をあらためたが、それ以外の漢字は底本の字体のままとした。

大倉燁子探偵小説選

創作篇

妖影

一、暗号《コード》

応接室に入った時、入れ違いに出て行った一人の紳士があった。

「あれは私の従兄《いとこ》なんですよ」

S夫人は手に持っていたノートを私に渡しながら、

「お暇があったら読んでみて頂戴な。あの従兄が書いたんですの」

「文学でもなさる方ですの？」

「否《いい》え、商売人なんです。最初の目的は別の方面にあったのですが、若い時はちょっとした心の弛みから、飛んでもない過失《あやまち》をやる事がありますからねえ。気の毒に従兄も失職して長い間遊んでいましたが、やっと先頃ある会社へ入りましたんですよ」

私は早速そのノートを読んでみた。

——神戸を出て二日目の晩だった。船に弱い私も幾分馴れてきたので、そろそろ食堂に出てみようかと思った。

大切な任務を帯びているということが絶えず頭を離れないので、今度の旅行はどうもいつものようにのんびりとした楽しい気分になれない。私は暗号を預っていたのだった。

出発の際、S夫人から注意された言葉が耳の底に残っていて離れない。「暗号はあなたの生命《いのち》より大切だと思わなければいけない。トランクも危険よ。スーツケースはなお更だ。肌身につけていらっしゃい」——その通り肌身につけている。恐らくこれより安全な方法はあるまい。しかし私がこの大切な暗号を持っている事を誰も知っているはずはないのだから、自分さえ用心していれば大丈夫だろう。余りそんな事ばかり考えていると神経衰弱になってしまうからな。とにかくいま少し朗らかにやることだ。――と、こんなことを考えながら食堂へ入って行った。

　私の席は事務長の傍にとってあった。少し遅れて出て来たので、もう食事は始まっていた。円《まる》い卓子《テーブル》を囲んだ五六人の客は事務長を相手に盛に談笑しながら、ホークやナイフを動かしていた。皆元気な若い男ばかりだったので、この卓子が一番賑やかだ。そろそろデザートを運ぼうとしている頃になって、二人連れの支那人が静かに入って来て、私の隣りの空席《せき》へ坐った。よほど身分のある人だろうということは、その服装からでも一と目で知れる。

　多分お父さんとお嬢さんだろう、どこやら面《おも》ざしが似ている。男の方は少し前屈みで背がひょろ高かった。顔はまだ若い、それだのに頭髪は真白だった。

　お嬢さんは二十四か五か、桃色の支那服がいかにも奇麗で可愛らしく見えた。しかしこれは病人らしく思えた。小柄で恐しく瘦せて蒼白い顔をしているが、非常な美婦人だ。惜しいことに余りにも全身衰弱しきっていて、歩くことさえ大儀そうで、見ていても痛々しく瘻《やつ》れ果てている。

　席につく時軽く会釈しながら、ちらりと目を上げて私の方を見た。その眼の奇麗さにまず驚いてしまった。体は、疾《とっ》くに死んでいるのに、目だけが生きている、といった感じだが、その寂しい美しさが私の心を掻き乱すのだった。今までにこれほど恐しい魅力のある眼に出会った事がなかった。私は彼女の一瞥にすっかり魂を奪われてしまったと云ってもよかった。

　食事がすんでから、一人で甲板の上をぶらぶら散歩していた。どうも今見た二人が気に懸ってならない。食事が済んだら必ず甲板に出て来るだろう。と心待ちにしていたがなかなかやって来なかった。病人だから室《へや》へ帰っているかも知れない。私は何となく物足りないような気がした。

　蒸し暑い晩だ。

　月もいいし、狭いキャビンに帰ってしまうのが惜しくって、つい夜を更してしまった。寝苦しいと見えて、一度寝に帰って行った人々までがまた甲板へ上って来たりしていたがいつの間にか皆各自《てんで》の室へ引きとってしまって、残っているのは私一人きりだった。

「そろそろ寝るかな」時計を出してみた。「ホウ、もう一時だ！」

私は立ち上って続けさまに欠伸《あくび》をしながら、両手を高く伸した。そのついでにチョッキの上から自分の胴中をちょっと触ってみた。出発以来これが癖になってしまって、日に何度となくやる。大切な暗号を胴中に巻いているのだもの。任地に着いて無事にそれを手渡しするまでは安心がならない、従って責任はなかなか重く少しの油断も出来ないのだ。我々の生活は旅行中だけが呑気《のんき》で極楽だのに、その旅行中さえこんなに緊張していなければならないなんて、考えてみると情けなくなっちまう。好きなダンスもやれないし、バアへ行くのも差控えているのだ。三十歳の若さだのに、と私は急に詰らなくなった。

私は舌打ちしながら階段を降りかけて、何気なく後を振り返ると、いつの間に上って来ていたのだろう。甲板の欄干にもたれて、先刻《さっき》のお嬢さんが連れもなくたった一人で、月を眺めながら物思いに沈んでいる。この夜更に、あんな病人がとちょっと妙な気がしたが、そのまま立ち去るに忍びず、少時《しばらく》その後姿を眺めていた。

翌日はいつになく早く眼が覚めた。昨夜は妙な夢を見た。キャビンの丸い窓の真中に、ぽっかり五十銭銀貨ほどの眼がたった一つ現われた。と見る間にその目が大きくなって丸窓一杯にひろがり、遂々《とうとう》その窓が一つの目になってしまった。瞬きもしないで、その大きな瞳が私の顔を見詰めている。それがまたあのお嬢さんの眼そっくりだった。余り気にしているものだから、そんな夢を見たんだろうと可笑《おか》しくもなる。ほんもののお嬢さんの眼が覗いてくれたらどんなに嬉しいことだろう。私はなつかしい気持ちで窓を見たが、そこにはあの弱々しいお嬢さんの影さえもなく、朝の空気を吸いながら活発に散歩している西洋人の後姿が見えていた。

私も起きると直ぐ甲板を散歩した。段々顔馴染みの人が出来てきて、出会う度にお互に声をかけるようになった。私は何となくかの二人を待もうけるような心持で、朝も昼も食堂に出たが、隣りはいつも空席で、花のような形に折り畳まれたナフキンが、淋しくお皿の上にのっていた。私は気に懸るので、それとなく事務長に彼等の事を訊いてみた。

「お嬢さんが御病気で故国《くに》へ帰られるんだそうです」

「どういう御身分の方なんでしょうか?」

「高貴の出なんですが――、今は何もしていられないそうです。支那の大金持なんですよ」

「そうらしいですな。日本にもよほどながくいられたと見えて、まるで日本人ですね」

「そうです。言葉もうまいしね。しかしまあお気の毒ですよ。お嬢さんがあんなに体が弱っているので、お父さんがお守りをしながら、気候の好いところ、気候の好いところと世界中を遊んで歩いていられるんだそうです」

「結構な御身分ですな」

「何しろ金があるから」

事務長は羨しそうに云うのだった。

夕食の時、少し遅れて食堂へ入ると、もう例の二人は卓子に着いていた。

お嬢さんは手を動かすのさえ苦しそうで、見ていても痛々しい。極めて物静かに少しの音もたてずに食事をしていた。始終伏目になっていて殆んど顔を上げない。長い睫毛は頬の上にうっすりと影を落している。美しい女だな、と、心の中《うち》で感歎した。

私はお嬢さんの方ばかり気を付けて見ていたので、お父さんの方は一向注意をしなかったが、何かの拍子にふと見ると、どうも不思議な癖のあるのに驚いた。一種の神経痙攣とでもいうのだろうか、卓上の物を取ろうとして手を延ばす時、彼の手がその物を摑む前に空中に英字のようなものを描くのだ。最初は誰かに合図しているのかと思った。しかしそうではないらしい。何故《なぜ》というのにソースの瓶を取ろうとしてはやる。食塩を取る時もやる。胡椒、果物、何の時でもやるからだ。余り目まぐるしく繰返すので、見ているだけで、こっちの神経がいらいらしてくる。厭な癖だなあと思って見ていると、自分まで伝染してひとりでに手を動かしそうになるのだ。どうもひどく気になる。顔を反向《そむ》けて、見まいとしても、やはり見ずにはいられないのだ。私は急いで食事をすませるとさっさと食堂を出てしまった。

それからもう一つ気になるのは、お嬢さんが食事中にも拘らず、左の手にだけ手袋をはめていることだ。純白で、それこそ少しの汚点もない、清らかなものなのだが、どうもこれがまた妙に気になる。

二、妖瞳《ようどう》

明朝《あす》は船が港へ入るという晩だった。

船が着く前夜はどういうものか眠られない、これは私の癖だった。新らしい任地というものは希望もあるが、また不安もある。赴任する前に長官やら同僚の事など大体調べて、予備知識を得ておくのだが、それでも失敗して随分辛い思いをする事がある。私は甲板の端に甲板用の椅子を持って来て、欄干に腕をのせてぼんやりしていると、例のお嬢さんをお父さんが労《いた》わりながら、二人でそろりそろり、と階段を上って甲板へ出て来た。私の傍を通りすがりながら先方から声をかけた。

「今晩は。いやに蒸しますね」

「まだ起きていらしたんですか?」

二人は立ち止った。

「少し涼もうと思って出て来たんですが」

「ここはなかなか風がよく入りますよ」

「でも、お邪魔ではないでしょうか?」

遠慮深そうに欄干に倚《よ》りかかっているので、早速自分の椅子をお嬢さんにすすめ、なお二つの椅子を運んで来た。

「イヤ、どうもこれは恐縮です」

お父さんは私の好意を心から感謝するように幾度も頭を下げてから、お嬢さんの細い体を抱くようにしてそれに腰かけさせた。そしてさも云い訳らしく云うのだった。

「どうも体が弱っているもんですから――。困ってしまいます」

二人の容子《ようす》を見ていると気の毒になった。こんな病人をかかえて旅行するという事は何という危ぶなかしいことだろう。お父さん自身だって神経痙攣に悩んでいるのだし、お嬢さんの方は半分死んでいるようなこの痛々しさじゃないか。私は黙って見ていられなくなって、訊いてみる気になった。

「どこがお悪いんですか?」

「医者は心臓が悪いのだとか、肝臓だとか、いろんな事を申しますが、結局どこが悪いんだかよく分らないらしいんです。まあ故国へでも帰って、暫時《しばらく》保養したらまた気も変ってよかろうかと思いましてね。しかし私は病気じゃないと独りで定《き》めているんです。つまり、その、まあ神経ですな。神経から来たものと考えているのです。何にしても厄介なことで、全く閉口してしまいます」

お嬢さんはお父さんの話を黙って聞きながら、私の心を掻き乱すようなその美しい眼に、淋しい笑《えみ》を見せて、私を凝《じっ》と見詰めていた。私は身内《からだ》が縮《すく》むように思った。

「お困りでございましょうね」

これだけいうとやっと視線から逃れるように横を向いた。何という不思議な魔力をもつ眼だろう。私は何だか引きずられてしまいそうな気がする、ふとこんな事を思った。このお嬢さんにこの眼で凝と見すえられたら、それがどんなに危険な恐しい命令であったとしても、到底私には辞《い》退《な》めないかも知れない。考えてみるとちょっと恐しいような気もする。

「仕方がないと思って居りますが、この神経というやつが一番困りものでね」お父さんは頻りに神経々々というが、しかし二人揃って神経に悩まされるとは可笑しな話だ。殊にあの食卓で見たお父さんの空中に書く英字など何か意味がありそうにも思えるので、

「遺伝でいらっしゃるのじゃありませんか、貴方も神経質のようだし」

お父さんは微笑して云った。

「私ですか？　私は至って呑気者ですよ。むしろ無神経に近いかも知れません」

何云ってるんだ。と私は心で笑った。それを彼は直ぐ見て取ったものか、急に思い出したように云い直した。

「ああ。貴方は何んでしょう？　私が何か物を取ろうとする時に変な手付きをやるもんだから、それを仰しゃってらしたんでしょう？　しかしあれは神経痙攣じゃありません。ある恐しい感動の結果ああなったんです」

「恐しい感動？　どんなことなんでしょう？」

私は好奇心から思わず瞳を輝かせた。

三、攣《ふる》える手

彼は低い調子で語るのだった。

「娘は幼少の頃から心臓が弱かったと見えて、時々発作を起しますので、いつかは恐しい変事が突発的に起って来るのじゃないか、と絶えず不安に襲われて居りましたのです。

ところがある日、庭を散歩して捨石につまずき転んだ拍子に、娘は息が止ってしまいました。医者は無論死んだと云いますし、実際死んでしまったのに相違なかったんです。私共は一日二晩、娘の傍を離れずお通夜をいたしまして、私自身で娘を棺の中に納めました。そして墓場まで送って家

族累代の墓地に葬ってやりました。その墓場は田舎――私共は蘇州の者ですが――の淋しい畑の真中にありました。

　棺に納めます時、私は娘が好んでいた純白の夜会服を着せてやりました。それは私がロンドンに居りました時、娘を始めて社交界に出すために、大金をかけてつくらせた記念の品でございました。それから娘に買ってやった宝石類、頸輪、腕輪、指輪、殊に指輪は全部の指にもはめきれないほど沢山有ったのを、私はみんな娘の身につけて葬ってやりました。親なんて実に馬鹿なもんでございますね」

　お父さんはちょっと歎息するように私の顔を見て言葉を断《き》った。私はお嬢さんの方を眼で指しながら訊いた。

「その方はこのお嬢さんのお姉さんなのですか?」

「まあどうぞ、終りまで聞いて下さい。――葬いを済ませてから家へ戻って来た私が、その時どんな気持だったか貴方にはお分りになりますか。妻は娘の小さい時に死にました。私は母親の分までも娘を可愛がって育ててきたのです。そして母のない娘は私一人を頼りにしていましたし、私には彼女以外に親身なものは一人もないのでございます。それですから娘を自分の生命よりも大切にしていた心持は十分にお察し下さると思います。その親一人娘《こ》一人が、別々の世界に住まなければならなくなったという事は、どんなに深く悲しませたか、私も娘と一緒に棺の中に入ってしまおうかと思いました。否え、私が死んで、娘を生かしておいてやりたかったと悔んだのでした。私はほんとに一人ぽっちになってしまったんです。半分気が狂ったようになって、疲れきって自分の家へ帰ってまいりました。

　肱掛椅子に倒れたなり、考える力もない動く力もない、見る力もない、うつろのようになってしまいました。棺が置いてある間はまだようございました。その中には娘が寝ているのですから。しかし今はその棺さえもないのです。家の中は急に人気がなくなったようでした。

棺に娘を納めたり、最後の眠りを飾ってやるのに、何かと忠実に手伝ってくれました黄亮《こうりょう》という執事が、その時音もなく入ってまいりました。

『旦那様、何か召上られてはいかがでございます?』

私は返辞をしませんでした。食事どころではないじゃありませんか、私は無言で首を振って見せました。

『旦那様、それではいけません。お体にさわりますから、じゃお床をおのべいたしましょうか、少しお息《やす》みになりましては?』

黄の優しい心づかいを承知していながら、それがうるさいので、少し疳癪《かんしゃく》を起して大きい声で云いました。

『放《う》っちゃっといてくれ。この儘にしておいて――』

目を閉《つぶ》ってしまいました。それでも忠実な黄は私の身を案じてなかなか退《さが》ろうとはせず、躊躇して居りましたが、私はもう相手にもならず、くるりと横を向いてしまいました。そこで黄も仕方なく部屋から出て行きました。

その後何時間経ったか分りません。まあ何という夜でしょう。それはそれは寒い晩だのにストーヴの火はすっかり消えているし、氷を運んで来るような冬の凍った風が、気味悪く窓に打《ぶ》つかっていました。

私は眠ってはいませんでした。失望と落胆とでぐったりして目だけは開けていましたが、神経は麻痺して、だらりと足を投げ出したまま、時間の経つのも知らなかったのです。

突然、玄関のベルがけたたましく鳴って、墓場のような寂しい、がらんとした空っぽの家の中にそれが鳴り響きました。私は吃驚《びっくり》して大時計を仰ぐとかっきり午前の二時でした。――こんな真夜中に何人《だれ》がやって来たのだろうと思ってむっくりと起《た》ち上りました」

そこまで話してきた時、傍《かたわら》のお嬢さんが弱々しい声で何かお父さんの耳許で囁いた。

「ウン？　部屋へ帰りたい？」

首を傾げてお嬢さんに云いながら、今度は私の方を向いて云い訳するように云うのだった。

「海気《かいき》で体がしっとりしてきたから、もう部屋へ入りたいと申しますので——」

やっと話が面白くなりかけた処で、おしまいにしてしまうのも惜いが、それよりもせっかくお嬢さんの傍でいい気持ちになっているのに、心ない事をいう人だ。これで部屋へ帰られてしまったら、そして船が明朝港へ着けば別れ別れになってしまうのだ。二度ともう会う機会はないかも知れないのに、私は少しく感傷的になって寂しい別れ難い気持ちがするのだった。何とかして引きとめようと心で焦りながら、ついこんな下手なことを云ってしまった。

「お休みになりますか？　もう大分遅いようですな」

私は自分で自分をはり倒してやりたかった。何云ってるんだ。まるで心と反対なことを喋舌《しゃべ》っている。馬鹿《ばか》奴《め》！　遅いから休むと云われてしまえばそれまでじゃないか。何という間抜けな拙いことを云ってしまったんだろう。私は心で悔みながら下唇を噛んでいると、相手の方では話の途中でそんな勝手なことを云い出したので、気持を悪くしたとでも誤解したものらしく、

「いいえ、休むのではありません。ただ娘が夜気を恐れますので——。どうも体が弱いもんですから、とかく我意《わがまま》ばかり申して仕方がございません。何でしたら私共の室へお遊びにいらっしゃいませんか、続きのお話をいたしましょう」

彼等の部屋はどこにあるのだか知らないが、私の部屋の方が近いので私の方へ遊びに来るように誘ってみた。

「お差支えなかったら私の方へおいでになりませんか、部屋はこの階段を降りると直ぐ右手の角ですから」

最初お嬢さんの方は遠慮して来たがらない容子だったが、私が、頻りとすすめたので、遂々二人とも来ることになった。

お嬢さんには柔かいソファーをすすめ、向い合って椅子に腰かけた。何か御馳走でもしようかと思って時計を見るともう十二時を過ぎている。ボーイを呼ぶのも余り遅いし、それに一人でないとしても、こんな時間に女の訪問客はきまりが悪い。どうしようかと思っていると私の心を察したらしいお父さんは、そそくさと部屋を出て行ったが、直ぐ両手にウイスキーの瓶やチョコレートの箱などを持って戻って来た。

お嬢さんはコップにウイスキーを注《つ》いでお父さんに毒味をさせてから、私にも注いでくれた。

「さあ、先刻のお話の続きを聞かして下さい」

私はウイスキーのコップをなめるようにしながら云った。

「お一ついかが?」

お嬢さんはチョコレートの箱を差出して云った。私は手近の一つを取って口に入れた。

四、白い手袋

お父さんはウイスキーをぐっと呑み干してから、話のつづきを語り始めた。

「ベルがまた烈しく鳴りました。召使は誰も起きる容子がありません。仕方なく私は蠟燭に火をつけて、それを持ちながら階下《した》に降りてゆきました。そして玄関に立って、『どなたですか?』と訊こうと思いましたが、何だか気味が悪るいのです。自分の意気地なしが腹立しく恥《はずか》しくもなって、思い切って静かにハンドルを廻しました。しかし私の心臓は烈しく鳴り、恐しくって扉《ドア》を前にひけませんでした。

でも遂々思い切って扉をさっと開けますと、ヴェランダの陰に白いものが立ってるのです。私は体がこわばって動けなくなってしまいました。

『ど、ど、どなたですか？――』

『お父さま。私ですよ』

娘の声じゃありませんか、思わずぎょっとして一歩後に退りました。

『私なのよ、お父さま』

私は自分が発狂したのだと思いながら、すうっと入って来た白いものに追われるように、少しずつ後退さりを始めました。それを追い出そうとして、昨日《きのう》食事中にごらんになったあの空中に文字を書くような、変てこなヂェスチュアをやったのです。すると、白いものが云いました。

『恐がってはいやよ。私は生きていたのよ。死にやしません。誰だか指輪を盗もうとして私の指を断ったのよ。血が流れて、その痛さで気がついたんですの』

血のしたたっている手を見ました。白い着物はもう血だらけでした。

私は息が吐《つ》けなくなりました。夢なんだか、事実《ほんと》なんだか分りません。化物にしろ、何にしろです、娘の形をしているのですから、嬉しくって夢中でその手を取りました。その手は死人のように冷《つ》めとうございました。

私は娘を抱くようにして自分の室へ連れて来ました。肱掛椅子に寄りかからせて早速傷の手当をいたしました。そして娘の真青な顔に凝と見入りました。お化けではありません。確かに娘です。

私は何だか急に胸が一杯になって、狂気のようになり娘の膝に頭をのせ咽《むせ》び泣きをいたしました。軈《やが》て少し心が落ちつきますと、室内の余りに冷えきって寒いのに気がつきました。いそいでストーヴに火を焚きつけました。何か暖かいものでも食べさしてやりたいと思って、烈しくベルを押し黄を呼びました。

黄はいそいで飛んで来ましたが、娘の姿を見て立ちすくんでしまいました。死んだと思っている人がそこにいるのですから、それは誰しも驚くのは当り前ですが、黄の驚き方はまた普通じゃありませんでした。恐しそうに呻き声を上げながら、急にわなわなと慄え出したと思うと、突然狂気のようになって外へ飛び出してしまいました」

私はお父さんの話を聞いているうちに少し眠気を催してきて、生欠伸を嚙み殺しながら、それでも一生懸命になって眼だけは開けていた。彼はまた言葉をつづけて云うのだった。

「墓を開けたのは執事の黄の仕業でした。私が黄を信用しているので、彼は娘の指を断って指輪を盗み、素知らぬ顔をして家へ帰って来ていたのです。私が黄を信用していたので、大丈夫自分に疑いがかかるはずはないとたかをくくっていたのでしょう、が、天罰とでも申しましょうか、黄は余り慌てていたので、掘り返した棺の蓋に釘を打つことを忘れたんです。オヤ、貴方はお眠りになっていらっしゃるんですか?」

そう云う声を私は遠くの方で聞いたように思った。

それきり何も分らなくなった。

五、失神

船が着いて、船客は一人残らず上陸してしまったのに、まだ私が姿を見せない。部屋には鍵がかかっている。というのでまず第一に迎えに来てくれた同僚が心配をしはじめた。事務長に頼んで合鍵で開けてみると、室内は少しも取り乱されていないが、肝心の私の姿はどこにもない。どうも不思議だ。そこで船員達は手分けして船中隈なく探すことになったがやはり見つからない。勿論上陸していない証拠には荷物だってそのままに残っている。事によったら殺されたのじゃあるまいか、殺されて海中に投げ込まれたのかも知れない。などと云い出すものもあって、急に大騒ぎになった。

軈て水夫の一人が船底に近い物置部屋で私を発見したのだった。

私はそこで毛布に包《くる》まれて、死んだようになって眠っていた。

揺り動かされてもなかなか眼を開けなかった。が、軈て船員達や出迎えに来てくれた同僚の顔が段々判然《はっきり》と見えてきて意識を回復すると、急いで胴中に手をやった。そして愕然とした。私は皆が止めるのもきかないで夢中で飛び起き、物置部屋を出たが、どこに自分の部屋があったのか見当さえもつかなくなった。

私はボーイに案内してもらって、自分の室へ入ると急いで中から鍵をかけた。洋服を脱ぎ胴巻をとって改めて見たが、大切な暗号はどこにもない。大変だ！　かあッとして全身の血が一時に頭にのぼるように思った。

眩暈《めまい》がして倒れそうになったが、聽ていくらか落付きを取り戻し、冷静になると昨夜からのいろいろのことが頭に浮んできた。

ウイスキーを飲んだ。チョコレートを食べた。お父さんの話を聞きながら眠くなって――。それからあとはどうしても思い出せない。

しかしどうして私を物置部屋まで運び込んだのだろう。暗号を盗むだけが目的なら、そんな手数をかけないで殺してしまえばいいじゃないか。また殺さないでもあれほど意識を失なっているのだから、暗号を取り出す位何でもあるまい。わざわざ遠方の船底近くまで連れ込まないだって、と、ここまで考えてきた時、始めて彼等の用意周到な計画に気がついたのだった。

乗客が上陸してしまってから、私の紛失に気がついて、船員達が発見するまでには相当の時間がかかる、彼等はその時間が欲しかったのだ。その間に充分ある目的を達し得られる、それには容易に発見出来ない物置部屋のような処を選ぶ必要があったのだろうが、しかし私としてはむしろ殺された方がよかった。この重大な過失をやった私はまあどうしたらいいだろう？　そう思うと、全く生きているそらはなかった。が、一刻も早く訴え出なければならない。愚図々していている場合でないので、悲壮な決心をして立ち上り、ズボンに手を突込んで手巾《ハンケチ》を出そうとした拍子に、ぱらりと落ちた紙片があった。小さく折り畳んであったが、ちょっと気にかかったので拾い上げてひろげてみた。

『あなたは嘗《かつ》て、トワンヌのなかにあるチックという小説をお読みなったことがありますか？　あなたの興味をそそった物語は、勿論私達の身の上話ではありません。夫はある人への暗号通信以外に空中に英文を書く必要もないし、従って妻の白い手袋の中にある五本の指もみな無事について居ります。

愛国心に燃ゆる吾々が、ある目的のため危険を冒《おか》す場合に演じる一幕は、役者が命がけでやっている芸なのですから、見物人が魂を奪われたって仕方がありますまい。しかもあなたの場合は薬まで呑まされているのですから——。多分罪にはなるまいと思います。またそうあろうことを希望してやみません。一時にせよお互はよいお友達であったのですから。

無断で拝借した暗号はなるべく早くお返しするようにいたします。それまであなたが今のまま安らかに眠りつづけていて下すったら——、と念じつつ——』

そこまで読むと私はその紙片をびりびりに引裂いて床の上にたたきつけ、扉を開けて外へ出た。

「お待ちどおさまでした、さあお伴いたしましょう」

同僚と一緒に桟橋を降りると、そこに待たせてあった自動車に乗った。

消えた霊媒女《ミディアム》

1

「あなたは美人で有名だった小宮山麗子という霊媒女がある大家へ招《よ》ばれて行って、その帰りに煙のように消えてしまった不思議な事件を覚えていらっしゃいましょう?」

「はあ覚えております。もうあれから十年近くもなりはしません? あの当時は大した評判でございましたわね。でも、あれは到頭判らずじまいになったんではございませんか?」

「ええ、あれっきりなんです。でも美人だったし、心霊研究者達からは宝物《ほうもつ》のように大切にかけられてた女ですから、今でもその人達の間では時々話に出るようですね」

「そうでしょうね。霊媒者なんていうと、私達にはちょっと魔法使いか何んぞのように聞えて、まあ巫女《みこ》とでもいった風に考えられますわ。それが突然消えてしまうなんて、昔なら神隠しに逢ったとでもいうんでしょうけど、実際はどうしたんでございましょうね?」

「実は、そのお話をしようと思うんですの。それも今日が、あの女《ひと》が行方不明になってから恰度何年目かの同じ日なんですの。亡くなられた六条松子夫人の命日に、夫人を崇拝している人達が集って、追悼会を開いたんです。その席上にあの小宮山麗子が招かれて、夫人の招霊をやり、すっかり松子夫人生き写しになって、和歌などを詠んで人達を感動させ、六条伯爵家を上首尾で辞し去ったまでは判っています。話はそれからなんですが、あの晩は霧が深くて街燈がぼうッと霞み、往来はまるで海のようだったそうです。六条さんの御門を出ると、忽ち小宮山麗子の姿は霧の中に吸い込まれたように見えなくなり、それ限《き》り消息が絶えてしまったんです」

書斎の安楽椅子にふかぶかと身を投げかけながら、S夫人は、スリー・キャッスルの煙の行方を心持ち目を細めて追いつつ、さも感慨深そうにいうのだった。

「どうして突然こんな話をはじめたか、あなたは変に思われるでしょうが、実はこの事件が抑《そもそも》私をこんな職業《しごと》に導いた動機だと云ってもいいのですよ」

ある事件が一段落ついて、朗らかな気分になっていたS夫人は、自分が探偵に興味を持ち初めた最初の動機について、私にその思出を語ろうと云うのである。

2

それはもう大分過去に遡らねばならないことで、まだS夫人の夫の博士がシャム国政府の顧問官でいた時代で、その頃夫人も夫の任地へ赴いて、そこで二三年の月日を送っていたことがあった。

「その当時のことなんですが」

夫人はそう云って、デスクの前の壁に掲げてある大きな写真を指しながら、

「この写真が、その頃写したものなんですよ」

見ると剝げちょろけた塔のような建物を背にして、石段の上に五六人の男が立ったり蹲踞《しゃがん》だりしている。

「真中に立っている肥った男は私の夫です。その傍にサン・ハットを持って立っているのがこれからお話しようという物語りの主人公なんですから、ようく見といて頂戴」

三十五六、あるいは四十を大分出ているかも知れない。というのは、何だかこう干乾《ひから》びてしまったといった感じがするほど痩せ細っていて、ちょっと年格好の見当がつき兼ねたからであるが、よく見ると上品な細面の相当綺麗な顔立なのだ。しかし見た感じは頗るよくなかった。尖った鼻、恐しく神経質らしい凄い眼、その陰鬱な物悲しそうな表情をじっと見詰めていると、何となく私まで引き入れられて、心が寒くなるような人柄だった。

「このお方は何て仰しゃる方？」

「勝田男爵の弟さん」

「まあ、大阪の？　あの有名な勝田男爵？」

「そうよ、勝田銀行を御存じでしょう？　でも、弟さんは東京にお住居《すまい》になっていましたの」

なるほどそう云われて見れば、新聞でよく見かける勝田男爵の顔に酷似《そっく》りだった。

そこでS夫人は静かに語り出した。

「今ではもうすっかり開けているでしょうが、その頃のシャム国は実に野蛮な未開地だったんですよ。私のような物好きな女には何もかも物珍らしくって面白い処だったんですけれど――。ある時こんな事がありました。支那街の無頼漢が、鰐寺《わにでら》の縁日に行って喧嘩を始め、相手の男を鰐のいる池に投《ぶ》ち込んだというんです。投《ほう》り込まれた男はそれっきり出て来ません。さあそれが評判になって鰐寺見物が多くなったという始末、どこの国でも野次馬は絶えないわけね。それで私も見物に交って早速出かけてみました。

かなり古いお寺で、その庭に大きな古池があって、鰐が五六疋《ぴき》いるので、それで鰐寺などと呼んでいるんですが、本当の名は別にあるんです。水が泥のように濁ってて、中なぞ何も見えませんが、少時《しばらく》立って水面を眺めていますと、池の真中ごろの処に小波《さざなみ》が立って、軈《やが》てひょっこりと鰐が顔を出しました。いくら昼日中でもあの顔を出されては余り気味もよくないので、思わず飛び退きますと、いつの間に来ていたのか、私の後に一人の紳士が立っていて、その人に危く打《ぶ》つかるところでした。

見るから病人らしく痩せ細って、少し前屈みの肩が板のように薄く、背の高い、青い顔をした三十五六の日本人でしたが、どこかにその人の育ちを思わせる気品があり、誰の目にも出のいい人だという事が分るような物腰でした。私は自分のはしたない仕草と、日本人だという親しみもあって、何ということなしに微笑みながら頭を下げると、その人は暫くの間、無言のまま私の顔を凝《じっ》と見ていましたが、急に気がついたように愛想のない挨拶をして、そのまま踵を返してゆっくりと向うの方へ行ってしまいました。

私は何だかこうひどく侮辱された気持でした。帰って夫に訊きましたら、その人は公使の親友で大阪の勝田男爵の令弟だとのことでした。それも大変健康を害されて、保養のため欧洲へ遊びに行っていたのが、どうも思うようでなくひとまず帰朝と定《きま》り、その帰り路にシンガポールまで来ると急に気が変って、親友の公使を訪問旁《かたがた》、気分転換のためにもというのでシャム国に立ち寄られ、公使館のお客さまとして厚遇されているわけだったんです。それに来てみると、シャムという国が誠に気楽な処で、その暢気《のんき》さが気に入ったものか、すっかり腰を落ちつけているのだと、夫はその身分を羨ましそうに云うのでした。

シャムは世界無比の仏教国で、どんな高貴な方でも男は生涯に一度は必ず仏門に入り、僧侶になる習慣があります。罪亡《つみほろぼ》しになる人もありましょうし、中にはまた貴い身分のお方が有名な美人だったある公使夫人にお会いになりたい許《ばか》りに、坊さんに扮して公使館を訪ね、夫人の手からお布施を貰われたというような話も、いまだに一つの逸話として残っているくらいで、とにかく仏門に入るということは普通の習慣になっています。私が二度目に勝田さんに会ったのは鰐寺で逢いましてから、恰度十日目の夕方でした。玄関に一人の托鉢僧が黄色い布を身に巻きつけ、素足で立って居りました。私はお布施を手に持って出るとそれが勝田さんだったので、

『まあ！　御奇特《ごきとく》でいらっしゃいますこと！』

余り意外でしたので思わずこんな言葉が口をついて出てしまいました。すると勝田さんはちょっと面目ない、とでもいうような容子《ようす》をして、照れかくしに笑いながら、

『いやどうも恐縮です。余り退屈だもんで、ついこんな悪戯を思いついたわけで——』

退屈だ。退屈だ。と云って頻りに公使館へ遊びに来てくれと云われるのですが、公使は独身だし、館員も夫人連れは一人もなしという中へ、のこのこ行かれもせずにいますと、ある日公使が主人《たく》に

向って、公使館のうちは野郎ばかりなので、勝田君には刺戟が強過ぎるんだ。優しい慰めに飢ているんだから、君の奥さんには気の毒だけれど、時々話相手になってやってくれるように、君から一つ頼んでくれませんかと云われたそうで、

『では宅の方へどうぞお遊びに』

というわけでそれからはちょいちょい遊びに見えるようになりました。

勝田さんはひどい神経衰弱で、素人目にも何かこう体全体がもうすっかり弱っているように見受けられました。何でも大変愛していた夫人を亡くしてから、一時、傍《はた》の目には気が変になったのではないかと気遣われたほどで、御自分もすっかり厭世家になってしまって、この世に何の望みもなくなったと云っていました。

夫人は非常に美しい方だったそうですが、胸の病気のために二十七歳の若さで逝かれたそうで、その当時は今も云うとおり落胆の余り、自分も跡を追って死のうかとさえ思われ、その決心を実行されようとして家人に発見され、それ以来は絶えず監視付きの境遇に居られたそうです。

『私達の階級の者は、家名を汚すという事を極度に怖れています。何よりも第一に名誉ですからね。人間よりも家が第一位なんです。私が病気で死ぬ分には仕方がない。まあ極端に云えばですよ。しかし変死では困る。何故といって社会種として噂に上りますからね。それに精神に異状を呈して自殺なんて新聞に書かれた日には、一族の血統にまで及ぼすという訳で、いわば家名保護のため監視をつけられたというわけですよ』

勝田さんは自分の言葉に昂奮していました。こんな話の聞き相手には私のような女がよかったのかも知れません。いつとなしに二人は親しい間柄になって行きました。

こういう熱帯国の常として、日中は皆昼寝をしますから、焼けつくような太陽の光が大地に輝いている午後の一時二時頃になると、まるで真夜中の静けさです。しかし不眠症の勝田さんが、この明るい真昼に眠れる訳がありません。で、午後になると必ず私のところへ訪ねて来るのを日課のよ

うにしていました。

何事にも神経質な勝田さんは、天井から守宮《やもり》が落ちてくるのを怖れて、いつもヴェランダにあるモスキトー・ハウスの中へ入って、そこで私を相手に雑談をするのでした。ところがその恐ろしい守宮がよくまた勝田さんの首筋に落ちかかったり、知らずに扉《ドア》のハンドルと一緒に守宮を握ったりして、その冷やりとした、柔かい感じが、何とも云えず心持が悪いと云って、夢中になって手を洗うものですから掌が真赤になってしまったことさえあります。その時、気の毒に思って、

『ほんとに無気味な冷たさですわね。何だか死人にでも触ってるような感じでしょう?』

慰めるつもりで云ったのが、勝田さんにはどう響いたか、酷く不機嫌な顔付になって、そのままぷいと挨拶もせずに帰って往きました。私はあんなに神経の尖った人を今まで見たことがありません。

またある時、水牛の浸っている堀割の傍を一緒に散歩したことがありました。水際には名も知れぬ雑草が蔓《はびこ》っていました。私達の靴音に驚いて、五六寸位の小蛇が草叢《くさむら》から逃げ出して、スルスルと堀割の中に飛び込みます。一度逃げ損なった小蛇を踏んで、それが靴の先に絡みついたため思わず勝田さんに縋りついたことがありました。すると、勝田さんも何か怖ろしいものでも見たかのように、取縋った私の両手を無理に振りほどいて、一散に駈け出しましたが、後で判ったことは、それは私が蛇を踏んだのを見て駭《おどろ》いたためではなく、ただその叫び声に肝をつぶしたんで駈け出したのだそうです。

やっと気が落付いて見ると、勝田さんは両手で耳を押え、眼を閉じて真青になって震えています。私の途方もない叫び声が、こんなにまで勝田さんの神経を鋭く突き刺したことかと、面目ない気がして、

『すみませんでした。余り怖かったもんで思わずあんな声を出してしまって』

と申訳のつもりで云いますと、勝田さんはまるで総毛立ったような顔をして、低い声で囁くよう

に云うのでした。

『何て声をお出しになるんです。ああいやだ――』

勝田さんの恐怖が一通りでないので、つい可笑《おか》しくなって、

『だってもう夢中でしたもの、ほんとうに死んでしまうか知らと思いましたわ。きっと人が死ぬ時はあんな声を出すかも知れませんよ』

冗談に云った積りが、どう思い違いをされたものか勝田さんは身動きもせず、私を睨んでいましたが、急にぶるぶると身体を顫《ふる》わして、寒気がする、気分が悪くなったからと云って、一人でさっさと帰って行きました。後に取り残された私は呆気に取られて暫くの間その後姿を見送っていました。神経衰弱も甚しい、あれではまるで狂人だ。公使に頼まれていればこそのお相手なのに、余り手前勝手にもほどがある。と勝田さんのとった態度に頗る不快を覚えて静かな往来を一人でコツコツと帰って来たことでした。


やがてマンゴー・シャワーの季節も過ぎ、待ち焦《こが》れている雨期が近づいて来ました。それでなくてさえ健康を害している勝田さんにとっては、このしめっぽい季節は禁物だったのです。

永い雨期をこの国で過ごすことはどうにも健康がゆるしません。そこでいよいよ私共とも別れを告げなければならなくなりました。

いくら気候が悪かろうと、不自由な土地だろうと、自分には何かこの国が自由なようで気に入っているのだと、勝田さんは口癖のように云っていました。それだけに帰朝の日が定ってからというものは、勝田さんは暗い顔をして、暇さえあれば毎日のように宅へ来て、私の傍を離れませんでしたが、日が近づくにつれて段々口数も少くなり、憂鬱な眼顔をして絶えず何事か考え込んでいる様子が、私には、何かしら薄気味悪く思われるくらいでした。

勝田さんはフランス船で帰朝の途につく事になり、公使を始め主立った館員達や私共夫婦は船ま

で見送りに参りました。思ったよりも割合元気で、甲板でシャンペンを抜いて出発を祝ったことでした。その時勝田さんは自分の船室を見せて上げるからというので、従《つ》いて行きますとスチーマー・トランクから小さい紫縮緬《ちりめん》の帛紗《ふくさ》包を出して、

『実は紀念にあげたいものがあってお連れしたんですよ』

と云われました。渡された包みを、私が開けて見ようとしますと、勝田さんは慌ててそれを押えつけて、口早やにいうのでした。

『いけません。いけません。今開けてはいけません』

そうしてやはり押えたまま、

『これはあなたを信用して私が差上げるものなのです。日本へ着いたら電報を上げますから、その電報が届いたら直ぐ開けてみて下さい』

『では——。それまではお言葉通りにいたしましょう。その代り直ぐ電報を打って下さいましね。開けるなと仰しゃると何ですか余計見たくなるものね、一体何が入ってるんでしょう?』

私は勝田さんへの最後の好意を示すため、わざと子供らしく悦びを誇張して、それを彼の目の前で振って見せたりしました。その様子を心なしか、勝田さんは淋しい微笑《ほほえみ》で眺めながら、何も答えませんでした。人を送るというものは、殊にそれが船の場合だといつまでもその人の姿が目の底に残っていて淋しいものです。私の目からはあの細い手で振られた帽子が消え去りませんでした。

家へ持って帰った包みを、云われたとおり開けないで二十日余の日が経ちました。と、船はシンガポールに着き、そこから郵船会社の欧洲航路の船に乗り換えた勝田さんが、香港《ホンコン》へ着く前夜、遺書も残さず、謎の投身自殺を遂げたという報導がありました。

新聞にはただ極度の神経衰弱の結果とだけで、何事も書いてありませんでしたが、私共は予期していた事に当然出遇ったような思いがしました。勝田さんから送られた帛紗包みは早速開けられました。中には私へ宛てた長い手紙と、ダイヤの指輪が一個入っていました。その手紙はまだその儘

大切に保存していますから、随分くしゃくしゃしていて分り難いけど読んでごらんになりませんか」

そう云って夫人は私に、長い手紙を渡した。

3

——S夫人、

鰐寺で偶然あなたにお目にかかった時から、何とかしてお近づきになりたいと非常に苦心いたしました。

私の目の迷い、心の迷いと幾度も冷静になって、見直し、考え直したのですけれど、私の迷いではありません。ほんとにあなたは私の妻によく似ていらっしゃる。あなたのお傍にいてお話していると、妻が甦《い》きかえってきて私と話をしているように思われてならないのです。あなたとお別れするのがいやだった。いつまでもお傍にいたかったんです。離れたくなかったんです。しかし到頭お別れしなければならない時が来てしまいました。お別れする前に私はあなたに私の秘密をすっかり告白してしまいたかったんです。あなただけは私という人間の善い事、悪い事、すべてを知って頂きたかった。恐ろしいこの秘密は、私の体をこんなにまで疲らせ、責め苛んでもなお足らず、生命《いのち》までも奪おうとしています。悩み通してきた二年間のこの苦しみは、私をこんな廃人同様の病人に仕上げてしまいました。

いつ死ぬか分らない私です。死ぬ前にあなたにだけ、ほんとうの私という男をお目にかけたいと思います。どうぞ愛想をつかさず終りまで読んで頂きたい。

ほんとの事を白状すると大変女々しいようですが、私はどうしても、妻の死んだことが諦め切れませんでした。話は大分遡りますが、妻の学生時代を知っている私が、あらゆる障碍《しょうがい》を排して、懇望して貰った女でした。あなたは、男が女を愛するということがいかに深いものかお考えになったことがありますか。

静養したら全快とまでは行かなくとも、まだまだ生きられるものと固く信じて、まさかに死ぬとは思って居りませんでした。

咳が出るので話をする事を禁じられていたのですが、その夜は気分も大分よかったし、少し位話をしても熱は昇らなかったので私は妻の枕許で、この分ならもう一月もしたら行かれそうな熱海での静かな生活について話しました。妻は悦んで耳を傾けていました。傍目《はため》には恋人同士のように見えたかも知れません。実際これから熱海で静養させる妻と二人きりの生活のことを考えると、新婚当時の悦びをまた繰り返している気持でした。が、後で考えると熱が昇らないというのも、もう体力が衰えて、病に抵抗するだけの力さえなくなっていたのです。何も知らない私はそれを善い方へ解釈していました。医者も少し位なら話をしてもいいと珍らしく許してくれたのでした。が、その時はもう医者は匙を投げていて、まあ私に後々心残りのないようにして呉れた、云わば投げ与えられた一片のパンだったのです。それとも知らずに悦んでいたのは何という無智だったことでしょう。久振りでゆっくり妻と話が出来てそれこそ軽い足取りで家へと急ぎました。家の玄関で靴を脱いでいると病院からの電話です、危篤だというので、夢中でまたもや飛び出して行きましたが、もう間には合いませんでした。

妻は寝返りを打とうとして急に心臓麻痺を起し、枯木が倒れるようにそのまま息が絶えたのです。一時間ほど前までにはあんなに瞭然《はっきり》として、楽しそうに話していたのに、それで突然、出しぬけに魂を奪われてしまうなんて、どう考えても信じられません。

悲しむとか、泣くとか人はよく云いますが、余りの悲しさの時は却って泪など出ないものだという事を始めて知りました。私の場合は、茫然自失したという言葉が一番あてはまっていると思います。全く私は余りの事にどうしていいか、自分の心の置場に迷いました。親類の人達は皆慰めてくれました。ある人は妻を讃美したり、また私に同情してくれたりしましたが、そんなお座なりなど聞いている気持はありませんでした。自分の身にもなってみろ、この世の何物にも替え難い最愛の妻を死の手に奪われてしまったんだ。もう再び妻と逢う機会は永久にないんだ。私は一人後に取り残されたんだ。死んで行く者よりも、後に取り残された者のいかに惨めだかを少しは考えてみろ、それなのにああして笑いながら話をしている。私はお通夜に来た従妹《いとこ》達が笑いながら世間話をしている中へ入って行って、怒鳴りつけてやりたいとまで思いました。ですから自分は一人で書斎に入ったきり食事も碌にせず、長椅子の上で二日も三日も夜を明したりしたほどでした。

『ほんとにあんなにお心もお顔もお綺麗なお方ったらないわ。あんなお方こそ神様におなりになれるわ』

従姉《いとこ》の一人が慰めのために云った言葉を、私は舌打ちしながら睨み返してやりました。

『黙ってろ。貴様なんぞに妻の批評をする権利がどこにある』とこう云ってやりたかった。

全く死んだ妻の事をあれこれと批評されるほど腹の立つことはなかった。妻は私の者なんだ、誰の者でもない。今はもう頭の中でしか逢えない妻を、そっと抱くようにいつも労《いた》わっていてやりたかった。私は毎朝起きるのが物憂かった。夢の中の妻、それはいつまでも変らない優しい美しさだった。私にとって夜は楽しいものとなって行きました。夜中に私はよくおびえました。目が覚めて枕の濡れていることもしばしばありました。死にたい、そうだ私も死んで行こう。

こうした容子が家人の注意を惹いたと見え、家の者は私が妻の後を追いはしまいかと絶えず注意し初めた。それがために死にもならず、生き存《なが》えてきましたが、しかし今になって考えるとあの時に自殺していた方がどんなによかったか知れません。あの時、死んでいたら、こんな大罪を犯さなくてすんだのです。

私の悲嘆に大変同情してくれた一人の友人がありました。その人は学生時代から心霊研究に興味を持ちいつも不思議な話ばかり聞かせてくれるんです。平常《いつも》の私でしたら嘲笑しながら冷かし半分にまぜっ返して聞くのが落ちですが、今は到底そんな気にはなれませんでした。何故と云って、その人の話ぐらい私の胸を打ったものはなかったからです。『人は死なないんだ。肉体は失われても、霊は残っている』彼はそう言って私を励まし慰めてくれるのでした。『科学者サー・ウイリアム・クルックスをあえて信ぜしめた力を考えて見給え』――力強い自信のある彼の声は、私の耳の底に残っていつまでも忘れられませんでした。彼の話によると霊媒者を介して、亡き人と語ることも出来る。霊眼が開けば目のあたりに亡き人の姿さえ見ることも出来るとのことでした。何という素晴しい救いではありませんか。私に取ってこれ以上の悦びは他にありませんでした。

しかしまだ半信半疑の点もありましたので、友人から送ってくれた霊に関する本を貪るように読みました。どういう処へ行けばその霊媒者とやらがいるかという事も調べました。

で、早速出かけてみたんです。仮令《たとい》目的は達しられないでもいい。しかし万一そういう事が行われるなら、それに越した悦びはない――。そう思うと一時もじっとしていられず誰にも知らせずに、そっと教えられた通り、青山北町のその家に行きました。

想像では緋の袴でも穿《は》いた巫女のような女でもいるのかと思っていましたら、大違いで神棚などはどこにもなく、ただ普通の座敷に普通の服装の婦人が髪を七三に分けて端然と座っていました。その横に小机を扣《ひか》えて上品な白髪の老人が一人坐っています。その人の事をさにわというのだと聞きました。いわば審判官みたいな役だろうと思いました。

私は霊媒女の顔を見てまず驚きました。それは品の好いしかも非常に美しい、それでいて私の死《な》くなった妻に酷似《そっくり》なのです。笑う時にちょっと口を曲げるところから理智的に輝いている眼、口尻に小さい黒子《ほくろ》のあるところまでほんとによく似ています。

私は妻の招霊をさにわから頼んでもらいました。霊媒女は眼を閉じ、姿勢を正して合掌していましたが、少時するとすっかり態度が変って、妻に似た容子になり、懐しそうに摺り寄って来ました。霊媒女の体に妻の霊が乗り移ったとでもいうのでしょうか。身の態度《こなし》から声音《こわね》まで妻の生前そのままでです。妻の霊は私の手を握って喜んでくれました。その手が大変に冷たく、妙にひやりとした感じが、後になっても忘れられませんでした。

私はいろいろ話かけてみましたが、他人という感じはなく全く妻と会っているような気持がして、嬉しさのあまりすっかり夢中になってしまいました。軈て妻の霊は去ってしまいましたが、私は呆然として暫時《しばらく》は全く夢を見ているような気持でした。

『お話がお出来になりましたか？』

霊媒女はそう云って、にっこりと笑いました。ああその顔！　夢から覚めてもその顔は全く妻の顔でした。私は嬉しくって胸が一杯になり、ただこの不思議な霊媒女に対して深い感謝の意を表しました。

往来へ出ても私は足も宙に歩いていました。あそこへ行きさえすればいつでも妻に逢えるという新しい希望に一切を忘れて、幾分朗かな気分になっていたのです、それで家へ帰ってからも、今日の不思議な出来事が、絶えず頭の中で往来していました。書斎にいてじっと目を閉じると、美しい霊媒女の顔が私の目に焼きつくように残っていました。その翌日もまた出かけました。

その翌日も、その次ぎの日も、私は毎日霊媒所へ通いました。

『度々お招きして霊を慰めて上げますと早く浄化なさいます。霊のために大変結構なことでございます』

と云われるので、自分も喜び、霊も慰められる。こんな有難いことはないと思ったのです。そうして通いつづけているうちに妻を失った寂しさも段々と薄らいで行くかと思いました。

私の日課は毎日霊媒所へ通うことでした。外へ出るのはそこへ行くだけで、あとは書斎にいて何人《なんぴと》にも面会しませんでした。

今までは夢想だもしなかったこの不思議な楽しみに入り浸っているのは、私にとっては大きな喜びでしたが、これは他人には決して語りませんでした。もし人がこれを聞いたら何というでしょう。

勝田は気が狂ったのだと、いい笑話を提供するだけでしょう。実際気が狂っているのかも知れません。迷わされているのかも知れません。

しかし迷わされているのでも構いません。妻に酷似の人の口から妻の言葉を聞くのですから、これ以上何を求めましょう。

独りで書斎にいる時もそうですが、時々心中で霊媒女と交した問答を繰り返しておさらいをしながら、思わず独りで笑ったりする事がありました。それを家人はまた変に気を廻して疑惑の眼《まなこ》を絶えず私の身辺にそそいでいるようでした。

しかしそんなことはどうでもよかったのです。私はただ妻と会える、ただそれだけで満足でしたがそれも日を経《ふ》るにつれて段々と欲が出てきて、ただ逢って、他人を仲介として話しているだけでは、どうにも満足出来なくなりました。せめて霊媒女（名は二三日目に知りました。小宮山麗子と書くことにいたします）と二人限りで直接話してみたいんです。出来る事なら始終傍に置いて好き自由に話したかったんです。

処が偶然の機会から、その希望が達せられることになりました。私は家の体面をやかましく云われるもので麗子のところへ通う時は変名を用いていましたから、家へ直接来てもらうわけには行きません。しかし麗子も独身なり、私も妻を失っているのですから、いざとなれば、結婚してもいいと思っていました。ただ周囲《まわり》の者の反対を怖れて、どういう風に承諾させたものかと絶えず考えている中に、軈て亡妻の形見分の時がまいり、私は妻の箪笥やら、手廻りの道具に一通り目を通さねばなりませんでした。今更妻が死くなった当時の記憶を再び繰り返しているような、寂しい気持に襲われながら私はその一つ一つを開けて行きました。妻が好んで着ていたお召の小袖、あの艶やかな黒髪に挿された翡翠《ひすい》の飾ピンなどが、みな思い出のたねとなって、深い離れがたない気持をそそります。こんなに早く形見分などしなくとも、せめて一年も置いても差支はなさそうに思われるのに、何故こう周囲の人達は物事を早く形付けてしまいたがるんだろう。などと幾分愚痴も出て、私は一つずつ丁寧に見て行きますと、ふと帯の間に挟んだ白いものが目につきました。何気なく引き出すとそれは白の角封筒にかかれた妻宛の一通の手紙でした。差出人の名はありませんが明かに男の手蹟です。それもかなり古いらしく処々に汚点《しみ》があります。私は何か見るべからざるものを見たような思いがしまして、それを手に持った儘迷いました。見ようか見まいか、何事もない清浄な妻として考えていたい。という思いと、何かしら凡てを知りたいという慾望とで思い迷った揚句、遂に内容《なかみ》を出しました。それは妻の従兄《いとこ》に当る海軍々人から来た手紙でした。別に大して怪しむべき文句は書いてないんです。誰に見せてもこれで直ちにどうこう云えることは少しもありません。どこかで一緒にお茶でも喫んだらしいだけです。しかし妻は彼に会ったことは秘《かく》していましたから、私は少しも知りませんでした。ただそれだけなんですが、私には何と云ったらいいかこの文句以外に何かある物がひそんでいるような気がしてならない。この白いレターペーパーから、文字以上の文字を読もうと焦りました。嘗《かつ》てこの人との間に縁談があったと妻が云っていたことを思い出して、聞いた時はそのままに流してしまった事柄を、急に大事件のように記憶から呼び起しました。すると一度逢ったことのあるその男らしい顔付までが私を悩ませます。こうして帯の間に秘して納《しま》ってあることが、普通の人から来た普通の手紙として破くに忍びなかった妻の心を色々と想像して、私は煩悶しました。何か二人の間に云えない秘密があったのではないかと疑いました。私がこんなに熱愛していたのに、こうして鍵のある抽出しに秘しておく、女の周到な用意を憎みました。そこで残酷だとは思いながら私は麗子を通して妻の霊を招び出し、そのことを詰問してみようと思い付きました。処が生憎その日は六条伯爵家に招かれて行って不在だというのです。

会えないとなるとなおさら会い度くなるのが私の性質です。殊に妙な疑いを抱いているので、一刻も早くその真相を知りたい、それなのに居ないという、これはてっきり逃げたなと思いました。私は妻と麗子とを混同してしまっていたんです。さあそうなるともう落付いてなんかいられません。遂々麗子の帰りを待ち受けて、時間も大分遅かったので私の家へ連れて行きました。

麗子は前々から一度私の家へ行ってみたいと申していましたから、悦んで従いて参りました。もうその頃私と彼女との間には一種の親しさがありました。

麗子だって満更私の考えが分らないはずはありません。私の家は小人数の割に大きくて、殊に庭が広く、池の向う側には茶席があって、私はよく親しい友人を招いたりしたものです。茶席に行くには門を入って玄関の傍にある紫折戸《しおりど》を開いてすぐ庭伝いで行かれるので、誰にも顔を合せずに行く事が出来ます。私は彼女をそこへ案内しました。もうその頃はすっかり変人になりきっておりましたから、家人とは没交渉で、夜更けて帰って来て、そのまま母屋には帰らず、茶席で夜を明すような事があっても、家の者は別に怪しみませんでした。呼ばなければ女中も来てはならないことになっているので、こういう場合にはまことに好都合でした。

翌日は風を引いたと云って、母屋から女中に食事を運ばせ、麗子と二人ぎりの楽しい世界を作って終日閉じ籠って居りました。私は度々妻の招霊を頼みましたが、麗子はどういうわけか嫌がって、

『あなたは私が霊媒女で奥様をお招び出しするから私がお好きなんで、私という者には何の興味もお有りにならないんでしょう。私はあなたに霊媒女として取り扱われるんなら何もこうしてあなたとご一緒にいる必要はないから帰りますわ』

と駄々を云ってなかなかやって呉れません。しかしそれではせっかくこうして連れて来たのに何の役にも立たない、それでは困る。結局いろいろと宥めすかして、やっと招霊を承知して呉れた時はもう夜も大分更けていました。

夕方から降り出した雨に風が加って、板戸へ打つかる雨の音に言葉を奪われながら、私は一生懸命になって妻と話しました。第一の質問は無論手紙です。詰問に対して妻は何の躊躇する容子もなく、すらすらと手紙の男と自分との関係を云ってしまいました。

世の中に疑惑ということほどねばり強く、恐ろしい力をもっているものはありますまい。私はその恐ろしい力に心を掻き乱され、半狂乱のようになって、事実をたしかめようと焦りました。何と

いう愚しい考えだったのでしょう。もう妻はこの世の人ではありません。それなのに、甞てはその人の心身共に自分がすっかり握っていたのだという安心を得ようと悶える。何という浅間しい事でしたでしょう。池の蛙《かわず》が鳴いているのが風の合い間に聞えます。山の手も市外に近いこの辺は静かなものです。私の目の前にいる麗子は細面の下膨《しもぶく》れで、その長い睫毛に被われた夢みるような両眼を軽く閉じて口許に可愛らしい微笑さえ浮べながら、昔の恋人との話を楽しそうに語り出すのを聞いて、ぬらぬらとした汗が額から流れました。私は段々興奮してきて、いよいよ執念《しつこ》く根掘り葉掘り訊きただしました。しかしどうも肝心の私の知りたいことは恐ろしくて訊けませんでした。ただ遠巻きに探りを入れているだけで、どうもそこへは話が入って行きません。こんなにも真実《ほんとう》のことは怖ろしいものかとつくづく思いました。それなのに、麗子は平気でこともなげに自分の方から喋《しゃべ》ってしまいました。私はハッと思うと一瞬間自分の息が止ったかと思いました。するとこう全身の血が皆頭へでも上ってしまったものか、体中が急に寒く、がたがたと震えてきて、歯がカチカチと噛み合いました。目の前が暗くなったり、明るくなったり、灯火が渦巻いているようでした。夢中で立ち上るといきなり麗子に摑みかかりました。麗子の柔かい肉に私の両手が力一杯働いたとしか覚えていません。それと同時に彼女の悲鳴をききました。恰度あなたが堀割の傍で小蛇にからまれた時のような悲鳴。今でも耳にこびりついて離れません。

気がついた時は私は実に怖るべき大罪を犯していたのです。白日の下に罪の裁きを受けねばならぬ身となっていました。麗子はもうぐったりと倒れて、息は絶えて居りました。

私は茫然として少時の間は無意識状態に陥ってしまって悲しくもなく、恐怖もなく、まるで空洞《うつろ》の心で目の前の死体を眺めていました。

一時止んでいた雨がまた降り出しました。遠くの方でまた蛙が鳴いています。私はこの蛙の声を今だに忘れません。気が落ちつくと急に怖ろしくなりました。

最初は自首して出る決心で、夜の明けるのを待っておりましたが、その時ふと頭に浮んだのは娘の事でした。申遅れましたが私に一人の娘があるのです。その娘は本家の勝田男爵の家を継ぐ事になっています。勝田家には子供がないので、娘は生れると直ぐに養女に貰われて本家に育っているのです。手許にいないので、平常《ふだん》は大して気にならないのが、急に心配になり出しました。母に似て美しく生れた上に、養父母に非常に愛せられ、軈てあの巨万の富を受け継いで男爵夫人となる輝かしい前途を有《も》つ身なのです。それが私の自首一つですっかり覆えされてしまうのだと気がつきました。幸福の絶頂から不幸のどん底に突き落される娘の身を考えました時、私はすっかり迷いの夢から醒めました。馬鹿々々しい、狂気染みたこの頃の行い、ましてや今犯した恐ろしい罪――。私は、迚《とて》もオメオメと生きてはいられません。机の抽出しにはモルヒネのアンプレも入っています。カルモチンもある。

しかし今私が死んだら世間の人は何というでしょう。美人霊媒女と情死、ああそれは堪えられません。

悶えると云いますか、悩むと云いますか、世のあらゆる言葉を以てしてもまだこの心は云い切れません。私は一夜にして百年の年をとったように思いました。その揚句一つの考えが頭に閃めきました。それをこの上ない名案として今日まで実行してきたのです。

その考えというのは、この死体を秘密にどこかに隠して一二年生き延び、世間の噂の絶えた頃に自殺してしまうということです。

私は四五年前からある信託会社の地下室の保護金庫を借りて居りました。一間《けん》四方位の大きさのものです。その金庫は、当人と会社とが有っている合鍵を同時に用いなければ開けることの出来ない、非常に厳重に出来たものです。私は麗子の死体をトランクに入れて、その金庫の奥へ秘したのです。そうして二ケ年間先払いで預け、病気保養の名の下に海外へ旅出《たびだ》ちました。

信託会社では私共は信用されて居りますし、長い間の得意ですから、決して疑うような事はありません。それに私の神経衰弱は随分久しいことなので、外国へ行って気を変えて来ようという考えが出たのを、親類の人達は大賛成で喜んでいるのですから、これまた好都合でした。

私はフランス、イギリスと遊び歩いていましたが、始終その不安が附き纏って、誠に生ける屍そのものです。何の興味どころか、ただこうして時の経つのを待っているその苦しさ。自分から求めたこととは云え、何という愚かしいことでしょう。何か妻の事を考えると引いて麗子の事が必ず頭に浮び、それからまた苦しみます。

曽ては優しい思い出となっていた妻の事さえ、もう考えられない気持になっている私を憐れんで下さい。一時の感情とはいえ譫言《うわごと》のような言葉に興奮して、殺人罪まで犯すようになった自分の愚さに思い至ると、全身恥と悔のために冷汗をかきます。

私の昼夜は煩悶の連続です。ああ心から笑い、心から語れる幸福は何と尊いものでしょう。自殺、もうそれより自分を救う途はないと思います。もう生きていることが苦しい。

この頃は死ぬことを考えて、そこに一道の光りを見ます。もう心の苛責に堪えながら生きつづけることが、私には出来なくなりました。この上自分を苦しめるのは我身ながらも余りに可哀想です。あなたにだけお打ち開けしたこの偽《いつわ》らない告白をあなたがどういう風に所置なさろうと、それはあなたの御自由ですが、一人の娘の幸福を守ってやるために、苦しい二年をやっと過して、あなたがごらんになったような、精も根も尽き果てたこの生きながらの死体の私にご同情下さるなら、娘の幸福を打ち砕いてしまうような事は決してなさるまいと信じて疑いません。

4

私は読み終って夫人に手紙を返した。彼女は手箱の中にそれを納いながらいうのだった。

「後になって勝田夫人の写真を見ましたが、私は勿論のこと小宮山麗子だって少しも似ては居りませんのよ。これは全くあの方の錯覚で、相手になっている女の顔は、皆夫人に似ているように思えたらしいんですの。しかしこの手紙で云っているのが事実だとしたら、日本の警察へ送って上げなければなりますまい。と、夫に相談いたしましたら、夫は笑って『精神病者の創作だろう』と申しましたので、その儘放っておきました。

すると一ケ月ほどして内地から来た新聞に、

『某信託会社の保護金庫内よりミイラ現わる』という大標題《おおみだし》で、勝田家の借りていた大金庫内のトランクからミイラが出たということが出ていました。驚てまたそのミイラは勝田夫人であったと報じてありました。私は夫と顔を見合せて苦笑いたしました」

情鬼

1

「小田切大使が自殺しましたよ」

夕刊をひろげると殆ど同時にS夫人が云った。その瞬間、私の頭の中をすうッと掠《かす》めたある影——、それは宮本夫人の妖艶な姿であった。

小田切大使の自殺に宮本夫人を引張り出すのはちょっと可笑《おか》しいが、私の頭の隅に、二十年前の記憶が今なお残っていたからであろう。

その当時は小田切大使も宮本夫人もまだ若かった。少壮外交官の彼と彼女とは到る処で話題の種をまきちらしていた。そして二人の関係は公然の秘密として余りにも有名であった。宮本夫人は器量自慢で、華美《はで》好きで、才子ぶるというのでとかく評判がよくなかった。大会社の支店長代理という夫の地位を笠にきて、横暴な振舞をすると云って、社宅の婦人達の反感を買い、何も知らない宮本氏へ夫人の不行跡を洗い立てて、密告した者さえあった。それがために宮本氏は憤死したとさえ伝えられているが、実際は任地で風土病にかかって死んだのだった。

両人の関係を承知の上で、大谷伯爵が自分の愛嬢《まなむすめ》を小田切氏に嫁《や》った。この結婚がまた噂の種になった。必ず小田切時代が来ると伯爵が断言したとか、真実《ほんと》か嘘か分らないが、いずれにしてもその予言が当って、その後小田切氏はとんとん拍子に栄転した。

それはとにかく、小田切氏の結婚と同時に宮本夫人に、好感を持たなかったある一部の連中は、いい気味だ、絶世の美人も伯爵令嬢という肩書には美事背負投げを喰わされたではないか、と云って嘲笑した。しかしそんな噂も一時で、軈《やが》て二人の問題も口にする人がなくなり、後には宮本夫人の存在すら忘れられてしまった。

そういう記憶があるので、私は小田切大使の自殺と聞いて、直ぐ宮本夫人を聯想したわけなのである。

新聞には最初自殺とあった。それからまた一時他殺の疑いが濃厚となり、種々な臆測が伝えられて、世間を騒がしたが、結局自殺と確定された。

自殺に撰んだ日が亡き夫人の一周忌にあたり、しかも夫人の写真を懐に抱いていたというので、私は最初から自殺説を主張していたが、S夫人はそれに対して別段反対説を唱えるでもなく、といって私の意見に同意した様子もなかった。

「あすこは任地から云っても重要な処ですからね。小田切さんとしてはほんとに働き栄《ばえ》のする、腕のふるいどころでしょう。外交官としては面白い檜舞台。そこへ撰ばれてやられたんですから、あの人としては今が最も華やかな時代だと云っても差支ありますまい。その得意な時に、ただ奥さんが恋しい位の理由で自殺するなんて、そんな馬鹿々々しいこと考えられないけれどね――」

「じゃ他殺だとお思いになりまして?」

S夫人とは違って私は直接小田切大使を知っていた。豪気な才物だが、また一面には情にもろい、涙のある優しい人だった。おまけに亡き夫人とは思い合った間柄だったとも云われるし、あの人だからこそ自殺したのだろうと私には思われるのだが――。

「他殺と断定するわけでは無論ないんだけど、しかし自殺とすれば何かそこにもっと深い原因があるわけでしょう。一時的発狂とも考えられないことはないけれど、小田切さんはそんな人じゃないでしょう、冷静な、落ちついた人だという評判だから」

「でも、また半面には熱情家でもあったんですの。だからこそ宮本夫人ともああした関係に陥《お》ちたんではございますまいか?」

「それはそうかも知れないんだけど、自殺とすれば他にもっと重大な問題が必ずあると思いますね。例えば外交上の失敗だとか、秘密書類をどうかしたとか、また本省の意見なり命令なりに無理がある場合、それを承知で横車を押さなければならない場合もあるでしょう。そんな時いつも貧乏籤《くじ》をひくのは外交官ですわね。日本と外国との間に板挟みになって、散々非道《ひど》い目にあって悶え苦しんだ揚句が神経衰弱。心ない人からは無能呼ばわりをされる。さもなければ質《たち》の悪い婦人関係か、とにかく外交官には秘密が多いから、そうそう単純に片附けてしまうわけにはゆきませんよ。他殺だったら興味があるから新聞にもいろいろ書き立てられるでしょうが――」

「自殺となると地味ですから、余り新聞でも騒がないと仰しゃるんでしょう?」

夫人は私の顔を見て苦笑した。

それきり二人は小田切大使の自殺については話し合わなかった。

忙しい仕事に追われている私は遂々《とうとう》告別式にさえも行かれなかった。それがまた気になるので、恰度半日ばかり閑が出来たのを幸に、急に墓参を思い立った。

時候のいい頃だからいいようなものの、朝から荒れ模様であった空が、午後には暴風雨《あらし》となった。荒れ狂う風雨《あめ》の音を聞くと出足もしぶり勝となるが、やっと勇気を出して出かける決心をした。

ひどい荒れで、雨は横なぐりに円タクの窓に打ちつけた。そのしぶきを浴びて、座席のクッションまでしっとりと湿ってきた。私は運転台と座席の間に洋傘《こうもり》を広げて立てかけ、そのかげに小さくなっていた。電線はうなり、大木は風にしなって今にもへし折れそうだ。こんな日に出歩く物好きな人もいないと見えて、甲州街道は人一人歩いていない。トラックに一度行き違ったきり、円タクなどは影さえ見えなかった。

墓地の入口には両側に茶店が並んでいた。その一軒の前に車を停めて、

「小田切大使のお墓はどこでしょうか?」

と運転手が窓から首を出して訊いてくれた。

「まだお墓はありませんよ。事務所へ行ってよく訊いてごらんなさい」

長火鉢の前にいたお神さんは、煙管《キセル》で事務所の方向を指しながら、親切に教えてくれた。

「お参りなら、管理事務所に頼んで、納骨堂に案内しておもらいなさるとよござんすよ」

教えられた通り、管理事務所の扉《ドア》を開けた。机を前に調べものをしていた管理人に来意を告げて納骨堂への案内を頼んだ。洋服を着た管理人は無言で立ち上って金庫から合鍵を取り出し、先に立って案内してくれた。納骨堂は別棟になっていて、椎や樫の老樹の間に、まるで土蔵のような形に建てられてあった。コンクリートの長い廊下を伝って、入口の方へ曲ろうとした時、参詣をすませて帰るらしい若夫婦と擦れ違った。

女の方は小造りで、目立たない極くありふれた格好の人だが、男の方は素晴らしく奇麗だ。痩せ形で西洋人のようにスーツがしっくりとよく身についている。いい姿だな、と思わず振り返って見ると、先方の二人も同じように振り向いて見ていた。どこかで見たような顔だがどうも思い出せない。この頃の若い連中には美しい人が沢山あるが、こんなにすべてが整った人は多くはないだろう、黒い大きな眼鏡がちょっと邪魔になるが、上品な顔だちと、貴公子らしい風采とはいつまでも眼に残った。何んて奇麗な男だろう。

小田切大使の遺骨は黒い布に覆われて、ガラス戸棚の中段に安置されていた。その前には黒いリボンを結んだ小さな造花の花輪が供えてあった。私はそこに跪《ひざまず》いて祈禱を捧げた。

2

それから一ケ月ばかり過ぎたある日、事務所に働いて居る私の処へ、給仕が一葉の名刺を持って来た。

小田切久子と書いてあるその名刺をＳ夫人に示しながら云った。

「小田切大使の令妹《いもうと》さんでございますの」

もうこの頃では小田切大使の死も世間からそろそろ忘れられかけていたし、自分達の間でさえも、自殺か他殺かなどと問題にしなくなっていたので、この突然の訪問はちょっと妙な感じを与えたのだった。

「こちらにお通し申して下さい」

給仕の後について久子さんは静に部屋へ入って来た。

十数年振りで会った彼女は、昔の面影もなく、痛々しく瘻《やつ》れて、この人も今に死んでしまうのではあるまいかと、ふとそんなことを思いながら、一通りの悔みを述べて後、来訪の用件を訊いてみた。

「あなたがこういうお職業《しごと》をしていらっしゃるという事を承わっていましたので、実は急にお力を拝借したいと思って突然御都合も承わらずに伺いまして――」

と軽く頭を下げてから、急に声を低くして云うのだった。

「極く秘密に、世間に知れないように、調べて頂きたいことが出来まして、実はそのお願いに上ったのでございますが――」

久子さんはちょっと言葉を断《き》って、気兼ねするように傍のS夫人を見た。彼女はそれと気がついて、

「御心配なく、どうぞ。決して他人に漏らすようなことはございませんから」

と云われて安心したらしく見えたが、それでもなお四辺《あたり》を憚かるような小さな声で語るのだった。

「実は妙なことなんですの、兄の遺骨が誰かに盗まれたらしいのでございます。否《いい》え、盗まれたらしいと云うよりもすりかえられたのではないかと思われるんですの」

夫人と私は思わず顔を見合せた。

「それはまた、どういうわけなんですの?」

「お耻《はずか》しいお話ですが、兄はあの通りの無頓着な人だったものですから、まだ墓地がなかったん

でございます。昨年嫂《あね》が外国で死《な》くなりました時は、取敢えずお骨《こつ》を嫂の実家の墓地へ同居させてもらっておきましたが、この度兄と一緒に葬《まつ》ることにいたしましたので、小田切家の墓所を新たにつくることになりまして、かろうとを造《こ》しらえます間、一時、遺骨をお預けしておいたのでございます」

「納骨堂へは先日私も御参りしましたのでよく存じて居ります」と云うと久子さんは丁寧におじぎして、感謝の意を表してからまた続けて、

「それで私共は安心して居りました処、十日ばかり前に、知らない名の女の人から書面が参りまして『お兄様のお遺骨は私が頂戴いたしました。御生前からのお約束でございますから、お預りいたして大切にお守をすることにいたしました。何卒御承知置下さるようにお願いいたします』と藪から棒にこんな事を申して来たんでございますの。私は驚いて、早速墓地管理事務所に参り、いろいろ調べてみましたが、お預けしてある骨壺には何の異状もなく同じ場所に安置されてあるのでございます。それにあれほど厳重になって居りますので、そんなことの出来るはずもないとは存じますが――、また戯談《いたずら》にそんなことをわざわざ申して来る人もあるまいと思いますので、念のため、お参りにいらして下すった方々の事を詮議してみましたが、その中にちょっと妙に思われる方が一人ございました。いつぞや暴風雨の日がございましたね。二十日ばかり前になりますが――、あの日、あの荒れの真最中に御夫婦連れの方がお見えになって「小田切の親類の者だが、今日故郷《くに》へ帰るについて暇乞《いとまごい》かたがた参詣に来た、是非納骨堂に案内して欲しい」と申したそうでございます。そこで係りの人はその夫婦者を案内しますと、旦那様の方は入口の扉のところに立っていて管理人と話していたそうですが、奥様は一人で中へ入り遺骨の前に跪いて、長い間すすり泣いていられたと申します。それがまた余り長いので、しまいには旦那様が退屈なすって、欠伸《あくび》をしながら、煙草を御自分も喫み、管理人にも一本下すったそうでまたその煙草が外国製のものらしく、迚《とて》も堪らない佳《よ》い香がしたが、吸っているうちに何だか少し頭がぼんやりしてきて、いい気持ちに眠くなった。

何という煙草だろうと後で同僚に話したそうでございます。私もそのお人に会ってお訊きしてみましたが、はっきりした記憶はないらしく、ただ旦那様という方は非常な美男子で、女のようにきゃしゃな細《ほっ》そりしたお人だったということと、これから直ぐ汽車に乗るのだと云って、大きな荷物を持っていられたことだけは分りました。何分にもあの暴風雨の最中なので、荷物の置場に困り、納骨堂の入口に持って行ったそうでございます。しかし私の方ではそんな方にはどうも心当りがなく、むろんそんな親類もございませんので――」

「じゃ、その御夫婦のどっちかが、お兄様のお遺骨をすりかえたらしい、と仰有るのでございますか?」

「どうもそう思うより他には心当りがございませんものですから、でもまるで雲を摑むような話で、何人《だれ》かの悪戯かとも思うのでございますが――、でも万一ほんとにすりかえられたものとしましたら、どんな事をしても取り返さなければ兄へ対して申訳がございません。知らない他人様のお遺骨を葬って、肝心の兄のは行方不明では大変でございますものね」

久子さんは帯の間をさぐって、見知らない婦人の手紙というのを出して見せた。

3

S夫人と私は早速墓地管理事務所を訪ねた。事務所では夫婦者が暴風雨の日に参詣はしたが、預ってある遺骨には断じて異状はないと頑張って、しまいにはこちらの問にも答えず、てんで相手にもなってくれなかった。

秘密に取り扱ってもらいたい、世間に知れるのが嫌だという久子さんの依頼もあるので、この上押しきって調べるわけにもいかなかった。

「遺骨をすりかえるなんて常識じゃ考えられませんわ。誰かの悪戯じゃございますまいか?」

「悪戯としたらちょっとうまい思いつきよ、どうも女の考えらしい。盗んだと云えば第一遺骨が紛失するので、直ぐ知れてしまうんだけど、すりかえたと云うんだと内容だけが変ってる事になるから、お骨には何の証拠もないし小田切さんの妹さんだって迷うわね」

「管里人に突撥ねられたから云うわけじゃございませんが、すりかえるなんてそんなこと、なかなか出来やしませんわ」

納骨堂の扉を開けてもらうのさえ随分面倒だったあの日の事を思い出して、私は云ったのだった。それなり二人は無言のまま歩きつづけていたが、暫時《しばらく》すると、夫人は突然こんなことを訊いた。

「あなたの知ってらっしゃる宮本夫人というのはどういう人で、今はどうしていられるの?」

「それは美しい人でございますよ。しかし顔に似合わず大胆で押しが強くって、負けず嫌いで、性質はいい方じゃございません。悪くいう人はあれや毒婦だなんて申しましたからね。でも今はどうしていますか、御主人が亡くなってから、幾度も結婚したという噂を聞きました。小田切さんもあの人には随分悩まされたろうと蔭では皆同情していましたの。何しろ評判のよくない人でしたから」

「小田切さんの妹さんは宮本夫人とお兄様との関係を知らないんでしょうか?」

「知っておりましょう。でも利口者だから。黙っているんじゃございませんか」

「居所判ってるか知ら?」

「さあ、いかがでしょう。名前も変っておりましょうし、何でも落魄して満洲に行き、支那ゴロと同棲してるなんて話も聞きましたから。しかしそれも、もう大分前のことでございますわ。今はどこにどうしていますか、無論内地ではないでしょう。でもあの勝気な女のことでございますから、小田切さん御夫婦の仲のいい評判なんかが耳に入ったら、それこそ凝《じっ》としてはおりませんはずですのに、一向表面にあらわれて来ない処をみると、事によったらもう死んじまっているかも知れません、とにかく小田切さんとはあれっきり全然交渉はなかったんだろうと私は思って居ります」

「じゃ宮本さんのいた会社に問合せても無駄でしょうかね？」

「人事課でも最早《もう》分らないかも知れません。何しろ姓が幾度も変っておるのでしょうし、それにあの会社とは今は何の関係もございませんでしょうから――。それよりは、むしろ久子さんに直接あたって訊いてみた方がかえって何かの糸口がつかめるかも知れませんわ。あんなに仲のよかった兄妹《きょうだい》なんですから、お兄さんのことは何でも知っていましょうと思いますが」

夫人は前々から宮本夫人には興味を有《も》っていた。勿論本人を知っているのではないが、想像力の強い人だけに、世間の噂さだの、私から聞いた話だのを集めて、一人の宮本夫人を造り上げていた。しかしこの事件に何も関係のない、彼女を引きずり出して来る夫人の気持はどうも分らなかった。たぶん彼女を突《つ》ついたら、何かしら手《た》ぐり出す方法があるかも知れないという位の考えなのだろうが、今頃こんな人を、ほじくり出した処で、どうせ何も出やしないと思ったので、私は余り気乗りがしなかった。しかし夫人の案内役として久子さんを訪問することは拒めなかった。

久子さんは一度嫁いだが、不縁になって戻って来てから、小田切さんの留守宅を預って、番町の屋敷に伯母さんと二人で暮らしているのだった。

宮本夫人と聞くと、久子さんは急に眉を曇らせた。兄の昔の過失《あやまち》を今更明るみへ引き出されて、詮議だてされることは辛かったのだろう。

「宮本さんは兄が亡くなりました時でさえも、まるっきりお姿をお見せになりませんでしたし、お噂もとんとお聞きいたしませんから、私は何も存じませんの」

「では、他に何か御婦人のお心あたりはございませんでしょうか？」

「それが一向ございませんので――。兄は以前はともかくも、嫂と結婚いたしまして後は、ほんとうに真面目だったんでございます。嫂の死後は一層身を謹みまして、只管《ひたすら》嫂の冥福を祈って居りましたのですから、たとえ人様が何と仰しゃいましても、兄には婦人関係などなかったと存じますの」

　夫人は幾度もうなずいて後、ちょっと云い憎そうにいうのだった。

「失礼ですが、お兄様の日記のようなものはおありになりませんでしょうか?」

　久子さんは席を立って出て行ったが、間もなく鼠色の厚いノートを手に持って入って来て、夫人の前にそれを置きながら云った。

「心覚えに書いておいたものらしゅうございまして、ちょっと読んでみましたが、何のことだかさっぱり分りませんのよ」

　日記は日本語と仏国語《フランス》と半々位に書かれてあった。夫人を失った悲しみが胸を打つらしく、至る処に悲痛な歎きが見出される。ある時は夫人の後を追うて、死を切望するらしい文字もあった。私は小田切さんを知っているだけに、彼の心中を思って涙ぐましい気持になった。過去の古疵から何を探り出そうとするのだろうか、夫人の冷めたい態度に思わず軽い反感をいだいた。この上死者の心を傷《きずつ》けたくない、汚したくない。しかしそんな気持などにはまるで頓着なく夫人はノートを久子さんに返しながら云うのだった。

「おついでにアドレッス・ブックも拝見出来ないでしょうか?」

　久子さんはまた立ってアドレッス・ブックを持って来た。

　夫人は頻りにページを繰って何か探し求めている容子《ようす》だったが、軈て見つかったものと見えて、自分の手帖を出して書き留めていた。私は何気なく覗き込んでみると、それは吉岡五郎という人の宿所であった。

4

「吉岡五郎さんと仰しゃる方は？」

夫人は自分の手帖を納めながら久子さんに訊いた。

「吉岡さんは兄の秘書官でしたの」

そう云って、何故か久子さんはちょっと顔を赤くした。

「秘書官？　と仰しゃるとやはり外務省の方でございますね？」

「いいえ。兄個人のですから外務省とは全然関係ございません」

「ではお兄様個人の秘書？」

「はい。そうなんですの。吉岡さんは面白い方で、個人の秘書ではねうちがないからって、御自分の事を秘書官、秘書官って仰しゃいますのよ。吉岡秘書官がなどとね、無論御冗談にですが、それで私達もつい口癖になってしまいましてあの方のことを秘書官と申しますの」

「じゃあお役人さまではありませんのね？」

「はい。それに今度あちらから帰朝いたしました時、初めて連れてまいった人でございます」

「その方、只今でも時々見えられますか？」

「いいえ、兄が亡くなったものですから、自然用事もなくなり、それに伯母がやかましくって――」

「伯母様が？」

「はい。吉岡さんはお美しい方だものですから、ああいう方がいつまでもいらっしゃると目立つからなどと申しましてね」

なるほど久子さんは今独りでいるので、世間の誤解を恐れる。そこで伯母様が心配されるのだと分った。

「吉岡さんはお兄様のお気に入りでしたか？」

「はい。大変気に入って居りました。テキパキした方だものですから。それに頭がよくって、語学が達者なので調法だと申して居りました」

「じゃ何かお考えがあって、特に目をかけていらしたというようなことはございませんか、譬《たと》えばあなたとご結婚でもおさせしようとか――」

久子さんはびっくりしたようだった。

「いいえ。そんな事は決してございません。兄は吉岡さんと私とが接近するのさえ余り好みませんでしたから」

「吉岡さんはどこに住んでいらしたんです?」

「宅の離室《はなれ》をお貸《かし》して上げていました。こんどの兄の滞在は余り長くない予定でございましたので――」

「お兄様が日光でお亡くなりになりましたのはたしか午前二時だったと思いますが、その当日やはり吉岡さんはお兄様とご一緒に日光においでになったのではありませんか?」

「いいえ一緒ではございませんでした。そしてあの方が外出先から帰っていらしたのは夜分の十一時頃だったと思いますの。忘れもしませんが、あの晩吉岡さんは非道い胃痙攣《いけいれん》を起して大騒ぎいたしました。それからずッとお体が悪るくって、兄の告別式にさえお出になられませんでしたの」

「只今でもお音信《たより》がございますか?」

「もうさっぱり――」

「いつ頃あちらへ帰られました?」

「兄の告別式がすんだ翌日でございます。もともとあちらから連れて来た人なんですから」

「でもあちらがお故郷《くに》というわけでもないでしょうにね?」

「何ですか吉岡さんは男には惜しい、余り美し過ぎるといつぞや伯母と私が噂していましたら、兄がそれを聞いて、支那人の混血児にはどうかするとああいうタイプの美男子があると申していましたから、もしかすると混血児なのかも知れません」

それだけの事を訊いて、二人はひとまず小田切邸を辞した。

S夫人は私の問いには答えないで、頻りに何か考え込んでいたが、

「吉岡って人、何だか臭いじゃありませんか?」

「これからちょっとわきへ廻ります。あなたはお先へ事務所へ帰って待っていて下さい」

そう云い捨てると通りがかりの円タクを拾って、さっさと車の中へ入ってしまった。

私は命令通り事務所へ帰って、夫人の帰りを待つ間に、自分の考えをまとめてみようと思ってノートへ書きつけた。

まずこう考えてみる。

吉岡五郎。年齢不明。イタリー人あるいはスペイン人と支那人との混血児。頭はいいが素情のよくない人。才智に長《た》けた美男子。

まず小田切大使に取り入り、令妹と恋仲になる。勿論それは最初からの予定の行動で、結婚とまで運べばもうしめたもの、財産も分けてもらえるだろうし、失業の怖れもなさそうだ。そこで吉岡は腕によりをかけて久子さんを弄落にかかる。処が肝心の兄さんが賛成しない。吉岡の才能は愛するが、妹の夫として撰ぶ人物ではないと思っているらしいと吉岡が感づく。そこで彼には小田切氏が邪魔になってくる。

事によるとこれは自殺ではないかも知れない。支那人などがよく用いる巧妙な手段で、殺害されたのではあるまいか。支那人には残忍性があるから、その血をひいているとしたら、自分の目的を達するためには、どんな悪辣な方法でもやるだろう。だからこそ大使が死ぬと早速故国へ引揚げてしまったのではないか。ほとぼりをさましてから素知らぬ顔で小田切家にまた現れてくるに相違ない。もしかするとその秘密の一部を久子さんも知っているのではあるまいか。そこまで考えると何かしら彼女の身辺にも暗い翳があるように思われる。恋のためには親を殺す者さえある。久子さん

が吉岡の話をする時の態度から察しても、大分両人《ふたり》の間は進んでいるようだ。小田切大使がどうしても二人の恋を許さなかったとしたら？

　私はすっかり吉岡を犯人にでっち上げて考えている処へ、忙しそうに階段を昇って来る夫人の足音がした。

5

「さあ、これから吉岡五郎さんを訪問するんですよ。あなたも一緒に行らっしゃい」

　夫人は荒原の女豹が獲物を捕える時のように生き生きとした眼を輝かせながら、私を伴《つ》れて外へ出た。私はちょっと狐につままれたような気がした。

「吉岡五郎さんは支那へ帰ったんじゃございませんの？」

「いいえ、東京にいるんですよ」

「もうやって来たんですの？」

「ずうっといるんです。支那へ帰ったなんて嘘ですよ」

　夫人は先に立って円タクを交渉し、京浜国道を驀地《まっしぐら》に大森の方へ走らせた。

　途々《みちみち》夫人はこんなことを云った。

「小田切さんの妹さんの処で日記を見たでしょう？　それから吉岡って人怪しいと思ったんですよ。あの日記で読むと大使は死ぬ日の夕方吉岡さんを連れて中禅寺湖から日光へ歩いたんです。二人で山越しをしながら云々《うんぬん》という処があったんですもの――」

「でも、どうして今までそれが問題にならなかったのでしょう？　日記があったなんて事はどの新聞にも書いてございませんでしたがね」

「日記は持ち去った人があったのでしょう。よしんばその場に日記があったとしても他人には解らないでしょう。特殊の文字が使ってありますから、つまり暗号なのですが私は幸いそれを知っていましたからね、まあ吉岡さんに会ったら、何かもっと新らしい発見があるだろうと思うんです」

「じゃやっぱりあの人が犯人なんでございますか？」私は内心いささか得意だった。

二人は大森のBホテルの玄関で車を乗り捨てた。そして夫人は私を入口に待せたまま受付の中へ入って行った。

やや少時《しばらく》すると戻って来て、こんどは玄関とは反対の裏口から庭へ廻った。日はすっかり暮れてしまって四辺はもう暗かった。大きな番犬がどこからか出て来て、迂散臭《うさんくさ》そうに二人の後をついて来る。二人は植込みを抜けて広い芝生の上を歩いた。芝生は露に濡れていて、着物の裾がしめっぽくしっとりとなった。

私は夫人のうしろに従って足音を忍ばせながら、建物の一番端れの方へと近づいて行った。その庭に面した一つの窓にはまだブラインドが下してなかった。しかも電気がついているので室内は一目でよく見えた。長椅子、安楽椅子、壁掛まで全部同色の鼠色で、寄木細工の床の上には処々にペルシャ絨氈《じゅうたん》が敷いてある。あるものは正方形に輝き、あるものは細長くあたかも蛇の背のように冷めたく光っている。光線の加減だろうか、硝子《ガラス》越しに見るせいだろうか、部屋全体の感じがまるで水の中のように思われた。

次の室《へや》へ通ずる扉が半開きになっていて、どこからさし込むか、月の光が蒼白く照らしている。その月の光を上半身に浴びてしどけなく座っている女の姿があった。少し離れた処にモーニングを着た男がこっちを向いていかにも行儀よく、俯向き加減になって、深々と安楽椅子に腰かけていた。私は息も吐《つ》かずに延び上って見ていた。やがて女は膝頭でいざり始めた。まるで蛇のような曲線美を描きながら、男の傍にすりよってズボンの膝に両手を置いた。その片方の手には何か小さいほの白い棒のようなものを持っていた。女は最初しきりに何か掻きくどいていたが、男がてんで相手にもしないので、しまいには男の膝に顔を伏せてしくしく泣き出した。泣きながらこんどはその小さいほの白い棒に頰ずりしたり、唇をつけたり、はてはぴしゃぴしゃとしゃぶり出した。しかし相手は一向無表情で身動き一つしない、同じ姿勢を崩さずにちゃんとしているのだ。

その時、女は何気なくふと私達の立っている窓の方へ振り向いた。細面の鼻の高い、素晴らしい美人だ、その顔が誰やらに似ている。誰だったか知ら？　誰だろう、と思った瞬間ふっと思い出した。宮本夫人！　小田切大使！　ああそうだ、宮本夫人だ、確実《たしか》にそうだ。と思うと同時にこんどは男の顔も思い出せた。宮本夫人はするすると裾を引きずって二人の目の前まで歩いて来た、柔かい夫人の手が、つと私の唇を押えた。

宮本夫人はするすると裾を引きずって二人の目の前まで歩いて来た、私はもう息が詰りそうな気がした。しかし幸にも彼女は窓の外から隙見していることなど全く気がつかないようだった。静かに私達の目の前のブラインドを降し、スウィッチをひねって電気を消した。多分ブラインドを降すことを忘れていたために来たものだろう。

私は夢から醒めたように深い太息《といき》をつくと両手で頭を押えた。私は気が狂ったんじゃないか知ら、しかし慥《たし》かに宮本夫人を見た。小田切大使を見た。この目で見たんだから間違うはずはない。でも、そんな事があり得ようか、もう一度見直したいと思うが、もう次の間との境の扉も閉められたので、室内は窺《のぞ》き見るよしもなかった。まるで妖気に打たれたとでもいうような、無気味な感じがして、今見たもののすべては夢であったような気もするのだ。

ぼんやりしている私を見て、夫人はにこにこしながら云った。

「慥かに宮本夫人だったでしょう？」

「はあ、それは慥かにそうですけれど――、でも。まあ、どうしてあすこに小田切大使までがいらしたんでしょう？」

「オホホホホホ。気がつかなかったの？　あれや人形ですよ」

「えッ。人形？」

私はぞっとした。

「あの似顔なかなかよく出来ていましたね」

「じゃ宮本夫人が持っていたあのほの白い棒、あれや何でございますの？」

「さあね、まあ云うのは止しましょう。どうせいまに分るでしょうから」

夫人は意味ありそうに微笑した。私はあの小さいほの白い棒が気にかかってならなかったが、強いて訊いてみるだけの勇気もなかったので、その儘黙ってしまった。夫人は気の抜けたようになっている私を急《せ》き立てて、こんどは改めて表玄関から名刺を出し、吉岡五郎氏に面会を求めた。二人は長い間玄関の敷石の上で待たされた。

聽て取り次ぎのボーイに案内されて、細長い廊下を幾度も曲り、やっと吉岡氏の扉の前に立った。ボーイはノックしておいてから二人を残して立ち去った。

ここでもやや少時待たされた。室内をあっちこっち歩く靴の音を聞きながら佇《たたず》んでいると、扉が内から颯《さっ》と開いて、吉岡五郎氏の美しい姿が燈を背にしてすらりと立っていた。

「宮本さんの奥様、いや。今日は吉岡秘書官としてお目にかからせて頂きましょう」

はっとしている宮本夫人を押し入れるようにして、S夫人は室内に入り、同時に自分で扉を閉めてしまった。

次の間のテーブルの上には、黒い布で覆われた四角な箱が置いてある。それは確かに見覚えのある品であった。暴風雨の日納骨堂で見た小田切大使の遺骨、たしかにそれに違いない。しかも目前に立っている人は？　あの日コンクリートの廊下で擦れ違った黒眼鏡の美しい男ではないか。宮本夫人と小田切大使の遺骨、私は何だか全てが判ったような気がした。そしてほの白い棒の謎までも。

S夫人は丁寧に頭を下げながら、しかし命令的な語調でいうのだった。

「小田切さんの遺族のお代理として出ました。お遺骨のお返しをお願いいたします」

宮本夫人の顔は見る見る蒼白になった。

6

ながい沈黙の後、遺骨を前にして宮本夫人が語った話はこうだ。

「私と小田切さんとの関係は彼がこの世を去る最後の日までずっと続いていたのでした。世間では疾《と》うの昔、二人の縁は断れたものと思っていたでしょうが、そう思わせるように仕向けたのも、実は私達の考えからやったことで、二人の関係を続けて行こうとするには、何よりも人の口端《くちのは》にのぼるということが一番困ることだったのです。ですから世間の噂をさけるために、故意《わざ》と私は姿を消していたのです。

私の夫宮本が任地で病死した後、当然小田切さんは私と結婚するものと信じきって居りました。処が利口な彼は世間の噂にまでのぼった二人の関係を、結婚によって裏書するような真似はいたしませんでした。それればかりではなく、二人の噂を封じるためには、どうしても表面をちゃんとつくっておく必要があると申します。そして間もなく伯爵令嬢との結婚が発表されたのです。欺《だま》されたとは思いませんでしたが、その時始めて小田切さんの姿、いや、男の人というものの真の姿を見たような気がいたしました。

どんなことがあっても、二人は決して離れまいと誓い合い、かたく約束したほどではありましたが、さて相手の男が、他の女と正式に結婚してしまったとなると、たとえ男の心が少しも変っていないと分っていても、どうも面白くありません。

私はいろいろに自分で自分の心を慰めて居ました。世間から認められなくても、小田切さんのほんとの妻は私だ。結婚という形式を踏まなくても、彼の心を完全に摑んでいれば満足じゃないかとか。新夫人は表面をつくるための道具でしかないんだと――。

しかし真実の心は、そんな慰めなんかにごまかされていませんでした。口惜しくって、自分で自分が可哀想になり、しまいには腹が立って当り散らし、狂気のようになって小田切さんに喰ってかかることもありました、それだのに思い断って別れてしまおうという気にはなれないのです。私はほんとにあの人を愛していたのでしょう。愛してはいましたが、また一面では憎んでもいたのでございます。

私はいつでも自分で自分の心を判断するのに苦しみますが、どうしてこんなに愛している人が憎いんでしょうか。絶えず小田切さんをいじめる事ばかり考えていました。私同様にあの人も私がどんな乱暴な真似をしても、私から離れて行くことの出来ないのをよく知っていますので、それをいいことにして、いろいろと苦しめてやりました。その手段として撰んだうちで、一番効《きき》めがあったのは浮気をすることだったんですの。男から男へ渡り歩くのを凝と眺めているのは、小田切さんにとっては実に辛かったらしゅうございます。それだけに迚も愉快でした。

『もういい加減に勘忍して下さい』

うめくように小田切さんがいいます。

『私と結婚すれば勘忍して上げるわ』

するとあの人は黙ってしまうのです、新夫人を迎えてから、彼と私とは始終口争いをして居りました。

それでも自惚《うぬぼ》れの強い私は去年外国で夫人が亡くなられた時、今度こそ必ず私と結婚するだろうと思い込んで居りました。すると小田切さんは自分には地位があるからと申すのです。その一言でかあとして一時に怒りが頭へ込み上げて来ましたが、それをじっと我慢して、『地位ですって? オホホホホホ――』

故意とお腹を抱えて笑ってやりました。

余り私が可笑がるものですから、小田切さんは間の悪るそうな顔をして云い直しました。

『イヤ、仕事に追われて、結婚など考える暇がない』

『嘘お吐きなさい。あなたに再婚問題が起っているのもちゃんと知ってますよ』

『イヤ、あれは嘘だ、僕は再婚だけはしない、それは断じてしない、そんな事をしてはそれこそあなたに対してすまないことになる。僕を信じて下さい』

『お上手を仰しゃること。再婚しないのをいやに恩に被《き》せて、しかし場合によっちゃ表面を作る必要が起ってくるんですからね。実に勝手なものよ』

『そう誤解しちゃ困る』

『じゃ正式に結婚して頂きましょうかね』

『何でも承知しきって、ようく解ってるあなただのに、どうしてそんな分らない事をいって僕を困らせるんだろう。人を苦しめて喜ぶなんて淑女のすることっちゃあない。そんな事はすれっからしの西洋かぶれのした売娼婦か何かのやる手ですよ。宮本夫人ともあろうあなたが、そんな浅間しい真似をしちゃいけません』

　噛んで吐き出すように小田切さんがいいました。私はちょっと返事に詰ったものの、負け惜しみから口唇に微笑《わらい》を見せて、横を向いて居りました。するとあの人は少時暗い顔をして沈んで居りましたが、

『何もかも僕が悪いんだから、どんなにあなたから苦しめられたって仕方がないんだけれど――。僕が今、あなたと結婚することはちょっと難しいという事は分っているんでしょう？　ねえ、だからもう少し待って下さい。云い逃れをするんじゃありません。僕が隠退して、官界を退き自由な身になるまで――』

『自由な身になるとまた何か云い分が出来るんでしょう。面倒臭いからどうでも御勝手になすって頂きますわ。結局私はあなたに欺されたという結論になるんですから。しかし欺されて、泣寝入りに終ってしまう女だかどうだか、私という人間を一番よく知っていらっしゃるのはあなただから、

もう何も申上げますまい』

小田切さんは私の顔をじいと見ていましたが、急に調子をかえて、優しく機嫌をとるように申しました。

『冗談ですよ。怒りっぽいね、あなたは。じゃ約束しましょう。もう少し待って下さい。ねえ、いいでしょう?』

『もう少しって、いつのことですの? あなたのもう少しなんて、何年先の事だか、何十年先の事だか、永久来ないもう少しだか分りゃしない。その手で何年釣られたと思召《おぼしめ》すの? はっきりしたところを仰しゃって頂きますわ』

『そんな我意《わがまま》を云うなら、意地にもいえません』

『それごらんなさい。嘘がばれたもんだから返事が出来ないんですわ』

『嘘はいいません』

『否え嘘です。その嘘で××は欺ませても私は欺ませませんよ』

『勝手になさい』

『ええ、勝手にしますとも』

そんな口喧嘩を最近はのべつ繰返すようになり、そのためお互の間も段々気拙ずくなってまいりました。

そこへある事件の打ち合せのため、急に本省から電報で呼び寄せられることになりました。小田切さんの帰朝を耳にすると殆ど同時に、またある確実な処からこんな情報を得たのでございます。それはある有名な家からあの人へ結婚の申込みがあって、話は順調に進んでいる。再赴任せられる時は新夫人を伴って来られるだろうというのです。

私はもう我慢してはいられませんでした。真偽をたしかめようと小田切さんを散々詰問してみましたが、どうも要領を得ません。遂々私はあの人の秘書という触れ込みで、男装して日本へ従《つ》いて来てしまったのです。そして小田切さんと会うために最初からこのホテルに宿をとって居りましたが、久子さんの御厚意で、あの方の家のお離室《はなれ》をお貸し下さることになったので、両方に住んで居りました。

小田切さんと私とは忙しそうに家を出てはこのホテルで会っていました。会っては喧嘩ばかりして居りました。このホテルでも私をほんものの秘書官だと信じて居りますし、久子さんのお家の方達も少しも怪しまず、お兄様の秘書として一生懸命に働いているものと思い込んでいられたようでしたから、万事に都合がようございました。久子さんなどは大変親切にして下すって、よく気をつけ、労《いた》わって下さったり、度々優しい情のこもったお手紙を頂きましたが、いい加減にあしらって居りました。

その中に、争いに争いを重ねて、遂々最後の日が来たのでございます。私達は中禅寺から日光へ出るのに、言い争いをしつづけながら、わざわざ人の通らない路を撰んで歩きました。

再婚はしないとあれほどきっぱりと申しておきながら、私に厳しく問い詰められて、小田切さんは遂々本根を吐いてしまったんですの。長官の娘だから断りきれないんだと申すじゃあございませんか。その時位小田切さんが詰らなく、情けない人間に見えたことはありませんでした。

『私や買い被った！』

そう云うと急に口惜しさが胸に込み上げて来ました。欺されたんだ、欺されたんだ、ああ遂々欺されちゃったんだ。

私は小田切さんを突き飛して、無茶苦茶に馳け出しました。あの人は後から追いかけて来て肩を押え、頻りに何かくどくど云い訳しながら謝罪《あやま》っているのですが、もうすっかり逆上し切っている私には、何を云ったたって聞えもしないし、分りっこもありません。

あの晩は宵闇で暗うございました。私は山路でピストルをあの人の胸に突きつけて云いましたの。

『殺しっちまう、殺しっちまう、私を欺して――。よくも欺まして、私の一生は、ああ私の一生は――。滅茶々々になってしまった！』

私はピストルをそこに投げ出して、急に泣き出してしまいました。

『こんな目にあって、黙って引込んでしまえると思う？　それほどの意気地なしだとみくびっていらっしゃるの？　私はあなたなんかに敗けているもんですか。世間に発表します。一身を投げ出して、捨て身になって、社会に訴えてやるんだ。ついでに何もかもしゃべってしまうわ。私を信用してべらべらと話して下すった外交上の秘密も、こんどの大事な使命も、すっかり打《ぶ》ちまけてやる。秘密書類の紛失事件、あれが公になったらば、いくら図々しいあなただって、おめおめとこうやっちゃあいられやしない。私の復讐がどんなものだか、楽しみにして見てらっしゃるがいいわ』

私は狂人《きちがい》のようになって叫びました。怖しい権幕におびえて、小田切さんは一言も云わず、青い筋を額に見せて、唇を噛みしめていました。

私は自分で手を下して殺すか、生きながら葬ってしまうか、二つに一つだと深く決心をいたしました。やろうと一度《ひとたび》決心した事は必ずやり遂げる。それが私の性質なのです。あの人はそれをよく知って居りました。もうこうなってはいくらなだめても心を翻すような女でないということも、彼にはよく分って居りました。

『社会的に殺されるよりは、むしろあなたの手で殺されたい。ああ僕ももう疲れた！』

あの人の乾いた唇から出た言葉はこれだったのです。私は悪魔のような笑いを唇に浮べて云いました。

『あなたに殺されたい？　まだそんなお世辞を云ってる。誰が殺してやるもんか。あなたのような人間を殺すだけの情も、最早私は持ち合せてないんですよ、死にたかったら御自分で勝手にお死になさい――』

ピストルを拾って小田切さんに突きつけました。――そのピストルであの人は遂々死んでしまったんでございます」

宮本夫人は云い終ると骨壺を抱きしめて、懐かしそうに頰ずりしながら、私達の手にそれを返した、そして更に附け加えていうのだった。

「あんなに喧嘩ばかりしていましたが、やはり私は小田切さんを愛しています。あの人も私を憎めなかったんでしょう。二人は真実に愛し合っている癖に、始終諍《あらそ》いばかりしていました。が、さてあの人はもうこの世にいないと思うと、この先どうして生きて行っていいか分らなくなります。口惜しさも腹立たしさも皆消えてしまって、残っているのはただ深く彼を愛しているという心だけですの、せめてお遺骨のお傍にでもいなくては寂しくて一刻《ひととき》も生きていられなかったものですから、実は告別式のすんだ晩、遺族の方達が皆疲れてしばらく休んでいられた間に、私はそっとお遺骨をすりかえておいたのでございます。が、どうにも不安でならなかったものですから、納骨堂にあるお遺骨を真物と思わせようと苦心した結果、あなたにお目にかかったあの暴風雨の日などは、女優をしている従妹《いとこ》に涙を流す役をつとめさせたりしたのです。私の秘密を知った従妹からの重なる要求に応じかねて、拒絶しましたので大変彼女を怒らせてしまいましたから、多分従妹が久子さんに何事か密告したものだろうと考えますが――。しかし段々日がたつにつれてやっとある理《ことわり》を感得しました。そしてもうお遺骨を抱いていなくても、小田切さんの全霊《たましい》は私の心の中に生きていると思うようになりましたので、今はもうお遺骨には何の執着も未練もなくなりました。自身でお返しに出なければならないのに、あなた方をおわずらわせするような事になりまして、まことに何ともお申訳がございません。覚悟の上でかような罪を犯しました私を、どうぞあなた方のお手でどんなにでもご処分遊ばして下さいませ。私は決して逃げもかくれもいたしません。御沙汰のあるまでこのホテルに留って居ります。どうぞ久子さんへよろしくお詫びをお願いいたします」

Ｓ夫人は遺骨を抱いて私の先に立って室を出た。見送っている宮本夫人の眼には涙が光っていた。

蛇性の執念

1

一つの事件の解決がつくと、S夫人はまるで人間が変ったように朗かになる。それが難しい事件であればあるほど、すんだあとは上機嫌だ。

「また何か変ったお話、聞かせて下さいましな」

そういう時を狙っては、彼女からいろいろ面白い話を聞いた。

S夫人はテーブルの上のチェリー・ブランデーの瓶をとって、美しいカット・グラスに注《つ》いで自分も呑み、私にもすすめながら云った。

「上流の家庭内に起った事件というものは、よく、うやむやのうちに葬り去られて、その真相は永久に、社会の表面にはあらわれずじまいに終ってしまう、というようなことが沢山ありましょう。このお話もその一つですが」

と云いながら椅子を離れて隣室の書斎へ行ったが、少時《しばらく》すると一冊のスクラップ・ブックを持って帰って来た。夫人はその中ほどを開いて私の前に置いた。私は思わず目を瞠《みは》って云った。

「まあ！　お美しい方！　御結婚のお写真でございますね、何方《どちら》さんでございます?」

「麻布の御木井《みきい》男爵ですの。御木井合名会社の社長さん御夫妻ですよ」

「若い社長さんですこと！」

「ああいう大富豪になるとなかなか面倒なものと見えて、代々総家の相続人が社長の椅子に座ることに定《きま》っているらしいんですの。その新聞には昭和七年と書いてありますから、その時多分新郎の御木井武雄さんが二十七歳、新婦の綾子さんが二十二歳だったんですわね」

「新夫人はどちらから?」

「政友会の山科さんのお嬢さんです。山科さんは以前南洋方面にも大分目をつけていた関係上、私の夫とも相当親しくしていらしたので、夫が亡くなりますと間もなく、山科さんから招かれて、私は綾子さんの家庭教師になり、一年ばかり山科家の家族達と一緒に暮したことがございました。それは綾子さんと武雄さんとが結婚されるずっと以前のことなのです。さあそろそろお話の本筋に入りましょうかね」

S夫人はチェリー・ブランデーを一口呑んでから、静かな語調で話し始めた。

「綾子さんが武雄さんと結婚するそうだ、そんな噂を耳にした時から、私は不満で不満でたまらなかったのです。どうぞまあ噂だけであって欲しいと希っていたほどでしたから、お祝いにもまいりませんでしたし、遂々《とうとう》披露会にも出席いたしませんでした。処が翌朝の新聞には麗々しく二人の写真までこの通り出ていたので、すっかり気を悪くしてしまいました。

何故この結婚をそんなにまで不愉快に思うかというには理由があるのです。綾子さんは武雄さんの実兄で、御木井男爵家の嫡男文夫さんの妻だった人なのです。しかも二人は相思の仲だったのですもの、その文夫さんが亡くなって、まだ一年も経たないのにもう弟さんと結婚する。何だか厭じゃありませんか。しかも文夫さんは病気で亡くなったのではありません。綾子さんと結婚して四日目の披露会の当日自殺したのです。

私は二人の写真を見てから不愉快になって、事務所に出るのにはまだ早いけれど、お天気もいいしするからともかくも外へ出ようと思って、アパートの自動昇降機を降りました。私はその頃アパートに住んで居りました。扉を明けて出ようとすると、そこに大きな男が立っていまして、危ぶなく突き当るところでした。

『ご免ん遊ばせ』

軽く云ってすれ違いながら、ふとその男の顔を見たんです。黒い大きな眼鏡と黒いマスク、前のめりに被った帽子、それで顔の大半はかくされていますが、左の目の下から頬へかけて大きな切疵の跡があって、そのためでしょう口が少し曲っているんです。どうも人相のよくない、気味の悪い人だ、身装《みなり》は悪くありませんが、どう見たって善良な紳士とは見えません。しかし身装なんかは後になってから憶い出した事で、一と目見た瞬間あのゾッとした感じは忘れられませんでした。大カバンを右手にぶら下げ、左手にも二つ三つの包を抱えていました。このアパートを借りた新客には違いないんですが、こんな相客は有り難くないと心に思いながら外へ出ました。

私は電車に乗ってからも、今見た男が気になってなりませんでした。何階にいるのか知ら、あんな人が隣室にでも引越して来たら、早速逃げ出してしまわなければならないなどと考えながら、銀座で電車を乗換えましたら今度は座席が空いていません。仕方なく入口に立っていますと三越前から一人の老婦人が乗りました。ふと顔を合せると、それは思いがけないお梶《かじ》さんでした。

お梶さんは御木井家の老女で、文夫さんの乳母だった人でございます。文夫さんの亡くなったいまは主に綾子さんの世話をしていると聞いて居ました。ああした大家の奥向を取締っている女《ひと》だけに、まことに上品で、私はどこかいいところの奥様かと思いました。先方でも逸早《いちはや》く私を見ると直ぐ傍へ来て、丁寧に頭を下げました。

『綾子さんもお身《からだ》がお定まりになってようございましたね』

仕方なく、お祝いともつかぬこんなことを申しました。するとお梶さんは厭な顔をして凝《じっ》と私を見て居ましたが、軈《やが》て不平そうに申しました。

『先生までそんな事を思召《おぼしめ》してらっしゃるんでございますか？　それじゃ余りでございますわ。綾子様がお可哀想でございます』

お梶さんは何だか話したそうな素振でしたが、電車の中では何ともしようがないので、

『どこかでお茶でもおのみになりませんか？』

誘いかけてみますと、喜んで直ぐ同意いたしました。

お梶さんは自分の姉さんが急病のため、四五日宿下りしていたが、病人も快くなったし綾子さん

の事が気になるので、明日あたりはお屋敷へ帰る積りだと申しました。今日は病人からの頼まれで買物に出たのだといいました。

二人は連れ立って、静かな喫茶店を撰んで入りました。

『綾子様はほんとにお可哀想でございますよ。先生、毎日泣き通していらっしゃいます』

『そんなに武雄さんをお嫌いだったんですかねえ、それほどとも見えなかったけれど――』

『先生は本当のいきさつを御承知ないからでございます。どういうものか武雄様は、文夫様と綾子様とがお親しくなると同じ頃から綾子様にお附き纏いになって、誰もいないと眼の色変えていろいろ仰しゃるんでございますよ。とても怖くって、文夫様があんなにご親切でなかったら、迚《とて》も綾子様は武雄様が怖くって、御木井のお邸へお嫁様には入らっしゃらなかったでございましょう。御婚約がお出来になってからだって、武雄様は幾度も隙を狙ってはくどいていらっしゃるんです。それを存じて居ますのは私一人でございます。ほんとを申すと綾子様は文夫様がお亡くなりになりました後、山科様の方へお帰りになっておしまいになればおよろしゅうございましたんです。私も随分それをおすすめいたしましたが、何分、お実家《さと》様のお母様が生《な》さぬ仲でいらっしゃいましょう？　綾子様は御自分は死ぬより行途《ゆくみち》はないと仰しゃっていらっしゃいました位でございますから――』

お梶さんは涙ぐんでいい続けるのでございました。

『ちょっと考えますと、只今のようになりますのがいい解決でございますからね。せっかく御木井家と山科家との御縁が結ばれたのでございますから、これを放したくないというお考えが両家におありになるのも御尤もでございます。文夫様がお亡くなり遊ばし、武雄様がお跡をおとりになる、恰度お年頃もいいし、武雄様にも異議がおありにならないといえば、御再婚は四方八方好都合じゃございませんか。綾子様のお考えなんて聴いて上げようとも遊ばさずに、お話はずんずん進んでしまったのでございます』

『綾子さんがそんなにも武雄さんを嫌ってらしたことは、誰も知らなかったんですか？』

『武雄様御自身はようく御承知でございます。あとは私位のものでございます。私がお口出し出来ます身分でもございませんし、実は綾子様には決して御承知遊ばしますな、どんなことがあっても、お嫌いなものを無理押しつけにおされになってはいけません。と申上げていたのでございますけれど――。そのうちお実家様のお母様は御相談に入らっしゃいました。それも文夫様と余りお仲がおよろしかったから、そのためにお気がお進みにならないのだろうとの御懸念で、お見えになったのでございます。どうせ行く行くはこうなるのだからと、御説得なすったそうで、綾子様としては文夫様にもすまないように思召しましょうし、第一武雄様がお嫌いなのでございますもの、お母様にそれを申上げたってお分りになりませんしね、お一人で小さいお胸を痛めて、ただ泣いていらっしゃるばかりだったのでございます。それでも綾子様はとうとう最後まで、御承知はなさらなかったのでございますけれど――』

『いくら綾子さんがしっかりしていても女ですからねえ。運命に抗し得ず、皆さんのするままに引きずられて往《い》ってしまいになったのでしょう、全くお可哀想ですねえ』

『どうしたらいいか分りませんが、なまなか余計な口を出して、武雄様のお気にさわり私がお暇《いとま》にでもなったら、それこそ綾子様は誰一人味方のない独りぽっちにおなりになりますから』

『そんな理《わけ》とは知らずに――。ごぶさたをしてすみませんでした。早速お訪ねしてお慰めしましょう』

『本当にどうぞ、お見舞して上げて下さいませ、外《ほか》にどなたもいらっしゃらないと、まるで失心遊ばしたように、お目に一杯涙をおためになって、ふさぎ込んでいらっしゃるのでございます。先生にもお目にかかりたい、お目にかかってお話がしたいと始終仰しゃっていらっしゃいます』

『是非近日伺いましょう』

二人は喫茶店を出ました。お梶さんに別れて私は事務所に参りましたが、綾子さんの事が気にかかって仕方がありませんでした。綾子さんと思うと直ぐ私は文夫さんの事を考えます。殊に文夫さんの自殺は一つの謎として、私の頭にこびりついているのでしたから。

2

日もありましょうのに、お目出度い結婚披露式の宴会なかばの事だったのです。書斎の机の上に俯伏したまま、冷たくなっている文夫さんが発見されたのは。

机の右側の紙屑籠の中から見出された注射器と、空になったアンプレの四五本と、左の手首に赤くはれ上った注射の跡とによって、文夫さんは自殺と決定されました。何しろ結婚後僅かに四日目の出来事なので、大分新聞でも騒ぎましたが、間もなく余り評判もしなくなり、新聞にも出なくなりました。それは多分御木井男爵家側の運動のためだったろうと、私は考えて居ります。

しかし文夫さんは何故死んだのでしょう？

あの人に自殺しなければならないような原因は何もないはずです。大富豪御木井男爵家の嫡男と生れ、幼い時両親に死別したというのが不幸ではありますが、頭もいいし、風采も綺麗だし何一つ不自由なく育ったばかりか、相愛の綾子さんを得て、実に幸福の絶頂にあるのではありませんか。そういう恵まれた境遇に置かれたものが、何の理由なくぽっこり自殺してしまうなんて、そんな馬鹿々々しい話がありましょうか。

その当時から、それは一つの疑問として、私には忘れられない宿題となっていたのでございます。

3

私が綾子さんを訪問したのは、お梶さんに会った翌日の午後でした。

その日武雄さんは不在でした。御木井合名会社の重役会議に出かけたとやらで、思いがけず綾子さんと二人ぎりで話せる機会が出来たのを、大変嬉しく思いました。綾子さんも同じ心持だったのでしょうか、応接室《おうせつま》へは通さず、見馴れた懐しい彼女の居間に案内させてくれたのがまた私には嬉しゅうございました。

半年ばかり会わなかった間に、綾子さんは見違えるほど面瘻《おもやつ》れして、大きな眼がますます大きく、ふっくりしていた頰の肉もすっかり落ちて、何となく老けました。美しい人の痩れたのはまた風情のあるものですが、ダリヤのように濃艶だった綾子さんが、まるで夕闇に浅黄桜を仰ぎ見るような物寂しさに変っては、風情があるなどと云ってはいられません。最初病気かなと思いましたが、そうでもなさそうです。しかしどうにも新婚の人らしくは見えません、晴れやかさもなければ、元気もない。ただ淋しい陰に全身を包まれ、浮き立たない頰に強いてほほ笑みを見せているのを見ると、私までが引き入れられて、気が滅入ってしまうような感じがいたします。陰気な花嫁さんだと思わず心でつぶやきました。

綾子さんは口数も少なく、島田に結った小間使がお茶を運んだり、お菓子を持って来たりするのを眺めていましたが、

『ベルを押すまで、誰も来ないでおくれ』

と云って小間使を退けてしまいました。さて二人ぎりになると急に態度が変って、綾子さんは自分の感情を率直にあらわして、やる瀬ない悲しさを訴えはじめるのでした。私はお祝いを述べるより先に、慰めの言葉を探すのに、骨を折らなければなりませんでした。

『実は綾子さん、昨日偶然に電車の中でお梶さんに会いましてね、あなたのお噂もお聞きしたたん

ですの、ほんとにお察しいたして居ますわ』

それだけの言葉を聞いてさえ、綾子さんの目はもう涙に湿っていました、お目出度うございますと祝ってくれる人はあっても、お気の毒だと慰めてくれる人のない、綾子さんの境遇に、心から同情せずにはいられませんでした。

綾子さんは私の手を握って、出しぬけにこんな事をいい出すのでした。

『先生、私の家へお引越して入らして下さらない？』

『？』

『御一緒に私と暮らして下さいません？　昔のように——。私の傍にいて下さらない？　もう寂しくって、寂しくって——』

私は返辞が出来ませんでした。

『先生はアパートお好きじゃないでしょう？　殺風景だけれど仕方がないと仰しゃったのよく覚えて居ますわ。どの部屋でも、先生のお好きな部屋お使い下すって、私の家から事務所へお通いになったらいいわ。ねえ先生そうして下さらない？』

『ええ、有難うございますが——。でも、もう直きにお梶さんが戻って来るでしょうから』

『ねえ先生、あなたは何もかもようく御存じですから申上げますが、何故武雄なんかと結婚したのかと辿も後悔しているんですのよ、あんな嫌いな人と——。あんな厭な武雄と——』

『分ってますよ。でも今更そんな事は仰しゃらない方がようございますよ』

『政略結婚！　親の犠牲になったのですわ。でも一番悪いのは私です。私の意志が弱かったからこそ、こんな悲しいことになってしまったんです。意気地なしだからです。馬鹿だからです』

綾子さんはハンケチを歯で破きながらいい続けます。

『ああそれにつけても文夫さえ自殺してくれなかったら——。何故文夫は死んだんでしょう？　先生、私はその原因が知りたいんです。真実《ほんと》のことがね、死なればならない事情があるなら、私にだけは話してくれてもよかったと思いますわ。黙って独りで死ぬなんて――。それをどんなに口惜しく思っているか、先生、私の気持お分りになりますでしょう?』

綾子さんは段々興奮して声が大きくなるので、それを押し静めようとして、

『誰か来ましたよ。綾子さん、人に聞えるといけないから』

私はとっさに思いついて、そんなでたらめを云い、耳を聳《そばだ》てたんです。すると綾子さんは涙を拭きながら立ち上って、

『武雄が帰ったのかも知れません。あの人ほんとに猜疑心が強いのよ』

綾子さんは襖を開けて廊下を見ましたが、誰もいないのでまたもとの席に戻ってまいりました。

『そんなにお厭だったんなら、武雄さんと御結婚なさらなけりゃよかったんですわね。文夫さんの未亡人でお通しになればよかったのに――』

『それが出来る位なら何も――』

綾子さんは半分口の中で云いながら、急にすすり上げて泣きはじめました。うっかりと云った私の言葉は、綾子さんの最も痛い処を突いたんです。飛んだことを云ったと思って後悔いたしました。ながい間泣き続けていた綾子さんは何か心に決しでもしたように、驟てきっと顔を上げて申しました。

『先生も私が武雄と結婚したのを不愉快に思ってらっしゃるんでしょうね。私自身でさえこんなに不愉快に思う位なんですから』

『でも仕方のない事なんでしょう。そうなさるより途がなかったとしたら、それに武雄さんは昔から貴女がお好きだったのね、ほんとは文夫さんから奪っても、御自分のものになさりたかったんでしょう?』

綾子さんはそれには答えないで、じいっと何か考え込んでいましたが、

『私、先生にどうしても聞いて頂きたいことがございますの、でもそれは他人の耳に入ると、ち

ょっと困ることなんですし、どうぞ、どなたにも仰しゃらないで下さいませ』

綾子さんはしきりに他言しないでくれと繰り返し繰り返し云ってから話しました。

『どうしても信じられない事なんですが、文夫を自殺させた罪は私と武雄にあるということを聞いたんですの』

『誰がそんな事を申しました？　武雄さんじゃありませんか？』

『そうですの、武雄が申しました。文夫は私と武雄との間に恋愛関係があるものと思い込み、それを訊きただしもしないで、独りで煩悶していたんですって、それこそ全くの誤解でしたが、ああいう善良な人だったものですから、自分独りの胸に秘めてただ苦しみぬいた揚句、私や武雄を幸福にさせるために自殺したんだと申しますの、そんな馬鹿々々しい事と最初は気にもかけなかったんですけれど、段々考えてみますと、満更武雄のでたらめばかりでもなさそうな節もございますの。文夫の日記を見ても、何か煩悶があったのは事実でございます。それが私の事に関してだかどうかは分りませんけれども、また武雄はこんな事も申しましたの。私と武雄は深い関係があるのだと、結婚直後に何人《なんびと》かが文夫に密告したそうですの、私も見ましたが、文夫の本箱から出たという差出人無名の手紙にもそんな事が書いてございました。死ぬ前日文夫が武雄に申したそうです、僕に万一の事があった場合、綾子の事は君に頼むよ、と冗談のように云ったのが、今になると遺言のような気がして責任を感じると申しました。でも先生はどうお考えになりまして？　それが事実だとしますと、一言も云わずに死んで行った文夫の心持も分るような気もしますけれど――』

『それで武雄さんはお兄様からあなたの将来を頼まれたから、あなたを保護するためにも結婚しなければならないと仰しゃるんでしょう？』

『ええ、兄の遺志でもあるから、と申して度々私に迫りましたの、その度毎に私はこの家を逃げ出してしまうかと思いましたんですけれど、御存じの通り行く処もないし、それにもう一つこの家をどうしても離れられなかった理由がありましたの』

『このお家を離れては文夫さんにすまないとお思いになったの?』

『いいえ、全然違います』

『ではどんな理由?』

『先生はどうお思いになりまして? 文夫と武雄と似て居ますか?』

『さあ、私はちっとも似ていらっしゃらない、御兄弟のようじゃないと思いますけれども――。御性質だって、御風采だってまるで反対じゃありませんか』

『そうでしょう、皆様が兄弟とは思えないと仰しゃいます。処がね、不思議なことには一時私の目にはとても似ているように見えましたのよ。ちょいとした表情や動作などに懐しい文夫の面影を見ることがあったんでございますの。またよく見直しますとちっとも似た処のない、醜い武雄の顔になってしまいます、文夫は死にはしないんだと、ふと私は思いました。この家のどこかにいて私を守っててくれるんだ、という気がしたんですの、それでこの家を離れることも、武雄の傍を離れることも出来なかったんです。淋しかったんですわ。それが私と武雄と結婚させてしまうような原因となったんですの、でも妙じゃございませんか。ほんとに妙なお話ですが、結婚して後は、今までただ嫌いだった武雄が、今度は憎くさえなってきましたの、嫌いな人でも結婚すれば、そこにまた新らしい愛情が湧くように申す人もありますが、あれは嘘でございますわ、私のような場合から考えますとね、いままでは武雄を敵のように憎みます、憎くって、憎くってたまりませんの。その反対に文夫に対する愛情は益々深くなって、恋しくてたまりません。でも悲しいことにはこの頃は、もう武雄のどこからも、文夫の面影を見出すことは出来なくなりました。まぼろしは結婚と同時に消えてしまったんでございます。きっと文夫も私に対して快からず思っているのじゃないかと思います。たとえ武雄の計略にのったのだといっても私はまあ何という軽卒な真似をしてしまったんでしょう、今更取り返しはつきませんが、考えると口惜しいやら、情ないやら、自分で自分に愛想がつきてしまいます』

綾子さんはさめざめと泣くのでした。

4

そこへ宿下りをしていたお梶さんが帰って参りました。

綾子さんはお梶さんの顔を見ると急に元気づいたので、私まで何だか安心したような気がいたしました。お梶さんは文夫さんのお母様とは乳姉妹《ちきょうだい》で、また文夫さんの乳母でもありましたので、今は文夫さんに仕えるような心持ちで、心から綾子さんを大事にして居ました。

『梶に見せて上げるものがあるわよ』

綾子さんはじぶくろからキャビネ形の写真を出して来ました。

『こんなお写真見たことある？　文夫さまのお書斎をお片付けしたら、お机の上の書簡紙の間から出たんだけれどもね』

お梶さんは写真を手にして、一と目見ますと忽ち変な表情をいたしました。

『このお写真が――、まあ！　どうして――。お書斎にございましたんですって？』

『梶は知ってるんでしょう？　私、ついぞこんなお写真拝見したことがなかったわ』

『不思議でございますねえ。これがどうしてお書斎にございましたか知ら？』

お梶さんはじっとその写真を見詰めているようなのですが、実はその眼はお写真を見ているのでもなく、何かこう幻影を追いながら、深い物思いにでも沈んでいるという風なのです。私は変だなと、心に思いました。

『ちょいと拝見』

無雑作にいって、お梶さんの手から写真を取って見ました。処々汚点が出たり、色が変ったりして大分古ぼけてはいますが、顔の処だけははっきりとしていました。古風な椅子に腰かけている若い女の傍に、倚《よ》り添うようにして一人の青年が立って居ます。女は文夫さんの母君、御木井男爵夫人と直ぐ分りました。男の方は父君男爵ではありませんでしたが、私はその顔を見て吃驚《びっくり》しました。それは忘れようとしても忘れられない、あの昨日の朝アパートのエレベーターの前で見た気味の悪い男、その男の顔そっくりではありませんか。しかし私は何気なく申しました。

『文夫さんのお母様、ほんとにお美しいお方でしたのねえ。そしてこの方はどなたなの？』

綾子さんはこの男は誰だか知らないと見えて、お梶さんの顔を見て云いました。

『梶、どなたなの？』

『叔父様でいらっしゃいます。大旦那様の弟ご様で――』

お梶さんは重苦しい調子でいって、深い溜息をつきました。

叔父様だと聞いて、綾子さんも急に写真を見直しました。

『印度《インド》に往って入らっしゃる叔父様なの？』

『はい』

『梶、私は叔父様のお写真ってもの今まで拝見した事がなかったのよ。だからどんなお方かと思っていたの。こんないいお写真があるんなら何故アルバムにはっておかないんでしょう。お母様も御一緒だしね。私は叔父様のお写真は家には一枚もないものかと思ってたわ』

『はい。一枚もないはずなんでございます。殊にこのお写真はどうしてもこのお邸にある理《わけ》がないのでございます。まさかお写真がひとりで歩いて参ったんでもございますまいに――』

綾子さんは笑い出しました。それに釣られて私も笑いました。しかしお梶さんだけは大真面目なんです。のみならず何か怖しい幻にでも襲われているように、息をはずませながら何となく落付を失っているようなのです。

私はお梶さんの様子を注意深く見ながら、綾子さんに云いました。

『文夫さんがどこからか持っていらしたんではありませんの？』

『それなら必ず私に見せますわ』

と綾子さんは直ぐに否定しました。

『すると文夫さんがお亡くなりになった後に、どなたかがお置きになったんですわね』

綾子さんは首を振って、

『あの後、お書斎には私の外、絶対に誰も入れませんでしたわ』

お梶さんは黙って考えつづけています。写真がある以上、何人か入ったと見なければなりません。誰も入ってはならないという書斎に何人《だれ》かこっそりと忍び込んだのでしょう。そして何のためにこの写真を残して去《い》ったのでしょう。一体それはいつの事でしょう。これは何か文夫さんの死に関係があるのではあるまいか。私の好奇心は少しずつ動き始めました。

私はお梶さんに訊いてみました。

『このお写真は、このお邸内には一枚もないはずだと仰しゃいましたね。それはどういう理ですの？』

『細かい事はここでは申上げかねますが、このお写真はたった一枚を残して全部破り棄てられたのでございます。種板までも――』

『そして残った一枚は？』

『それは――。その一枚を持っていた人が、ここへ来たんでございましょうか？』

お梶さんは昂奮に震るえて、その顔は真青になって居りました。

私はもう一度写真を見改めましてから、お梶さんに訊いてみました。

『実はね、このお方昨日ある処でお見かけしたように思うんですが、違いますか知ら？　お年頃は五十がらみで、何だか頬に大きな傷がおありになりはしないでしょうか？』

それを聞いてお梶さんは一層青くなりました。急に眩《めまい》がすると云って、額を押えながら引退ってしまいましたので、これ以上何も訊くことが出来ませんでしたが、お梶さんのこの様子を見て、この写真と文夫さんの自殺との間には、何等かの関係があるに相違ないと疑わずにはいられませんでした。お梶さんもそれに気付いてあんな異常の動揺を感じたのではありますまいか。

5

綾子さんを訪ねてお梶さんに会って以来、文夫さんの死についての疑問はいよいよ深くなりました。何とかしてお梶さん一人にもう一度ゆっくり会ってみたいと思いながら、忙しい仕事に追われて二三日過ぎました。所がある朝、思いがけずお梶さんの訪問を受けたのでございます。喜んで直ぐ私の部屋に迎えましたが、お梶さんは私が会い度いと思っていた事なぞ存じませんから、出し抜けの訪問を気にして、無暗に詫言ばかり申しているのです。でも一と通りの挨拶をすませますと、お梶さんはちょっと口ごもって居りましたが、軈て思い切ったように切り出しました。

『実は私一人の胸に納めかねますんで――。是非先生に内証《ないしょ》で聞いて頂きたいと存じましして上りました。文夫様の事なんでございますが――』

そら来た！　と思ったので、思わず膝を乗り出しました。

『文夫さんがどうしたというの？』

『先生、先生は文夫様がどうしてお亡くなり遊ばしたと思召します？』

『――』

『私は変だ、変だ、と思いつづけて居ましたが、この間先生にお目にかかった時から、どうやらこの謎がすっかり解けたような気がいたしますのでございます。文夫様はお殺されになったのに相違ございません』

これには私も驚きました。

『だって自殺と決定したんじゃありませんか。何を証拠にそんなことを云うんですか、そして誰に殺されたと思うんですの?』

『そのお写真の方にでございます。印度にいらっしゃる叔父様』

『叔父様? だって叔父様は印度においでになるのじゃありませんか』

『いいえ、叔父様に違いございません。あの方を先生がどこかで御覧になったとすれば、もう間違いございません。私はあの方のやった仕事だと信じるのでございます。あの日の混雑に紛れて入り込み、巧みに文夫様をお殺しになったに間違いございません』

『だって――、よしんばあの方が入らしたとしても、それは実の血を分けた叔父様じゃありませんか』

『叔父様だから怪しいのでございますよ。先生、先生は御承知ございませんが、その叔父様というのは御実兄にあたる大旦那様を殺し、大奥様を散々苦しめ、御木井家を横領しようと企らんだ、飛んでもない人非人《にんぴにん》なんでございます』

『それは本当ですか?』

『それですから、叔父様が東京に入らしたと聞いただけでもゾッとするのでございます』

『しかしね、横領しようたって、文夫さんを殺しただけじゃ駄目じゃありませんか。武雄さんって方がありますからね』

『武雄様はおよろしいんでございます』

『何故なの?』

お梶さんは暫時《しばらく》黙って考え込んで居りましたが、やがてさも云い憎そうに声をひそめて申しました。

『でも――。武雄様は――、御自分のお子さんなんでございますの』

私はこれを聞いて、事の意外なのに驚きました。

『もしそれが本当だとしたら、武雄さんは綾子さんに取って讐《かたき》の片割じゃありませんか。無論綾子さんは御存じないんでしょうけれど――』

『綾子様はお可哀想でございます。御承知の通り武雄様が随分うるさくお附き纏いになったのを、嫌って嫌って、嫌いぬいて文夫様のところへ入らしたので、綾子様はあれでなかなか御苦労していらっしゃるんでございます。親御様達の無理強いで、武雄様との御再婚を御承知遊ばしたんですから、この上お気持ちをお悪くおさせすることは余りお可哀想で申せませんの』

『何だか、随分込み入った事情なんですのね』

『ですけれど――、誰一人私の外には事情を知った者はございませんのですから』

『では、真相を知っているのはお梶さんだけなんですか?』

『多分そうでございましょう。私は直接大奥様から一切の秘密を承って居ますから』

『秘密の鍵をあなたが握っているという事を叔父様は御存じなんですか?』

『多分御存じだろうと存じます。ですから先生、怖しいんでございます。私さえいなかったら、この秘密は永遠に知れっこないんでございますもの。叔父様がこの東京に来ていらっしゃると承わっては怖しくって、夜もおちおち眠られません。こんどは私が殺される番でございます』

お梶さんは総毛立ったような顔をして四辺《あたり》を見廻しながら声をひそめ、

『扉の外に誰かいるようじゃございませんか?』

と申しました。そう云われれば誰か鍵穴から覗いているような気がいたしました。私は立って扉を開けました。その瞬間、影のようなものがすうっと次の室《へや》へ入ったように思いました。しかしそれは見違いかも知れませんが、どうも自動昇降機《エレベーター》の前で見た男の姿に似ていたようでした。私も何となくいい気持ちはいたしませんでしたが、お梶さんを怖れさせてはなりませんから、故意《わざ》と平気を装って笑いながら申しました。

『誰がいるもんですか、余り怖い怖いと思っていらっしゃるからですよ』

私は鍵穴に内から鍵をさしておきました。これなら大丈夫外から覗かれることもありません。それに周囲《まわり》は厚い壁で仕切られているし、話声の外部へもれる恐れもない。お梶さんはやっと安心したらしく、

『私も大奥様から秘密を承わって居らなかったら、これほどまでに叔父様を怖れはいたしませんのでございますけれども――』

と云ってお梶さんは男爵夫人の自白の一部を打ち明けました。

6

それによると夫人は娘盛りの時、同時に文夫さんの父君とその実弟と、二人の熱愛の的であったということでございます。彼女は兄の愛には喜んで報いましたが、弟は大嫌いでした。それは恰度綾子さんの場合によく似ています。

恋に負けた弟は聴て兄に対して兇暴な態度を取るようになり、夫人を脅迫して武雄さんが生れたようなわけで、あの写真もその当時無理に撮ったのだそうですが、夫人は見るのも穢《けがらわ》しいと云って、一枚残らずお梶さんと一緒に焼き捨てました。同時に種板をこわしてしまったそうです。(だから、叔父自身の手許にある以外、一枚もこの世に存在しないわけなのです)それから彼は兄を殺害した。そして夫人を自分のものにすると共に、御木井家を横領する慾心を起し、武雄さんのために文夫さんを亡きものにしようと思ったのです。それを見破って夫人は棄鉢に強くなって、もう脅迫などには負けていませんでした。それで彼はあきらめて印度へ帰りました。その後今日まで行方を晦《くらま》していたのだというのです。

『それだけの大罪を犯しても刑務所へは行かなかったのですか?』

『大奥様の外はどなたも御存じございませんもの』

『夫人はそれをどなたにもお打ち開けにならなかったんですか?』

『お身のお恥《はじ》、お家のお恥とお考えになったんでございましょう。ジッとお胸にお納めになってどなたにも仰しゃらず、一生苦しんでつまり悶え死遊ばしましたようなものでございます』

『そう仰しゃれば、武雄さんはどこやらあのお写真に似たところがありますね』

『はい。それを大奥様が苦に遊ばしましてね――』

『男爵はその事を御存じだったのですか?』

『いいえ。大旦那様は何も御存じございません。武雄様は御自分のお子さんだと思召していらっしゃいました』

『そう伺うと文夫さんの事もよく分りますが、しかしまだ叔父様が、確かに手をお下しになったという証拠があると申すわけには参りませんね』

『でございますが――、私には前と手口が同じなので、それに相違ないと思われるのでございます。これも秘密をお明し下すった大奥様のお言葉を思い出すのでございますが――、それによりますと、文夫様を殺したものは叔父様の外には絶対にないと思うんでございますの』

『それはまたどうして?』

お梶さんの青褪めた額からは油汗が染み出ました。それを拭いながら次ぎのように語るのでございました。

7

『大奥様のお亡くなりになりましたのは、今から二十年ばかり前で、恰度二十八歳でいらっしゃいました。文夫様十歳、武雄様が八歳、大旦那様がお亡くなりになってから、大奥様はすっかりお力落しでお弱りになり、遂々お亡くなりになってしまったのでございます。

元来お体もお弱いし、武雄様をお生みになってから、肺の方も少しお悪いと承って居ました。何しろ大変に神経をお使いになったのであんなことになったのでございましょう。御境遇をお察し申せば已《やむ》を得ないと存じます。私は始終お次の間に息《やす》んで居ましたが、夜は殆んどお息みになったことはなかったと存じます。

私が夜更に眼をさましますときっと大奥様はお起きになっていらっしゃいます。大抵は大旦那様のお居間にお在《い》でになります。そこには大旦那様のお油画の大きなのが掲げてございます。その前にお座りになり、御肖像に向ってさめざめと泣いて入らっしゃるのでございます。お可哀想で見て居られませんでした。それは毎夜の事でございましたが、後にはお気が変におなりになったのではあるまいかと、疑った事もございました。

ある雨の降る晩でございました、いつものように、私はそっと襖の蔭から覗きますと、大奥様は早口で何か御肖像にお話しかけていらっしゃいました。時々は淋しい笑《えみ》をさえお洩しになります。雨の戸を打つ音でお言葉は断続してよくきき取れませんが、何とも云えない寂しさに我知らず身震いいたしました。

大奥様の御病気はそう御重態というほどでもございませんが、一向はかばかしくはお癒《なお》りになりません。お医者様からは厳重に絶対安静を申渡されました。夜は申上げたような次第ですが、日中はおとなしくお床の上に休んでいらっしゃいました。

ある日、大奥様は一度大旦那様の御墓参がしたいと仰しゃいました。お医者様に御相談すれば無論いけないと申されるに定まって居ます。しかし大奥様は何と申上げてもお聴きになりません。已むなくお天気の好い日の暖かい時刻を計って、お医者者様には内密《ないしょ》で、私がお伴をしてお墓参りにまいることにいたしました。

型の通りお墓の前に香花《はな》を捧げ、本堂に立寄られるまでは無事でございましたが、今度は本堂裏のお位牌堂にお参りしたいと仰しゃるのでございます。人気のないお寺は華やかに飾った本堂でも、余りいい気持のものではございませんが、お位牌堂ときては陰気で、薄暗くて、湿めっぽくて、まるで地獄の入口のような気がいたします。

已を得ず後に従いて参りますと、床は塵垢《ほこり》の上に鼠の糞、時々顔を撫でるのは蜘蛛の巣でございます、人の気配に驚いて逃げ廻る鼠の音にも私は縮み上りました。小さい窓からさし込む陽の光がその一室を一層青白い寂しいものにして居ります。大奥様は平気で歩いていらっしゃいましたが、中ほどの右側を指して、突然頓狂なお声で仰しゃいました。

「あすこに旦那様がいらっしゃる」

私はゾッといたしました。大奥様はその前にべたりとお座りになり、私に外へ往って待っていろと目くばせ遊ばしますのです。

私はいいつけ通り入口の外へ出ましたが、気になりますので絶えず注意いたして居ました。大奥様は始めさめざめと泣いていらっしゃいましたが、時々大旦那様のお名をお呼びになるお声が聞えました。終《しまい》には歯をきしるようなお調子で「お許し下さい！　お許し下さい！」と叫ぶのがいかにも異常なので、ツイお傍へ飛んでまいりました。

いろいろとお慰めして、やっとそこをお起たせ申しました。そこを出ます時大奥様はもう一度お振り返りになって「私も直きに参ります。お許し下さるでしょうか」と仰しゃって、今度は大声でオイオイとお泣きになるのでございます。

私は何も事情は分りませんけれども、外にお慰めする言葉も知りませんので申しました。

「お許しになりますとも」

大奥様はいきなり私の手首をお取りになって仰しゃいました。

「いいえ、お許しにならないでしょう。それには敵《かたき》を――、梶や、敵を取っておくれ」と仰しゃって、また泣き崩れておしまいになりました。

その晩でございました。大奥様は冷静におかえりになり、私をお居間にお呼びになって外の人をさけて、永い間のお苦しい秘密をすっかりお打ち開けになりました。

大旦那様と恋をお争いになって、弟様のお負けになったことは先刻も申上げました。大奥様と御結婚遊ばしてから、弟様の態度が恐しく兇暴におなりになりまして手がつけられない、仕方なく大金をおかけになった親譲りの南洋のゴム園の一つを弟様にさし上げて、日本を去って頂いたのだそうでございます。所がお酒と女とで間もなく無一文とおなりになって、文夫様がお生れになった翌年、突然帰っていらして強請《ゆすり》始めなすったのだそうでございます。

間もなく大旦那様は御用で北海道へ御旅行になり、大奥様は東京がうるさいからと仰しゃって文夫様をお連れになり箱根の御別荘へ行らっしゃいました。そこへ弟様がこっそりお訪ねになったのでございます。

始めは何気ない四方八方《よもやま》のお話を遊ばしていらしたのですが、軈て印度で飼い馴らしたという恐しい毒のある黒蛇の籠を出してお見せになり、これを放すと直ぐ人の首筋に噛みつくの、これに噛まれると見る間に顔が変り、二た目と見られない癩病患者のようになるのと、そろそろ大奥様をお脅《ど》かしになり、遂々無体な真似をなさろうと遊ばすので、大奥様は急に怖しくなって、その場を逃げ出そうとなさるのを、弟様は力強い手でむずと肩を掴かみ、扉の隅に押しつけて、熱い息を首筋に浴せながら、

「そんなに厭なんですか、私は真剣なんです、命を投げ出しているんですよ。死ぬ覚悟で――。あなたは私の心を、この私の思いをむざむざと踏みにじってしまう気なんですか。今日の日の来るのを、ああ私は何年待っていたと思います?」

弟様の眼からは涙がこぼれて頬を伝わりました。大奥様はまるで電気にでもかけられたように足

がすくみ、身動きも出来なくなり、弟様の勢《いきおい》にすっかり威圧されておしまいになりました、昔の人のいう魔がさしたとでも申すのでしょうか。お心では憤りに燃えていらっしゃるにもかかわらず、この我武者《がむしゃ》らな、気狂いのように熱愛する弟様の暴力に一種の魅力をさえ感じたと仰しゃいました。そしてまるで無抵抗で、あの方の思うままになっておしまいになりました。

しかしそれはほんの通り魔のような過失で、全く一時の感情で、弟様に対して新らしい愛情が起ったのではございません。その証拠にはその時以来、弟様に対する憎悪の念は益々深くなり、仇敵のような間柄におなりになったと仰しゃいました。殺してもあきたらない人だ、恐しい悪魔だと大奥様は身震いなさりながらお泣きになりました。

不運にも御姙娠なすって、煩悶は更に加わりました。そこへ間もなく大旦那様の御変死という事件が起ったのでございます。

大旦那様は弟様と御一緒に猟にお出かけになりまして、断崖から谷底へお落になり、大怪我を遊ばしてお亡くなりになったということになって居ます。現場を見た人もあり、只今もそう信ぜられて居ります。

ところが、弟様が二度目に大奥様を強迫に入らした時に、兄様殺しを白状遊ばしたのだそうでございます。その時も、例の黒蛇をお持ちになっていらして、仇はこいつじゃ、こいつじゃと仰しゃり、顚末をお話しになったそうでございます。

それによりますと大旦那様をおすすめになって断崖にお立たせになり、数間隔った処で弟様は御冗談を仰しゃって人々の目を御自分の方へ集めさせ、こっそりと黒蛇を放したら、案の定、大旦那様の首筋に嚙みつき、そのために倒れて谷底にお落になったのだそうでございます。幸か不幸かお顔がめちゃめちゃに砕けたので分らなくなりましたが、そうでなかったら、変色の点で疑問が起されたかも知れません。こんなお話をして弟様はグングン大奥様を脅かし殆んどお気を失いかけていらっしゃるのをいい事にし、これからはお嫂様《ねえさま》と御木井家が欲しいんだそれにはこれが邪魔になると仰しゃって、文夫様を指したそうでございます。

大奥様は急に我に帰り、「どう遊ばすんですか？」とお訊きになりましたら、これには黒蛇まで使う必要はないとせせら笑って仰しゃったそうで、大奥様は文夫様と聞いて始めて俄かにお強くおなりになりました。その先の事は大奥様はお言葉をお濁しになりましたけれども、何か弟様との間に葛藤がおありになったらしく、大奥様は棄て鉢におなりになり、傍にあった海軍ナイフを取って、弟様目がけてお斬りつけになったのだそうでございます。左の目の下を傷《きず》つけたようだと仰しゃいました。

先生のお目にとまったあの疵は、その時の記念でございましょう。

大奥様はそれから文夫様のお身を御案じになり、弟様がいつかまた現われて危害を加えやしないかと、それぱっかり苦に遊ばしていらしたそうでございます。

しかしそれよりも苦になさいましたのは、お躰がお弱くおなりになると共に、大旦那様にすまない、申訳ないというお考えのようでございました。

一人の方を御兄弟して争うなんて厭なことでございますが、それが二代も続きますとは何という因縁でございましょう。しかしお兄様を殺しても足らず、更に一旦狙いをつけた文夫様をまで殺すという、弟様の執念深さは驚くほかございません。

注射のあとだとの事でございましたが、どうも私は叔父様が黒蛇を使って文夫様をお殺しになったに違いないと思います。自殺と見せかけるために、注射器やアンプレを屑籠に投げ込んだのではございますまいか。大奥様もお家の耻と思召しましたからこそ、苦しい我慢を遊ばしたのでございますから、どうぞそのお心をお汲み下さいまして、秘密に、世間に知れませんように何とか大奥様の敵を取って頂けないでございましょうか』

8

何という恐しい人でしょう。事件はたぶんお梶さんのいう通りに相違ありますまい。私はともかくもこれだけの話を告げるために警察へいそぎました。

間もなく叔父様はアパートから検挙されました。家宅捜索の結果、黒蛇も発見されました。写真と黒蛇とを突きつけられて、それ以上の証人の必要もなく、遂々すべてを白状してしまいました」

S夫人は云い終ると写真ブックから、小さい写真を一枚ぬき取って私に見せました。それは金網に入った黒蛇を写したものでした。

「やっぱり文夫さんという方はこの黒蛇に殺されたんでございますか?」

と夫人に訊いてみました。

「ええそうですの、当日は披露をかねた園遊会を麻布の御木井邸で開かれたんですが、私も招待されて参りましたからよく記憶して居ります。随分盛大なものでございましたよ。恰度その午後三時頃、混雑の真最中を見計って、来賓に化けてまぎれ込み、突然文夫さんの前に現われたんだそうです。文夫さんは取り敢えず叔父様を自分の書斎に連れて行きました。ごたごたしていたので文夫さんの姿の見えないのを、誰一人として気がつくものはありませんでした。書斎は広い建物の外れに作ってありまして、別棟のようになって居りますからまことに静かで、殊にその日はひっそりとして近くに誰も居ませんでした」

「何故また文夫さんはそんな淋しいお書斎へ叔父様をお通しなすったのでしょうか知ら?」

「そこですわ。皆さんも不思議に思うんですけれど、私が考えますのに、叔父様は南洋をながい間うろつき廻っていた人ですから、どこやら容子も違っていたでしょうし、第一あの顔の疵は人相を随分悪く見せますからね。文夫さんは最初暴力団か何かと間違えたのじゃないかと思うんですの、それでなるべくお客さん達の目につかないように、自分で始末をつける積りで、故意と人のいない書斎を撰んだものだろうと思いますのよ」

「文夫さんは叔父様のお顔もご存じなかったのでございますか？」

「忘れてしまってたんでしょう。だから叔父様は例の写真を持参して、それを証拠に、自分は、先代御木井男爵の弟で、落魄している叔父だということを告げて、若干の合力を頼んだのだそうです。それ以上の考えは断じてなかったと強弁していますよ」

「ではどうして殺す気になったんでしょう？」

「最初はそんな気もなかったんでしょうが――何しろ叔父様という人は執念深くって、御木井家の事なら何事によらず、一から十まで探って知っていたのです。無論武雄さんの失恋したのも聞き知っていました。文夫さんの方ではまた何も知らないで、ほんとの叔父様だと思うものですから、気をゆるしていろいろ打ち解けて話していたそうですの、そのうちにふと叔父様の頭に、二十何年前の自分と同じ境遇に泣いているだろう処の武雄さんの姿が浮びましたんですって、その日も今日のように盛んな披露会が、しかもこの同じ邸内で行われたんだそうですの。喜びに満ちたあの晴れやかな、恋の勝利に輝く兄の顔は今だに忘れようとしても忘れられない。それに引き換えて自分の惨めさはどうだったろう。ああ武雄は可哀想だ！　と思うと眼の前の文夫さんが急に憎くなり出して、遂いに殺意を生じたのだといいますが、それは少し怪しいと思います、文夫さんの方では叔父様の心が変ったのも知らずに、懐そうに写真に見入って、『叔父様もこの頃はお若かったんですね、そのお写真は言葉にお甘えして頂いておきます』と云いながら、大切そうに書簡紙の間に挟んだ刹那、叔父様は秘かに携えて来た黒蛇を放したのだと申します。黒蛇は文夫さんの首筋を巻きかけたんですって、驚いて――、夢中で黒蛇を手に握って起ち上った時、手首を嚙まれ、文夫さんはぱったり倒れてしまったんです。モヒ中毒にかかっていた叔父様は、自分用の注射器とアンプレを残して立ち去ったのだそうですの」

鉄の処女

1

寒い日の午後だった。

私は河風に吹かれながら吾妻橋を渡って、雷門の方へ向って急ぎ足に歩いていた。と、突然後からコートの背中を突《つっ》つくものがあるので、吃驚《びっくり》して振り返って見ると、見知らない一人の青年が笑いながら立っていた。背の高い、細長い体に、厚ぼったい霜降りの外套を着て、後襟だけをツンと立てているが、うす紅色の球の大きなロイド眼鏡をかけている故《せい》か眼の下の頰がほんのりと赤味をさしている。彼は吸いかけの煙草をぽんと投げ捨てて、つと私の傍をすりぬけて、一間《けん》ばかり行ったかと思うと、何と思ったか、今度はくるりと踵を返して後戻りして来た。私はその顔を見てハッと思った。

「S夫人！」

夫人の変装術に巧妙なのは知っているが、こうまで巧みに化け了《おお》せるとは思わなかった。しかし他人ならいざ知らず、助手が見破れなかったのは少々心細い、私は何だか気まりが悪くなった。

「どこのよたもんかと思いましたよ。私の後をつけたりなすって――」

照れかくしにちょっと夫人を睨む真似をした。夫人は可笑《おか》しそうにくすくす笑いながら、

「ほんものの不良らしく見える？　実は今日はね、よたもんになりすましてある事件の調査に出かけたの、今その帰りなんですよ」

私はつくづく夫人の姿を眺めて感心した。ほんとに巧いものだ。どう見直したって男だ。態度だって、表情だって、すっかり男になり切っている。女らしい影はどこを探したって見出せやしない。

S夫人と私はどっちから誘うともなく仲店に入り、人込みにもまれながら肩を並べて歩いていた。

観音様の横手の裏通りにはサーカスがかかっていた。その広告びらの前に夫人は立ち止って少時《しばらく》見ていたが、急に入ってみようと云い出した。事件の調査に来たと云うのにどうしたっていうんだろう。私がちょっと返事に躊躇しているのを見ると彼女は誘いかけるように云うのだった。

「面白そうじゃないの。南洋踊り、鉄の処女、ほら人喰人種もいますよ」

「鉄の処女って何の事でございますの？」

「昔死刑に用いられたものですよ。大きな箱のようなものの内側に剱の歯がいっぱい突き出ていて、囚人をその中に入れ、扉《ドア》を閉めると同時に体中に剱が突き刺るという仕掛けなんですよ」

「面白そうでございますわね。じゃ入ってみましょうか」

「人間は誰だって残虐性をもってるのね――」

夫人はちょっと皮肉そうに云って笑っていたが急に真面目な顔をして附加えた。

「実をいうとね、ある女を探しているんです。サーカスにいる花形なんですがね、しかしどこのサーカスにいるかは分らないんです。だから貴女の気がすすまないなら私一人でも入ってみるわ」

二人は早速入場券を買った。

舞台では南洋踊りというのがもう始まっていた。獰猛な顔付をした逞しい男が五六人、真赤に染めた厚い唇を翻えして訳のわからない歌を怒鳴りながら、輪をつくって踊っている、その真中に酋長の娘とでも云いたいような、若い女と一疋《ぴき》の大狒々《おおひひ》とがふざけ散らしながら、お客さん達に盛んに愛嬌をふりまいている。滑稽な身振りをして見せるものだから、見物人は大喜びだ。

「あの狒々の野郎うまくやってやがらあ」

「真物《ほんもの》かな」

「さあ？」

「奴さん、なかなか味をやるじゃねえか」

「しかし――。巧いぞ、男かね、女かね」

「女だったらどうする?」

「別嬪《べっぴん》なら取って喰うか」

「馬鹿野郎、別嬪が何もわざわざ狒々の皮を被るかよ」

「女にしたところでどうせ醜婦《すべた》さ。見やがれ。二度びっくりだ」

こんな会話に気を取られているうちに、いつか踊がすんで、舞台にはピエロが出てしきりに口上を述べている。それによると美しき酋長の娘に思いをよせた狒々は、余り浮かれ過ぎて悪巫山戯《わるふざけ》をしたので、遂に酋長の憤《いか》りを買って捕えられ、『鉄の処女』の刑に処せられることになった。死刑執行の後、扉を開いてみると狒々の姿は消え失せてどこにもない、という他愛のない筋を迎々《ぎょうぎょう》しくしゃべったピエロが引込むと入れ違いに、荒縄で縛られた狒々は土人にひかれてしおしおと足どりも乱れ勝ちに出て来た。

私達はかれこれ一時間余りも見物席に納まっていたが、夫人が探し求めているという肝心の女は遂々《とうとう》見出せなかった。

「でも根気よく探していれば、どこかで見つかるわ。それに女は独身者《ひとりもの》じゃないんだから」

「亭主がございますの?」

「亭主と共謀《ぐる》でよくないことをやってるんです」

二人はそこを出て小屋の後を廻り、楽屋裏を通りかかると、猛獣でも懲しているらしい物凄い鞭の音がピシリ、ピシリと耳を打った。同時にヒーと泣き出す女の声、私はぞっとして夫人に倚《よ》り添いながら、囲《かこい》の破れ目から楽屋の中を覗いて見た。

緑色のけばけばしい乗馬服を着た団長が向うを向いて鞭を振り上げている。その足もとには若い女がまるで叩き潰されたように平伏していた。それは先刻《さっき》見た一座の花形で、い、い、しまうまに乗っていた女に違いない。

団長は怒りに震えた声を、浴びせかけるようにして怒鳴った。

「狒々のあとばかり追っ馳けやがって――。このあま！　叩き殺すぞ」

その声の終るか終らないうちに表の方で急に拍手の音がして、楽屋口から四五人の男女がどやどやと入って来たが、団長の姿を見ると皆隅の方へかたまってこそこそと私語《ささや》いていた。

「また嫉《や》いてるんだよ」

「可哀想に！　殴らないだっていいわ」

「団長だって気がもめるさ」

少し離れた処からこの光景《ありさま》を横目で見ながら、静かに狒々の毛皮を脱いで一と休息《やすみ》しようとしている男があった。上品な立派な容貌と、スポーツマンのような美事な風采とに私達は目を見張った。

「狒々の毛皮なんか被らないで、素顔で出た方がもっと人気が立つだろうに――」

夫人の言葉に私は思わず笑った。二人はまた仲店へ出て人に押されながら歩いた。

あたりはもうすっかり暮れかかっていた。雷門の処まで来ると、夕方の雑音に交って、消魂《けたたま》しい夕刊売りの鈴の音が響いていた。

私は直ぐ一枚買って、夫人と顔を突き合せるようにして開けて見た。その瞬間、オヤと思った。

「他殺か、自殺か、奇怪極まる東伯爵《あずま》夫人の怪死」

という題で、夕刊は彼女の死を伝えているのだ。

東伯爵夫人の名は余りにも有名である。非常な美人で、社交界の花形であるばかりでなく、社会事業家としても相当の手腕《うで》を有《も》っているので、××次官の夫伯爵よりも、反って彼女の方が世間からは知られている。

「あの奥様が死んじゃったんですか。それも自殺したとは驚いた――」

私はほんとに意外の感に打たれて夕刊を覗き込んでいると、夫人が、

「あの方とは長いお交際《つきあい》でしたから相当親しくしていましたのよ。殊に最近はある事で――」

とちょっと云いよどんだが、思い切ったという風で、

「実は探しているあの女。サーカスにいるその女の事で、――。ちょっとお頼《たのま》れしていてね、度々お会いしたんですが、立派な奥様で、頭のいい、美しい方でしたがねえ」

夫人もさすがに感慨無量という風に深い沈黙に陥ってしまった。

2

私は翌日の朝刊を待ちかねた。東伯爵夫人自殺の詳報を知りたかったからだった。果してどの新聞にも美しい夫人の写真と一緒に詳しい記事が出ていた。

それによると伯爵夫人は一週間ほど前から箱根のふじやホテルに滞在中であったが、一昨夜深更に帰宅して、玄関を上るや人事不省に陥り、そのまま息を引き取ったというのだ。

議会開会中の多忙の折柄とて、伯爵は不在であったそうだ。その後に、伯爵家執事の談として、

『奥様はお出先からお帰りになります時は、必ず前もってお電話を下さることになって居りました。そしてお邸からはお迎えの自動車を停車場まで廻しますのに、昨夜にかぎって、突然、しかも夜更けてお帰宅遊ばし、いきなり御重体におなりになりましたので、私共はただもう夢のようで、どうしても奥様はお亡くなり遊ばしたような気がいたしませんのでございます』

更に玄関へ出迎えた小間使の談として、

『後になって考えますと、お玄関のベルをお押しになったのは奥様ではなく、円タクの運転手だったような気がいたします。私がお玄関の扉を開けますと同時に、黒い影が表御門の方へ走って行き、間もなく自動車の走り出す音をききました。最初奥様はお玄関をお上りになると、白い壁に添って二足三足よろよろとお歩きになり、壁につかまろうとお手をお延ばしになったまま、くずおれるようにお倒れになりました。この頃はちょいちょいと脳貧血をお起しになりますので、またかと

存じたのでございます。それに御近親にご不幸があって御喪中で、御洋装の時は黒の濃いヴェールを被っていられますので、お顔色などもさっぱり分りませず、お寒い外から急にスチームの通っているお暖いお家の中にお入り遊ばしたので、めまいが遊ばしたのだろうくらいに軽く考えて居りましたのに――』

西医学博士談（博士は夫人の実兄である）

『私が馳けつけた時には、もう已《すで》にことされていて手の下しようもなかった。妹は冷静な女で、決して自殺するような弱い女ではありません。子供こそないが、夫婦間も至極円満で親類中での羨望の的になっていた位です、それに第一自殺しなければならないような原因は何一つありません。しかし近頃少し健康を害したと云って、よく宅へ来ると、薬局から睡眠剤をつくらせて帰りました。医者の娘ですし、薬の事など相当に心得てはいますが、原因もなく、厭世自殺などするような女では断じてありませんが、虚名を売っているために相当敵はあったようでした。死の直接原因は勿論極量以上の薬を服んだためです。服んだのか、呑まされたか、それは私の申す範囲ではありません。屍体は帝大の方で解剖することになっています』

なお二三の新聞は夫人が投宿していたふじやホテルの支配人の談として、

『伯爵夫人は昨日の午後、伯爵からお電話があって、途中までお迎えに来ていらっしゃるからと仰しゃって、お元気にお出ましになりました。いつもはホテルの自動車でお送り申上げるのですが、昨日はお天気もいいし運動がてらと仰しゃって、お歩きになってお出かけになりました。私共はあのお仲の好い御夫婦の事でいらっしゃいますから、御一緒に御散歩でも遊ばすのかと思い、気にも止めませんでした。が、云々《うんぬん》』

当の東伯爵の談としては、

『何人《だれ》が私の名を騙り、妻に電話をかけたのか見当もつきません。妻自身が電話口に出たとすれば、声でも私か、私でないか分りそうなものです。誰かに誘い出されて、どこかで毒を呑まされ、送りかえされたとしか思われませんが、しかし妻は冷静な沈着な女です。無暗《むやみ》に他人《ひと》に欺されたりするような事は断じてありません、が、また決して自殺するような類の女でもありません、近頃少し健康を害してはいましたが、新らしく起したある社会事業の方に熱中し、頻りに奔走していましたし、子供がないので、事業を子供だと思って、全力を挙げて育てるのだと申し、希望に満ちた生活をしていた際ですから、少し位健康を害していたと云って、それを苦にしてどうのこうのというような事もありません。突如として最愛の妻の生命を奪われた夫の立場として、云い度い事は沢山ありますが、今は何も申しません。ただ警視庁の方々のお力を頼み、かつ信じているばかりです』

S夫人はその時ふと新聞から眼をはなして云った。

「私が探しているあの女ね」

「サーカスにいるって女でございましょう?」

「その女の事について、伯爵夫人から秘密の相談を受けていたんですよ」

「秘密の相談? あの奥様にも何か秘密がおありになったんですの?」

「奥様の秘密というよりは、御主人の方の秘密ですの。重要会議で伯爵が巴里《パリ》に滞在中の出来事なんですが、どこの土地でも、どこそこ通《つう》と名のつく道楽者が一人や二人はいますわね。その一人で長年パンションにころがっている独身者の画家があったんですって、それが伯爵の学生時代からの友人でしてね、その人の案内で、あるいかがわしいダンスホールにお忍びで出掛けたというわけなんです。そこでその女と知り合いになり、大分深入りしてしまってから、後になって始めてその女に亭主のあることも、サーカスに出ている女だという事も分って、伯爵は急に厭気がさしたんだそうです。それでうまく別れようとしたんですが、先方にしてみればせっかく引っかかったいい鴨なんですから、なかなか逃しやしません、何のかのと附き纏って離れない。そして遂々日本まで従《つ》いて来てしまったんです。で、その身元調査を奥様から私がお引きうけしたわけなんですの。その当時調査した処では、サーカスの奇術に出ている一座の花形で、亭主はあるにはあるがお金で何とでも解決のつく女だったんです。ところがその女が図々しくも奥様を訪問してね、かなりまとまったお金を取ったんです。勿論日本を去るという条件でね、そしてシンガポールへ行ったということになっているんですが、それは表面で、実際は内地にうろついているらしいので、奥様は私に監視していてくれと云われるのですが、どのサーカスにいるのか分らないんでね」

S夫人はそう云いながら、机の引出しから小さな写真を出して見せてくれた。

「余り別嬪じゃございませんね」

私は写真を返しながら云った。

「処が男の眼にはどこかいいところがあるんでしょう。この女には随分悩まされて非道《ひど》いめにあった人が沢山あるんですよ」

夫人は写真を大切そうに納《しま》ってから言葉をつづけた。

「伯爵夫人を訪問してお金を受取ってから、その女は急に気持が変ったらしいんですよ。つまり夫人が余り美しかったのと、想像以上に豪奢な生活振りだったのとで、嫉《ねた》ましくもなり、一方ではお金で外国へ追っぱらわれるというような僻《ひが》みも出たんでしょう。『私はこうして旅から旅を渡り歩いて日を暮す女ですが、これでも亭主持ちなんです。伯爵のおかげで私の家庭はめちゃめちゃにこわされてしまいました。夫は二人の関係を嗅ぎ付けて、殺すの生かすのと狂気《きちがい》のようになって騒ぐんです。そして遂々後を追っかけて、二三日前にひょっくり小屋へやって来ました、迚《とて》も執念深い男ですから、私の口一つでどんな悲劇が演じられないとも限らないし、憚りながら御主人の地位にも関するような大事を惹き起さないとも云えません。僅かなめくされ金で片附けたと安心していらっしゃると大変ですよ。私もせいぜい事なかれと気をつけては上げますがね』と云って笑ったんですって、それ以来奥様は気味が悪くって、始終こう何だか狙われてでもいるような気がして、不安で不安でたまらない、何とかして禍《わざわい》を未然に防ぎたいというので私に相談されたんです」

それを聞いて、始めてS夫人がサーカスの女を探している理由が分った。

3

事件が他殺か自殺かさえ分らず、殆んど迷宮入りになりかけた頃だった。ある日、S夫人は神田の事務所に東伯爵の訪問を受けた。

「もうこうなっては警視庁ばかりを頼みにしてはいられなくなりました。どうか一つお骨折りを願いたい、どうしても犯人を探し出さなければ殺された者が可哀想です」

伯爵は頻りに他殺説を主張して、ある秘密をさえ夫人の前に語ったのだった。

それによると、二三ケ月前から伯爵夫人の身辺に影のように附き纏っていた男があったのだそうだ。彼女が近頃健康を害していたのも、実はそれが原因で、彼女はその男を非常に怖れていたという。

「例のサーカスの女の亭主じゃないんですか?」

S夫人は伯爵夫人の依頼から咄嗟に想像して訊いてみた。伯爵はただ唇にちょっと寂しい笑いを浮べたきり、それには答えないで、費用はいくらでも出すから、是非犯人を捜し出してもらいたいと、繰り返し繰り返し頼むのだった。

伯爵が帰ると夫人は直ぐ外出の仕度をし、助手の私を連れて、念のためもう一度浅草のサーカスを調べに行くことになった。伯爵の口ぶりから察すると、どうやらその亭主が怪しいように思われる。S夫人も最初の考えを翻えして、あの女よりも亭主を探す積りなのではあるまいか。いずれにしても女か男か片一方を発見すれば、それによって事件の糸口がたぐり出せるかも知れない。

仲店の雑沓の中を、夫人は黙々として考えながら歩いた。私も無言で彼女に遅れまいと足早について行った。

二人はいきなり楽屋口へ行って、名刺を出し団長に面会を求めた。団長は直ぐ飛び出して来て、にこにこ笑いながら小腰を屈めた。これがあの仁王様のような恐しい、楽屋裏の暴君かと、思わず私は夫人の顔を見て苦笑した。

団長はしきりに小首を傾げて考えていたが、

「どうもこの中にはそういう女も男も居りませんな、シンガポールから来たって奴はいるにはいますが――」

と云って楽屋の隅へ眼をやった。そこにはいつぞや見た狒々の男が脱ぎ捨てた毛皮の横に蹲《うずくま》っていた。

「あの人ですか、シンガポールから来たっていうのは?」

夫人の言葉に狒々の男はハッとしたらしく、二人の方を凝《じっ》と見た。

夫人は団長に耳打ちすると、つかつかとその男の傍へ寄って、何事か小声で囁いた。男はちょっと狼狽したらしかったが、夫人はそれには構わず、団長に会釈し私を連れて外へ出た。

少時待っていると、軈《やが》て洋服に着換えた狒々の男が、おずおずと私達の方へ近づいて来た。見るからに憔悴した顔をして頰骨の突き出たのが目につくほど目が落ち窪んでいるが、しかしそれにしても割合に整った風采のいい顔や、熱帯地方に長くいたらしいその皮膚の色は、どこかで一度見たような気がする、が、どうしても思い出せなかった。

夫人は突然、サーカスの例の女の写真と東伯爵夫人の写真を彼に突きつけて、語尾に力を入れて云った。

「貴方はこのどちらかを御存じですね?」

と、男は黙って下を向いてしまった。が、やや間を置いてから、やっと顔を上げてどもるように云った。

「こっちは存じませんけれど――」

とサーカスの女の方を指した。夫人はおっ被ぶせるように云った。

「じゃこっちは知ってるんですね？」

「知っていますとも、可哀想なことをいたしました」

「どうして御存じでしたの？」

「どうして？」

男は夫人と私の顔を等分に見ながら、淋しい笑い方をした。

「智恵子は私の許嫁《いいなずけ》だった女です。そして現在は弟の妻、東伯爵夫人となっていたのです」

夫人もこの意外な話にはひどく驚いたらしかった、私は片唾《かたず》をのんだ。

「では貴方は、東伯爵のお足さんだとでも仰しゃるんですか？」

「兄なんです。南洋で虎に喰われて死んだという事になっている兄は私なんです。しかし実際はご覧の通り生きています。弟にとってはたった一人しかない兄弟、血を分けた兄なんですよ」

私達は何が何だか分らなくなった。そう云われてみれば、東伯爵によく似ている。どこかで見たような気がしたのは、彼に似ているためであったのだ。

しかし東伯爵に兄があるという噂は聞いたこともない、面ざしがちょっと似通っているというのを聞き伝えて、渡り者の男の事だから、何かためにしようとするのかも知れない。人の好さそうな顔付はしているがサーカスにいるような男の言葉を、真向から正直に受取ってしまっては、それこそどんなことになるかもしれない。しかし一応は彼の身の上を訊いておく必要もあろう。何かの参考にならないものでもない。夫人はそう考えたであろう。男の方へ向き直って云った。

「団長にはお断りしておきましたからいいでしょう？　どこかで御飯でも食べながら、ゆっくり貴方のお話をお聞きすることにしたいんですが――」

4

夫人は食事もろくろくしないで、その男の話を聞いていた。

「私と弟とは二人きりの兄弟ですが、母異《ちが》いで、弟は私の実母が死んだ後に来た母に生れたのです。今考えると継母と継母の実兄、つまり私の伯父にあたる人ですが、その二人は腹を合せていて弟に伯爵家を相続させ、同時に全財産を弟のものにしたかったんだと思います。私は継母や伯父に甘やかされて育ち、弟は厳格に育ちました。継母は私に対しては実に優しく、何でも云いなり放題になってくれます、お小遣は父に内緒でいくらでも呉れますし、何事によらず私は自分の思うままに振舞って、実に我儘一杯に育ちました。

中学を卒業する一年ほど前、当時ジョホールで大農園を経営していた伯父は何年振りかで帰朝いたしました。伯父は実の甥の弟よりも、私の方を大変可愛がってくれまして、どこへ行くにも私を連れて歩きました。遊びを覚えたのはその時が最初でした。しかも指導者は現在の伯父ではありませんか。

私は金が自由になるのと身分があるのとで、どこへ行っても大いにもてました。若様々々と大切にされ、いい気持になって遊び暮らして、果ては外泊する事さえあるようになったんです。厳格な父の手前は母がうまくつくろってくれ、陰になり日向になりしてかばっていてくれるので、父は何も知りませんでした。

中学へ遅れて入学した私と、早く入学した弟とは同級だったのです。

火花を散らすような勉強を強いられる者と、酒色にふけって学校なんかろくすっぽ行かない者とその二人が一緒に一高の試験を受けたわけなんですが、弟が美事に及第して、私が落第したって別に不思議はないはずですのに、私は非常に憤慨して、彼を恨みました。

少しくやけになっている処へ、何も知らない父は弟がよく出来るというので、私よりも次第に彼の方を可愛がるようになり、私の事は懶《なま》け者だの、低能だの、と顔を見る度に罵倒するので、我慢しきれなくなって、恰度ジョホールへ帰ろうとしている伯父に従いて、私も南洋へ行ってしまったんです。

なアに日本にばかり陽は照らないさ。という伯父の言葉は大変に嬉しかったんです。

私は自分の悪い事はすっかり棚に上げ、父をも母をも弟をも恨んでいました。

ジョホールに着いて間もなく、伯父は私を慰めてくれる積りだったのでしょう、虎狩に連れて行きました。山蛭《やるびる》に悩まされた記憶はいまだに忘れられませんが、それよりもなお一層忘れられない恐しいことがあったのです。それは一緒に連れて行った苦力《クリー》が逃げ遅れて、虎に喰い殺された時の光景です。実に今思い出してもゾッといたします。

伯父は、お前が虎に喰い殺された。と云って、東京の家の者達を驚かせてやったら面白かろう、と冗談交じりに云いました。そいつはうまい考えだと手をうって喜んだものです。

——家の奴等、どんな顔をしやあがるか、愕《おどろ》くかな、悲むかな。

そんな詰らぬ事を考えながら、うかうかと伯父の口車にのって私が死んだと知らせてやったんです。そしてひそかに皆の驚く顔を想像して、愉快で、愉快でたまらなかったのです。生きていて、自分の死んだ後の皆の態度を見ていてやる、何と面白い計画ではありませんか。

伯父の妻はイタリー人でした。子供はありませんでした。伯父は伯爵家なんか相続せずとも、俺の家を継げばいいじゃないか、爵位なんかに縛られて狭い日本で暮らしたって始まらない。金さえあればどこへ行ったって面白可笑しく自由な生活が出来ると申します。なるほど伯父の家は大変な金持でした。

軈て東京から弔電が来たり、死亡広告が大きく出た新聞を送って来たりしました。継母は日々泣き悲しんで、大切な相続人を当人の希望とはいえ、南洋なんかへやるんじゃなかったと悔み、これが弟の方だったらまだあきらめもつくが、と歎いた手紙をよこしました。私はちょっと痛快でした。

早速遺骨になりと逢いたい。弟が自身で受取りに行くと申してきかない、などという音信《たより》がある度毎に、自分の死んだ後のありさまを、目のあたりに見る愉快さに、夢中になって居りました。

弟に来られては大変だというので、早速死んだ苦力の白骨を、伯父が携えて上京したものです、私は自分の狂言がうまく当ったのに北叟笑《ほくそえ》んで、その後の成り行きを眺めておりました。

そして相変らず遊んでいました、土人の娘を引張って来たり、西洋人と同棲してみたり、放蕩のかぎりを尽していたのですが、そういうただれた私の魂にも、一つ忘れられない清らかな、心を洗われるような想い出があったのです。それは幼少の頃からの許嫁だった従妹《いとこ》の智恵子の事でした。

智恵子はどうしたろう。と思うのですが、こんなすれっからしになった私ですのに、智恵子の事だけはどういうものか耻《はずか》しくって、伯父にもその消息を訊けませんでした。

夢のように十年が過ぎました。

伯父は脳溢血で突然、遺言状も残さずに死にました。私の相続はまだ正式になってはいませんでした。遺産は全部妻《おば》の所有となり、妻はあと片附けをすっかりすませると、故郷《くに》のイタリーへ帰って往ってしまいました。そして私はまるではだかで、ジョホールにたった一人取り残されてしまったのです。

それからの私の生活は、お話にも何もならない、惨憺たるものでした。

5

何年かまた経ちました。

ある時あちらの新聞を広げて何気なく見て居りますと、重要会議で巴里へ行く一行の中に弟の名を発見しました。私は急に懐しくなり、何んとかして逢いたいと思い、いろいろと金の工面をして、シンガポールへ出て来て、日本人会の人を通し、弟に面会を求めたのでしたが、会う機会さえ与えられませんでした。それどころか、誰も私の申すことなど信じてくれずてんで相手にもならないのです、彼の実兄だと主張する私をただ蔑んだ眼で見て笑うばかりでした。その時始めて、弟と私との間の大きな隔りを知り、情けない思いに一夜船を見ながら泣き明しました。

半年後、帰朝の途にあった一行は、再びシンガポールに一泊することになりました。

こんどこそはと決心して、物売りに化け、彼の船室に入り込んだのです。

港へ船が着くと、よく土人や支那人が名産物を持って、ガヤガヤと入り込みます。私はその中に交って、弟の室に入り、中から自分で鍵をかけたのです。

弟は最初私を見て大層驚き、顔色を変えていきなり手近かのベルを押そうとしましたので、その手を押えますと、弟は蒼い顔をして睨みつけながら、

『無礼な真似をするな』

怒鳴りつけましたが、何を思ったのか急に低声《こごえ》になって、こんな事を云いました。

『彼女《あれ》と一緒じゃないよ、誤解してくれちゃ困る』

と云って苦笑しました。弟の態度が和らいできたので、私も幾分軽い気持ちになり、

『何云っているんだよ、オイ、僕だ』

私は彼の肩へ手をかけますと、彼はまた二三歩後へ下って、

『君はあの女の亭主じゃないのか?』

と云って額の汗を拭い、夢からさめたようにほっと溜息を吐いて、云い訳でもするようにいうのでした。

『どうもいろんな奴がやって来るもんだからね、僕はまた暴力団かと思ったんだ。アハハハハハ。して君は一体どなたでしたっけ?』

漸く落付きを取り戻し平静にかえった弟は、静かに私を眺めて姓名を思い出そうとしていました

が、聽てはッとして息を吸い込み、穴の開くように私の顔を見詰めました。今度の驚愕《おどろき》は前の如きものではなく、その大きな眼を一杯に見開き、唇は痙攣《けいれん》して引きつり、低い呻吟《うめ》くような声が咽喉《のど》から押し出されました。

『あッ兄さんだ！　兄さんだ！』

『ウン。僕だよ』

『兄さん！』

彼は危なく卒倒するところでした。それもその道理です。今まで死んだと思い込んでいた人が、突然目の前に現われたのですから、誰だって胆をつぶすのは当然《あたりまえ》です。

二人は長い間ソファーに倚りかかって話し合いました。たった一人しかない兄弟ですから、たとえ落魄しているとは云え、兄が生きていたということは、大変に弟を喜ばせたようでした。しかし表面は私はもうこの世にない人間になっているので、兄弟だと突然発表も出来ないから、今はこのままにしてそっと別れ、そして一足おくれて次の船でともかくも東京へ帰ったらよかろう。その上で後々の相談にも応じるからという彼の言葉に従って、私はひとまずひきあげました。弟は旅費は勿論当分の小遣まで渡してくれましたので、やはり何と云っても兄弟だなと染々《しみじみ》思いました。

私は約束通り次の船で日本へ帰りました。横浜まで出迎えに来ていてくれた弟と連れ立って、懐しさと、云いようのない喜びに胸をおどらせながら、東京へ入りました。

ところがどうでしょう、彼は私を欺いたのです。自分の邸へ連れて行くのだと申して、市外のある私立精神病院へ連れ込んだではありませんか。

私はその時始めて弟の悪辣な計画を知って憤《いか》り、彼が時機を見て発表するからそれまでは秘密にしていろ、と堅く口留めしました自分の身分をすっかり院長に語ってしまいました。そして本当は私が伯爵家を相続すべき人である事まで委しく説明したのですが、院長はにこにこして私の話をただ聞いているだけで、一向取り上げてくれず、その日から私は伯爵様というニックネームで、狂人《きちがい》としての取り扱いを受けるようになりました。

　厳重な監視のもとに幾月かを過しましたが、弟はそれきり一度も訪ねても来ませんでした。私は憤りに燃えました。そして毎日彼への復讐をのみ考え暮らすようになりました。後になって聞いたことですが、私の一生涯の入院料は、彼の手から院長へ前納してあったのだそうです。

　私はある夜、看護人の隙を狙って病院を脱け出しました。

　道案内も分らず、あてもなく歩いている中に、いつか夜が更けてしまいました。どこをどう歩き廻ったかよく記憶して居りませんが、ふと小屋掛の建物にまだ灯が見えているのを見て、疲労しきっている私は夢中でその中に飛び込んでしまいました。

　それが今いるサーカスだったのです。人目を怖れ、弟の捜索の手を逃れるために大きな狒々の毛皮の中に姿をかくしているのです。南洋踊りだなどと出鱈目な踊りを踊る浅間しさも、その日を食べてゆくためには目を閉《っ》ぶって我慢しなければなりません。しかし鉄の処女だけは私から買って出た芸なのです。何も悪い事をしないのに、狂人として精神病院へたたき込まれるよりは、むしろ残忍極まる処刑でも、鉄の処女の方がまだしもだと思うので、弟に対する怨恨の薄らがないように、毎日あの恐しい鉄の扉の中に入るのです。彼は私の資産を横領したのみでなく、私の一生を葬り去ろうと企んだ、それだけだって許し難いのに、その上なお最愛の女をも奪ってしまっていたのです。

　ふとしたことから、智恵子が弟の妻になっている事を知りました。私は一目でいいから彼女に会いたい、会ってこの顛末を物語り、智恵子の口から慰めてもらいたいと思いました。しかし彼女に会う機会はなかなかまいりませんでした。

6

やっと私の願いが叶う日が来ました。上野の寛永寺にお茶の会がありまして、智恵子がそこへ行くということを、新聞で知ったのです。早速上野へ参り、寛永寺の附近をうろついていて、永い間あこがれていた彼女の姿を見ました。この機会を外してはもう永久に会うことは出来まいと思い、見えがくれに従いてゆきました。智恵子は運転手に何か云っていましたが、聴てたった一人で寛永寺の門を出て、静かに帝展へ入りました。

三十年も過ぎると流行《はやり》というものは再び戻って来るものでしょう。私の目に残っている智恵子はよく藤色矢絣《やがすり》のお召の着物を着ていました。それがまたよく似合いました。前髪を眉の上まで切り下げて、細面を幾分か丸く見せて居りました。

処がどうでしょう。今日の智恵子はやはり藤色矢絣の着物を着ているではありませんか。そして前髪も縮らせて下げています。三十年前の懐しい姿そのままの智恵子は、いま十歩を隔てぬ処にいるのです。私はなつかしさに思わず震えました。余り嬉しくってじっと黙って眺めているだけでは我慢が出来ませんでした。

夕方の人気が少なくなったのを見計らって、そっと後に従いて歩きました。

別館には殊に人が少のうございました。智恵子が選手の立像の前に立って、その男性的な筋肉に見入っている時、たまらなくなった私はふいに智恵子の前に姿をあらわして云いました。

『智恵子さん、私ですよ。お見忘れになりましたか？　ジョホールで死んだことになっている私ですよ』

智恵子は少しの間棒立ちになったまま、身動きもしませんでした。

日にやけたこの顔も、この声も、彼女の記憶を喚《よ》び起すには充分であったほど、その瞬間の私は昔の私にかえっていたのでした。

智恵子の顔は見る見る蒼ざめ、しっかり握り合せている両手が、ぶるぶる震えているのがはっきりと分りました。

『お憶い出しになりましたか？　私はこうして生きていたんです。あなたの目の前にいる私はお化けでも何でもありませんよ』

彼女は額に手を当てていました。前髪の毛が微かにゆれていました。

『何だか私にはさっぱり分りません。どうぞ宅の方へ入らして下さいませ、こんな処ではお話も出来ませんから』

そう云うと智恵子は踵を返して、足早やに歩き出しました。ところでその邸へ行っては、またしても摑って精神病院へ打ち込まれるに決っている。私は慌てて云いました。

『弟にはまた改めて会います。今日はあなただけにお話がしたいんです。智恵子さん待って下さい。東伯爵夫人！　智恵子さん！』

私は故意《わざ》と大きな声を出しました。彼女が四辺《あたり》の人に聞えるのを怖れるだろうと思ったからです。果してどきりとしたと見えて、周囲を見廻しながら立ち止って、

『ではとにかく、外へ出ましょう。外へ出てお茶でも頂きましょう』

伯爵家の定紋のついた自動車は出口に横附にされていましたが、運転手の姿は見えませんでした。多分彼女の出て来ようが余り早かったからでしょう。

二人は連れ立って、人の余りいない精養軒のガーデンに入りました。

そこで智恵子に何もかも話してしまいました。彼女はただ驚いていました。勿論何も知らなかったのです。弟は私の事については一言も話してなかったと見えます。

『今更もう取り返しもつきません。弟の家内になって幸福に暮しているあなたをどうしようと云うのでもない。しかし弟は実に怪《け》しからん非道い奴です。私の出現がどれほど彼を苦しめたか知れないが、私を生きながら葬ろうとした罪は宥《ゆる》せません。私を欺いて、東京へ呼び寄せ、いきなり精神病院へたたき込んで、永久封じ込めようなんて――』

『私はほんとに何も存じませんでしたの。お宥し下さいと申上げたって、お宥し下さるわけはあ

りません、が、またお許し下さいなどと厚かましいお願いの出来る身ではございませんけれど――』

智恵子の声は打ち沈んで、苦悶の色がありありとその美しい顔に現われていました。

『許すもゆるさないもない、もう皆片づいている今日じゃありませんか、アハハハハハハ』

私の声はうつろのように響きました。

『では、どうしろと仰しゃいますの？』

『それは貴方がたのお考えに任せましょう』

智恵子は青褪めて、

『はい。よく分りました、改めて主人から貴方へお詫びを致させます。そして今の地位財産を貴方のお手にお返し申上げなければなりません。どうぞ、私をお信じ下すって暫時《しばらく》我慢遊ばして下さいませ』

『貴女のお心は昔に変らないが、弟は何というか分りませんよ。また私を摑まえようとするでしょう』

『もうそんな怖しい事は仰しゃって下さいますな、私が責任を負います。そして只今のお住居は？』

『お住居？　アハハハハハ。それはちょっと申せませんな』

『ではどうしてお返事を申上げたらよろしゅうございましょう？』

『御用があったら新聞へ広告を出して下さい、暗号でもよろしい。しかしこのまま逃げてしまおうたって、逃がしやしませんよ。あなたの蔭には私がいつでもついていると思って下さい。どこからか、あなたを凝と見ていますから』

智恵子は夕闇の中で身慄いしました。

7

その日きり私は智恵子を見ません。随分注意していたのですが、恐らく彼女はそれ以来外出もしなかったのだろうと思っていました。

一ケ月ほどたっても智恵子からは音信がないので、私は彼女の心を疑い始めました。私に会った時は何しろ突然の事ではあり、驚きの余り一時逃れにああは約束したものの、さて考えてみれば馬鹿々々しい、せっかく自分達のものになっているのに、むざむざと返してしまうなんて詰らない、という欲心が起ったかも知れない。事によると、弟と一緒になって自分を欺く気かも知れない。私はうかうかしてはいられません。ああいう人達の事ですから、どんな悪計をめぐらすかも分りませんからね。人知れず捜索の手を延し、いきなり摑えるのではないかと思うと心配になって、何となく身に危険の迫っているのを感じます。しかしまたこうも考えるのです。智恵子は病気じゃないか知ら、上野で会った時も顔色は余りよくなかった。そう思うとこんどはまた違った意味で心配になり出します。

ある夜、私は思案にあまって遂々伯爵の邸内に忍び込みました。

来客があったと見えて、方々の部屋には灯がついていましたが、夜が更けていたので中は森《しん》としていました。私は家の中の案内はよく知りぬいているので、こんもりとした植込みを通りぬけ、泉水をまわって智恵子の居間の方へ行きました。

幸いその一つの窓のブラインドの下の方が二寸ばかり開いていましたので、私はじっと室内を覗き込みました。

客の帰った後で夫婦は暖炉にあたりながら、頻りに話し合っていました。が、二人の顔には云いようのない当惑の色がただよって見え、何となく憂鬱な空気にとざされていました。殊に智恵子は一ケ月余り見ない間にすっかり瘦《やつ》れ果てて、物凄いように青ざめていました。私は中の話を聞こうとして硝子《ガラス》に耳をぴたりとつけて、きき耳を立てていました。

『私はどうしてもこの儘ではいられません、何もかも分った今、貴方のお心が翻えらなければ、私には私の決心がございます』

智恵子の声は悲痛を帯びていました、弟は吸いかけの葉巻をポンと暖炉の中へ投げて、眉を深く寄せながら云いました。

『今更そんな馬鹿なことが信じられるか。兄はあの時死んだんだ、遺骨まで届いて、立派に葬式もすませている、兄は確かに死んだんだ。この世にいないんだ、いいか。分ったか。もう二度とその話はするな』

『でも生きていらっしゃるんですもの。私はすっかりお話を聞いてしまったんですから、貴方がどうしても私の言葉をお信じ下さらないなら、お兄様をお連れしてまいりましょう』

『今頃兄だなんて、突然現われて来たって誰が信じる。そんななくだらない事に取り合っちゃいられない、もうお前もそんな馬鹿げた事を真面目になって、心配するのは止しなさい。兄は本当に生きているはずはないんだからな』

『だって確にこの眼で見て、この耳でお声を聞いたんですもの』

『空耳ってこともある、幻想を見ることもある。この世に生存していない人間が見えたりするようじゃ、よほどお前も気を落ち付けないといけないぞ』

『狂人だと仰しゃるの？　ついでに私も精神病院へ入れておしまいになるといいわ、一生涯の扶持をつけて――』

智恵子の声は剣のように鋭く、伯爵の胸を刺したらしかったんです。

弟はすっくと立ち上って、智恵子の方へ一歩進みました。彼の顔に怖しい表情を見た私は思わずアッと小さい叫び声を出しました。弟は気が付かなかったようでしたが、智恵子は窓の方を振り向いて、そこに私の顔を見たのでしょう、よろよろと立ち上りましたが、直ぐまた椅子の中に倒れてしまいました。

気絶したのでしょう。弟がベルを鳴らしたり、女中を呼ぶ声がしたりして、俄かに家の中が騒々しくなりました。

私は裏口からこっそり逃げ出しました。

それきり伯爵邸へは行きませんでした。それから十日ばかり過ぎましたら、智恵子が死んだということが新聞に出ていましたので、非常に愕きました。他殺か、自殺か、とありましたので、思わずはっと胸を打たれました、他殺なら別問題ですが、もし自殺だったとしたら、彼女を死に導いたものは私なんです、智恵子は私との約束を果し得ず、責任を感じて、死んで謝罪する積りだったとしか思われないんです。そう考えると譬《たと》え直接手を下さないといっても、私が殺したも同様ではありませんか。あれ以来日夜良心にせめられて、苦しくて、苦しくて堪らないんです。私が智恵子に会いさえしなければ、何事もなかったんです、イヤ智恵子ばかりじゃない。弟にも会わなければよかったのです。私の生涯はもうとうの昔に終ってしまっていたはずなのですから、未練にも生きているばかりに飛んだ罪をつくってしまいました。ジョホールの土になる気でさえあったら、智恵子を死ぬほど苦しめるような事もなかったでしょうし、弟をあんな悪者につくり上げずともすんだのでしょう。一旦死んだ人間が生きているという事が抑《そもそ》も間違いの原因だったのです」

男は語り終ると悄然として首を垂れた。その顔には苦悶の表情がありありとあらわれていた。

S夫人はいつの間に取ってあったものか、ハンド・バックから戸籍謄本を出して、彼に見せながら云った。

「では、この死亡となっているのが貴方なのですか?」

「はい。明治十七年生で、明治四十一年に死亡したことになっているはずです」

それだけ聞くと私達は彼に別れた。

ともかく一応事務所へ帰ろうと思って、二人は足早やに電車道まで出て来ると、そこに一人の運転手風の男が、待ち受けてでもいたように、つかつかと前に来て帽子を脱いで頭を下げた。私はその男の顔に見覚えはなかったが、夫人とは知り合いだと見えて、

「直き後から帰りますから、あなたは一足お先に事務所に帰っていて下さい」

そういうなり夫人はその男と一緒に夕方の賑やかな町の中に姿を消してしまった。

8

翌日夫人は暮れ方近くまで遂々事務所へ姿を見せなかった。

どんな忙しい時でも、朝はちょっと顔を出す例だのに、どうした事だろうと思いながら調べものをしている処へ、突然後の扉が開いて支那服を着ぶくれた大男がそそくさと入って来た、勿論それはS夫人だった。

「やっと探している、あの女の居所を見付けましたよ」

「サーカスの女でございますか？　どうしてお分りになりましたんですの？」

「貴女に話してなかったけれど、私、実は伯爵家の運転手を買収しておいたんですよ」

そう云えば昨日見た男、あれは伯爵家の運転手だろう。円タクのにしては服装が立派だったし、態度にもどこやら丁寧なところがあった。

「その運転手が一々伯爵の行動を報告してくれていました。伯爵が足繁げく行く家が麹町辺にある事、五番町附近で自動車を乗り捨て、徒歩で出かけるが、ある時は四五時間も待たされる。帰りには必ず『どうも狭い横町に住む奴の気が知れんな』とか『訪問者泣せだよ』とか云い訳らしく愚痴をこぼす。少し変でしょう？　どうもその家が怪しいと思って探らせてみたら何の事でしょう、馬鹿々々しいそこに私の探しているあの女が囲ってあったんですよ」

「どんな女でして?」

「妖婦型のあくどいような女でした。道楽をしつくした男でも、その女にかかッたら離れられないそうですから、女遊びを知らない伯爵が夢中になるのも無理はないでしょう。シンガポールに出発したように奥様の手前をつくって、実は目と鼻の処へ家を持たせ、豪奢な生活《くらし》をさせているんです」

「伯爵も隅に置けませんわね」

「しかもその女には支那人の情人があるんです。同じサーカスで奇術に出ていた優男《やさおとこ》なんですが、上海《シャンハイ》で興業しているんです。伯爵は無論そんな男のあることは知らないし。女の方でも秘密にしているということが分ったから、私は今日その男の友人だと云って訪問したんです。女は喜んで直ぐ会いましたよ」

いつもながら夫人の大胆なのには敬服してしまった。私はちょっと冗談のように云った。

「化の皮がはがれやしませんでしたの?」

「そこは都合がいいんです。支那語と日本語をまぜっこぜにして、饒舌《しゃべ》ってやったもんだから、奴さん、すっかり真物の支那人だと思い込んじゃったんです。それから突然私は威嚇してやったの、伯爵夫人を殺したなア貴様だなッ——て」

「えッ? その女が殺したんでございますか?」

私は吃驚して訊きかえした。夫人はその問には答えないで話をつづけた。

「すると女は青くなって弁解するんです。殺したのは私じゃない、憎い憎いと思ってたけれど、私は何もしませんっていうんです。私はぐんぐん取ッちめてやると女もなかなかの強者《したたかもの》で、策略家ですよ。咄嗟に考えたんでしょうが、金庫からお金を出して私の懐中に押し込み、殺したのは伯爵ですよ。と耳もとへ口を寄せて囁きました」

「まア! 伯爵だったんですの? なるほどそうかも知れませんわ。きっと奥様が邪魔になり出したんでしょう、それでなくてさえ財産をお兄さんに返してくれとやかましくせめていたし、伯爵は慾があって返す気はない、しかしこの儘捨てておいたら、あの奥様が承知するはずがありません。女中なんかの噂には、この頃は始終御夫婦で何事か云い争いをしているといいますから、伯爵は奥様を持てあましてらしたんじゃありませんか、そこで密かに毒殺して、その罪を蔭の男、即ちお兄さんに塗りつけ、こんどは殺人罪で永久にこの世から葬り去ろうという計画だったのでございましょう。恐しい人ですわね」

夫人は私の説を笑いながら聞いていたが、

「まだ犯人を伯爵だと断定するわけにはゆきませんよ。最初から私には九分通り判断はついていたんですが、あとの一分が分らないために苦しんでいるんです。まあ自然に解決がつくまで待っていらっしゃい」

そこへ給仕が夕刊を持って来た。

夫人は直ぐそれを広げて見ていたが、無言のまままくるりと差向《さしむ》けて、ある箇所を指で押え注意を与えた。

「まあ！」私は思わず驚きの眼を見張った。

そこには『狒々の怪死』という題で、僅か数行の文字が書かれてあった。浅草で興行中のサーカスの愛嬌者、狒々男が評判の『鉄の処女』を演じている最中、陥穽《おとしあな》から脱け損い、心臓を剣で突き刺れて即死したというのだ。過失だともいうし、またある一説には人気を嫉む者か、あるいは女関係の恨みから、肝心の脱け穴をこの日に限って作っておかなかったためだとも云う。取り調べ中だとあるが、夫人と私の頭には偶然か故意か、何かしら、そこに分ることがあるように思えた。

9

何事か深い決心をしたS夫人はその晩遅く、助手の私を伴って、伯爵を訪問した。

伯爵は直ぐに自分の居間に通して、

「何か、手がかりでもありました？」

心配そうに訊くのだった。恰度二人がその部屋に入った時、伯爵は等身大の亡き夫人の肖像画の前に座って、香を焚き冥福を禱《いの》っていた。香の煙は美しい彼女の胸から顔へ、うっすりと立ちのぼっていた。

私はその空々しい、殊勝気《しゅしょうげ》な行いを侮蔑の目で眺めた。

S夫人はいつもの優しい態度で、静かに伯爵に云った。

「伯爵、もう好い加減な処で幕に致たそうではございませんか」

「――」

「あなたのお兄様はこの通り自殺しておしまいになりました」

夫人は懐中から夕刊を出して、赤い線をひいた処を指した。

伯爵の顔色は見る見るうちに変った、夫人は穏かな調子で、彼の口から物語られた一什始終《いちぶしじゅう》を話した。

伯爵は沈黙久《ひさし》ゅうして後、額の汗を拭いながら云うのだった。

「妻を殺したのは兄でもなく、また私でもありません。実は自殺なんです。上野で図らずも兄に出会って、すべての物語りを聞かされ、正直な妻は兄にすまない、せめて自分達の財産全部を返して、お詫びしなければならないと云ってきかないのです。私は慾に目がくらんで我意を通そうとする、その板挟みになって苦しみ、悶えぬいた揚句、自殺してしまったんです。妻は私よりもっと苦しい立場にありました、結婚こそしないが、死んだと思っていた許嫁の夫が、現在生きていて、しかもああした惨めな生き方をしているとあっては、迚も見ていられなかったのでしょう。私と顔を合せると妻は直ぐその問題を持ち出しては、責め立てるのです。

ふじやホテルに電話をかけたのは私でした。妻はどうしても急に会い度い、と云って聞かないで。途中まで迎えに行って、二人は横浜へ行ったのです。

途中からもうその問題が始まって、妻は相変らず自分の主張を少しも曲げない、私は私で、自分の云う事を頑張り通したのです。最後には私も癇癪《かんしゃく》を起して、もう一度兒を探し出して精神病院へ入れてしまうんだと云いました。

妻は悲しそうな顔をしていました。

軈て夕飯を食べるために、グランド・ホテルの食堂へ行きました。客は殆ど西洋人ばかりで、知り合いの人には誰れにも逢いませんでした。

食事中妻は一言もいいませんでした。深い決意の色があらわれているのを見ましたが、打棄《うっちゃ》っておきました。私も腹を立てていたので、私の目の前で妻が薬を出したのを見て、私への面当《つらあて》にそんな真似をやるのか、勝手にしろと思っていました。処が狂言ではなく、妻はそれを一と息に呑んでしまったんです。唇の処へ持って行く時、ちょっと恨《うらみ》をふくんだ眼をして、私を見ました。私はいきなりその手を押えようと思って、フと気がついたんです、四辺の食卓には多数《おおぜい》の人がいるではありませんか、ボーイも背後に敬々《うやうや》しく立って見ています。そんな処で騒ぎ立てたら、それこそ私の身分も分り、早速新聞種です。そしていろいろの事をほじくり出されては堪りません。妻も生き耻を晒すことになります。体中に油汗をにじませながら、黙って凝と見守っていなければなりませんでした、私のような冷血な男でも、最愛の妻が目の前で毒を仰ぐのを見ながら、手を束《つか》ねていなければならないというのは、何という恐しい事でしょう。

私の体は凝結したように強張《こわば》って、頬は痙攣して引きつってしまいました。こんな残酷な刑罰がありましょうか、後になって考えたことですが、賢い妻は尋常一様の事では、到底私の意志を翻えし得ぬと知り、反省を促す最後の手段として故意とこういう場所を撰んだのではないかと思います。サロンへ戻ってからも妻は口をききませんでした。ホテルを出る頃はよほど苦しそうでしたので、円タクを拾い、横浜から邸まで附き添って、私が門内まで送り込んだのです。

　殆ど意識を失いかけている妻を無理に引き立てて、玄関の扉の処まで歩かせ、ベルを押して私は門の外へ逃げ出し、そこから見ていました。すると小間使が出て来て、妻がすうっと扉の中に吸い込まれるように入ったのを見届けてから、安心して、そのままクラブへ参り夜を更しました。

　なお万一の場合を考慮し、疑いを避けるために妻と一緒にいた時間を、五番町の妾宅に居ったように、よく妾に云いふくめておきました。

　しかし妻が自殺したとなると、ちょっとまた困ることがあるのです。いずれ家庭内に何かあったと怪しまれるでしょう？　結局兄の問題などが表面に出て来て、暗闇みの耻を明るみへ晒らさなければなりません。私はそれを何より怖れたんです。そこで策略をめぐらし、他殺にしてしまって、犯人として兄を摑まえてもらおう。そしてどこまでも狂人としてしまえばいいと思っていました。

　何しろ兄の行衛《ゆくえ》が分らないということは、私にとって非常な不安なので、S夫人に探し出して頂いて、直ぐ警察の手で捕縛させ、精神病院の院長に鑑定させせれば、何もかも私の思い通りになると考えたのです」

　S夫人は最後まで静かに、微笑を浮べながら伯爵の話を聞いていた。彼女は多分初めからこうと見透しをつけていたのだろう。私達の仕事はこれで終った、あとの事は伯爵自身に任せることにして、二人は邸を辞した。

機密の魅惑

1

「ある夫人――それは私の旧友なのですが――からこうした手紙を度々受取らなかったら、恐らくこの事件には携らなかったろうと思います」

S夫人は一束の手紙の中から一つを抜き出して渡してくれた。それは藤色のレター紙に細かく書かれたものであった。

S夫人！

私はもうすっかり疲れてしまいました。

こんどの任地では徹頭徹尾失敗です。夫の愛は彼女に奪われ、在留民からは異端者のように白い眼で睨まれ、私のすることは、善かれ悪しかれ悪評の種になってしまいます。つまり猫かぶりでなくては成功しない土地で、心にもないお世辞を云い、見え透いたお上手をやらなければいけなかったのです。自分の信ずるところを卒直に云いあらわしては駄目なのだということに早く気がつかなかったのは、全く不明の致すところで、今更悔んでも追つきませんが、それも一つには私を陥いれようと計画《たくら》んでいる彼女が、遠くから糸をひいていたことに原因するとも思います。私の運命の綱を彼女が握っていて、思うままに振り動かしているような気がします。夫は彼女なしでは一日もいられません。

彼女、即ち笹屋の有喜子《うきこ》はどんな女だということをちょっと申上げましょう。笹屋というのは当地では一流の茶屋でございます。有喜子はそこの内芸者で、去年夫が赴任いたしましたのと殆ど同じ頃にハルピンから流れてまいった女でございます。素性はよく分りませんが、妖婦型の凄い手腕《うで》を有《も》っていると専ら評判をいたして居ります。

背が五尺四寸もあるので洋装がよく似合います。睫毛が長いせいか、それでなくても黒眼勝の大きな眼が一層真黒に見えるのです。青味がかかった皮膚に真黒い眼だけでも何となくひやりとした感じがいたすものですわね。それに肉のないすうッとした高い鼻というものはまた温味《あたたかみ》にとぼしいものでしょう。西洋人のようでいい格好と云えば云えますが、そういう眼鼻だちのせいか、口許などの可愛らしい割にどうも顔全体の感じは冷たさを通り越して、残忍性を帯びているようにさえ見えるのです。しかしこの位整った顔はまずちょっとないでしょう。彼女は確に美人には違いありません。少なくとも外形だけは非常に美しいのですから。

御承知の通り、私は子供の学校の都合で一年ばかり遅れて夫の任地へまいりましたでしょう。その間に夫の魂はすっかり有喜子に浚《さら》われてしまっていたんですの。女手がなくて不自由だという事もあったのでしょうが、彼女は段々と入り込んで宴会などのある場合には先立ちになって何かと指図をしていたそうです。館員達にもうまく取り入り、まるで奥様気どりでいた処へ何も知らない私があとから参ったのでございます。

かげでは毒婦だの妖婦だのと悪口云っている人でも、有喜子に一度会うと好きになって皆味方になってしまいます。とにかく不思議な魅力を有っている女で、普通の人とは大分違っている点が沢山ございます。第一夫を盗まれて敵のように恨んでいる私の処へだって、平気な顔をして遊びにやって来るんですの。それだけだって変って居りましょう。

失礼な女だ、厚かましい奴だと最初は玄関払いで面会を拒絶した私が、いつの間にか根負けして渋々ながらでも会ったり、話したりするようになってしまいました。そして大抵の女なら秘《かく》したがるような事までもずばずばと平気で先方からきり出すという風なのです。

『奥様は旦那様と私との関係をどう思っていらっしゃるでしょう?』などと申します。何だかこちらが照れて横を向きたくなるじゃありませんか。

『疑っていらっしゃるでしょうね。またお疑《うたぐ》りになるのが当然なんです。私が故意《わざ》と皆にそう思わせるように仕向けているのだ、という事をご存じないいんですから御無理はございませんが、でも正直な処を白状しますと、二人の間は何でもないいんですのよ。ただそう申上げただけじゃあお信じになりますまいから、一つ今日は私の秘密をお打ち開けいたしましょう。極く内密なお話なんですけれど、奥様にだけは申上げておく必要がありそうですから、それに世間の人はどう誤解しようと構いませんが、せめて奥様にだけは私の本当の心、否《い》えまあ、旦那様とそんないやな関係がないという証拠を知っていらして頂きたいんでございますの。

実は旦那様と私とは敵同士なんです。随分古いお話ですが、旦那様の下役のある男が官金費消罪で刑務所へ入れられ自殺したという話をご存じでございましょう。あの当時はまだ領事裁判がありましたから、あの人は旦那様のお裁きを受けたのでございます。

ある男、その人こそは私の大切な許嫁《いいなずけ》の夫だったのでございますのよ。私は未来の外交官夫人という華やかな生活を夢みながら、私と結婚するために賜暇帰朝《しかきちょう》する彼を待って居りました。処があどうでございましょう。彼はそういう罪で入獄する、つづいて縊死を遂げたという悲報に接しました時の私の心持ち、まあどんなだとお思いになります？　まるで天国から地獄の底へ逆落《さかおと》しにされたようなものではございませんか。

私はあの男の犯した罪を考えるより先に、何とかして助けて下すってもよさそうなものだ。御自分の部下だったのじゃないかと却って逆恨みに、裁判した方を蔭ではお恨みして居りましたんです。許婚の夫に自殺されたんで私の心はすっかり変ってしまいました。夫に官金費消罪を犯させた土地にまず第一に乗り込んでまいり、そこをふり出しに転々と流れ歩いて居りますのですが、そういう事情があるので、いくら御贔屓にして頂いていても敵の旦那様とどうこういう関係にはなれません。ですからその点はどうぞ私を御信じ下すって御安心遊ばして頂き度うございます』

私は早速主人に話しますと、そういう事実はあったそうですが、それが果してあの女の許嫁の夫であったかどうだかは分らないと申します、もしそれが実際なら気持ちのいい話ではございません。

有喜子はまた平気で『旦那様も敵なら、奥様だって敵の片割ですよ。だから敵を狙う私の名が有喜大尽《うきだいじん》で笹屋と申す茶屋にいますのさ』って笑ってしまいます。

またこんなことも申します。

『私位復讐心の強い女はまアございますまいね。しかしいくら相手が敵でも闇打ちにするような卑怯な真似はしません。正々堂々と名乗りを上げて果し合うんでなくっちゃ面白くありませんですから、私はちゃんと予告をいたしますよ。まあ御要心なさいませ』と半分冗談のように云うのですが、そういう話をする時の有喜子の態度も真剣なら、真黒い眼が底光りがしてきて何とも云えず凄いのです。私は何となく薄気味が悪るくてなりません。もう会うまいと思って一度面会を避けたのです、すると私の心を直ぐ察して申しました。

『奥様は私に会うのが不愉快で避けたいと思っていらっしゃるのでございましょうが、それは大間違いです。大抵の奥様方というものは、御自分の御主人と関係でも出来た女は寄せつけまいとなさる。それがいけないんです。怪しいなと思召《おぼしめ》したらなお一層近づけるのでございますよ。大切にされ、心から親しまれ、可愛がられるといくら悪辣な女でも、そこは差控える気になって非道《ひど》いことは出来なくなるものなんです。尤も私の場合は違います。私は敵を打とうと思って敵に附き纏っているんですから、しかし私を寄せつけないようになさろうとすると危険ですよ。予告が出来ないから不意打ちを食う恐れがあります。御要心、御要心』

私は有喜子が厭で厭で仕方がないのですが、どうも逃げるわけにまいりません。敵だ敵だと云うのですが、それが冗談にいうのか本気で云っているのか分らないんです。しかし彼女の云うことが果して本心から出ているものとすると、夫はまるで爆弾を抱いているようで危険ですから注意しますと『あの女はいろんな創作をやるんで面白いんだ。本気になって心配している処をみると、大分今度は上手に出来たらしいな』と申して主人はてんで相手にもしないのでございます。

しかし私は何となく不安でなりません。先便でも申上げましたが、この土地へ着きました早々に怪我をしました話ね、あれも有喜子の計略に乗ったのだということが最近になって分りました。上地の様子を知らない私が、突然お祭礼の御神輿《おみこし》を館舎にかつぎ込まれて、どうしたらいいかと狼狽《うろた》えているのを見て、彼女は私を後から押し出すようにしてヴェランダへ突き出したんです。すると御神輿を高い処から見下したというので若者達の怒《いかり》にふれ、私はヴェランダから地面に引きずり落され散々な目にあいました。その事が抑《そもそ》もこの土地で不評判になった最初だったんですの。

その時しどけない寝間着姿だったと云い触らした者があって、一層人々の反感を買いましたが、私は寝間着など着ていたのではありません。咄嗟の場合で、しかも男の人の眼に寝間着だか、平常《ふだん》着《ぎ》だかそんな見分けがつくはずがありません。それも有喜子がでたらめをしゃべったのです。

その時の若い人達の権幕に怯えてしまって、私は日本人が恐くなってしまいましたの。その上何のかのと蔭口を云われ、迚《とて》もうるさくて堪らないので、もうどこへも出まいと決心して西洋人以外の公の会合には一切顔を出さないことに定《き》めてしまい、わずらわしい交際を避けてさばさばしていると、それがまた今度は婦人連の反感を買うもとになって、評判はますます悪るくなるばかり、散々に味噌をつけてしまいました。もうほとほと厭になったので、帰朝して静かに子供を教育しながら留守宅を守っていようかしらと思って居ります。しかし私がいなくなった後の有喜子の事など考えますと、意地にも夫の傍を離れるのがいやになります。『いよいよ敵打ちの時期が近づきました』などと変に怯《おびや》かすように申されますと余りいい気持もいたしません。こんな女の申す事など本気で聞いても居りませんが、それでいて何となく底気味悪い不吉な予感に襲われるのでございます。

手紙を読み終るのを待ってS夫人が云った。

「こういう音信を受け取る度に、いろいろと慰めの返事を出して居りました。そのうちに便りがふッつりと途絶えてしまい、一ケ月ばかり過ぎますと突然直ぐ来てくれという電報を貰ったんですの」

「覚えて居りますわ、でもせっかくあんなにお骨折りになったのに肝心の夫人はお亡くなりになってしまって――、やっぱり自殺だったのでございますか？」

「さあ、それをこれからお話しようと思うんですの、もうあれから二ケ年も経ちましたから、お話してもいいだろうと思いますのよ」

夫人はスクラップブックを開いて、当時の新聞記事を見せてくれた。

『淋しく残る荷物に死の予感――、宮地（仮名）夫人謎の死』という題で、

『四月二十五日午後零時三十分神戸発の急行列車が東京駅に着いて乗客は全部降車したが二等車の中に、パラソルとショール、鰐皮のハンドバッグ、小さいスーツケース一個が遺留されて居り、荷物の持主の姿がどこにもない。事によると途中で振り落されたのではないかという疑いがあるので大騒ぎとなり、神戸東京間各駅に手配した結果、国府津附近に胴体を轢断され即死している婦人を発見、調査の結果宮地（仮名）夫人で夫の任地から上京の途中この奇禍にあったもので、自殺か、過失死か不明である。同列車の車掌伊藤春吉君は語る。

「列車が裾野駅近くを通過している際デッキに立っていた外国帰りらしい美しい夫人が『電報を打って頂きたいのですが』と云って電報用紙を私に渡し、そのまま食堂車の方へ行きました。小柄な方で、紫色のような服装をしていたのだけは覚えていますが、他には何も心当りはありませぬ」

なお現場検視に立会った駅員曰く、

「遺書らしいものも発見されませんので、自殺らしいとも思われません。多分カーブの地点でデッキにでも立っていられ、その際振り落されたものではないかと思います」』

自殺か、過失死か、あるいは他殺か、遂に明らかにされなかった。まして私はS夫人がその謎の鍵を握っているとは少しも知らなかった。

2

夫人は冷えきった紅茶を一口飲んでから云った。

「どの新聞にも宮地（仮名）夫人とだけで本名は明かにされてなかったでしょう。少し差支えがありますから、残念ながら、地名も御主人の地位も本名も云うことは出来ません。従って大使館であるか公使館であるかまたは、総領事館であるかそれはすべてあなたの御想像に任せます。しかし名だけは仮に宮城野総領事夫人とでもいたしておきましょうか。某夫人では余りに漠然としてしまいますから。

私は電報を受取った夕方にはもう出発いたして居りました。かの地に着きますと宮城野夫人のお住居へ馳けつける前に、まず市内のあるホテルへ室《へや》をとりました。そのホテルは日本人経営のもので、土地の事情を知るには一番便利だからと紹介状まで貰って行ったのでございます。

私は夫人がもっと早く電報をよこすだろうと思っていたのです。というのはどういう事件が起ったかを知っていましたからです。それは十日ほど前に例の妖婦笹屋の有喜子が何者かに殺害されたのです。しかも場所が宮城野夫人の邸の附近の往来だったので、それでなくても評判の悪い矢先ですから、とんだかかりあいにでもなるといけない、困ったことが出来たと人知れず心を痛めて居りました。何故なら有喜子は夫人の夫と関係のある女でしたから。

それで私がホテルに室をとった理由もお分りになりましょう。在留民間では彼女をどういう風に見ているかを知りたかったのです。ただ評判が悪いというだけの夫人の手紙では、はっきりしたことがわかりません。何故そんなに評判が悪いのか本当の処をよく調べてみなければならないと思いました。

私は早速ホテルの女将《おかみ》にいろいろ訊いてみました。総領事夫人とは一面識もないような顔をして云ったのですが、

『この前の総領事さんの奥様が余りお優しい、いいお方でしたので――』

と言葉を濁してしまいました、探りを入れているのだと感づいたのかも知れません、そこで私は少し夫人の悪口を云って釣り出してみようかと思いました。

『宮城野さんは大分御評判がよくないじゃありませんか、威張ってるんですってね』

こういう女の社会で何より嫌われるのは威張ってるということなのです。私は故意と顔をしかめて、言葉に力をいれさもさも憎々しそうにいってやりました。すると女将はすぐ同意して、

『そうなんでございますよ。ほんとに威張ってらして――、御自分だけは御身分が違うんだなんて、容子《ようす》をなさるものですから、皆さんに憎まれていらっしゃるんですの』

『総領事夫人を鼻にかけて、土地の古株の奥さまがたを立てないってわけなんでしょうね。お寄り合いだの会だので我儘をなさるんじゃありませんか？』

『否え、そういう処へはちっともお顔出しなさらないんでございますよ。いくら御招待してもお断りになるんでございますの、その癖、西洋人の会ならさっさと先立ちになってお出ましになりますそうですから、皆さんが気持ちを悪くなすって怒るのも無理はございませんの。日本人を馬鹿にしているんだ、生意気だ、などと蔭では皆さん悪口を仰しゃるんでございますよ。それにまたそう云われても仕方のないようなことをなさいますもんですから』

『どんなことをなさるんですの？』

『一々は覚えて居りませんが、一度なんかこんなことがございましたよ。この土地の習慣をよく御存じなかったんでございましょうが――、恰度総領事さんの奥様が当地にお着になった頃は神社のお祭礼時でしてね、それに本祭りだったものですから大変な賑かさだったんでございます。吉例によって第一番に御神輿様が総領事館に参ったんでございますよ』

『敬意を表しにですか？』

『左様なんでございます。御神輿様を総領事館へかつぎ込みますと、そこで一同へ御酒のお饗応《ふるまい》

があって後、奥様がお挨拶にお出ましになり御祝儀を下さる、それがまあ例なのでございます。そういう事を御存じなかったのでしょうが、恰度御神輿様があの坂をねりながら上って総領事館の表お玄関に着きました時、奥様がふらふらとバルコニーへ最初お姿をお出しになったそうですが、間もなく降りていらしてお玄関傍のヴェランダから黙って見物していらしたんでございます。お邸が坂の上の小高い処にあるものですから、まるでお神輿様を見下していらっしゃるような形だったので、気の立っている若い者が怒ってしまい、そのうちに誰だか奥様は寝間着じゃないかなどというものも出てまいり、神様を高い処から寝間着で見下すとは怪《け》しからん。引きずり落しちまえってわけで、気の早い者がヴェランダへ駈け上って奥様を引きずり降し、散々な目におあわせしたんですの。遂々《とうとう》お怪我までなすって、書記生さんの白石さんが馳けつけて来なかったら、どんな事になったか分りませんでしたそうでございます。皆酔っぱらって居りましたことですし、誰が下手人だか分らず、奥様はお怪我のなされ損で、それがために御評判がすっかり悪くなってしまったんでございます』

『まあ珍らしい変なお話ですね。最初からそんな事があっちゃあ、宮城野さんでなくっても怖気《おじけ》がさしてしまいますわね』

私は在留民がいくら酒に酔っていても総領事夫人に怪我をさせるなんて馬鹿な話はないと心では思って居りました。

『それからはもう町へはふっつりとお出ましにならなくなり、日本人の会合の席へも一切お出になりません。お顔をお出しにならないからなおいけないんで、奥様も嘸《さ》ぞお気をくさらしていらっしゃることでございましょう』

『お気の毒ですわね、旦那様は笹屋の女とどうとかいうんだそうですしね』

『有喜子、殺されましたよ、あの女は』

『まだ犯人は分らないんですか？』

『犯人なんかなかなか分りゃいたしません。こういう処はいろんな人が入込んで居りますから人殺しをやっても上手に逃しちまったりしてね』

『総領事さんも相手の女が殺されたんじゃ気持が悪るいでしょうね、非道い殺され方をしたとか新聞には出ていましたね』

『あの女も逃げようと思えば逃げられたんでしょうに、気が強いから逃げなかったのでございましょう。いろんな噂をいたして居りますよ。犯人は支那人だとか、殺し方が男のようではない、嫉妬でなければあんなむごたらしい殺しようは出来ないものだ、これは必ず恨みのある女の仕業だろうなんて――』

『女ですって？』

『顔をめちゃめちゃに切られたんだそうですの、有喜子はまた特別綺麗な顔をして居りましたから――、あんな残忍な殺し方は男には出来ない。それに何のためにあんな時刻に淋しい総領事館附近《あたり》まであの女が出向いたんだろうというのが、不思議がられているんでございますよ。きっと誰かにおびき出されたに違いないなんて――』

『でも――、有喜子はふだん総領事館へ出入りしていたんでしょう？』

『まア、よく御存じで、奥様は表面ではそれは優しく有喜子を可愛がっていらしたそうでございますよ。でも有喜子は奥様の事を恐い方だ、恐い方だ、と申していつか私敵を打たれるワ、なんて笹屋の女将に云っていたそうでございます』

『まさかね。不評判もいいけれど殺人嫌疑までかけられちゃかなわない』

『全くでございます。馬鹿な事を申す者があって困ります』

『新聞にはあの晩、若い支那人とあの淋しい道を歩いているのを見た人があるとかいうじゃありませんか？』

『それが支那人でなくって、書記生さんの白石さんに似ていたなんて云う人もございましてね、

——新聞に出ているのとはまるで違ったことを噂して居りますよ。只今はもうどこへ参ってもこの話で持ちきりでございます。いやでございますね、こんなお話は早くおしまいにして、もっと面白い事が聞き度うございます』

3

宮城野夫人は想像していた以上に憔悴していて、まるで病人のように青い顔をしていました。私を見ると一言も云わないうちにもう涙ぐんでしまいました。

『よくいらして下さいました。ほんとによく来て下すったのねえ』

私は夫人の心中を察して何だか胸が一杯になりました。

『貴女のお部屋も定めておきましたから、どうぞしばらく御滞在なすって頂戴な。お力になって下さる方もないし、私独りぽっちでほんとにどうしていいか分らないんですの』

すっかり意気地なくなっている夫人を私は励ますように云いました。

『あなたらしくもない、もっと元気をお出しなさいよ』

『まあ少時《しばらく》御逗留下すって、私の日常生活を見て下すったら、何もかも分りますわ。さあお部屋へ御案内いたしましょうか、お荷物は?』

『あの——、町のホテルに部屋だけは取っておきましたの』

『あら、ホテルに? 日本人のでしょう?』

と直ぐ夫人は厭な顔をして、

『じゃもういろんな話を聞いていらしたんでしょう? 私の評判、随分悪かったでしょうね、でも、もう仕方がないんですの、取り返しがつきませんもの。私つくづく厭になってしまったから、東京へ帰って静かに暮らしたいと思ってましたけれど、またこんないやな事件が突発したんで、帰るにも帰れなくなってしまいました』

『だって御自分に疾《や》ましい事がなければ構わないじゃありませんか、人の思惑なんか気にする事はないわ』

私は慰める積りで云ったんです。するとそれをどう聞いたのか、夫人は唇の色まで変えて険しい眼をして申しました。

『また何か私の事を云ってるんですか、きっとそんなこったろうと思ってました。じゃあ何んでしょう？　有喜子を私が殺したと云ってるのね、悪い事は何でも皆私におっかぶせてしまうんだから非道いわ』

『否え、別に誰もあなただとは云っちゃいませんよ』

『いいえ云ってるんですわ、きっとそうです、そうに違いないんです』

夫人はヒステリックな声で云いながら暗い顔をしているのです。私は何だか気の毒になって、

『一体あなたにはこういう土地は不向きだったのね』

と申しますと彼女は苦笑してうなずいて居りました。

『そうなんですのよ。でも有喜子がいなかったら、こんなことにもならなかったと思うんですの、有喜子は私を追い出して、総領事夫人になろうという野心があったんだそうですから、あの女の計画《たくらみ》では私の評判を悪るくして土地に居たたまれないようにさせ、この家を乗っ取る積りだったんだそうですよ』

『でも、まさか総領事さんともあろう人が、素性も分らない女を令夫人にはなさるまいじゃありませんか』

『否え、主人は私が退けば必ずあの女を妻に迎えたろうと思いますわ』

『仮にそうだったとしても、あの女は死んじまったから、もうその問題は消えたわけじゃありま

せん？』

『その問題は消えても、他の事で私を苦しめているじゃありませんか。殺人嫌疑をかけさせるなんて、死んでからまでまだ私に仇をしようとしているんですわ。しかしその事は何と疑われたって私は平気ですが――』

宮城野夫人は急に眉を深く寄せ、声をひそめて云うのでした。

『そんな事はどうだって構わない。今、実はもっと重大な問題に悩まされているんですの、あなたにいらして頂いたのもそのためなんですわ』

『殺人事件よりも重大？』

『大変な事なんですの。私達にとってはね』

夫人は他聞を憚るからと云って、寝室に続いた彼女の居間に私を案内いたしました。そこは小じんまりとしていて畳が敷いてあり、日本風に飾りつけてありましたが、聞けばその部屋は私のために空けておいてくれたのだそうです。

ふっくらした紫縮緬《ちりめん》の坐蒲団の上に座ると急に寛いだようないい気分になって、落ついて話が出来るように思いました。薄暗い大きな応接室で見た時よりも、夫人の顔もいくらか明るく見えました。わざと召使達を退けて、夫人自身で紅茶を入れたり、お菓子を取ってくれたりしました。

私はそこで夫人から重大な話というのを聞きました。

『今から恰度十日ばかり前になります。有喜子が殺されたと同じ晩に、総領事館では大宴会があったのでございます。その時、白石という若い書記生がすっかり忘れていたある急な用件を思い出し、宴会の席をこっそり脱け出して、オッフィスに入り急いで用事だけすませ、慌てて外へ出ようと扉《ドア》を開けますと、すうっとまるで風のような早さで出て行った黒い影みたいなものがあったんです。自分の傍をすりぬけた時、ぷうんといい香水の香が四辺《あたり》に漂ったそうですが、とにかく白石が呆気に取られて佇《たたず》んで居る間に、その黒い影は忽ち門衛に捕まってしまいました。

何者だろう？　オッフィスの中に忍び込んでいたものに違いない、どうも女らしい気がする。白石さんは好奇心にひかされて門衛の傍へ近づくと、黒いヴェールに包まれて、顔はよく見えなかったそうですが、背の高い女で、

「白石さん、私よ、何とかして頂戴な」と哀願するような調子で云ったそうです。白石さんは、好い気持にはなっていたし、女から自分の名を呼ばれたのでふらふらと助けてやろうという気になったそうです。

「何んだ、君か、そこまで僕が送って行ってやろう」と云ったので門衛は大変に恐縮し、自分の粗忽を詫びて二人を門の外へ出してくれました。するとその女は立ち止って彼の耳もとへ口を寄せながら、

「お約束だったから来たのですが、遂々お目にかかれませんでしたの。でも、内緒よ。でないと総領事さんに、叱られますから」

白石さんはその時始めてその女が有喜子だったことを知りました。

門を出て少しばかり一緒に歩いたそうですが、女がしきりに、一人で帰るから送ってくれなくともいいと辞退するので、そこで別れることにして握手を求めたのだそうです。すると黙って左の手を出したので、少しお酒に酔っていた彼はその手を払い退け、ポケットの中の右手を無理に引張り出して握ったら、有喜子が小さな声であッと云って手を引込めようとするのを、ぐっと握って、そのまま別れたのだそうです。

その時に何か変にねばっこいものが手についたが、暗くてよく分らないので、そのまま自分のポケットの中でハンケチを握りしめて拭いてしまったと申します。それから五六歩も歩いて、ふと振り返ってみると、いつの間にどこから飛び出したか、誰か男と肩を並べて歩いていたそうですが、ああした女の事故《ゆえ》、いろんな友達を持っているだろうし、ちょっと嫉《ねた》ましい気持ちになって、後姿を見送っていましたが、軈《やが》て二人は暗い横道へ曲って行ってしまったそうです。

さて宴会が済んで、自分の寝室へ退いてから、白石さんは握手した時、彼女の手が変にねばねばしていたことをふと思い出して、何心なく自分の掌を見ますと、処々に赤いものがついているというのです。

オヤと思って見ると何だか血のような色をしているので、いつどこで怪我をしたのだろうとよく改めてみましたが、どこも怪我はして居りません。

怪しいなと思いながら拭こうと思ってハンケチを出しますと、皺くちゃになったその白いハンケチにも処々血がこびりついているのです。変なこともあるものだと思いながら、夜も更けていたし、そのまま眠ってしまったと申します。

翌朝オッフィスに出た時は、もう昨夜の事など殆ど忘れて居りましたが、総領事の命で書類を金庫に出しに行った時、金庫の扉の前に一滴ぽたりと血がたれているのを見て、はっと思い同時に昨夜のことが頭に浮んでまいりました。すると何ということなしに不安な気持ちに襲われて、前後の考えもなく血を拭おうといたしましたが、血はもう乾いて床にこびりついていて拭きとるのに骨が折れたそうです。それから金庫の扉を開けようとすると、扉のところによれよれになった護謨《ゴム》のようなものがはさまっていて、開ける拍子にぽろりと落ちたので、それも拾って、ハンケチと一緒にポケットの中に入れてしまいました。

それから間もなく白石さんは確かに自分が総領事から預って、金庫の中へ納《しま》っておいたはずの秘密書類が全部紛失しているのを発見したのです。そのためいま大騒ぎをしているのですが、世間へ知れると面倒なので極秘裡に取り調べているのでございます。もしこれがいよいよ公になりますと主人もこのままではすまされませんし、一大事件だというので皆青くなって居ります。

その中でも白石さんは一層煩悶していて見るも気の毒なほど弱って居ります。時間から考えますと彼女と別れてほどなく有喜子は殺されたことになるのです。それだけでもいい加減気持ちの悪い処へ、金庫の扉にはさまっていた護謨のようなものをよくよく見ると、どうやら人間の指の皮らしいのです。調べた結果、有喜子の食指《ひとさしゆび》の内側がそげていたということなども分ってまいりました。しかし有喜子が何のためにオッフィスに入り込み、金庫の扉に指の皮まで残して去ったのかは分りませんでした。秘密書類が紛失している処を見ると彼女が盗んだものとしか思われませんが、そんなら何故盗む必要があったのでしょう、まるで見当がつかないのです。

白石さんが怪しいじゃないか、などと云い出すものが出て、段々彼の身辺に疑惑の眼をそそがれるようになりました。実際あの晩の彼は疑いを受けるに充分な過失ばかりをやって居ります。大切な用件を忘れていたからとはいえ、宴会中にぬけ出してオッフィスへ入っていたというのも考えようによっては少し変です。おまけに扉をよく閉めておかなかった、だから有喜子に入られたというのですが、それも故意に扉を閉めなかったとも考えられましょう。それから白石さんにとってもう一つ最も不利なことは、有喜子を門衛が咎めたのに彼が口を利いて外へ連れ出したという点です。それ等の点から白石さんに変な疑惑がかけられているわけです。

処で本人はどうかと云うと、あの事件以来極度の神経衰弱にかかって半病人のようになっています。しかも絶えず何かに怯かされてでもいるようで、少しも落ちつきがなく、命じられた用事も忘れたり、間違えたりして、仕事がちっとも手につかないんです。オッフィスへ出ても面白くないのでしょう。それで毎日憂鬱な顔をして誰とも口を利かず、随分無茶なお酒など飲んでいるようですが、傍の者からみると、心配だし気味も悪いし、万一間違いでもあってはならないというので、近々帰朝させる手筈になって居ります。私は白石さんが有喜子に利用されたのだとは考えられますが、彼が手引きをして盗ませたとは考えられないのです。いずれにしても書類は紛失しているのですから、何人《なんぴと》かの手にあるには違いない。それを発見して白石さんにかかる疑惑の雲をはらい退けて上げたいと思うのでございます』

4

有喜子の殺された淋しい往来に幽霊が出るという噂を耳にした翌日、朝のコーヒーを呑んでいる処へ女将が入って来て申しました。

『昨晩うちのお客さんが、その方は迚も臆病な質《たち》なんでございますけれど、夜更けて例のあすこを自動車でお通りになったら、すうッと白い陰が往来を横ぎって消えたそうですの。もうあんな処通るもんじゃない、胆を冷しちゃったというお話でございます。領事館にお遊びにいらしても、もうあすこはお通りにならない方がよろしゅうございます』

『まア！　怖いこと！』

その晩、私はその淋しい往来に深更まで見張っていましたが、幽霊どころか人一人にも会いませんでした。評判になったのでお化《ばけ》も引込んじまったのか、と軽い失望を感じながら、踵を返して帰りかけようとした時、ふらりと路傍樹の蔭から出て来た一人の男を見ました。力のないまるで、浮いたような足どりで、ふらふらと歩いて行く容子は、見る人の目には全く幽霊とも映ったかも知れません。おまけに着ている洋服の色が、うす白いのです、昼間見たら鼠色か何かなのでしょう。

私は見えがくれに後を尾《つ》けて行きました。横町を曲る時街灯の光りで男の顔を見て、私の想像していた通りだったので別に驚きもしませんでしたけれども、とにかく追いすがって声をかけました。

『白石さん、書記生さん』

吃驚《びっくり》して彼はハッと立ちすくみました。私の姿を見た瞬間、無意識に彼は逃げ出そうとしてまた思い返したらしく静かに立ち止まりましたが、その大きく見開いた眼からは狼狽の色がありありと読まれました。

『何か御用でしょうか？』

落ち着いていている積りでしょうが、彼の声は震えて居りました。

『少しお訊きしたい事があるんですけれど往来じゃお話も出来ません。とにかく領事館へ参りましょう』

時計を見ると午前一時です。こんな時間に私のホテルへ同道するわけにもまいりませんし、話を他人に聞かれる危険を避けるためには、やはり領事の館舎内でも撰ぶより仕方がありませんでした。

私は白石書記生と相対して坐りました。肉の落ちた頬は痙攣《けいれん》して引きつり、両手は震え、落ち着きのない不安な眼で、絶えず四辺に気を配っている容子は、迚も痛ましくて正視するに忍びませんでした。年の若い、人の善さそうなこの男を、こうまで恐怖のどん底に突き落したのは一体誰の罪でしょう。私はそれを考えると、無責任な世間の人達に対して憤りを感ぜずにはいられません。殊に白石さんの場合は私が人知れず苦心して調査しているので、一層同情の念を深くしたわけです。

白石さんは最初ひたがくしにしていましたが、私が調査した結果を少しばかりほのめかすと彼は已《すで》に私が何もかも知りつくしているものと思い込んで、有喜子殺害事件のあった当夜、彼が見聞した事実を、私の問うままに包まず話してくれました。

『あの晩、途中まで送って行くと有喜子が頻りに辞退するので別れ、振り返ってみると後姿が二人になっていたというところまでは、総領事や同僚に話したのと同じですが、それから後の話は違っているのです。というのは、そのまま領事館に引返したのではなく、相手の男が何者だか見てやろうという好奇心に駆られて、後を尾けて行ったのです。すると言葉はよく分らないのですが、二人は何かひどく云い争いをしながら、あの暗い淋しい処まで来て立止ったので、自分も二三間《げん》ばかり離れた処で立ち止り、電柱の蔭に身を寄せてそっと覗いたのです。すると相手の男は恰度正面を向いていたのでよく分りましたが小造りで、細面の綺麗な顔が殺気を帯びて凄く見えました。日本人ではありません。確かに支那人です。有喜子には支那人の情人があるという噂を聞いていましたので、咄嗟に此奴《こいつ》だなと思いました。街燈の光りで見た有喜子は、もうすっかりおびえきっていて、顔の筋肉を顫《ふる》わし、まるで死人の如く青褪めていました。何か云おうとしても声が咽喉《のど》にからんで云えないようでした。

長い間二人は睨み合っていましたが、そのうち二た言三言烈しく云い合ったと思ったら、

「裏切ッたな！」

鋭い男の声と同時にきらりと光ったものが眼を射りました。きゃッと怖しい叫び声、つづいて死者狂《しにものぐる》いで飛び付いてゆく女を見ました、私は恐ろしい光景を目前に見ながら、救いを求める悲しげな声を聞いても、どうすることも出来ませんでした。私の体はまるで麻痺したようにこわばっていたのです。意識も幾分ぼんやりしていたとみえて、はっと気がついた時は四辺はもうしんと静まり返って居りました。ただどこか近いところで荒い息づかいをしているのを聞きました。それが自分の直ぐ傍からであることに気がついた時には、先刻《さっき》の男から恐しい命令の言葉を聞かされていたのです。男は血走った両眼を見開いて、きっと私の顔を見詰め、底力のこもった声で厳重に申し渡したのです。つまり秘密書類を私に盗み出せというのです。

有喜子の情人の支那人というのは実はスパイだったのです。彼女はその手先に使われていたもので、秘密書類を盗む目的のために、有喜子は総領事に近づき、夫人に取り入るのに苦心していたのです。そしてやっと待っていた機会が来て、オッフィスに忍び込み金庫を開けたのですが、肝心の秘密書類はどうしても見当らないというのです。それをこの男は有喜子の愛情が総領事に移ったために自分を裏切ったものと思ったのです。心が変れば彼女の口から秘密がもれないとも限らない、それを怖れて殺したのでしょう。

彼は有喜子の盗み損《そこな》った書類をこんどは私に盗み出せ、その誓いをしろというのです。誓わないと云えば、その場で私も彼女と同じ運命にならなければなりません。意気地のないようですがどうしても彼の命令を拒めませんでした。私は毎夜あの淋しい、有喜子の殺された場所で彼と会わなければならないのです。秘密書類が彼の手に入るまでは。

しかしその書類は私が金庫を開けた時已にもう失《な》かったのです。有喜子もなかったと云ったそう

ですから、そうすると誰か先に忍び込み、盗み去った者があったに違いありません。已《やむ》を得ない場合だったとは云え、ああいう恐しい人に係り合った以上、帰朝してもしなくっても、私の身に迫っている危険から逃がれるということは出来そうもありません。私の運命ももう定まっているような気がいたします』

白石書記生はそう云って淋しく笑いました。

5

ホテルに帰るには余り時間が遅いので、私はそのまま宮城野夫人の邸で泊りました。私にあてがわれている部屋に行くと、直ぐ、ベッドの中に入って眠ってしまいました。

何時間位眠ったでしょうか、ふと人の気配で眼を覚しました。厚い絨氈《じゅうたん》の上を静かに誰か歩いているらしいのです。絹のすれ合う音がしました。私は羽根蒲団を胸の上までずらせて、息を凝らして様子を覗っていました。目が覚めたと云っても半分眠ってでもいたのでしょう。最初盗賊でも忍び込んだのか知らと思ったのですが、よく見ると何のことはない宮城野夫人ではありませんか。恐しく背が高いように思ったのも、夫人が寝間着の裾をずるずる引きずっていたからでした。夫人は私の方へ気を配りながら、音がしないようにそろりそろりと室の隅の方へ行くのです。そこには大きな洋服戸棚があって中が広いので納戸代りに用いているとのことでした。夫人はその扉に手をかけながら、薄暗がりに立って、また暫時《しばらく》私の寝息を覗っている風でした。

窓硝子《ガラス》から差込む月の光が蒼白いためか、夫人の顔は幽霊みたいに蒼く見えるのです。そしてまるで夢遊病者のように、ふらふらと扉を開けて中に吸い込まれてしまいました。

私は急いでベッドを飛び降り、そうと扉に近づき、カーテンの隙間からのぞいてみました。すると夫人は懐中電灯を照らして頻りにトランクの中を見ていましたが、漸てさも安心したようにそのまま蓋をし鍵をかけるのでした。私は夫人のこうした挙動を訝しく思わずにはいられませんでした。何のためにこの真夜中にトランクの中を覗くのだろう。そんな大切なものが納ってあるのだろうか、と思うと同時に、私の頭にある事が閃めきました。私はカーテンのかげに立って夫人の出て来るのを待っていました。そんな事とは知らない彼女はまた忍び足で静かに出て来ましたが、そこにいる私の姿を見ると非常に狼狽した容子で、

『あなた、まア起きていらしたんですか?』

と咎めるような調子で云うのでした。

『トランクの中に納っているものを頂戴したいと思って――。先刻からここでお待ちいたして居りました』

二人の間には緊張した長い沈黙がつづきました。夫人は私を見詰めながら苦しそうな呼吸《いき》づかいをしていましたが、低いうめくような声で云いました。

『じゃ何もかも御存じなんですね、あなたから云われない前にもっと早く私の方からお話したかったんです、でも――。どうしても云えなかったの。あなたにいらして頂いた最初の日、白状してしまう積りでいろいろ云い出してみたんですけれど云えなかったんです。どうしても、私には云うだけの勇気がなかったのです――』

と云いながら夫人は急いで戸棚へ行きましたが、引返して来た時には一束の書類を手にして居りました。それを私に渡しながら、

『S夫人。あなたは嘸ぞ私を見下げ果てた女だとお蔑《さげす》みになっていらっしゃるでしょうね、でもそうするより仕方がなかったんですのよ』

『あなたは御自分が金庫から持ち出して秘しておいて、それを探し出させ、私の手で御主人に返させようとお思いになって、私をここにお呼び寄せになったのですね』

『すみません。本当に申訳ありません、そうでもしなけりゃ返す方法がなかったんです』

『御主人にお話して、お詫びなすったらいいじゃありませんか』

『主人に話して？　まあ恐しい、そんな事がどうして出来るもんですか、謝罪《あやま》って許してくれるような人だったら、私はこんなにも心配はいたしませんわ、たとえ事情がどんなであろうとあの人は断じて宥《ゆる》しません。主人に知れたら、ああ、あの人の耳に入ったら、私はもうお終いです。どうぞ助けて下さい、S夫人、私を救って下さい、ねえ、お願いです』

夫人は泣きながら、哀れみを乞うように私を見上げていうのです。私は黙って考えて居りました。

『あなたが最初いらして下すった時、本当の事をお打ち開けして御相談もし、お願いもする積りでいたのでしたけれど、それだのに、あの時どうにも申上げられなかったんです。あなたに叱られるだろうと思って――。でもあなたにお縋りするより助かる道はありません、どうぞ助けて下さいませ』

そう云われても、おいそれと安受合《やすうけあ》いに承知するわけにも参らないので、どうしたらいいかと思って居りました。というのはどうも私には腑に落ちないことだらけだったからです。とにかく分らないことを訊きただしてみる必要はあろうかと思いましたので、

『まず第一に不思議に思うのは、何故秘密書類をお盗みになったんですか？』と云いました。

『今になって、冷静に考えるとあの頃私は少しどうかしていたんじゃないかとも思うんですけれど、どうも主人と有喜子が私を邪魔にするように思えてならなかったのです。その中に機会を狙って離婚しようと計画していることが分ったので、私は命がけで戦っても主人を彼女から奪い返そうと決心したのです、それには並大抵のことではいけないので、非常手段をとらなければならないと思ってまず大切な書類を盗み出しました。秘密書類が紛失したとなれば責任上主人も職を辞さなければなりません。そうすれば当然この地を引揚げることになります。しかし実際には紛失していないのですから、そこは情実で何とかなるだろうと思いましたの、ならないとしても有喜子を引離す目的

は達し得られるだろうと思って――。あの時には離婚を覚悟でやったのですけれども――』

『相手の女が死んじまったから、あなたの目的は自然に達せられたことになったじゃありませんか、それだのに何故早く御主人に書類をお返しにならなかったのです？　こんなに館員達が騒がない内に何とか始末をなさればよかった』

『有喜子が殺された翌朝は、もう書類の紛失したことが白石さんに発見されて、皆は有喜子が盗んだものと思って憤慨しているんです、彼女の悪口を聞くのは決して厭な心持ちではありません、私は内心痛快だったんです。ですから私は黙って見ていました。が、自分が盗み出したので、また誰かに盗み出されはしないかと心配で、心配でなりませんでした。私はなるべくこの部屋から離れないようにして、心の中で番をしていたのですが、それでも心配で毎夜人が寝静まるのを待って一応トランクの中を調べてみなければ眠れなかったのでございます。それをあなたにみつかったのです』

『死んだ有喜子に罪をなすりつけて喜んでいらしたあなたが、どうして今度はまた私まで招いて、書類を探し出させようとなすったの？』

『最初のうちは有喜子一人に疑いがかかっていましたから、見ても居られたんですの。あんな悪い女にはこの位の罰があたるのが当然だと思っていましたから、処が日が経つにつれ、あの夜の挙動に不審の点があったというので、遂々白石さんにまで疑いがかかってきましたのです。そして、あんなおとなしい善良な人に嫌疑がかかってはすまないと思う一方、見ていると白石さんは日に日に瘻《やつ》れて、心の苦悶が顔にあらわれ、極度の神経衰弱に陥ってゆく様子にもう黙ってはいられなくなりました。彼の嫌疑を晴らす途はただひとつ、書類を発見することよりありません。それで決心してあなたにおすがりしようと考えたのですの。最初の考えのままであったら自分で始末がつきましたけれども、相手の女がいなくなったとなると、私は離婚するのがいやになりました。私独りならともかくも、私には子供がありますもの、その子供の事を考えますとどうしても主人と別れる気がなくなりました。こんな悪いことをした私を助けるのでなく、子供を助けると思召して、どうぞ救って下さいませ』

旧い友達というものは不思議なものでございますね。いつもの私なら、そんな不都合な事を仕出かして私を利用しようとするその心を憎みこそすれ、同情の念など微塵も起さないではねつけてしまいますのに、私は宮城野夫人の頼みをすっかり引き受けてしまったのです。

総領事館内には久し振りで朗らかな笑声がもれ、館員達の顔からは憂鬱な影が消えてしまいました。宮城野夫人は私の手を握っては、ひそかに感謝して居りました。長い間の心労で疲れきってしまい、健康を害している夫人は私という道づれが出来たのを幸いに、一緒に帰京して少時保養することになりました。その準備に忙しい時でした、白石書記生が帰京の途中、国府津駅附近で列車から飛び降り自殺の報を得たのは。

嫌疑が晴れて帰京したのでしたのに、気の毒な事をいたしました。彼の死はまた宮城野夫人を憂鬱にさせました。

神戸まで一緒に行ってそこで別れた宮城野夫人は親類へ立ち寄り、私は直ちに東京へ向いました。帰京した翌日私は夫人がやはり国府津駅の附近で自殺されたことを知ったのでございます」

耳香水

1

五六人の有閑夫人《ゆうかんマダム》からなりたった『猟奇と戦慄を求むるの会』にS夫人が招かれた。

「世間に発表されていない、面白いお話を一つ願います」

幹事のA夫人の言葉につづいて、

「平凡でなく、奇抜なところをどうぞ――」

「息づまるようなお話がうかがいたいのよ」

「偽りのない、ありのままのがいいのね」

「実際にあったことでなくっちゃあ刺戟がないわ」といろいろな注文が続出する。

S夫人は笑いながら卓上の紅茶に唇を潤し、奥様方の顔をひとわたり見廻してから、低い静かな声で話し始めた。

「私がある事件で支那に行っていた時のお話なんですが――。

ある大会社の支店長K氏の夫人が、自宅の玄関で、何者にか惨殺されていたという事件は、皆さんもまだ記憶していらっしゃいましょう。美人で、賢夫人で、熱心なクリスト教信者で、まことに評判のよかった奥様であっただけ、あちらではもう一時はその噂で持ちきりでございました。

その頃、鼠色の男と名づけられた殺人鬼が頻りに世間を騒がせて居りました。が、誰もその男の正体を見たものはないんです。恰度先年東京でも説教強盗が盛んに荒し廻っていたことがありましたね。そしてなかなか捕らず、段々大評判になってくると方々に何々強盗というようなものが出現《あらわ》れてきて、随分騒ぎましたね。人情はどこも同じだとみえて故意か偶然か、一時にあっちにもこっちにも殺人が行われて、市中はさながら戦慄の都と化してしまっていました。白昼カフェで女給が殺された。昨夜《ゆうべ》もダンスホールでダンサーが踊りながら、相手の男に心臓を突き刺されて絶命した。富豪の邸宅に強盗が入って夫人がピストルで撃れた。殺される相手はいつでも定《きま》って女です。

それがすべて鼠色の男の仕業だかどうだか分らないのですが、彼も最初のうちは普通《ただ》の強盗で、顔を見知られないために殺すのだということでしたが、中途から噂が変って、金を奪うためのみではない。血を好むのだ。彼の目的は血を見るにある。女の血、美人の血。白い皮膚がパッと紅《あけ》に染まる瞬間の美、それは彼に譬《たと》え難い快感を与えるのだ。血の魅力に惹きずられて罪を重ねて行くのだと、まるで当人から聞いてきたような話をする人もありました。処がまた、新に妙な話が伝えられました。彼はただ私慾を満足させるために殺人強盗をやるのではない、というのは殺人事件の行われた直後とも考えられる時間に、必ず貧しい人達を訪れて、若干の金を恵んで行く男があるというのです。貧民窟を潤して煙のように消え去るその人の感じが、いかにも鼠色というのに相応《ふさわ》しかった。どうもあれが鼠色の男だろう。だろうというのがいつかそうだとなり、彼は義賊だと云い触《ふら》す者も出来て、正体の分らない人に人気が出ましてね、一方では恐怖《こわがら》れ、一方では慕われるという矛盾した状態《ありさま》にまでなったんです。

K夫人を殺したのも無論その鼠色の男だということなのですが、しかしその犯人は一向捕まらないのですから、被害者の夫は憤慨して領事館を通じ、支那警察に対して厳重に抗議をしたんです。するとまた犯人は直ぐと捕ったんですよ。鼠色の男だなどと謳《うた》われた義賊らしくもなく、から意気地のない、へなへなした苦力《クーリー》のような男でした。多分狼狽した結果、金で買ってきた偽犯人なのでしょうねえ。

ただ不思議なのはその男が捕縛されて以来、鼠色の男はどこにも現れなくなり、彼から被害を受けるという事は全然なくなりました。捕ったのは真物《ほんもの》の犯人だったのか、あるいは義賊と云われるほどの人ですから、自分の身代りに斬首される人間まで出て来ては申訳ないという考えから善心に立ち還ったものか、そこはよく分りませんが――。

私がこれからお話しようというのは、その美しかったK夫人についてです。殺される一週間ほど前にある処で、偶然、彼女を見ましたのです。それも一度ではありません。それまで夫人と私は一面識もなかったのです。それがこの世を去る間際になって、つづけざまに、二度も三度も見るなんて――、全く不思議じゃありませんか。どうも前置きが大変長くなって済みませんでした。

2

遅い食事をやっと終り、コーヒーを一口喫んだ処へ、卓上電話のベルが慌しく鳴りました。私はコップを右手に持ったまま、急いで受話器を耳に当てますと、

『たったいま、南京街のキールン・ホテルで、人殺しがありました』

助手の声でした。馳け付けてみたところで仕方がない。公の職務にあるわけじゃないんですから、現場に入れてくれるか、どうか、それさえ分りません。が、しかし、キールン・ホテルの主人夫妻を私は知っているのです。というのは、この夫婦は以前私の親類の家に使われていたコックとアマなのです。忠実でよく働いたというので、ホテルを開業した時は勿論、その後も引き続いて何かと世話を焼いてやっているのです。そういう関係がありますので私から話してみたら、あるいは何かの便宜を与えてくれないものでもありません。大して興味もなかったのですが、せっかく知らせてくれた助手の手前もあるので、とにかく行ってみようと思い、ハーフ・コートを引掛けて家を出ました。

まだ宵の口だというのに、住宅地附近はひっそりとして淋しゅうございました。大きな屋敷ばかり並んでいて、外燈が処々にぽつりぽつりとあるだけで、薄暗いんです。横町を曲ろうとしましたた

時、反対の方向から、不意に一人の女が出て来て、危く私に突き当るところでした。すれ違いました時、『オオ、佳《い》い匂だ！』と思わず心で叫んで、私は深い息を吸いました。ウビガンのケルクフルール！　こんな香水を使っているのはよほどのお洒落か、社交界の貴婦人かだろうと思いましたので、どんな人か知らと振り向いて見て、すっかり興を覚ましてしまいました。エプロンをかけた女給風の女じゃありませんか。貧弱な、小さな体に、飾りっけのない安っぽい洋服を着ています。特別大きな帽子を被っているので、容貌《かお》は分らないが、慥《たし》かに美人ではなさそうでした。どこか体の工合でも悪いのか、屋敷の長い土塀に摑まりながら、ひょろりひょろりと前屈みに歩いて行くんです。今にものめりそうで危なッかしい、病人かも知れない、そう云えばすれ違った時、彼女の息づかいはまるで肺病患者のように苦しそうでした。しかしそれにしても――。あんな女給が、ウビガンの香水を使用しているなんて――。

私は暫時《しばらく》立ち止って、その後姿を見送っているうちに、ふと彼女の後を尾《つ》けて見ようという好奇心がわいたんです。

踵を返すと、見えがくれに尾いて行きました。土塀の尽きた処で左へ曲り、五六軒目の家の前で、ふと女の姿を見失ってしまいました。多分その辺の横にでも入ったのでしょうと思いますが、生憎《あいにく》街燈が消えていて、いかにも暗いのです。でもよく見ると低い板囲いを廻らせたそれは一軒の家でした。しかし室内からは一つの灯《ひ》の光も洩れていません。ひっそりとして人の住んでいるような気配もないのです。門内には雑草が生い茂って、真黒くぽつりと見える建物も何となく荒れ果てています。空家ででもあるのでしょうか。

私の見違いだったのか知ら？　こんな家に入るはずがないがと不審に思いながら佇んで居りました。随分長いように思いましたが、それでも十五分か二十分位しか経っていなかったのかも知れませんが――。潜戸が音もなくすうッと開いて、先刻《さっき》の女が出て来ました。私は慌てて路傍樹の幹に姿をかくしました。

女は四辺《あたり》を注意深く眺め廻してから、私のかくれている前を通って、さっさと歩き始めました。見るとまるで別人のような、その立派さにまず驚いてしまいました。頭の上から、足の先まで寸分の隙もない、流行ずくめの、金のかかった洋装です。ハイヒールを穿《は》いているせいか背丈までがずうっと高く見え、歩き方もうまい、街燈の灯でちらりと見た横顔はまた素晴しく奇麗でした。

これが先刻の女と同一人なのでしょうか？

何のための変装でしょう？　仮装舞踏会の帰途？　それには時間が合いません。余りに早過ぎます。

ある貴婦人は夫のかくれ遊びの場所を突き止めるために、変装して尾行したといいます。変装して刺戟を求め歩いたという女の話も聞きました。が、それ等は好奇心からの遊戯に過ぎません。変装と云っても、たかだか眼鏡をかけるとか、髪の結い方でも違える程度で、直ぐ見破られてしまう、つまり素人芸ですね。

処がこの婦人の変装は余り巧妙で、しかも馴れきっています。道楽や遊びではこれほど上手にはなれません。しかし、これでやっと香水の謎は解けましたが――。

軈《やが》て十分間も歩いたと思うと、ある角屋敷の立派な門構の家へ入って行きました。出迎えの女中の態度で、この家の奥様であることを私はたしかめました。

表札を見て、始めて彼女が何人《なんびと》であるかを知りました。それはK夫人だったのです。

3

飛んだ道草をしてしまって――、キールン・ホテルに着きました時は、もう何もかも片付いた後のように、しんとしていて帳場には誰も居りませんでした。時間が経ったせいもあるのでしょうが、周囲《あたり》の様子が実に落付いていて、今しがた人殺しがあった後のような風はどこにもありませんでした。

　帳場の横手の茶の間を覗くと、そこには主人の張氏夫婦が、額を突き合せるようにして、何かひそひそと語り合っていました。

『あ、よくいらした！』

　張氏は愛想よく起ち上って、私を迎えて呉れました。

『人殺しがあったっていうじゃありませんか？』

　妻君は夫と私の顔を等分に見て笑っています。張氏は面目なさそうににやにやしながら、

『間違いだったんですよ。周章《あわ》て者が、人殺しだなんて云い出したもんで――。大騒ぎになっちゃいましたんですが――。なあにね、急病で死んだんですよ。何んでもなかったんです』

　私はちょっと拍子抜けがしました。それだからこそ、家の中がこんなに静かだったのです。

『病死だったんですか』

『脳溢血で死んだんですって、警察のお医者さんが云いました』と妻君も口を添えて云います。

『そう。でもまあよかった。人殺しなんかあると他のお客さんが嫌がるでしょうからね。脳溢血なら、これや仕方がないわ。こちらはまあお仕合《しあわせ》でしたね』

『始めっからそうと分ってれば何でもなかったんですけれど――。一時は吃驚《びっくり》して、大騒ぎしたんですよ。巡査《おまわり》さんが来るやら――』

　脳溢血と確定して、皆引き揚げてしまった後だったんです。しかしせっかく来たのですから、せめてその殺人嫌疑のあった部屋だけでも見せてもらって帰りましょうと思って、案内を頼みますと妻君は快く承知して、先に立って階段を昇って行き、一番端れの十三号と札の出ている室《へや》の扉を開けて入りました。

　殺風景な、実に粗末な室です。西陽を除《さ》けるための日除けも汚点だらけで、壁にも処々地図のよ

うな雨漏りの跡があります。壁に寄った隅の方のベッドには死人が後向きに寝かせてありました。顔には白布が掛けられ、体にも小ざっぱりした布団が着せてありました。

『引取人が来てくれるまでは心配です。何しろ、このお客さんはお昼飯頃《ひるごろ》に着いて、夕方にはもう冷たくなっていたんでね。宿帳をつけてもらう間もなかったんですの。身許がよく判明しないので困ってるんですよ』と妻君はこぼして居ました。

私は死人の方へ向いて一礼し、室を出ようとしました時、米松《べいまつ》の粗末なベッドの脚のかげに小さい白いものが落ちているのをチラと見ました。急いで拾上げて見ますと、象牙細工の人形です。小指の先ほどしかない、小さいものですが、よく見ると、シルクハットを被っているシュバリエの立像でした。警察の人も殺人でないと定ったのでよく調べなかったと見えます。

余り小さくて、可愛く出来ているので、指先で弄《いじく》っていますと、シルクハットが螺旋《ねじ》のようになっていてくるくると廻ります。廻しているうちにぽつりと、とれてしまいました。帽子は蓋だったのです。中には佳い香の煉香水《ねりこうすい》が詰っていました。耳香水です。

私は小指の先につけて香を嗅ぎました。この匂は？　ウビガンのケルクフルール？　たった今謎が解けたはずのあの匂だったのです。私は妻君に耳香水を渡しながら申しました。

『こんなものが落ちてたんですよ。奥さん、あなたのですか？』

彼女は怪訝な顔をして見ていましたが、掌の中にしっかりと握りしめてしまいました。

茶の間に戻ってから、彼女はそれを夫の掌の上にのせて云いました。

『あの人が――、慌てて落して行ったんですよ』

張氏は耳香水を指先でひねくり廻したり、香を嗅いだりして珍らしそうに眺めていましたが、

『帳場の前をすうッと通って行く時、いつもこの香がぷんとするんだ。これやあの十三号のお客さんの匂だよ』

4

『お客さんッて？　男？　女？』

『女ですが――』と妻君は夫の顔色を見ながら、言葉尻を濁してしまいましたが、張氏はその後を引き取って、無造作に云ってのけるのでした。

『あの十三号はね、女給さんが逢いびきの場所に使ってたんですよ。金離れがよくって、一ケ月前納で、二年間も、ただの一度だって滞らせた事はないんです。きちんきちんと払ってくれるんですからね。ホテルじゃ大切なお客さんだったんですけれど――。とうとう失敗《しくじ》っちゃった。惜しい事をしちゃいましたよ。もう来ないかも知れないなあ』

張氏は半分独言《ひとりごと》のように、いかにも残念そうに申します。妻君はいまいましそうに夫を見て、

『だから、云わない事《こ》っちゃあないんだわ。また貸しなんか止せばいいのに――。貴方は余り慾張り過ぎるから、こんな事になっちまうんだわ』

『だッてお前、二年間もただの一度だって二日続けてやって来た例《ためし》はなかったんだもの。昨夜来たばかりだからなあ。よもや続けて今夜も来るたあ思わなかった。運の悪い時あ何でも悪くいくんだ。あの女給さんが、真青になって、人殺し！　人殺し！　なんて云わなかったら、こんな大騒ぎにもならなかったんだし――』

『それや仕方がないわ。誰だって吃驚しますよ。ねえ、先生。そうでしょう？　自分の借り切ってる部屋に、知らない男が死んでいるんですからね。おまけにあの人ッたら、ぶよぶよ肥っていて、鼻血なんか出しているんですもの、気味が悪いわ。でもあの女給さんは気丈者ですよ。私だったら気絶しちまうわ』

『女給さんって、どんな人ですの？』と私は二人に尋ねてみました。

『染々《しみじみ》顔を見たことはないんですが――。いつも夕方の忙しい、お客さんの立て込んだ時にやって来てね、自分で鍵を有《も》っていますから、帳場にも寄らないで、すうッと階段を昇っちまって、またいつの間にか帰っちまってるんですからね。泊って行くってことはないし、食堂には出て来ないし、月定めで室は借りていても、たまあにしか来ないんですよ。だから正直のところ、どんな顔だなんて訊かれるとちょっと返辞が出来ないんです。だがあの女給さんなかなかの浮気者ですよ。相手変れど主変らずッて奴でね。ちょいちょい男が変るんです。いつも相手は毛唐だが――。その女給さんですか？　それや貧弱な女で、装《なり》なんかも構わないで、粗末な着物を着てるんですよ』

『でも容子《ようす》のいい女ですよ』

『それじゃ何ですか、その女給さんが逢びきに来てみたら、自分の部屋に知らない男がいた、しかもその人が死んでいたって訳なんですか？』と私が申しますと、張氏は首を縮めて笑いながら云いました。

『恰度今日の正午頃《おひる》ね。そのお客さんが着いて、直ぐ食堂に入って行って昼飯を注文したんですよ。大分飲《い》ける人と見えて、葡萄酒だ、ウイスキーだ、とたらふく飲んだり喰ったりして、腹一杯になると今度は眠くなったんでしょう。少し息《やす》ませろ、部屋はどこだ、案内しろっていうんです。処が生憎と空いた部屋は一つもなかったんですよ。仕方がないから女給さんの部屋を一時借りる積りで、そこへ案内してやったんです。女給さんは昨夜来たばかりだし、まさか続けて今夜も来るたあ思わなかったもんですから。今までにだって――。あの部屋が空てる時はまた貸しちゃあ調法していたんですからね。それにそのお客さんは逗留する人じゃないんです。夕方の五時には出発しなきゃならん、起してくれッて云いました。が、迚《とて》も忙しかったんでね、起す事を頼まれていたのに、ついそれさえ忘れちゃったのです。五時に起しに行ってたらこんな馬鹿な事にはならなかったんでしょうが――』

『それに女給さん、いつ来たんだか私達ちっとも知らなかったわねえ』

妻君は何かその時の事を思い出したのでしょう。くすりと笑いました。すると張氏も可笑《おか》しさを耐《こら》えかねたというように笑い出しましたが、真面目な顔をして聞いている私を見ますと、照れかくしのように滑稽な身振りをしながら云い続けるのでした。

『女給さん、ベッドに寝ているのを、情人《いろ》だと思ったんですよ。ちょいと、あなた、眠ってんのッ？てな事を云ッて、いきなりベッドの中に辷《す》べり込んで、死人を抱きしめて、夢中で接吻したんでさア。ひやりとした、気味の悪い冷たさに吃驚して、よく見ると人が違ッてる。しかも白眼を薄く開けて、動かないんですからね。女給さん吃驚したの何のッて――。狂気のようになって――。人殺し！　人殺し！　ッて階段を転がり落ちたんですよ。私が抱き起して、どうしましたッて云うと、眼を吊り上げて、ペッペッと唾を吐きながら、やけに半帛《ハンカチ》で口を拭いてるんですよ』と云って張氏はお腹を抱えて笑うので、それに釣り込まれて妻君も笑いながら申しました。

『憮冷《さぞ》ッこかッたでしょう。死人の唇――、あのぶよぶよした男の――』

『でも――。余り急遽《そそっか》しいじゃないの？』

と私が云いますと、張氏はにやにやして答えるのです。

『なあに、男に夢中になッている間はそんなもんですよ』

『相手の男はどんな人なの？』

『西洋人ですよ。若い、好い男でさあ』

『その男、遂々《とうとう》来なかッたんですか？』

『来たんですよ。恰度その騒ぎの真最中、ふらりと入ッて来ましたがね。――お巡査さんの姿を見ると慌てて、逃げ出しちゃッたんです。女給さんは女給さんでその男を見ると風のようにすりぬけて往来へ飛び出して行ッちゃッたんです。ほんとに変な人達で可笑しくなッちまいます』

果してその女とK夫人とが同じ人であるかどうか、これだけの話を聞いて、直ちに彼女であると断定を下すわけにはまいりませんが、私が往来で見た女給風の女は、最初出逢ッた時、恐しく、苦しげな息遣いをしていました。重病人か、さもなくば恐しい出来事にでも打《ぶ》つかってきた人か、とにかく普通の状態ではありませんでした。が、空家のような家から出て来た時の彼女は少しも病人らしい処はありませんでしたからね。

評判のよい賢夫人、死人を抱いた女給、耳香水、私には皆謎です。

この時以来、私はK夫人に対して大変に興味を有つようになッたのです。

5

その翌々日、私はある人の告別式に列席するため、定刻より早めに教会へ往っていました。そこには必ずあの夫人が来るであろうと思いましたから。果して式の終る頃、喪服を着た姿を見せました。その優雅《しとやか》さと美しさとは、私の疑惑の眼を充分に覆すだけの力を持っていました。やはり間違っていたのか知ら？　人違いだったか知ら？　私は迷いました。しかし、執念深いこの好奇心は、人違いだったとして直ぐに引き下ってしまうことを許しませんでした。その晩から、私は彼女を尾行する決心をいたしました。

翌日も、その次ぎの日も彼女は外出いたしませんでした。恰度三日目の午後、K夫人は盛装して自家用の車に乗り、祈禱会、レセプション、午後のお茶、答礼、といかにも真面目な社交夫人らしい多忙さに半日を暮らし、最後の家を訪問した時は自動車を帰して、時間の都合でもあるのか、少し悠然《ゆっくり》と落付いて話込んでいましたが、その家を辞する頃は、もう人の顔が見分られないほどに、夕闇が迫って居りました。

K夫人は通りすがりの円タクを呼び止めて、低声に何やら命じていました。私も円タクを拾って、彼女の後を追うように云いつけました。

真直に家へ帰るのではあるまいと思っていましたら、果して彼女は全然反対の方向に走らせ、ある大きな建物の前で車を止めて降りました。その辺には同じようなビルディングばかり立ち並んでいまして、昼間の賑さに引きかえ、夜はまことに静かで寂しい位でした。

K夫人は扉《ドア》を押して中へ入るとさっさと地下室の方へ降りて行きました。ここの地下室にある極東ダンスホールは非常に立派なもので、各国人が出入するというので有名でしたが、ひと頃のように繁昌しなくなり、少しさびれかけて人足が減じたのを、最近未亡人倶楽部という新趣向を思いついてから、また盛り返してきたという噂を聞いていましたが、私はまだ入ってみたことはありませんでした。今夜が初めてだったのです。K夫人は眩しいように明るい大ホールの中を抜けて、奥へ行きました。そこにはまた一つの扉がありまして、中硝子《ガラス》に未亡人倶楽部と大きく刷ってございました。入口の黒板にはまたこんな文字が書かれています。

未亡人倶楽部
○スピード時代の恋愛市場
○愛の内容絶対秘密
○本名用う可らず（仮名に限る）
○仮面用マスク使用のこと
○マスク販売（本日大割引）
○午後十二時限り（会員はこの限りに非ず）

私はマスクを一つ買いました。見るとK夫人もちゃんとマスクを掛けていて、しかもその上に色眼鏡まで掛けているという御叮嚀さで、実に用意周到を極めているのには感心してしまいます。そのため彼女の顔の大半はかくされていましたが、なお頤《おとがい》から首筋の真白で柔らかそうな、ふっくら

とした美しさは、浮気な男心をそそるに充分な魅力を見せて居りました。

眩しい照明に輝く大広間は、壁も天井も全部鏡張りです。あらゆる物の際限なき反射は、部屋中を一種異様の色彩に浮かせて居ります。特にある場所などは床にも鏡を張ってある始末です。

椅子と食卓が適当にばらまかれ、一つの卓子《テーブル》は一人が占領することに定っていて、それには銘々キュピットの形をした可愛らしい木の立札が立ててあります。

立札には、北京、ロンドン、東京、パリー、南京、ベルリン、上海、京都、大阪、ニューヨーク、天津、マルセーユ、香港、横浜等々、世界中の名が書いてあります。中には余り人に知られていない地名などが、故意に書かれてあるのでした。

ここは、良人《おっと》を失った中年の婦人、未亡人でもない癖に、そんな顔をしてやって来る厚かましい女達、上流社会の有閑紳士、奇を好む男女《ひとびと》が、肉の取引、恋の市場に惹き付けられて、集って来る別天地なのです。

倶楽部の賑い出すのは夜の十時頃からです。支那人のボーイが各卓子の上にビールや洋酒を運ぶ間に、熱狂的な、胸を踊らす音楽が始まり、男女の恋心をそそりたて、悩みに火をつけるのです。世界の町々に陣取ったお客達は、思い思いに前後左右を見廻して、それと思う人へ無遠慮なエロを送る、気の小さい人もマスクの蔭にかくれてのウインクは、存外大胆にやれるものらしゅうございます。

時計が十一時を打ちますと、いよいよ恋の遊戯、婚約、運だめしが始ります。テーブルにはあらかじめ手紙を書く設備がしてあって、ボーイはいつの間にか、メッセンヂャアと早変りして、お客さんの発信を待っています。

東京は先刻からニューヨークの横顔に流し目を送っている。桃色の紙に『私は貴女に……しかし、貴女は?』などと書いて封筒に入れ、ベルを鳴してメッセンヂャアボーイに托しました。手紙は海を超えて、遥かかなたの大陸へ渡って行くという趣向なのです。

顔に白粉《おしろい》を塗ったメッセンヂャアボーイは、オペレッタの人のように、女客の手紙で一杯になっている鞄を肩からぶら下げて、気軽に動いています。

今だに私の目に残っていますのは、もう小皺の沢山あるお婆さんが、真白に顔を塗りつぶして、華美な服装で若やいでいたのでした。図々しい『男の猟師』だというので、皆の嘲笑の的になっていましたが、当人は一向平気で、むしろ大得意らしく振舞っていたのはほんとに浅間しいと思いました。でも有名な金持なので、若い候補者が次ぎから次ぎと絶えないんです。そのために彼女の通信は一番数も多く、かさばってもいました。

K夫人はパリーの席に居りまして、京都と通信をしては居りましたが、何となく気が進まないような素振をしていました。京都は三十五六歳位、横顔の美しい西洋人でした。少しポマードをつけ過ぎてはいるようでしたが、これがキールン・ホテルへ出入する男ではないかと思って、私は注意深く眺めて居りました。

その時ベルリンに腰かけていた四十過ぎの女も、頻りに京都に通信を宛てているのを見ました。京都は如才なくその手紙を嬉しそうな身振りをしてざっと読み、故意《わざ》と手から離すに忍びないというようにかたく握りしめたりしていましたが、K夫人から返事が来ると、そっちに夢中になり、熱心に読み返したり、考え込んだりしているので、ベルリンは自分を相手にしてくれないものと断念《あきら》めて溜息を吐《つ》きながらベルを鳴らし、ボーイを招《よ》んで今度はロンドンの方へ向きを変えました。

京都は頻りに能弁な眼をK夫人に向けていましたが、どういう理由《わけ》か彼女は彼に対して非常に冷淡な態度を示しているのです。彼の視線をさけるように、故意と他の人へ愛嬌を振りまいたり、彼からの通信を受取る時はいかにも面倒臭そうに、こと更溜息を吐いたり、眉を寄せたりします。そしてなるべく相手にならないようにして、頻りに上海と通信を交して居りました。可愛らしい（以下四十六字伏字）ちょっと唇を押し当てて媚びるような微笑を遠くの方から送ります。上海は京都よりもずっと若く、いかにも富豪の若様というような風采の人でした。勿論東洋人ではありません。K夫人の表情はこの男にすっかり心惹れているように見えていますが、私の目には彼女が京都への当てつけに、故意と上海になれなれしくしているとしか思われませんでしたが、京都はそれをまた黙って見てはいられないものと見え、焦《じ》り焦りしながら、矢つぎ早やに手紙を書いてはメッセンヂャアボーイに届けさせて居ります。しかし、夫人は表面上海に夢中になっていて彼の通信なんか、ろくすッぽ目も通しません。いやそうに受取ると直ぐ破いて床に捨てたりしていました。今夜の彼女はよほどどうかしていますす、大胆な態度といい、上ずッた調子といいまるで自暴《やけ》なんですからね。それをまた京都が執拗《しつこ》く追い廻しているんです。

十一時半までは皆離れて座っていましたが、ボーイが気を利かして歩きますので、情意投合した男女は聽て同じ食卓に向い合って腰掛けました。ボーイは万事呑み込んでいましていつもの習慣通りに京都をK夫人の処へ導いて同席させました。すると彼女はぷいと起って、離れた処に一人でいる上海の席へ行ってしまいました。京都は間の悪るそうな不快な顔をして唇を噛み、きっと後姿を睨んで居りましたが、その顔色は気味が悪いほど蒼白くなっていました。

聽て婚約を祝う奏楽につれて、コップになみなみと酒が注《つ》がれました。私は同時にマルセーユと天津、ブタペストとホノルルとの婚約の成立《なりた》ったのを見ました。

中には随分滑稽なシーンもありました。四十年輩の眼っかちのブイノス・アイレスに相手がない。彼は羞恥《はにか》みながら三十歳位の眼の美しいモスコーを納得させようと再三メッセンヂャアボーイを煩わしている間に、遂々ベルが鳴って終りということになってしまいました。

ボーイ達にとっては、直ぐ靡《なび》くのも面白くないが、余り愚図々々しているのは興がさめるらしゅうございました。長崎のように南京を誘惑するのに紙やペンを止めて、いきなり唇にしたのは大喝采でした。

閉会のベルが鳴り、皆急にがやがやと起ち上って、帰り仕度を始めました。地下室の階段を大勢の男女に押されながらK夫人を見失うまいと注意しつつ外へ出ようとしました時、不意に早足になって夫人は馳け出して往来へ出ました。その後を背の高い男が追って行き、遂々追いつかれて、仕方なく、その人と肩を並べて歩き始めました。それは京都にいた男でした。

K夫人はいらいらしながら手を挙げて、通りがかりの円タクを止めようとしますと、男はその手を押えて何か熱心に云っているのです。私は彼等の声の聞える辺まで近寄って往き、暗い陰に身をひそめて耳を聳《そばだ》てていました。

『うるさいわ。今更、何のかのって云い訳したって――。私の気持はもとへもう戻りやしないわよ』

『たったあれだけの事で――？　そんなに気持が変っちまうもんかな。僕には解らない』

男は頭を振って、少し強い語調で云います。すると女はその一言で急に興奮して、まるで喰ってかかるような態度になり、まくし立てて云い始めました。

『そうよ。貴方に私の気持が解らないと同じように、私にも貴方の気持は解りませんわ。しかし、何と弁解なすったって、あの晩の出来事は貴方に充分責任があると思うわ。八時にって約束しておきながら、三十分も遅刻《おくれ》て来るなんて――。それだけだって実に呆れ果てしまう。あの時貴方が先に行っていたら、ベッドの屍体を発見したのも貴方だったでしょうし――。貴方がちゃんと始末をつけておいて下すったら、私だって、あんなところで醜体を演じなくっても済んだんですわ。無気味な、汚ない、ああ思ってもぞっとする。何という恐怖《こわ》い事だったでしょう。あんな非道《ひど》い恐しい目に会ったのも、巡査やホテルの人達の前で赤恥を掻いたのも、皆貴方の無責任から来たことです。おまけにあの騒ぎに驚いて、私の顔を見ると忽ち逃げ出して行っちまったような薄情男、人間じゃないわ。こんな人に関係《かかりあ》っていたら、この先どんな恥を掻されるか知れやしない』

女の権幕に怖れたのでしょうか、男は吃《ども》るような口調で声まで少し震えを帯びて聞えました。

『だって――、僕の時計が遅れていて――』

『オホホホホ。また時計に罪をなすりつけるの？　調法だわね。でも貴方の腕時計嗤《わら》っていますよ。

冤罪ですなあって』

女はヒステリックな声で嘲笑するのです。

『逃げ出したって云うけれど、あの場合、僕が顔を出しちゃ拙い。お互のため、殊に貴女のためによくないと思って――』

『オホホホ、うまい事を仰しゃる。大層御親切様ね。でももう、その御親切の押売は買いませんよ。永い間の偽せ親切、私はそれに満腹しちゃってるわ』

『そう誤解されちゃ物が云えやしない。ねえ奥さん。もう少し気を落付けて、僕の云い分も聞いて下さい』

『もう沢山。詭弁を弄したって、徒労よ！　私の気持はすっかり貴方を離れちゃった。醒め切った女に未練を残さないで、貴方もさっさと転向をやったらどう？　キールン・ホテルで私に背中を向けて、逃げ出して行った、あの調子でやる事《こ》ったわ』

彼女は憎々しそうに毒づいて居りました。男はむっとしたように黙り込んでしまいましたが、その荒々しい息づかいから推察《さっ》して、どんなに彼が怒りに燃えているかを私は知りました。

恰度その時、彼等の傍《かたわら》を空車が二三台通りかかりました。と、見るや、突然《いきなり》彼女はその一つを止めて、急いで扉を開けました。その敏捷《すばや》さに男は面喰って彼女を止める暇がありませんでした。彼も慌ててそれに飛び乗ろうと試みましたが間に合いません。彼女は彼の顔の前で扉をパタンと閉じてしまったんです。

チョッ、男は忌々しそうに舌打ちして、直ぐ続いて来た後の車を止めました。自動車のヘッドライトに照し出された横顔は恐しく蒼褪めて、殺気を帯びた眼に私の心が寒くなりました。というのは、その美しい彼の顔に兇暴な影をみとめたからでした。

次の瞬間、彼の自動車が疾風のように彼女の車を追って、暗闇に消え去るのを見ました。

6

その夜、K夫人は玄関の敷石の上に冷たくなって横わっていたのでした。頭蓋骨は砕け、顔は血のかたまりのようで、目鼻の見境もつかず、着物も血に染んで肌にねばりついていました。指輪はもぎ取られ、時計も、懐中物も、金目の物は悉く失くなっていました。その点だけでも強盗の仕業だということになったのです。

私はただ三度彼女を見たというだけですし、彼女の死については誰も疑っていない、犯人は挙っているんですしね、せっかく皆から惜まれて、立派な夫人として死んで行った人の暗い半面を発《あば》いてみたところで仕方がありませんから、K夫人の事はその儘にしておいて、未亡人倶楽部に出入する人達をちょっと調べてみましたところが、お客の中には前科者や、容疑者達の恋を漁りに来ている者が大分あったのには驚かされました。昨年処刑されたという男もいましたし、身にピストルを用意し、贋札を持っていて、相手の女に真物の金にくずさせていた怪《け》しからん男なども居りました。

秘密の遊びは非常な魅力を有つものなのでしょうが、それと同時に実に危険なものだとつくづく思いました。もしあの人達が自分の相手に選んでいた者が、どんな人間だッたかということを知りましたらば——。

東京へ帰ります前日、私はキールン・ホテルに張氏夫婦を訪ねました時、それとなくK夫人の噂を持ち出してみましたが、一向に手応がありませんでした。この人達はあの夫人が二階の部屋を借りていた女給さんだったとは、全然気が付かないようでした。

『あのお部屋その後どうなりまして?』と訊いてみましたら、

『やはりね、あのまま塞っているんですよ』

私はちょっと妙な気がしました。

『じゃ、女の人も来るんですか?』

『否え。もう来られませんや。何んぼ何んでも——。まさかね』

『じゃあ——?』

『男がひとりで借りているんですよ』

『相手の男?』

『そうです』

『西洋人?』

『ええ』

私はふと耳香水を思い出しました。

『耳香水どうなすって?』

張氏は妻君と顔を見合せて黙っていましたが、軈て低い声でこんなことを云いました。

『盗まれちゃったんですよ。この机の上にのせて置いたんですが、いつの間にか消えちゃってね』

『いつ頃の事なの?』

『四五日前までは確かに机の上にありましたんですよ』

『不思議ですわね』

『全く変ですよ』

『女給さんの旦那さんが持って去《い》ったんじゃありませんか?』

『なるほど、そうかも知れない』

二人は始めて合点が行ったというように声を合せて云うのです。

『でも無断で持って行くって法はないわね』

『それやそうです。一つ尋《き》いてみましょう』

私は妻君と一緒に二階へ昇って行きました。何とかしてその相手の男を見たいと思っていた処へ、恰度耳香水の紛失した話が出たので、うまく釣り出せた訳なのです。私は指先で静にノックしました。すると直ぐ扉が開いて、奇麗な顔をした西洋人が首を出しました。ひょいと顔を見合せた瞬間、私は胸がドキリとしました。というのは彼の髪の毛、口髯、眉などの色合いがいかにも鼠色という感じがしたからでした。まさか鼠色の男ではありますまいが。

『何か御用事ですか？』

咄嗟に甘《うま》い言葉が出なかったので、私は思い切ってありのままを云いました。

『帳場の机の上に置いてあった耳香水が紛失したんです。御存じないのでしょうか？』

するとその男は懐中から見覚えのある象牙細工のシュバリエを掌にのせて、私達に示しながら少しの躊躇もせず云ってのけました。

『これでしょう？　これは私の妻のものです。帳場にありましたから取って来ました』

彼は耳香水をさも大切そうに内ポケットに納《しま》い込んでしまいました。

それから半歳ばかり過ぎてのことですが、支那から帰って来た人の話に、真物の鼠色の男が遂々捕ったということを聞きました。南京街の支那人のホテルに隠れていた若い西洋人だったと申しました。しかしそれが果して私の見た男、K夫人の愛人であるかどうかは分りません。

K夫人も、鼠色の男も、耳香水もすべて謎として、解かないでおく方が何だか奥床しい気がするじゃございませんか」

むかでの跫音

1

福知山から三田《さんだ》行に乗り換えた時には、もう汽車の中にまで夕闇が迫っていた。園部の新生寺《しんしょうじ》の住職――それは亡夫の伯父なのだ――が急死したという電報を受取ると直ぐ東京から馳けつけて来て、この三日間というもの、通夜だ、葬式だ、とおちおち眠る暇もなかった。亡夫側の親類や知人ばかり集っている中で、気兼しながら暮したので、日数は僅だが、すっかり疲労《つか》れてしまい、帰りの列車に乗り込んで、やっと自分一人きりになったと思うと気が弛んだせいだろうか、急に睡眠を催してきた。

小さい駅を通過した時、車体の動揺にふと目が覚めた。するといつの間にか向い合せの座席に、モーニングを着た長髪の紳士が腰かけている。居眠りしていたのを見られたかと思うとちょっと耻《はずか》しい気がした。というのは全くの見ず知らずではなかったからだ。新生寺に滞在中この人と私は毎日のように顔を見合せていたので、別段改って紹介はされなかったが、お互に黙礼位は仕合うようになっていた。彼は有名な天光教《てんこうきょう》の総務で、また学者としても世間に知られていた。神主さんのような人と、坊さんの伯父との間に、生前どんな親交があったか知らないが、とにかくその死が不自然な自殺であったし、撰んだ最後の場所が天光教の奥書院だったという、ただそれだけの理由で、伯父側の人々は彼に対して非常な反感を懐いていたのを見聞きしていたので、よくも知らない私までが、何となく快からず思うようになっていた。

「お住寺《じゅうじ》さんを死なしたのは天光教だ」

「天光教なんかに足を踏み入れなければ、こんな不名誉な事にはならなかったろうに――」

「否《い》え、踏み入れたんじゃない。引き摺り込まれたのさ」

「魔術を使うんだって話だから、本当は自殺だか何だか、まあ謎でしょう」

こうした蔭口を、時には故意《わざ》と聞えよがしに云うのを耳にしながら、平然として告別式に列席し、納骨式に拍手《かしわで》を拍《う》って祝詞《のりと》を捧《あ》げる彼だ。伯父の死も謎かも知れないが、私の目の前にいる彼もまた謎の人のように思われる。

私はいずまいを正して、挨拶しようとすると彼の方から先にお辞儀をして、にこにこしながら言葉をかけた。

「お疲労《つかれ》でしょう」

たった一言だが、その語調にはいかにも私の立場をよく呑み込んでいて、深い同情を持っているというような、優しさが籠っているのを嬉しく思った。よく見るとその表情にも態度にもどこやら心の好さそうな処も窺われるので、私の彼に対する感情はすっかり和らいだ。

彼は読みかけていた新聞を広げたまま膝の上に置いた。何気なく見ると、それは、四五日前の地方新聞で、伯父の記事が大袈裟にでかでかと書かれてあった。

「飄然、姿を消した新生寺住職、天光教の奥書院にて割腹す」

私はそれを横眼で読んだ。

新生寺住職ともあろうものが、謂わば商売敵《がたき》も同然な天光教へ行って死んだ、というのが問題になっているらしいのだ。本堂で自殺したのなら、大目に見てくれたのだろうが何分にも死場所が悪るかった。

「数珠《じゅず》を爪繰《つまぐ》る手を株に染めて失敗し、百万円の借金を負い始末に困って自殺した」

と新聞は報導しているのだ。

「新生寺さんは、あなたの伯父様に当られるのですか」

突然彼が口を切った。この人の事を皆が先生と称《よ》んでいたから、私も先生とよぶことにする。

「いいえ。亡夫《しゅじん》の伯父なのでございます」

「突然のことで――、嘸《さ》ぞ吃驚《びっくり》なすったでしょうな」

「平常《ふだん》余り音信もいたして居ませんでしたので――」

「しかし、新生寺さんは東京の親類が親類がと、よくご主人やあなたの噂をしていられましたよ」

私はちょっと恐縮した。

「病気で亡くなったのでしたら仕方もございませんが――。殊にああした死方をしましたものですから、世間様へも申訳ないし、と申して親類の者達も困って居ます。何分にも一山《ざん》を預かる身で――」

「自殺してはならぬと教えるはずの人が自殺したんですから、ちと困りますね」

「そういう血統はないはずなんですけれど――。やはり一時的発狂――、まあそうなんだろうと、皆も申して居ますが――」

「左様――、そうしておいた方がいいでしょう。殺されたなんて云うとうるさいですからな」

「え？　殺されたんですって？」

「殺されたと云えば、殺されたとも云えましょう――」

「まあ！　誰にですの？」と私は固唾を呑んだ。

彼は平然として云った。

「人間じゃありません」

「人間じゃない。と仰しゃいますと、一体、それは何でございますの？」

呆気に取られてぽかんとしている私の顔を彼は流し目に見やりながら、すまして答えるのだ。

「形があるものじゃありません。つまり見えざる影、――いや、幻とでも云いますかな」

「へえ、幻に――」

変な話だ、幻に殺された。そんな馬鹿な事があって堪るものか。私は可笑《おか》しさが込み上げて来るのを耐《こら》えながら、相手の方を見ると、いかにも真面目な顔をしているので私は笑を忍んで、

「不思議なお話でございます。――でも私なんかにはどうもそういうことは信じられませんが――」と云った。

先生はただ唇の辺りに意味あり気な微笑を浮べたぎり、口を噤んでいる。

車内の客と云えば先生と私と、その他四五人の男女《ひと》があっち、こっちに散らばって腰かけているだけで、何となく淋しかった。

2

雨が降り出したとみえて、窓硝子《ガラス》がすっかり曇っている。私は指先で曇りを除いて外を見た。汽車はどこを走っているのだろう、ただ暗闇の中を驀地《まっしぐら》に進んで行くのだ。軌道が不完全なのだろうか、車が悪いのだろうか、がたがたと車体がよく揺れる。揺れる度に先生の肩に垂れた長髪もゆらゆらと波打って、それを凝《じっ》と見詰めていると、髪の毛の一本一本が、あたかも心あって動いてでもいるように思われる、そして彼の小さい鋭い眼、それがまた相手の心の奥底まで見通しでもするかのように、キラキラと光っている。彼はきっと私の心をも見抜いている事だろう。内心嘲笑しながら話を聞いていたのも、疾《とっ》くに知っていて故意と素知らぬ振りを装っているのかも知れない、と思うと少々気まりが悪るくもなるのだった。

暫時《しばらく》すると先生は底光りのする眼に微笑をたたえながら、軽い咳を一つして、徐《おもむ》ろに云った。

「あなたは新生寺さんの事については何も御存じないんですね。――表面に現われていること以外は」

「はい、余りよく存じませんが――。ただ伯父が若い頃に株で失敗して、親譲りの財産をすっかり潰《す》ってしまい、その上親類中に大迷惑をかけ、長い間行方を晦ましていましたが、何十年目かで再び皆の前に姿を見せました時は、園部の新生寺住職となっていたという話だけは聞いて居ます。昔の事は知りませんが、私が始めて逢いました時は、そんな山気《やまっけ》のある人のようでもなく、至って柔和な、人の好さそうな和尚《おしょう》さんでしたわ。でも、どういう理由《わけ》か存じませんが、主人は伯父を好まなかったので、音信もせず、噂も余りいたしませんでしたの」

「表面に現われているのは、あなたのご存じの事だけです。それ以外は恐らく何人《なんぴと》も知りますまい。しかし、私は新生寺さんから直接打ち開け話も聞いていたし、いろいろ相談も受けていた、殊に彼の身を亡《ほろぼ》した原因とも想像し得る、ある深い悩み、それについては絶えず私に訴えていられたので、――何とかして救って上げたい、と心配していたんです。お助けする事も出来ないうちに、遂々《とうとう》こんな事になってしまって――、実に残念で堪らないんです」

「どうして株なんかに、また手を出したものでしょうか。一度ああいうものに手を出すとそれが病《や》み付きとなって、止められなくなるもんなんでしょうね。伯父も終いには命まで投げ出さなければならないようになって――」

「しかし、あの方のはそればかりじゃないんですよ」

と云って、彼は唇を真一文字に結び、顎髭をしごいている。伯父の死に就いて、彼のみが知る、何事かがあるに違いないのだ。

「話して下さいませんか？　何かご存じのことがあるなら――、私共は自殺の原因を借財のためとばかり思い込んでいるんですから。もしも他に原因があるとすれば、是非承《うかが》っておき度いと存じます」

「ですが――、新生寺さんはその秘密が人の耳に入る事を非常に恐れていたと思うんですから、どうぞ他《ひと》にお漏しにならないようにして頂きたいのです」

と堅く口止めしてから、やっと話し始めた。

3

「私が東京を引揚げて園部の天光教総務となって移って行ってから、半年ばかり経った後の事でした。新生寺さんがふらりと私を訪ねて来られたのは——。その前にも度々公会の席上などで逢ったことはあるんですが——、その晩のようにお互が、心の扉を開いて話合ったことはありませんでした。

その頃私は、天光教を理想的な立派な宗教にしたい、という大望を有《も》っていましたし、新生寺さんもまた、現在の空虚な教《おしえ》に飽きたらないで、宗教の一大改革を心密かに考えていた矢先だったので、私達はすっかり共鳴してしまった訳なんです。将来お互いに助け合おう、と堅く手を握って誓ったのです、その時以来、二人は旧友のような親しい間柄になりました。

散々気焔を挙げて、いい気持になって別れましたが、それから間もなく、新生寺さんが株に手を出して、大分な負債に悩まされているというような噂を、ちょいちょい耳にするようになりました。

ある日の夕方、新生寺さんは白衣に黒の半衣《はんえ》という軽い装いで、私の住居《うち》に来られました。

ひと目見た瞬間、私は彼の心に非常な苦悶のあることを知りました。何か大事な相談でもあるのではないかと推察しましたので、故意と人の余り出入しない奥書院に通しました。彼は私の好意を謝しながら自ら立って銀襖を開け放ち、立聴きされない用心などをしていましたが、広い座敷に床の間を背にして、相対して座ってみると、急に彼は苦笑して、

『まるでお白洲に出たようですな。これでは固苦しくって、お話がしにくい』と云うのです。仕方なく今度は縁先に褥《しとね》を持ち運んで、席を変えてみました。欄干《おばしま》に凭れて、膝を崩してみると気持まで砕けて和やかになりました。欄干の下は池です。時々鯉の跳ねる水音に驚かされる位で、静かでした。

そこで私は彼から妙な話を聞いたのです。

『実は夢に悩まされているんです。妙な夢に、——しかもそれが毎晩なんで、もう苦しくって、やりきれなくなりました。何とか夢を封じる法はないでしょうか。貴方のお力で是非ともこの苦しみから、免れられるよう、救って頂きたいと思って、参上いたしました』

そういう彼を熟視するとその顔にはまるで生気というものがなく、瞼の肉も落ち、小鼻から口尻へかけて深い皺が刻まれ、顔色も悪く憔悴しきっているのです。

新生寺さんが私の処へ救いを求めに来る、少し変にお思いになるでしょうが、この前二人が話し合った時、心の悩みを癒すのが天光教の生命だというような事を私が云ったのを覚えています。その時彼はそれに耳傾けて、いろいろ質問を発しました。私は悩みの原因を取り除く方法を語ったんです。その記憶がありますので、いま彼が訴えに来ても、別に不思議には思いませんでした。それにお互に他宗だからどうのこうのというような、狭い考えは全然有っていないのです。しかし、ただ夢に悩まされるから救ってくれと云うのでは困ります。余り漠然としていますからね。

『夢を封じろって云うと、つまり夢を見ないようにしてくれと云われるんですか』

『そうなんです』

『一体どんな夢を見るんです？』

『それが——。実に、厭な、不愉快な夢で、しかも毎晩同じものを見るんです。眼が覚めてからも少時《しばらく》はこう頭がぼうっとして、何とも云えない、いやあな、不気味な気持がいつまでもあとに残るんです。熟睡出来ない結果じゃあるまいかと思って、昼間烈しい運動をして、くたくたに疲れて床に就いてみた事もありますが、駄目です幾晩も徹夜をして、疲れ切って、ぐっすりと眠ってみましたが、やはり依然として同じものを見るのです。酒を呷《あお》って酔いつぶれてしまったこともありましたが、いけません。故意と避けようと計画《たくら》むと、なおさらはっきり鮮かに見るのです。こんな事を云うと、貴方はきっとお笑いになるのでしょうが——、私の頭の中にいつの間にか一つの肉塊が出来ていて、しかもそれが独立して生きている。その肉塊は恰度活動のフィルムのようなもんで、眠に陥るのを待って、そろりそろりと絵巻物をひろげて私に見せ始めるのではないかと、少々薄気味悪く思っているんです。もし、実際にそういものがあるなら、手術でもして、さっぱりと切り取ってしまいたいと思います。否え、ただ切り取った位じゃ承知出来ませんよ。その肉塊を切りさいなんで、酷いめに会わしてやりたい。憎い敵です。だってこんなにも苦しめられているんですもの――、もうこの頃では、日が暮れると落付いていられなくなるんです。夜が恐しいんです。まあ考えてもみて下さい。同じ夢を毎晩続けて見る、という事だけだって気が変になりますよ。それに私の見る夢！　それがまた――』

『ひとつその夢物語を聞かして下さいませんか、二三度位なら、同じものを見るということもないではないけれど――』

『お話します。どうぞこの夢の責苦から逃れられますように、助けて下さい。しかし、是非これだけは内密にお願いいたしたいんですが――』

『大丈夫です。私の体は皆さんの秘密の捨て処、否え、秘密金庫ですから、あなたのお許しがなければ、容易に鍵は開けませんよ』

『ではお聞き下さい。何でもよほど山奥らしいのですが、疲れきった男女の六部《ろくぶ》が嶮しい崖縁で休息《やす》んでいる処から始まるんです。頭上には老樹が枝をかわしていて薄暗く、四辺《あたり》は妙にしいんとしている。さらさらというむかでの跫音までがはっきり聞えました。遥か下の方に水の音が静かにしています。それがどうも能勢《のせ》の妙見山《みょうけんさん》の景色らしいんですよ。二人は千手観音を背負っています。木の間がくれの新月が観音様を照らし、御光がさしているのです。女は男より大分年長《としうえ》で、醜い器量の、しかもひどい斜視なんですが、その眼がまた迚《とて》も色っぽく、身のこなしもどこやら仇《あだ》めいて、垢ぬけがしています。男は色白の美麗《きれい》な丸い顔をしています。

二人は起《た》ち上りました、手をつながないばかりに、山路を仲好く歩いているかと思うと喧嘩をはじめます。喧嘩しているかと思うと、縺《もつ》れるように巫山戯《ふざけ》て歩いて居ました。その内にどういう事の動機からかよく分りませんが、女は急に狂気のようになって武者振りつき、怒鳴り散らしました、途断《とぎ》れ途断れに云う言葉をつぎ合せてみると、女は男の美貌に迷わされて、夫や可愛いい子供を捨てて駈落したものらしいのです。自分の真心のありったけを尽して愛情を送っても、美しい若い男は次から次へと女をこしらえては、彼女の心を蹂躙《ふみにじ》っていたものと見えます。

千手観音の扉の内側に写真が供えてあります。その写真は赤坊がお宮参りの晴衣をつけているのです。ある家でお布施と一緒に渡されたもので、育ち難い弱い子を丈夫に育てたいという親心から、千手観音に頼んだものでしょうが、その赤坊の面差が、振り捨ててきた自分の子供に生き写しだというので、女は里を離れる時から憂鬱だったらしいのです。

そこへ何か男が冗談まじりに他の女の話でもしたらしく、何分夢の事で辻褄の合わないところもあるのですが、女はまるで夜叉《やしゃ》のように怒って、いきなり男に組みつき、両手に力をこめて首を締めつけました。

不意を喰って驚いた男と女との間には、一瞬間、怖しい争闘がつづきました。

腕の中に、急に女の体が重たく、ぐったりと感じたので男は我に返ったらしいのです。カッと見開いたその斜視の眼が、物凄く自分を睨んでいる彼女の醜い顔を、彼はしっかりと胸に抱きしめていたのでした。はッと身慄いして、男は夢中で屍骸《しかばね》を足の下の谷底へ投げ込みました。

千手観音に供えてあった赤い頭巾、巾着、よだれかけ、などがばらばらになって落ちて行きました。樹の枝に引ッ掛った赤坊の写真が一番後から、ひらひらと舞いながら散ってまいりました。

男は両手に顔を埋めて、長い間、まるで失神したように、身動きもせず、石のようにかたくなっていましたが、自分も女の後を追うて死ぬ積りだったのでしょう。小枝に摑って、下を覗き込むと目の真下に、恨みをふくんだ、それは恐しい斜視の眼がじッと見上げているのを見たのです。

あッと叫んで、男は宙を飛びました。細い嶮しい路を馳け出して、どこへか行ってしまいました。

毎夜見る夢はそこまでで終るのです』

4

私は瞑目して新生寺さんの物語りを聞き、その終るのを待って申しました。

『あなたはまず、その女の霊を慰めておやりなさい。見ず知らずの人であったとしても、毎夜現れて来るところをみると、あなたから慰めて頂き度い希望を持っているんでしょうから――』

『それは――。あるいは私も、そうじゃないかと思って、毎日お経を上げてやっていますが――。天光教ではそういう事をよくお取り扱いになると聞きましたし、また先日のお話では、当人に無関係の霊が悪戯したり、禍《わざわい》したりする例も沢山あるとの事でしたし、目に見えない霊の力の恐しさというようなことも承わったので、急にあなたにお縋りしたくなりましたんです。何とかして、夢を見ないようにして頂けないものでしょうか』

『それは容易なことですが――、しかし――』

私はちょっと云い淀んで、彼の顔を見ました。すると新生寺さんは非常に熱心な面持をして救いの手を待っていられるようなのです。

『私としてすることと云えば、第一その霊を誰かの体に移して、つまり何人かの体を霊に使用《つかわ》せて、イヤ口を使わせてです。その女の希望を伝えてもらうのです。その方法を取れば一番早く解決がつきます。霊の希望に応じてやりさえすれば、あなたの悪夢も終りを告げることになるでしょう。しかし、それがです。私の朧気《おぼろげ》に感ずる処によれば、多分貴方はその方法を欲しないだろうと思うのですが――。どうでしょうね?』

『欲するとしたら、果して、実際にそういう事が容易《たやす》く出来るものでしょうか、夢を見ないようになれます事なら、何でもやってみたいんですが――』

『出来ますとも。そしてついでに、その殺人罪を犯して逃げて去《い》った、卑怯な若い男のその後の消息をも合せて調べてみてはどうでしょうか？　能勢の妙見山は奥の院を出てから、道に迷って行方不明になる人が随分あると聞きますが、そういう事情で行方知れずになっている人もあると分ったら、妙見山のためにもよいではありませんか』と、申しますと、新生寺さんは両手を膝に置いて、暫時じいっと考え込んで居られましたが、軈《やが》て顔を上げるとちらりと私の方を盗み見て、また直ぐ眼を落とし、沈んだ声で答えられました。

『有難うございました。よく考えてみましょう。こう申すとまことに姑息なやり方のようですが、私共がお経を上げて迷っているものを成仏させるように、あなたの方にも何かそういう方法がおありではないでしょうか？　たとえば有難い祝詞を上げてやるとか、そういうやりかたで何とかお願い出来ないものでしょうか』

私は新生寺さんの心持がよく分りました。彼は決して本心から祝詞なんかを望んでいるのではないのです。そんな生温るい事で満足出来る位なら、何もわざわざ私の処へまでやって来やしません。が、今云うような方法をとることは彼には怖しかったのです。私が彼だったとしても、その場合、他人の体に霊を移して話を聞いてみる気にはなれなかったでしょう。新生寺さんの本当の希望は他人の手を借りずに、自分で始末をつけたかったのです。出来るものなら、直接霊と自分が談判したかったのでしょう。だから私の力に縋り度いと云ってきたのです。つまりその方法を教えろという意味だったのです。

しかし特別に霊能を有っている人ならともかくもですが、誰の体にでもおいそれと霊がかかって来るものではありません。でも、彼の今の場合はもうどうにもこうにもならない、居ても起ってもいられないのですから、出来る出来ないは別問題として、私は彼に鎮魂という方法を教えることにしました。まあ精神統一なのですが――、それがまたなかなか出来ないものなのです。が、もし深い統一に入れれば、自分の力で女の霊を招《よ》ぶことも出来ましょうし、誰にも知れずにその霊と談判も出来る、慰めてやり迷いを覚まさせてやることも不可能な事ではないのですが、そうなるまでが大変なのです。非常な努力と長い時日とを要する仕事なので、その辛棒が彼に出来るかどうかと、実は危ぶまれたのでしたが――。

その時から彼は私に縋って、熱心に鎮魂を始めました。しかし、雑念の多い彼はなかなか魂を鎮めるどころか、日に日に煩悶が加わって来るので、どうにも手のつけようがありませんでした。

『夢はいかがですか』

『やっぱり同じことです』

新生寺さんは瘻《やつ》れた顔に、淋しい微笑を浮べて答えます。

霊笛《れいてき》と名づくる石笛を私が静かに吹いて、彼の魂を鎮めようとしていると、急に涙にむせび、泣きながら帰ってしまうことなどもありました。もうその頃は物事に感じ易く、何かというと涙を澪《こぼ》すようになって、すっかり人間が変ってしまいました。

株に手を出して失敗し、百万円の借金を負い、その始末がつかなかったからという事も彼を自殺させた大きな原因の一つではありますが、夢に悩まされたということは、より大きな原因だったと私は信じます。

本堂の改築にも金が要ります。宗教改革にだって、金がなくては思うように働けません。その資金を檀家に仰がず、自分自身の手でつくり出そうとした。それは彼の主義だったのですが、そのために株に手を出すことにもなったのです。

思わくをやって失敗する、高利貸から責められる、夢には苦しめられる、という日が長くつづいた後でした。ある日の新聞に、新生寺の住職が失踪したという記事が出ていました。

私は予期していたことに打《ぶ》つかったような気がして、痛《いたま》しく思い、どうぞ無事でいてくれればよいがと、心に念じていました。

すると天光教の執事が、新聞を見たと云って私の処へ参り、不審顔に申すのです。

『新聞には一昨日《おおとい》から行方不明とありますが、新生寺様は奥書院に居られるのでございますが――』

『じゃあ二日もあすこに居られたのだろうか』

これには私も驚きました。

天光教では新生寺さんが出入する事を秘密にする必要はなかったのですが、彼が頻りに檀家の耳に入るとうるさいからと云わるるので、お互に面倒の起りそうな事は防ぐ方がいいし、また無益な饒舌《おしゃべり》は慎まねばならぬというわけで、好意から他言せぬようにと執事やその他の者にまで注意しておきました。それに新生寺さんは平常余り長居はせず、鎮魂が終ると直きに帰って行くようでした。私は彼がそこになお坐っていようと、いまいと、そんな事に構わず奥書院を出てしまうので、次の日になって彼がその室に坐っていれば、先に来ていたのだろう位に思っているのです。奥書院は建物の一番端れで、特別の用事でもなければ誰も行きませんので、そこに二日間も新生寺さんが留っていたのを誰も知らなかったのです。随分迂闊な話ですが、それが実際のことなのです。

新聞を手にして、急いで奥書院へまいり襖を開けて彼を見た瞬間、私は何がなしにはッと胸を打たれました。

新生寺さんは眼を閉じ、端然と坐っているんです。私が入って来たのもまるで気がつかないように――。

『早く帰られたらどうです。檀家中でも心配していられるようですから』

彼は新聞をちらりと横目で見たなり、眉も動かさないで静かに申しました。

『日が暮れるまで――、どうぞ、――このままそっとしておいて下さい。新聞にまで出されちゃ気まりが悪くて、昼間は帰れません。夜分になったら帰山いたしましょう』

私は仕方なくその儘放っておいたのですが――。

それから一時間もすると、執事が青くなって私の部屋へ飛び込んで来ました。

『先生、大変です。新生寺様が切腹されました』

『えッ？　切腹？』

『早く、どうぞ、早く――』

吃驚して奥書院へ馳け付けました。

苦しげな呻き声は襖の外まで洩れ聞えています。執事の注意で廻《めぐ》らされた屏風の端から中を覗いて、私は思わず顔を反向《そむ》けました。

白衣を赤く染めて、左手を畳につき、右手に紐のようなものを摑んでいるのです。その手は真赤です。紐だと思ったのはよく見ると腸でした。血だらけの短刀が放り出してありました。

新生寺さんは私の顔を見ると、無言で口を曲《ゆ》がめ、笑おうとしたらしかったのですが、その表情はまるで泣いているようでした。眼の縁が薄黒くなり、石地蔵のような皮膚の色をして、小鼻をピクピク動かしながら、呼吸をしていました。喰いしばった歯の間から洩れる呻吟《うな》り声が四辺を凄惨なものにしていました。

彼の苦しげな呻きは終日つづきました。

執事を始め男達はおろおろしながら、次の間に控えて居ました。

もうこうなっては秘《かく》してもおけないので、早速お寺の方へも使を走らせましたので、主なる檀家の人々も追々集ってまいりました。

私は幾度も屏風の中へ入って行きましたが、彼はただどんよりとした眼を僅かに動かす位で、物を云う力はありませんでした。

呻き声が次第に弱く、低くなり、力がなくなってきて、果ては絶え絶えになって行ったのは、もう灯がついて大分たってからでした。

『ご臨終です』

医者の声に、私を始め、新生寺から馳けつけて来た者、檀家の主なる人々が皆奥書院に集りました。

屛風は取り除かれ、最後の別れをするために皆彼の周囲を取り巻きました。

新生寺さんは眼を閉《つむ》ったまま、身動きもいたしません。嗚泣きの声が、あっちこっちから聞えます。もう息を引き取ったのか知らと思って、苦悶のあとのありありと残っている彼の顔を見詰めていました時、どこから出て来たのか、大きな百足《むかで》が畳の上をさらさらと音を立てて横ぎり、縁側の方へ逃げました。端近く座っていた一人の女が驚いて飛び上り、

『あら、百足が──』

と金切り声で叫びました。それが彼の耳に届いたのでしょうか、新生寺さんは突然しゃんと体を起し、合掌しながら、それは朗らかな、清く澄んだ美しい声で、御詠歌《ごえいか》を唄い出したのです。

いままでは、おやとたのみし、おいづるを、ぬぎておさむるみののたにくみ。

皆はただ呆気に取られていました。が、その奇麗な、銀のような美しい声には思わず聞き惚れてしまいました。しかし、聞き馴れた彼の太い底力のある声とは、全然違うものなのを、不思議に思いました。

唄い終ると新生寺さんは格天井を見詰めながら、甲高い透き通るような声で、さもさも嬉しそうに笑い出しましたが、妙なことにはその様子から声色まで、男ではなく、全く女でした。

『オホホ……。遂々敵を取ってやった！　オホホッ』

緊張した臨終の部屋の空気を揺り動して、彼は笑いながら、息を引取りました。

広い奥書院にその笑い声が物凄く響き渡って、思わず背筋に冷水をかけられたような寒さを感じたのでした」

5

話に夢中になっているうちに、乗客は一人残らず下車してしまい、がらんとした車室には先生と私とだけが相対しているのだった。

「その若い男の六部というのは――?」

「新生寺さんの前身でしょう」

「では――、伯父が――、その女を殺したと仰しゃるんですか?」

「それは分りません」

「でも、――まさか、――あの伯父が殺人罪まで犯して、平気で坊さんなんかなっているとは思われないけれど――、して、その百足はどうして臨終の時に、出て来たものでしょう?」

「山の中ですもの、座敷の中に百足が入って来る位の事は珍らしくはありませんよ。殊に雨の前なんかには壁にはりついたようになっていることなんか、しじゅうありますよ」

「じゃ、全く偶然ですわね」

「そうです。――しかし、新生寺さんはどういう訳か百足を大変嫌っていましたよ」

「誰だって、先生、あんなもの好きな人はありませんよ。――ですがどうして、死際にそんな変な様子をしたんでしょう? 女の真似なんかして、――笑いながら死んで行くなんて――。やはり発狂したんでしょうねえ?」

「さあ。そこですよ。私達が興味を有って研究しているのは――」

「興味を有ってですって?」

「そうです。誰がその女を殺したのか分らないとしても、新生寺さんが女の霊に殺されたという事だけは確実でしょう!」

先生は謎のような微笑を唇に漂わせて、それきり黙ってしまった。

やっぱり私には解らない、わからないが何となく不気味な気持がして、どこからか幻の嗤《わら》いが聞えて来はしないかと、思わず周囲を見廻した。

黒猫十三《とみ》

1

本庄恒夫《つねお》と辰馬久《たつまひさし》は篠突く雨の中を夢中で逃げた。体を二つにへし折り、風に追われながら、夜の市街をひた走りに走った。その時、一緒に馳けていた辰馬久が、ふいと身を転《かわ》して横町へ折れた。続いて曲ろうとした途端、本庄は行手の暗がりから、ぬッと出て来た大男が、辰馬の後を飛ぶ如く追跡するのを見た。

「危い！　捕りやしないか？」

ぎょッとして思わず心で叫びながら、立ち縮《すく》んだ。辰馬に誘われ、初めて行ってみた賭場《とば》に運悪く手入れがあって、二人は命からがらここまで落ちのびて来たのである。

今夜に限って、どうしたものか円タクはどれもどれも客が乗っていて、空車には一度もぶッからなかった。

もうこうなっちゃ仕方がない、どんなに夜が更けようと、ずぶ濡れになろうと、いよいよ小山まで徒歩《ある》いて帰らなくてはならない、と思っている処へ、有難い事に、一台の空車が通りかかった。朦朧《もうろう》ランプに照らされた空車の二字が目に入った刹那、本庄は救われたような喜びに我を忘れて合図の手を高くさし挙げ、停るのを待ち兼ねて、

「小山まで、——西小山だ！」と云うなりハンドルに右手をかけて、飛び乗った。

「あッ！」

忽ち何かに躓いて前へのめった。その拍子にぐにゃりと柔かいが、しかし弾力のあるあたかも護謨《ゴム》の如きものの上に、両掌と膝頭とを突いたのだった。

「何だろう？」

手探りでそッと撫で廻してみると、異様な感じがする。冷《ひや》ッこいがすべすべした、まるで人肌だ。生憎ルームの電燈が消えているので、車内は暗くって、硝子《ガラス》窓から、時折さし込む街燈の灯も、シートの下までは届かなかった。

「君、ちょっと、電気を点けてくれないか」

運転手は答えない。風雨に声を奪われて、聞えないものと見える。

「チョッ」

本庄は舌打ちしながらポケットを探り、マッチを擦った。と同時に、彼はマッチを放り出し、シートの上に尻餅をついてしまった。

人形？　いや人だ、若い女だ。しかもそれが死んでいるのだ。余りの驚愕に全身凍ったようになって、叫び声すら咽喉《のど》を出なかった。ただ、はッと思っただけだった。次の瞬間には眼がくらくらとして、何も分らなくなった。体は妙に硬直《こわば》って身動きさえ自由にならないのに、膝頭だけががくがくと震えて起《た》ち上る力さえぬけてしまった。血生臭い香がプンと鼻をうつ。

軈《やが》て、少しく気が落ち付いてくると、恐いもの見度さに、もう一度マッチを擦って、蹲踞《しゃが》み込み、今度はようく見た。

やっと十二三位だろうか、立派な服装をした少女だった。顔は伏せているのではっきり分らないが、ウェーヴした断髪が襟足に乱れかかって、何とも云えぬ美しさだ。桃色のドレスの肩から流れ出ている血汐は、細《ほっ》そりした白蠟のような腕を伝わり、赤い一筋の線を描きながら、白いゴム・マットの上に滴り落ちて、窪んだ処へ溜っている。抱き起してみようと思って、そッと体に手を触れたら、ぬらぬらとした赤いものが、ベットリと掌に着いた。掌ばかりではない、よく見ると、ズボンの膝にも、ワイシャツの袖口にも血がねばりついている。血だらけだ。

本庄は考えた。これを人が見たとしたら、どう思うだろう。足許には死んだ女が転がっている、その傍には血に染んだ、ずぶ濡れの男が蹲《うずくま》っている、しかも興奮して――、となるとどうしたって、俺は有力なる容疑者、という恰好だ。馬鹿々々しい、こんな係り合いになっちゃ、それこそ大変だ。彼は急に空恐しくなって、逃げ出そうと思った。走っている車から飛び降りる積りで、扉《ドア》に手を掛けた、が、また考え直して止めてしまった。

崩折れるように腰を下すと、ほうッと大きな溜息を吐《つ》いて、思わず心に呟いた。俺の知った事《こ》ッちゃないんだ。ただ、この円タクに乗り合せたというだけじゃないか、犯罪直後に運悪く乗った、それだけの事だ。嫌疑がかかったっていいじゃないか、逃げ出す必要がどこにあるんだ。

それよりもだ。死美人と合乗りして深夜の街路を走る。こんな珍らしい廻り合せがめったにあるもんじゃない。この幸運をむざむざと見捨てて、逃げ出そうなんて、――勿体ない！　何という愚かな考えを起したものだろう、と、彼の異常な好奇心はそろそろと頭を擡《もた》げてきた。

そうなるともう怖しいとも何とも思わなかった、むしろ与えられたこの絶好の機会を利用して、充分に日頃の猟奇的満足を得ようとさえ思うのであった。

その時、屍体が少し動いたように見えた。続いて、弱い、溜息に似た声を出した。

「オヤ、蘇生《よみがえ》ったのかな」

本庄は慌てて唇に手をやった。慥《たし》かにまだ息がある。手首を握ってみると、最初は殆ど分らないほど微かだった脈が、段々はっきりと指先に触れてきた。どうやら温味《あたたかみ》も戻って来るようだ。

「まだ、死んじゃいなかったんだ！」

有難い！　息を吹き返したとなると益々面白いことになりそうだ。

運転手が何も知らないのを幸に、この少女を彼は自分のアパートへ連れて行こうと決心した。そうして介抱してやることが、また発見者たる者の義務でもあるように思われる。

彼は少女を前にして考えた。運転手に知れないように運び出すとしたら、どういう方法を執ったものだろうか、下手をやって感付かれたら事だぞ、きっと警察へ訴えようと云い出すに定《きま》っている、警察に。――冗談じゃない、そんな馬鹿な事が出来るものか。ヤッと逃げて来たばかりじゃないか。

しかし、全然気付かれないという方法はあるまい。人間一人を担ぎ出すのに、いかに小さな女だって、容易な事ではない。と彼は頻りにそれについて頭を悩ませていた。

車が花柳界の近くを通っている時、見番の灯を見て、ふとある名案を思いついた、そこで小山アパートまで乗り着けずに、途中で車を停めさせて、

「あすこの見番で、――これを崩して来てくれ」

と云って、運転手に五円札を渡し、

「生憎、細かいのがなくって。――」と故意《わざ》と独言《ひとりごと》のように附加えて云った。

運転手が札を手にして、雨の中を駆け出して行くのを見定めてから、本庄は死んだ蛇のようにぐったりとなっている少女を抱き上げた。小柄だが持ち重りがして、小脇に抱えているのはなかなか骨が折れる。気が急《せ》くので肩に引っ担いで歩いた。泥濘に靴が吸いついたり、辷《す》べったりしながら、漸《や》ッとの思いでアパートの階段に辿り着き、自分の部屋まで運んで、取り敢えず壁際のベッドの上に横《よこた》え、始めて電気の下で少女の顔を見た。

何という可愛らしさだろう、まるで眠っている西洋人形だ、細面で、頤《あご》から首筋へかけての皮膚が滑《す》べこそうで、東洋人には珍らしい濁りのない白さだ。睫毛に覆われた眼は切れが長いらしく、開いたらどんなに美しかろう、本庄は思わず低い歎声をもらして見惚《みと》れてしまった。

可哀想に、――彼女の洋服は胸から肩へかけて、血のりで肌にねばり着いている。鋭利な短剣か何かで、グザと突刺したのだろうが、酷いことをしたもんだ、こんな天使のような少女を傷つけるなんて。――この出血の工合ではよほどの重傷を負うているに相違《ちが》いないが、どこに傷口があるのかはよく分らなかった、多分左の肩辺りらしいので、とにかくそこへ自分の半帕《ハンケチ》をふわりとかけてやった。

微かな呼吸《いき》はしているのだが、少女はなかなか意識を取り戻さない。少し心配になってきた。

「医者を招《よ》ばなくっちゃ、いけないかなあ」と思った。幸い今年医科を卒業したばかりの親友が、近所に引越して来たのを思い出した。

「そうだ。彼奴《あいつ》に頼もう」そう気が付くと慌てて外へ出た。外へ出てから先刻《さっき》の円タクの事を思い出したが、もう車はどこにも見えなかった。彼は雨に濡れながら、逸散に馳け出した。

ぐっすり眠込んでいる友人を叩き起して、

「君、危篤の病人なんだ。直ぐ来てくれないか?」

「危篤だって? 誰が?」と蒲団から首だけ出して、眼を閉《つ》ぶったまま、眠むそうな声で訊いた。

「誰でもいい。そんな事は後で話す」

「患者は男か? 女か? 俺や、夜中に叩き起されることを思うと、医者になるのを止めッちゃいたくなるよ」

友人は渋々起きたが、よく眠っていたところを起されたので、頗る不機嫌だった。

「後で委しい事は云うよ。まあ、早く来て診てくれ。こうやっているうちにも、――手遅れになって、死んじまってるかも知れないんだ」

「君は非常に興奮してるね、――俺やちッとも知らなかったよ。君にそんな女があるたあ」

「俺の女じゃない」

「人の女を夜中に引張り込むのは怪《け》しからんな」

「止せ。そんなくだらない事ッちゃないんだ。人一人の生命《いのち》だ。冗談じゃない」

雨は小降りになったが、北風が少し寒かった。本庄は先に立って大跨で飛ぶように歩いた。

アパートの階段を馳け上り、自分の部屋に飛び込んで見ると驚いた。ベッドに寝ていたはずの重傷人は煙のように消え去っている。が、夢でない証拠には、真紅の花を撒き散らしたように、シーツの上に血の跡が点々と残っていた。

驚いたのはそればかりではない。室内は勿論、戸棚から本箱から悉く引掻き廻され、抽斗《ひきだし》という抽斗は全部開け放しになっている。書類はあっちこっちに飛び散り、床の上に転がされてあるインキ壺からは、黒いインキが毒々しく流れ出して、床を汚している。本庄が出かけた後に何者かが忍び入り、家探しをした上に、少女を浚《さら》って去《い》ったに違いない、それにしてもこの部屋の荒しようはどうだろう。足の踏み場もない。奮然として棒立ちになっているのを見て、友人は嘲笑を唇に浮べて云った。

「怖《おっそろ》しく散らかしたもんだな。——して、その危篤の女はどこに秘《かく》してあるんだね？」

彼はむッとして、ぶッきら棒に答えた。

「畜生！　ご覧の通り逃げちゃった！」

「一体これやどうしたッてんだ？　泥棒が入ったんじゃないか？　金があるもんだから。——」

「金なんかあるもんか」と云ったが、今日は月給日だった。ふだんなら机の抽斗に入れておくのだが、運よく持って出掛けたので助かった。

「だって君、泥棒に入られるなんて、景気がいいじゃないか」

本庄は苦笑して答えなかった。

「よく注意して調べて見給え。きっと、何か盗まれてるぞ。帰りがけに俺が交番に寄って、話しといてやろう。一応訴え出ておいた方がいいぜ」

彼は慌ててそれを制止した。

「大丈夫だ。盗まれるようなものは何もありゃしないんだから、放《ほ》っといてくれ。面倒だから、——だがな、こうめちゃめちゃに掻き廻されちゃ、後片附が大変だなあ」

「引越しだと思いやいいやな。ところで、——と、もう俺の用事はなくなったって訳だね。じゃ、帰るよ」

大きな欠伸《あくび》をしながら、友人が立ち去るのを見送ってから、本庄はもう一度戸棚の中へ首を突込んで見た。ベッドの下をも覗いて見た。もし仮りにだ、自然に意識を取り戻し、この意外な場所に彼女が、彼女自身を発見したら、必ず逃げようとするに違いない、が、あの重体では歩けまいから、この室《へや》のどこかに隠れているのではあるまいかと思ったのだが。――

「してみると、やはり、浚われたのかなあ」

彼は失望した。そうして理《わけ》もなくむしゃくしゃと腹が立って、運転手に渡した五円紙幣までが忌々《いまいま》しくなった。――だが、あの半死の少女を浚って行く泥棒もあるまいじゃないか。これは普通《ただ》の泥棒ではない、きっと何か計画《たくら》んでいるんだろう。殊によると今夜の行動を最初から見ていて、僕の弱点に附け込み、金品を強請《ゆす》ろうというのかも知れない。しかし、それにしても少し変だ。強迫するとしたらば、何故少女を浚って去った？　その理由が分らない。

だが、一体あの血だらけの少女は何者だろう？　服装も立派だった、容貌にもどこか犯し難い気品があった、高貴の人である事は一目で分かる。これには確かに何か深い仔細があるに相違ない。犯罪の裏面に潜む秘密、それを探ってみたら、嘸《さ》ぞ面白い事だろう。

彼はベッドの端に腰かけて、考え続けているうちに疲労《つか》れてきて、その儘ごろりと横になった、血の着いたシーツを取り代えるのももう億劫だった、が、寝てみるとまた妙に頭が冴えて眠《ね》つかれなかった。

2

それでもいつの間にか眠ったとみえて、アパートの主人に喚《よ》び起された時には、正午近い太陽がベッドの裾の上にまで差込んでいて、ちょっと瞼《まぶた》が開けられない位眩しかった。明るいはずだ、昨夜はブラインドさえ降すのを忘れて眠ってしまったのだ。

主人は手にしていた茶色の封筒を渡しながら、じろりと変な眼付をして、彼の顔を見た。

「急ぎだそうですよ」

無愛想に云って、部屋を出て行きながら、もう一度振り返って、彼の様子を盗み見た。その眼には明白に侮蔑の色があった。唇の辺りにも嘲笑が漂っているように思われたので、本庄は厭な気持がした。が、渡された封筒の裏を返して見ると、急に顔色を変えて魂消《たまげ》た。

「しまった！」

彼は思わず心で叫んだ。

それは警視庁からの喚出《よびだ》しであった。見る見るうちに、小鼻の上にぶつぶつと油汗が染み出てきた。辰馬久が捕ったに相違ない、さもなければ、――少女を浚った人が逃げる途中で捕ったか。何れにしても奇怪な事になったものだ。封をきる彼の指先は震えている。しかし幸にも手紙は非公式の喚出状で、殊に差出人が有名な宮岡警部であったのは意外の喜びであった。警察官としては珍らしい温味のある人だとの評判も聞いている。それに都合の好い事には偶然にも同郷であった、それ等を思い廻らしてそこに一抹の光明を発見して、彼は多少元気づいた。とにかく一刻も早く出頭しよう、遅刻して怪しまれては損だ、と思って飛び起きた。宮岡警部の顔は新聞以外でも見ているので、何となく親しみを持てた、先方は知らなくても、こっちは顔馴染みなので、初対面の人に面会に行くような気はしなかった。

本庄はなるべく好い印象を与える必要があると考えて、頭髪には油をこッてりとつけて綺麗に撫でつけ、髯も念入りに剃って、身だしなみには特に注意した。昨夜まで着ていた洋服はベッドの隅に投げ出してあったが、広げて見るとズボンの折目もすっかり消え、泥や血の汚点が処々に着いていて、皺だらけの惨めさだ。このままクリーニングに出すのさえ憚られる。彼は血に染ったシーツと一緒に、行李の底に納《しま》い込み、戸棚の奥へ押し込んだ。それからプレッスをさせたばかりの外出着《よそぎ》の茶色の背広を着込んで、悠然と、せいぜい心を落ち付けて出掛けたが、胸の心悸は容易に治まらなかった。

桜田門で電車を降りたが、今日位警視庁が厳《いかめ》しく、恐しいものに見えたことはなかった。俯向きながら石段に靴先をかけようとして、ふと、気忙しそうに階段を馳け降りて来る人を見た。それこそは紛う方なき宮岡警部の顔であった。本庄ははッとして立ち停った。帽子を脱《と》り、急に烈しく鳴り出す心臓の鼓動を押えるようにして、頭を下げ、慇懃《いんぎん》に云った。

「遅刻致しまして。——お喚出しにあずかりました本庄恒夫でございます」

と云って、顔をぱッと赤くした。

宮岡警部は快闊な、歯切れのいい言葉で、

「やあ、ご苦労様! 今まで待ってたんですが、——急用が出来て、——ま、構わんから一緒に来て下さい」

案外くだけた調子なので、この分なら大した事もあるまい、と本庄は内心ほッとした。

宮岡警部は本庄と並んで歩きながら、元気よく話しかけた。

「君、——眠かったでしょう? 早くからたたき起されて。——」と澄んだ眼に意味ありそうな微笑を浮べて、じいッと見た。彼はひとたまりもなく恐縮してしまった。

「実は君にお詫しようと思って、——その他に少し話したい事もあるんだがね。——」と云いかけて、四辺《あたり》を見廻し、誰かを待ち合せてでもいるような素振だったが、急に通りかかった円タクを止めて、

「急用を思い出したから、ちょっと私宅へ寄ります。立ち話も出来ない。一緒にお出で下さい」

と本庄を顧みて云った。無論拒むことは出来なかったので、已《や》むなく宮岡警部と並んで腰をかけた。警察官と相乗りは余り愉快でなかった。どんな訊問を受けるのか知らないが、内容が分らないので気が落ち付かなかった。本庄は窓際に寄って、体をかたくして坐っていた。運転手と話している会話に耳傾け、密かにまた彼の腹の中を探っているので、どこを走っているのか、そんな事に注

意する余裕もないうちに、ある小さな文化住宅の前で車が停った。宮岡警部は先に降りると、木造の階段を馳け上って、玄関の扉を開けた。本庄も続いて下を向きながら、悄然と彼のズボンに従《つ》いて屋内に入った。

応接室だろうか、日当りはいいが、窓掛《カーテン》も何もない、頗る殺風景な部屋で、粗末な卓子《テーブル》と椅子が二三脚あるばかりだ。その一つの椅子の上に天鵞絨《ビロード》のような毛をした黒猫が丸くなって眠っていた。二人の足音に眼を覚まし、ひょいと首を擡《あ》げたが、見知らぬ客の顔を見ると、驚いて逃げて去った。改って、向い合いに腰を下すと、本庄はまた急に不安になった。何を云い出されるのかと思って、ひやひやしながら、興奮した顔をほてらせて、彼の言葉を待っていた。

宮岡警部は相変らず軽い、朗らかな語調できり出した。

「本当にお気の毒なことをしましたね。君は、僕のおかげで、飛んだ非道《ひど》いめに会ったんだ。僕は今日終日、悠然と眠らせておいて上げようと思ってたんだだが。――実は、急にまた事件が突発してね、これからそっちへ行かなけりゃならんのだが。――それにまあお詫は早い方がお互に気持がいいからね。君、昨夜は随分、疲れたでしょう?」

本庄ははッとして眼を落した。背中に冷汗がじッとりと染み出るのを感じた。

宮岡警部は横目で彼を見て、隣室の扉の方へ笑いながら声をかけた。

「トミー、来いよ。――本庄君を紹介するから――」

声と同時に扉が開いて、一人の女が黒猫を抱いて、すうッと入って来た。彼は慌てて椅子から起ち上り、顔を見合せた瞬間、息が止まるかと思うほど驚いた。それは前夜浚われたと思い込んでいたかの少女であったから。いや、それればかりではない、彼は生れてから、これほど魅力を有《も》った顔を見たことがなかったからだ。綺麗に剃りつけた細い眉、理智的に美しい顔は、パーマネント・ウェーヴの真黒な髪の毛を背景にして、くッきりと輪廓を浮き出させている。柔軟《しなやか》な体を包んでいる黒天鵞絨のワンピースが、細そりした姿に重そうで、ややもすると撫で肩から辷べり落ちそうだ、それがまた大変艶めかしく、彼の目に映じた。首筋にも、肩にも、殊に左の方は注意して見たが、傷らしい跡はどこにも残っていなかった。頗る元気で、全然《まるで》別人のように朗らかだった。昨夜は十二三の少女だと思ったが、柄こそ小さいがもう立派な令嬢で、年も三つ四つ上らしく見えた。

本庄は呆気に取られて、少時《しばし》は口もきけなかった。ぽかんとして、直立不動の姿勢を崩さないでいるのを、宮岡警部は見て、笑いながら云った。

「まあ、掛け給え。君、僕の妹をご紹介しましょう。宮岡十三《とみ》。昨夜は大変ご厄介になりました。――君、あの宿から一緒に逃げ出した男、あれ、何人《だれ》だか知ってますか?」

「はい。あれは私の親友で、辰馬久という者でございます。有名な実業家辰馬増之助氏の長男で、京大を中途退学して、只今は親爺さんの辰馬銀行に勤めて居ます」といささか得意気に答えたのだった。

「ああ君は全然何も知らんのですね。あんな奴と君、――交際《つきあ》っちゃ危険ですよ。辰馬銀行頭取の息子には相違ないが、ありゃ君、――多分君は何も知らないんだろうとは思っていたが、××会の首領なんだよ。仲間うちでは変名で通っているので、余り本名は知られていないがね、実はこの度のギャング狩りに、総監から僕が内命を受けている訳なんだが、――彼を捕えるのは容易な事じゃないんだ。昨夜はトリックで捕える計画を立て、僕は妹のトミーと円タクに乗って、君達二人が賭場から逃げるのをずうッと尾《つ》けていたんだ。処が彼奴は途中で感付いて風を食って逃げちゃった。君もてッきり同類だと睨んだので、――仕方がない。君の方を一つ洗ってみようと思って、まず家宅捜査をやってみたのさ。あの時の運転手は僕ですよ。車内に大怪我して倒れている女があれば、誰だって、君同様の手段に出るよ。何しろ警察は鬼門の連中なんだからね」とからからと笑って、

「あれだけ苦心したのに、――遂々《とうとう》失敗しちゃったよ」

と云って、卓子の上に置いてあった五円札を本庄の前に差出して、

「運転手、――いや僕に渡された、――これはお返し致します」

と云った。

彼は思わず顔が赤くなった。十三の前だけに一層恥しかったのだ。が、まだ狐につままれているようで、何が何やらさっぱり解らなかった。辰馬久が××会の首領であるということも初耳だ。そう云われてみれば最近彼の思想は大分変ってきてはいる。ひと頃は軟派の不良で鳴らしたものだ、辰馬の毒牙にかかった女は数えきれない、いつでも女の事で問題ばかり起していたが、この頃はそういう噂も余り聞かなくなったので喜んでいたのだが、――何という迂闊な事だったのだろう。彼が親の家を出て、アパート住居《ずまい》をしているのも、女出入に都合が好いためだと聞いていたが、実際はそればかりではなかったのかも知れない。考えれば疑わしい点はいくらでも出て来るのだろうが。

「すると、――辰馬は変名を用い、××会の首領として、活躍しているのですか?」

宮岡警部は底力の籠った声で、重々しく答えた。

「そうです。あの男は女の敵であると同時に我々の敵ですよ」と云って十三の方を見ながら、「トミーも彼に誘惑されかけた一人なんです」

十三はちらりと宮岡警部の方を流し目で見た。それは美しく澄んだ空色だった、はてな? 空色の眼――殊によると彼女は混血児かな、と心に思った。そう思って見直すと鼻の恰好も、奇麗な唇も、クリーム色の皮膚も、どこやら違っている。それに第一この小柄だのに、洋装がしっくりとよく似合う処など、どうしたって西洋人だ、見れば見るほど着附けも粋で、垢ぬけがしている。

彼女の空色の眼は、またいろいろな表情を現わした、訴えるような、悩ましげな、遣る瀬なさそうな視線は、絶えず動いて彼の頭の中を容赦なく掻き乱した。その一挙一動もまた不思議な力を持って胸に迫った。本庄は今までに、これほど怖しい魅力を有った女に出会った事はなかった。十三によって彼の魂には生涯消すことの出来ない、深い印象を与えられたと云ってもよかった。

敏感な宮岡警部は彼の心を見透したのだろう、訊きもしないのに、彼女について語るのだった。

「トミーと僕は母を異にしているんです。妹の母は西班牙《スペイン》人でした。もう亡くなりましたが。

――複雑した家庭に産れたものですから、彼女《あれ》も幼い時からいろいろ苦労しましてね、可哀想な女です。が、いつまでこんな生活もさせておけません、その内には良縁もあるだろうし。――」

と云いかけて、ふと気を変えて、

「しかし、トミーは迚《とて》も兄思いなんですよ。僕の仕事をよく助けてくれるんです。女は第六感の働くものですからね、随分役に立つ事があるんですよ。君もひとつ、妹と一緒に僕を助けて頂き度いんです」と改まった口調で云った後、急にまた嘲弄《あざわら》うように笑いかけて、

「その代り、特別を以って、昨夜の事は見逃して上げますよ。アハハハハハハッ」

本庄はちょっと面喰ったが、何だか非道く馬鹿にされたような気がして、不愉快だった。しかし、こっちに充分の弱味があるので、何とも云うことは出来ず、ただ苦笑したばかりだった。

その時まで一言も云わず、膝の上の黒猫を撫でていた十三は、始めて口をきいた。

「失礼だわ。私達の方こそ見逃して頂かなけりゃならないのよ。あんな泥棒みたいな真似をして、お部屋中を引掻き廻してさ。本庄さん、貴方、怒っていらっしゃるでしょう?」

と云った。いい声だなと思って、その柔かい感じに聞惚れていたので、最後の言葉しか耳に入らなかった。だから、

「いいえ」と云うより仕方がなかった。

「しかし、そりゃ職務上、已を得ない事なんだから」と宮岡警部は弁解するように云って、急に居住いを正し、

「冗談はとにかく、――これは真面目な大事な話だから、よく聞いておいて下さい。実は君を喚んだのはこういう理由《わけ》なんだ。――辰馬久は身辺に危険の迫ったのを早くも感付いて、姿を暗ましそうな形勢が見えるんです。猶予してはいられないんだ。そこで昨夜は失敗したが、今夜こそは一つ上手《うま》くやって、――実はね君」

と急に声を低めて、

「少し危険だが、彼のアパートを襲おうと計画してるんだ。証拠書類を押収しようという訳で、――就いては君に案内役を引受けてもらいたいんだよ。真向から部下を引連れて乗込むのは容易《たやす》い事だが、僕はそれを好まないいんだ。というのは父親の辰馬増之助氏は人格者だし、国家の功労者でもあるから、――万事穏かにして、なるべく世間にぱッと知れないように、秘密裡に始末をつけてやろうという訳なんだ」

本庄は辰馬が十三を誘惑しかけたと聞いた時から、彼に対する好感を失っていたが、それでもこの案内役を喜んで引受ける気にはなれなかった、と云って、拒絶することは無論出来ない、何と云っても辰馬が悪いんだから仕方があるまいと心で考えていた。彼は××会の首領であるばかりでなく、この無邪気な、美しい十三をさえ毒牙にかけようとしたのだから、――好くないな、辰馬の奴、怪しからん男だ。しかし一体どこで、どういう機会に、彼女と知り合いになったものだろう、誘惑と一口に云っても、それはどの程度だか分らない、と肝心の問題よりもその方が気になった。そこで本庄は何気なく訊き出してみる積りで云った。

「辰馬は、――貴方もご存じなんでしょう?」

「知っていますよ。顔だけはね」と即座に答えた。

「十三子さんも知っていられるのですね?」

「よく知っています。トミーはダンス・ホールで懇意になって――」

「あら、お兄さん。そんな余計な事は云わないだっていいじゃないの」

と、頬を赤くして、

「私、辰馬さんの顔なんか、もう忘れちゃったわよ」

と媚を含んだ眼で、本庄の顔を見ながら云った。

「薄情な奴だなあ」

宮岡警部は起ち上って、時計を眺め、急に慌て出して、

「話はそれだけなんだが、――ではちょっと僕は出掛けて来ます。本庄君、君にはお気の毒だが、一時留置するよ。今夜の任務を果すまで、――まあこの部屋でトミーと話でもして居給え、直きに帰って来るから。――」

と云い終るか終らぬうちに、急いで扉の外へ出て行った。

3

直ぐ帰ると云って出たぎり、宮岡警部はなかなか戻って来なかった。その間に本庄と十三はすっかり親しくなっていた。話は多く黒猫ミミーについてであった。

「刑事部長さんから、護身用に頂いたの。恐い人に出会った時には、この猫を打《ぶ》つけてやるのよ」

と云った。ミミーは実によく馴されていた。十三が駈け出すとその後を追って走り、立ち停って彼女が自分の胸を叩いて招ぶと、いきなり飛び上って、襟元に縋りつき、真白い首筋に頭をこすりつけて甘えた。

日暮れ頃になると両方とも益々はしゃぎ出した。その愉快そうに戯れ遊んでいるのを見ていると、大小の猫が縺れ狂っているとかしか思われなかった。薄暗い室内の壁には踊っているような影法師が映っていて、黒ずくめの装いで敏捷に跳ね廻る十三の姿は、まるで黒猫のような感じだった。本庄は好奇心の眼を輝かせて見惚れていた。

夜になった。宮岡警部はどうしたのだろう、二人を置去りにしたまま、まだ姿を見せなかった。

「きっと、いまに、自動車で迎えに来るんでしょう」

と云って、十三は別に気を揉む様子もなかった。

十一時近くなって、彼女の云った通り自動車が玄関に停った。

運転台の窓から、宮岡警部は首だけ出して差招いた。

彼女はミミーを小脇に抱えて、自動車の窓に飛びついた。

「遅かったのねえ。お兄さん」と甘たるい声を出して、

「昨夜、失敗したから、――今夜はミミーを伴《つ》れて行くのよ」と云いながら、黒猫の頭を叩いて、

「ミミーさえいりゃ、成功疑いなしだわ」

十三は両手でミミーの胴中を抱いて、高く差上げ、

「しっかり頼むよ。ミミー！」と頬ずりしながら云った、その眼は緊張して、鋭い光を帯びていた。

本庄は宮岡警部の前に進み出て、無言で丁寧に頭を下げた。

「や、遅くなって。――」と云い、十三の方へ向いて、眉を寄せ、

「出掛けようとする処へ、生憎、捕物があってね。――」と弁解らしく云った。

「私に運転させてよ」

彼女は運転台に飛び乗り、宮岡警部をルームの方へ追いやって、自分でハンドルを握った。

「十三子さん、豪《えら》いですね」と本庄は感心した。宮岡警部は苦笑して、

「男手で育てるとお転婆になって困るよ。女らしい教育が出来ないから。――」

そんな事を話しているうちに、丸ノ内アパートへ着いた。

事務所には本庄の顔を知っている小使はいなかった。合鍵を貸せと云うと変な顔をして、

「辰馬さんはお部屋に在らっしゃるはずです。先刻まで食堂で、お友達とビールを飲んでいましたよ」と云ったが、別に怪しみもせずに直ぐ合鍵を貸してくれた。

本庄は宮岡警部の命令に従って、自動車を人通りのない裏門へ廻し、車内に入って待っていた。

暫時《しばらく》すると十三が馳け出して来て、いきなり本庄の手を握り、しなやかな体をすりつけるようにして、耳元に唇を寄せ、

「肝心の書類は銀行の金庫に納ってあるんですとさ。――これから皆で銀行へ行くのよ」

生温い息が耳にくすぐったかった。

本庄は帽子を眼深に被り助手台に腰を掛けていると、どうやら自分も探偵小説中の一役を買っているようで愉快だった。

軈て、後に靴音が近づき、扉が開いて、シートにどッかりと腰を下す音がした。皆黙々としていた。

ハンドルを握っている彼女の顔は真蒼で、引きしまっていた。辰馬銀行に着くまで、誰も一言も口をきかなかった。車が停った時、本庄は始めてそっと後を向いて見た。辰馬久は目隠しをされ、猿轡《さるぐつわ》をはめられ、両手を縛られていた。シークな彼が、この時位物哀れに見えたことはなかった。

辰馬は宮岡警部と、ピストルを手に持った十三との間に挟まれながら、行員出入口から、銀行内に入って行った。本庄は張番を命ぜられたので、暗い横町に立って居た。預った黒猫をしっかりと胸にかかえ、その柔らかい毛並を撫でていると、どこかに彼女の移香を感じたので、彼は思わずミミーを抱きしめて、頬ずりした。

その時、突如、静寂な往来に沢山な靴音が聞えたので、彼は本能的に身を転じ、暗い蔭にひそんで様子を覗《うかが》った。一かたまりの黒い人影は飛ぶように近づいて来る、警官らしい。先頭に立って馳けつけたのは、意外にも銀行内に入っているはずの宮岡警部の顔であった。本庄は驚いて、街燈の灯に透して見直そうとした途端、警部は部下を顧みて、

「つづけ！」

と一声厳然と云い放った。その声いろは別人のような鋭さがあったので、本庄は思わず驚愕の眼を瞠《みは》った。よく似ている、全く生写しだが、人間は違うようだ、たしかにこれは宮岡警部ではない、偽物に違いないが、それにしても同じ顔の人が二人、——俺の眼がどうかしているんじゃないか、とも思ったが、余り酷似《そっくり》なので異様な無気味さを感じた。が、また咄嗟にこんな事をも考えた。辰馬の急を知って、××会から救助に来たのではあるまいか、警官に変装して、——危いぞ、これだ

けの人数を相手にしては敵《かな》いッこはない、何とかして十三を助けてやらなければならない、と気を揉んでいるうちに、黒い影はひとかたまりになって、裏口からどやどやと奥へなだれ込んだ。

「真暗だ！」と一人が呶鳴った。

「スウィッチも、――電線も、――切断されてる！」

「逃すな！――女を。――」

と喚いた。

それを聞くと本庄はもう気が転動してしまった。前後の考えもなく跳《おど》り込んで行こうとした時、中からぱッと飛び出して来た十三の体に打つかった。その拍子にミミーは驚いて彼の腕を引掻いて逃げ出し、彼女の後を追うて往来を真驀《まっしぐら》地に走った。まるで二つの黒猫がもつれ合って飛んで行くように見えた。と、殆ど同時に、真暗い銀行の廊下で恐しい格闘が始った。罵り喚めく声、入り乱れた靴の音。

「あッ。やられた！」

どたり、人の倒れる響き、続いて起る物凄い叫び声に本庄は度胆をぬかれた。逃げよう！　踵を転じた刹那、どんと背中を突かれた。

「逃げろ！　早く――」

底力の籠った聞き馴れた声、それはたしかに宮岡警部に違いなかったが、どういう訳か、一人の警官がいきなり飛び出して来て、背後から警部の胴中にしがみつき、呼笛《よぶこ》を鳴らした。

本庄は夢中で走った。

×　　×　　×

気がついた時、彼は全身打ちのめされたように疲れ切って、ベッドの傍の床の上に倒れていたのだった。

扉の下から室内に辷べり込ませてある新聞を、習慣的に手に取って拡げて見た。はッとして、本庄は跳ね起き、眼をこすりながら、もう一度見直した。

「辰馬銀行、黒猫トミーに襲わる」

三段ぬきで書かれたその記事を見て、魂消げてしまった。彼は息をはずませながら、むさぼるように読んだ。

幸い彼の名はどこにも出ていなかったが、宮岡警部と辰馬久と、負傷した警官との写真が出ていた。

世界を跨にかけた女賊黒猫トミー及びその情夫が、辰馬銀行の金庫から多額の金を奪って逃走した。しかもその案内役は頭取の令息である、という点に多少の疑惑を抱かれているというのだ。

本庄は思わず胴震いした。が、不思議な事ばかりで、どうも腑に落ちなかった。第一××会の首領であるべき辰馬久が捕われないのも変だ。十三が仮に黒猫トミーという女賊であったとしても、宮岡警部はどうしたんだろう。辰馬に会ってみよう。そうだ、彼に会って訊いてみる事だ。

しかし、さすがにアパートに行く気はしなかったので、辰馬銀行に出かける事にした。新聞を見て見舞いに来た、と云えば誰も怪しむまい。

銀行の応接室には見舞客が辰馬久を取巻いて、事件の顚末を聞いているところだった。彼は両足をふんばり、腕を組んで、興奮しきった顔をして、刑事から聞いてきたという話を受け売りしていた。が、本庄の顔を見るといきなり手を握って、

「例の一件から、遂々こんなめに会っちゃったよ」とささやいた。それを××会に関係した事と本庄は早呑込みして、

「どうして君が、——××会の首領なんかになっていたんだ？　僕は全然知らなかったよ」

辰馬は目をむいて、

「君、何云ってるんだ」本庄はどぎまぎしながら、

「だって、例の一件だなんて云うから。――」

「賭場の一件さ。あの弱味につけ込まれたんだよ」

「ああそうか、なあんだ」

「あれを種に脅迫しやがったんだ。アパートに最初やって来てね」

聞いている彼は冷汗を流した。心臓の鼓動が耳に騒々しく聞えた。

「辰馬君、新聞に出ていた通りかね？　黒猫トミーッて、どんな女だ？」

辰馬は鼻の先に小皺を寄せて、フフンと笑った。

「佳《い》い女だぜ。俺が金は持ち合せていないッて云ったら、銀行の金庫にあるわよッて、あの女ピストルを突きつけやがった。好い度胸だぜ。自動車に乗せて俺を銀行に連れて行ったが、手配中の宮岡警部が来てくれたんで助かった」

「君はトミーを知ってたんだろう？」

「知ってるもんか。泥棒じゃないか。いくら俺が物好きだって、あんな凄い女は真平だ。情夫の方がぺこぺこして、女に使われていたぜ。奴《やっこ》さん、宮岡警部に写真酷似《そっくり》に変装してやがった。二人宮岡警部が出来ちゃって、どっちが真物《ほんもの》だか分らなかった。そのために遂々捕え損ったんだそうだよ」と辰馬は笑った。

まんまと欺かれ、手先に使われたのかと思うと腹が立ったが、何故か本庄は心から彼等を憎む気にはなれなかった。

鳩つかひ

悪魔の使者

「くそッ！　また鳩だ。これで四度目か」

立松捜査課長は、苦り切った表情で受話機を切ると赤星刑事を顧みて、吐き出すようにそう言った。

平和の使者と言われる鳩が、悪魔の使となって、高価な宝石を持つ富豪の家庭を頻々と脅かしているのである。

この訴えを聞いてから早くも一カ月余りになるが、未だに犯人の目星さえつかず、あせりにあせっている矢先、またしても今の訴えだ。

「今度は誰です？」

赤星刑事は、眼を輝かしながら、急《せ》き込むように尋ねた。

「杉山三等書記官の処だ。氏は目下賜暇《しか》帰朝中で東京にいるが、明後日の東洋丸で帰任することになっている。君も知っての通り米国娘と婚約中なので、お土産に素晴らしいダイヤを銀座の天華《てんか》堂《どう》から買ったんだ。それが昨日の午後だ。ところが今日五時頃外出から帰ってみると、大きな包みが届いている。それが君、例の鳥籠なんよ。中にはお定まりの伝書鳩が一羽入っていて、その脚に手紙と小さな袋が結えてあり、
　汝が昨日求めたダイヤをこの袋に入れ、鳩につけて放すべし。もしこの命令に反かば、汝の生命無きものと覚悟せよ。

と例の凄い脅し文句が書いてあると言うんだ」

捜査課長は立上りながら、外套に手を通すと、

「さ、これから杉山氏の処へ急行だ。君も一緒に頼む」

緊張に面を硬ばらして言った。

二十分の後。

立松は赤星刑事を伴って、グランド・ホテルに杉山書記官を訪ねたのである。

そこには例の鳥籠を囲んで、早くも二三の人が、騒がしく話し合っていた。

瀟洒《しょうしゃ》な服装をした背の高い男がこのホテルの支配人、でっぷり肥った五十がらみの赤ら顔が宝石を売った天華堂の主人、三十七、八と思える洋装の美婦人が保険会社の外交員岩城文子である。

「僕は、僕は、こんな脅し文句で絶対に出すのは厭です、昨日ダイヤを求めると、すぐ保険を附けたのです。ですから、この手紙を受取ると、天華堂さんと、岩城さんに急いで来て頂きました――」

杉山は、すっかり興奮していた。別段紹介したわけではないが、天華堂主人と岩城文子とは立松と赤星の方を向いて丁寧に頭を下げた。赤星はこの二人を注意深く見た。天華堂の節くれ立った大きな太い指には三カラットもありそうな立派なダイヤが光っていたが、岩城文子の華奢《きゃしゃ》な細い奇麗な指には一つの指輪さえなかった、こんな指にこそダイヤも引立つだろうのに――、と思った。赤星にじっと見られて、彼女は心持ち顔を赤くしながら、微笑してつつましく控えていた。

立松は、鳥籠及び白絹の小袋、手紙を丹念調べていたが、

「これを持って来た者の人相その他は分りませんか?」

この問に、支配人が一膝乗り出した。

「御出発前の杉山さんには、毎日色々の贈物が届けられますんで、別に気にも留めず、ボーイが受取ったそうですが、眼の下に青い痣《あざ》のある大きな顔の男だと申して居ります」

この時杉山は立松の方に向をかえて、

「いま、天華堂さんから鳩に就いての恐しい話を聞かされたところですが――、一体事実なんですか?」

表面平気を粧いながらも、内心の尠《すくな》からざる不安は、その面持でハッキリ見てとれる。

立松は眉を顰めながら首肯いて、

「困った事ながら事実です――一ケ月ほど前有名な実業家富田氏が、高価なダイヤを求めた数日後、同様の方法で脅迫されました。氏は警察の保護を受けてその要求に応じなかった処、無惨にも何者かに殺害されました。

続いて同じ手段でまた一人、そして第三番目が、百万長者宝田銀造さんの夫人です。この人は先方の要求通り、鳩にダイヤを附けて放したため、未だに無事です。で、貴君が四番目に見込まれたというわけです」

額を押えていた杉山氏の手は、俄に身辺の危険を知って、微かに震え出した。

「何とか、――何とかお助け願えないでしょうか？」

「全力を挙げています」

「鳩を飛行機で追いかけたら、どうでしょう？」

「海か沙漠ならいざ知らず、東京及びその近郊では絶対不可能です。犯人はこの弱点を巧におさえている強《したた》か者、いかにすれば犯人を誘《おび》き出せるかが問題です」

立松は思い出したように煙草に火をつけて、

「このダイヤを買ったのを知っている人は何人ありますか？」

杉山に訊問するように聞いた。

「僕と天華堂と岩城さんと――」

この時天華堂が横から口をはさんだ。

「手前共の店員は大抵存じて居ります。それから――、もう一人――」と云って、ちょっと廻りを眺めて、天華堂主人は何か躊躇した。

「もう一人は誰だ？」

「佐伯田《さえきだ》博士でございます。――鳩の脅迫が評判になってからは、店へ出入する者には特別の注意をしています。昨日、杉山さんがダイヤをお買い上げになった時でした。一人の立派な紳士がずっと入って来られ、『ショー・ウインドウにある真珠の頸飾を見せてくれ』と云うのでお見せしたら、『僕はこれと恰度同じようなのを買ったから、値段と品質とを較べてみたいと思ったんだ』と、見ただけでさっさと帰って行くので、時節柄怪しいお客さんだと思い、調べたら佐伯田さんというお金持の弁護士さんで、手前共仲間の大きい店へは悉く行ったそうです」と、天華堂主人は少し得意になって説明した。

赤星は天華堂の顔をじっと見ながら云った。

「その佐伯田博士というのはどんな人だった?」

「痩せた背の高い、がっちりした人です。鼻眼鏡をかけていて、ちょっと西洋人みたいな顔をしていました」

「店員の他に知っているのはその人だけだな、イヤ有難う」と立松け質問を打ち切り、「して、杉山さん、貴方はどうなさいます?」

と訊いた。

「この鳥籠は気味が悪いから警視庁で預って下さいませんか。――脅迫状位で予定変更も余り意気地がない。僕は、断然明後日出発します」ときっぱり云ったが、その顔は青褪めていた。

「ああそうですか。貴方が安全に船に乗込むまで、警察の方で保護します。赤星君、万事君に任せる、無事に出発させて上げろ」

杉山はほっとしたように微笑して言った。

「いやどうも、有難うございます。そうして下されば全く安心です」

天華堂は眉をよせて心配そうに、

「次ぎの船になすったらいかがです? この際外出は一番危険です、当分家の中にいて様子をごらんになったが安全だと思いますがね」

「まさか途中で殺されることもあるまい。それに赤星さんがついていて下さるから、心配はないよ」

と杉山は幾分朗らかになった。

人垣に囲まれて

赴任の朝、グランド・ホテルの玄関に警視庁の自動車が差廻され、彼の部屋では赤星が元気な声で話していた。

「横浜まで、刑事二人と私と、都合三人で護衛して行きますから、大丈夫ですよ」

杉山はうかない顔をして、

「ご厄介になってすみません。――臆病のようですが、どうも気になって、昨夜も遂々《とうとう》眠れませんでした。夜中に誰か忍び込んで来るような気がしたりしてね――」

と云って笑ったが、その声は空虚のように響いた。

自動車に乗る時、杉山は赤星の指図に従って彼と刑事との間に腰かけた。

「前の補助椅子にもう一人の刑事を乗せるから、杉山さんは人垣に囲まれるわけだ、これなら安全でしょう?」

三人の刑事に保護され、無事にホテルを出た。しかし出帆までにはまだ大分時間があるので、運転手は気を利かせ徐行していたので、後から来る幾台もの自動車に追い越された。京浜国道を真直ぐに鈴ケ森まで来た時、突然、ボッーンと物凄い音、アッと思う間に車体はガタゴト揺れ出した。杉山は前にのめり忽ち死人の如く青褪め、一人の刑事は窓硝子《ガラス》に頭を打ちつけ、一人は摑まっていた金の棒で強たか額を打った。

タイヤを調べていた運転手は愕いて叫んだ。

「タイヤだ、タイヤをやられた！」

「やられた？」

赤星は吃驚《びっくり》して訊き返した。

「射ちやがったんだ、後から――、穴があいている、穴が――」

「えッ！　穴があいてる？」

杉山の右側にいた刑事は車から飛び降りて見に行こうとした、「降りちゃいかん、中に入ってろ！」刑事は夢中だったので赤星の声も耳に入らなかったと見え、運転手と並んで一心にタイヤを見ていた。その時、反対の方向から一台の大型自動車がやって来た、誰も乗っていない空車のようにみえたが、擦れ違う時に窓から白い手が、すうッと出た、と思った時杉山がアッと声を揚げ、「やられた！」と叫んで、肩を押えた。その掌にはべっとりと血が付いていた。彼はよろめきながら赤星の陰にどっと打ち倒れた。

白い手

赤星の報告を聞いていた立松捜査課長は憤然として立上り、室内をあちこち歩きながら続けざまに舌打ちした。赤星は彼の怒りを額に感じながら俯向いて言葉をついだ。

「犯人は自動車で吾々の後を尾《つ》けていたんだ。皆の体が邪魔をして杉山氏を射つのは難しいと知るや、車をぬきながらまずタイヤをピストルで撃ってその方に心を奪わせ、今度は悠然と後戻りして来た。刑事が車から降りたので杉山氏の体は完全に射撃の的になったわけだが、まんまと敵の罠に掛ったのが残念でたまらんです」

「白い手だけしか見なかったのか？」

「見えなかった」

「円タクか、自家用か、運転手の姿も見ないのか？」

「杉山氏が起ち上ったので、体の蔭になってよく見えなかったのですが、四角ながっちりした肩つきだけは目に残っている。何しろ咄嗟の事で――」

「自動車番号は？」

赤星は額の汗を拭い、忌々《いまいま》しそうに、

「それが――、分らないんだ。番号札の一方の螺旋釘《ねじ》が外れていて、ぐらぐらと縦に揺れるもんだから、数字を読むことがまるで出来なかった――」

立松は苦り切って黙ってしまった。机の上には昨日の新聞が広げてあった。

またしても鳩の脅迫！

というみだしが、まるで自分を嘲っているように赤星は感じた。

「必ずこの失敗は取り返す。どんなことがあっても――、犯人を捕えずにはおかない。どうぞ、暫く辛棒して下さい」

そこへ給仕が一葉の名刺を手にして入って来た。

「赤星さん、この方が、至急何かお知らせすることがあるそうです」

赤星は課長室を出て行ったが、間もなく戻って来て立松の前に名刺を置き、

「本田桂一という学生だが、杉山氏が射たれた時恰度通りかかり、犯人の顔を見たって云うんです。委しく聞いておきました。その学生は鈴ケ森の近所の小さなアパートで自炊しているそうです。――今、階下で新聞記者連に取巻かれているからきっと、夕刊にその記事が出るでしょう、ただ顔を見た、という事だけは云ってもいいが、その他の事は決して話してはならぬと厳重に口留めしておいた、その記事を見たら犯人が狼狽《うろた》えるだろう」と云って、赤星は急に活気づいた。立松は焦り

焦りしながら皮肉な笑いを唇に浮べて、

「売名だろうよ。殊に犯人の廻し者かも知れない、迂闊に信用すると赤ッ恥をかくぞ」

赤星は黙っていた。部屋の隅では鳩が不安そうに羽ばたきしている。

「ちょっと、鳥籠を借りて行きます」

立松の返事も待たないで鳥籠を風呂敷に包んで出て行った。

二時間ばかりして戻って来た時には課長はもう部屋にいなかったので、鳥籠だけをもとのところに返しておいた。

赤星は杉山を見舞いに行く途中で夕刊を一枚買った。果して今朝の出来事が大きく出ている。犯人を見たという学生の写真をじっと見詰めていたが、やがてにっこり笑うとそれをポケットに押し込んだ。

病院の薄暗い廊下の曲り角で一人の婦人に出遇った、それは思いがけない岩城文子であった。彼女はにこやかに会釈して、

「杉山さんはとんだご災難で――、夕刊を見まして吃驚したんですの、それでちょっとお見舞に出ました」と言った。手には美事な花束を持っていた。

「杉山氏は面会謝絶で会えませんよ」

「まア、そんなにご重態なんですの?」と声を落して心配そうに眉をよせ、「赤星さん、直ぐお帰りになりますか、私この花束だけをお届けしてまいりますから、ちょっとお待ち下さいません?杉山さんのことでお話もありますから――」と云い捨てて病室の方へ急いだ。

赤星が長い廊下をぶらぶら歩いていると岩城文子は直きに引返して来た。

「犯人を見た人があるそうで、私ホッといたしました。どうぞ赤星さん、一日も早く逮捕して下さいませ。先刻天華堂さんとも話し合ったのですが、こんな事が度々あると私共の商売はあがったりですわ、ほんとに困ってしまいますのよ」

「よく分っています」

少し間を置いて赤星が言った。

「杉山氏についてのお話をうかがいましょうか」

「天華堂さんから聞いたのですが、杉山さんは外務省でも評判のいい方だそうですの、美男子で、手腕家で、お家柄もいいというので――、奥様になりたい人が沢山あるそうですの、だから外国人との結婚に不満を懐いている者の仕業ではないかというんです」

「そういう人の心当りでもあるんですか？」

「いいえ、別に――、ただ御参考までにお話しするんですのよ。思いつめた若い人は何でもやりますからね。――さもなければダイヤ狂の仕事だろうと思います。殊によるとこの犯人は高価な品を奪ってお金に替えようというのではないかも知れませんね」

「何故ですか？」

「だって、――奪ったダイヤはどこからも出て来ないっていうじゃありませんか」

赤星は苦笑して、

「貴女は今でも宝石がお好きですか？」

「いいえ、嫌いになりました。何故と言って、お金を宝石に替えて持っていましたが、いざ売ろうとすれば、やれ旧式だの疵があるの、色が悪いのとケチをつけて踏み倒されてしまいました。私はダイヤを買っておいたばかりに全財産を失い、こんなに貧乏してしまいましたのよ。だからあんなものを持つものではありません、いまでは見てもぞっとします、買う人の気が知れませんよ」

なるほど、それでこの人が指輪をはめていない理由が分った。細そりとした、いい恰好のこの指に宝石夫人といわれるほどのダイヤをはめていたのかと思いながら、赤星は美しい彼女を眺めた。

二本の細い足

夜になって本田桂一は、漸く鈴ケ森のアパートへ帰った。宿の主人は夕刊を手にして彼の部屋にやって来た。

「この写真はちっとも本田さんに似ていないな」と云いながら、しきりに夕刊に出ている写真と実物とを見較べて首をひねっていた。しかし主人は自分の家の名が新聞に出ているのをひどく喜んでいるようだった。

「僕の留守中に誰か訪ねて来なかった?」

「珍らしく幾人も来た、中には本田さんのお部屋はどこですか、なんて訊いて帰った人もあった。大層有名になったもんだ、だが、ほんとに犯人の顔を見たのかね、どんな奴だった?」

「それや言えないさ。絶対秘密だからな、警察から堅く口止めされているんだ。それから小父さん、今夜はひとつ夜中《よるじゅう》起きていてもらいたいんだがなア、犯人が摑まると直ぐ警察から呼出しが来ると思うから――」

「冗談じゃない、そんなに早く摑ってたまるもんか、顔を見られたと知りゃ犯人だって油断をしまいからね」

「警察じゃ直ぐ非常線を張るって言ってたぜ、目星がついたらしいんだ」

「へえ、ほんとに?――じゃ起きてるとも、家に泊っている人の口から犯人逮捕の端緒を得たなんていうと名誉だからね。また新聞に出るよ」

主人は新聞を畳んで大切そうに懐中にし、たてつけの悪い扉をガタピシやりながら出て行った。

本田は部屋に蒲団を敷いて、着のみ着のままでごろりと横になった。低い天井が顔に被ぶさるように感じる、電燈を消して眼だけは閉《つ》ぶっていた。帳場の柱時計が十二時を打った、やがて一時を聞き、二時を聞いた、カーテンのない窓ガラスに三日月の淡い光がさしている。

ふと彼はかすかな物音を聞いた。屋根の上を忍び歩いてでもいるような、猫だろうか？　それにしては少し重みがあり過ぎる、本田は蒲団を脱け出して暗い隅に蹲った。物音はぴたりと止り、またもとの静けさに返ったが、少時《しばらく》すると今度は細い蛇のようなものがぶらりと窓に垂れ下ってきてゆらゆらと動いた、よく見ると蛇ではなくて、黒い綱だ。するとまた頭の上でミシリミシリと音がした、続いて綱よりは太い二本の足がぶら下り、綱を辷ってするすると降り、窓枠を足がかりにして苦もなく室内に忍び入った。薄暗闇《うすくらやみ》なので、その男の年齢も容貌もよくは分らないが、片手に縄を持ち、片手に磨《と》ぎ澄ました大きな海軍ナイフを握りしめ、蒲団の上をきっと睨んだ、やがてナイフを逆手に持ち直し、息を吸ったと思ったら、ハッシとそれをたたきつけた、刃物は蒲団の上にずぶりと突立った。本田は敢然と起立って飛びかかり、全力をこめて組みついた。真黒い二つのかたまりは上になり下になり、もみ合った。

「畜生！」

本田は相手を捩じ伏せ、力まかせに横面を張り倒した。男は唸り声を立てて動かなくなった。彼は息を切って、ナイフを拾い上げ、電燈をつけた。ぱっと明るくなったので男は気がついたがもう抵抗する力はなかった。二十四五歳位だろうか、ぼろ洋服に破れた毛編のジャケツを素肌に着ていた。鼻から耳へかけて大きな切疵のあとがあった。

「起きろ！」

本田はナイフを握りしめて怒鳴った。男は流し眼にじろりと見上げたが、それでも素直に起き上って坐った。両方の膝頭はぶるぶると震えている。青い顔に赤い疵が目立った。

「貴様、俺を殺しにやって来たのか？　誰に頼まれたんだ？」

男は答えない。

「何故黙っているんだ、云え！　云わないと打ち殺すぞ！」

相手は強情に黙りこくって答えない、本田は跳りかかって、

「この野郎、何故口をきかないんだ！」

襟首を摑んで、ぐいぐいしめつけた。男は苦しそうにもがきながら、咽喉を指し、頭を垂れた。

「なんだ、貴様、啞《おし》か？」

男は哀れっぽく黙首《うなず》いた。半信半疑だがとにかく、主人と二人で始末をつけようと帳場へ引立てた。

「さア、先に立って歩け！　静かに梯子段を降りろ、振り向くとこれだぞ！」

ナイフを振り翳して見せた、しかし、別段逃げ出そうとするでもなく、おとなしく命令に従い階段を降りて帳場の方へ行ったが、起きているはずの主人は雷のような鼾《いびき》をかいて眠こんでいた。

「小父さん、起きてくれ、小父さん！」と喚んだが、なかなか眼を覚まさない、啞の男は両手で頭を抱え床の上に俯伏しているので、本田はちょっと気をゆるした。帳場に入って主人をゆり起そうと屈むと、

「生意気な真似をしやがる、赤星の野郎！」

という声がした、ハッと思って振り向こうとした途端、後頭をがんと破れるように殴ぐられ、それなり意識を失ってしまった。

啞の権

「気がついたかね、赤星君、酷いめに会ったなあ、僕はよもや君が本田という学生に扮《ば》けているとは思わなかった。怪我をしているのは赤星刑事ですよって云われて驚いて来たんだが、――君は犯人を誘き寄せるには成功した、しかし、惜しいことだった」

赤星は黙っていた。傍にはこれも同じく頭を繃帯でくるくる巻いた主人が横たわっている、言葉

をかけようとしたが舌が重くって物憂い、体を起しかけたら忽ち眩暈《めまい》がして前倒《のめり》そうになった。立松が葡萄酒を飲めと云った。少し飲んだら幾分明瞭《はっきり》した。

「よほど長い間気を失っていたんですか?」

「さア、主人は午前四時頃警察から来たと言って叩き起され、門を開けようとすると、いきなり棍棒で殴られたんだそうだが——君はその前にやられたんじゃないかな」

「それじゃ僕を二人がかりで殺そうとしたんだ。一人は門から入り、一人は屋根伝いに窓から入って——」

立松は驚いて、

「二人だって?」

赤星は溜息を吐いた。

「僕はこの計画に自信をもってはいなかった。だから誰にも話さなかったんだ。しかし、鳩の追跡は鷹ででもない限り到底不可能であるから、犯人を誘き出して捕えるより方法はないと考えた。で、十日ほど前から本田桂一と名乗ってこのアパートを借り受け、密かに次に起る事件を待っていると、果して杉山書記官が襲われた、そこで本田という学生が犯人の顔を見たと新聞に書き立てさせたのです。多分犯人は本田を襲うだろうと思ったから——。何故自分の家を用いず、アパートを舞台に選んだかというのに、アパートには人が多勢いるからこっそり始末をつけにやって来るだろう。それがこちらの望む処で、一人や二人を相手なら警官の手を煩わさなくてもすむ。来るか来ないか分らない犯人を待つのに大騒ぎするのはイヤだ。僕一人でやっつけよう、と高を括ったのが失敗だった。しかし、この次ぎこそはうまくやります」と言って昨夜の出来事を簡単に語った、立松は膝を叩き、

「鼻から耳へかけての切疵、——唖、——海軍ナイフ、——唖の権だよ。やはり彼奴等の仕業だったのか」

「彼奴はほんとの唖かね？」

「偽唖さ。始末にならない野郎なんだ」

ずきずき痛む頭を押えながら赤星はふらふら起ち上り、

「居所が分ってますか？」

「分ってる。が、恐らく彼奴は鳩つかいの手先だろう。あるいは君を殺す仕事だけを請負っているのかも知れない。とにかく彼奴を捕えて泥を吐かせたら何か得るところがあるだろう」

「もう唖の権は易々とは見つかりますまい、鳩つかいは彼奴を隠すに定っているから」と云って今度は主人に向い、

「小父さんはどんな奴に殴られたんだ？」

「アッという間だったから、よく見る暇も何もありやしない、大きな顔で、眼の下に痣があったのだけは覚えている」

「眼の下の痣――杉山氏へ鳩を届けた男も眼の下に痣があった。――とにかく唖の権を捕えることだね、僕は早くこの頭の痛みを癒して、これから大学の研究室に行かなけりゃならない」

「無理をしちゃいかん。医者は絶対安静を申渡して帰ったんだ」

「ですが、今日行く約束なんだから」

「事情を話して代理をやり給え」

「イヤ、行って来る。鳩の研究を頼んであるんだから、代理じゃ駄目ですよ」

ボカ土

農学部研究室を出て来た赤星の顔にはかくしきれぬ喜びの色があり、頭の痛みさえ忘れる位元気

になった。家へ帰ると火鉢の前にどっかと坐り今朝の新聞を広げて見た。鳩に関する記事は何より先に目に入る。

一時重体を伝えられた杉山書記官は幸にも経過良好で数日中に退院するという。氏は再度の危険を怖れて立松捜査課長等の反対にもかかわらず、退院と同時に問題の鳩にダイヤをつけて放すことになった。

他のページには大の男が負けて鳩にお辞儀をしている漫画が出ている。赤星は舌打ちをしながらその新聞を放り出した。そこへ立松が訪ねて来た。

「気分はどうだね」

赤星はちょっと頭を下げて居ずまいを直した。

「癪に触るじゃありませんか、この漫画――」と云って、投げた新聞を拾って漫画のところを示しながら、

「吾々が生命を賭して戦っているのを、世間はちっとも汲んでくれないんだ」

「仕方がないよ。――時に、今、杉山氏を見舞って来た。鳩は何日頃放したらいいか君に訊いておいてくれ、と云っていたよ。君、ダイヤをつけてやっても大丈夫かね。どういう戦術が君にはあるんだか知らないが――」

赤星はにこにこ笑いながら、

「余り失敗ばかりするんで堪らない。しかし、今度はうまくやる積りです。万事最後に話しますが、ダイヤは偽物を造ってあるから、奪われたところで大した損害にはならないんだ」と云ったが、急に話を変え、

「唖の権の居所は分りましたか?」

「居所は分ってる。お茶の水の橋の下だが、昨夜出たぎり帰らないんだ」

「そんな事だろうと思っていた。もう彼奴はそこへは帰らないでしょう」赤星はそれなり口を噤《つぐ》

ぐんで考え込んでいたが、ふと顔を上げると少し改った口調で、

「僕はやっとの事であの鳩がどの辺からやって来たか、略々《ほぼ》見当がついたのでこれから調査に出かけるんだ。それで鳩を放す日は僕に定めさせてくれませんか。当日数名の刑事と共にそこへ先廻りしてはり込んでいようと思うんです」

「どうして鳩舎のある場所が分ったんだ?」

「まだはっきりとは分っていないんだが、松本農学博士に調べて頂いた結果、大凡《おおよそ》の見当はつきました。あの三つの鳥籠は鳩が来た時にはきれいだが、一日、二日と経つと不思議なことに隅の方に真黒い灰のような煤のような軽いものが溜って籠の中は段々薄黒くなる。その黒いごみを掻き集めておき、それから鳩の脚だの指の間だのにこびり付いていた土を落し、一緒に博士の処へ持って行って調べてもらいました。ところがそれは灰でも煤でもなく土だった、黒土、――土地の者はボカ土と云っているが、東京附近のある処一帯はこのボカ土なんだ。風の吹く日はそれが空中に舞い上って、四辺は真暗くなる事さえある。鳩の翼の間にもぐり込んでいたものが自然に落ちたり、羽ばたきする度に落ちたりして、それが籠の中に溜るんだね。それから最初に来た鳩の胃袋から出た軍配虫、それ等から想像して見当がついたが、どこに鳩舎があるかという事はこれから探さなければならないんだ。確定した時杉山氏に鳩を放して頂きましょう」

放し鳩

肩の疵もまだ癒えず、繃帯も脱れないのに杉山は退院し、その日の夕方には鳩を放すことに決定した。それが新聞に出ると問題の悪魔の使者を見ようという人達が早くもホテルの前に集った。見物人に交って共犯者も見に来るに違いない、表面飽くまで鳩を放つことに反対を唱えていた立松は

群衆に姿を見られるのは面白くないので、杉山の室にかくれていて何かと指図をしていた。

オドオドとしている鳩を押え、立松と杉山は二人がかりでダイヤ入りの小袋をしっかりと縛りつけたので、一層驚いて恐がり狭い籠の中でバタバタ暴れていた。

立松は何気なく鳥籠を抱え屋上庭園へ昇りかけたが急に思い出してそれを杉山に渡し、自分は人目につかないところに立って低声《こごえ》で合図をした。

「さア、杉山さん、放して下さい！」

杉山は籠を開けて鳩を摑んでパッと空へ向って放した、鳩は一二度羽ばたきをしたが、空中に大きく円を描いてどこともなく飛び去った。

中洲の森

グランド・ホテルの屋上から鳩を放そうとしているその同じ時刻に赤星と数名の刑事を乗せた二台の自動車は甲州街道を真驀地《まっしぐら》に目的地へと急行した。

「赤星君。君はどうして鳩舎を突とめた？」と一人の刑事が訊いた。

「伝書鳩を飼育している家は沢山ないからな。だが、僕は最初犯人自身が鳩舎を持っているものとばかり思い込んでいて、まさか他人の鳩を盗んで使っていようとは気がつかなかった。——ある金持の若夫婦が道楽に十数羽飼っているが少し飽きたので、地所続きの『中洲の森』という淋しい森の中に鳩舎を移したところが、最近頻りに盗まれる、もう五羽もいなくなった、という噂を聞き込み早速その家を訪問して主人に面会を求め、盗まれた鳩の年齢、特殊の習慣、羽色等について委しく訊いてみるとぴったり符合していたんだ」

「頭のいい鳩つかいだね、それじゃ丸儲けだ」

「盗んだ鳩を使っていられちゃ捜査は一層困難だからね」

「だが、君、杉山氏は夕方鳩を放すんだろう？　もう鳩舎に帰っていやしないかなあ、一分間に七町位飛ぶそうだから――、吾々が先方へ着いた頃には、已《すで》に犯人はダイヤを握って立ち去った後だったなんて事になりやしないかな」

「大丈夫さ。伝書鳩なら鳩舎に帰るだろうが、杉山氏の放すのは土鳩だよ。僕が買った鳩だから帰るとしたら鳥屋の店だ。いつまで待ったって『中洲の森』には帰りっこないから安心さ。今頃犯人はまだかまだかと首を延ばして待ってるだろうよ」

「君、鳩をすりかえておいたのか？」

「そうさ。この捕物は日が暮れてからでないと駄目だし、鳥は夜放すわけにもゆかないからね」

思い思いの服装をした五人の刑事は自動車を途中で乗捨て、赤星を案内役に闇の深い森の中た踏み入った。樹木は星明りを遮って四辺は真暗だ。刑事等は手を差し延べて樹にぶつからないように用心しながら、奥へ奥へと進んで行った。

赤星は突然立ち止り、行手を指し緊張した声で言った。

「灯が見えるぞ！」

朽ち果てて倒れそうな小屋の中で、二人の男か消えかかった焚火にあたっているのが見えた。

「待ってるんだな」

「鳩の帰るのを――」

彼は刑事等を顧みて言った。

「小屋を囲むんだ。僕が合図したら一斉にやっつける、感付かれないように、――静かに歩いてくれ」

風に竹の葉が鳴っている。草叢の中に身を沈め、じりじりと小屋のぐるりに進み寄った。

赤星は突然合図の右手を挙げた。

一同は小屋を目がけてどっと躍り込んだ。不意を食った二人は狼狽し相手を突き退けて逃げようと焦った。焚火の燃えさしがぱっと飛び散り、一羽の鳩が屋根の上に舞い上った。

赤星は怒鳴った。

「貴様、唖の権だな」

権はナイフを振りかぶって向って来たが、忽ち組み敷かれ、両手を縛り上げられた。

一人の刑事が飛んで来て、

「アッ、危ぶない！」赤星の体を押し退けた、途端、ピストルの音がして、弾丸が彼の耳をかすった。

男は狂気のようになり、無茶苦茶に、弾丸のあるったけを続け射ちにぶっ放した。一人の刑事は腕を傷けられ、一人は膝を撃たれた。が、やがて男も血に染って倒れた。

こうなっては権も偽唖をやってはいられない、大声を揚げて罵り喚き立て、怒鳴り散らしながら暴れている。赤星は俯伏せに倒れている男を抱き上げて顔を見たら、眼の下に大きな青い痣があった。

これが犯人？

即ち鳩つかいなのだろうか？

がっちりした四角な肩や太い首筋には見覚えがあった、あの怪しい大型自動車の運転手には違いないが、あの時窓からすうっと出た白い手は無論この男のものではない、すると真犯人はこの二人の他にあるのだ。

「権、この野郎は親方か？」と死体を指して赤星が言った。

「親方なもんか、これや青痣の吉公ッて奴だ。親方は別にあらア」

「親方は何んて奴だ？」

「知らねえよ」

「どこにいるんだ？　白状しろ！」

「俺や知らねえ、名前も知らねえ、顔も知らねえんだが、素晴しい豪い人だって事だけは吉公から聞いている」と云ったが、急に莫迦《ばか》にしたような眼で赤星を見上げ、

「親方を知っているのは吉公たった一人だよ。その大切な奴を殺しちゃったんだから、お気の毒だが、もう分らねえよ。旦那方がいくら足掻《あが》いたって金輪際知れっこありゃしねえ」

と嗤《わら》った。

啞の権と青痣の吉公を刑事等に任かせ、赤星は一人で何処へか行ってしまった。

偽博士

警視庁へ帰ってきた刑事等は事の顚末を立松に報告した。

「いや、御苦労さま。君達も疲れたろうが、僕もこの事件には全く手古摺《てこず》ったよ、というのは、弁護士の佐伯田博士の処へまた鳩が来たんだ」

「えッ！　またですか？」

「僕は佐伯田博士が臭いと睨んでいたんだが、その博士が脅迫されたとなると全くもう分らなくなってしまった」と云い終らないうちに、卓上電話のベルが急遽《けたた》ましく鳴った。出てみると赤星の声で、

「すまんが、刑事を二三人連れて、東京駅の乗車口まで大至急来て下さい、佐伯田博士の処へ鳩が来たそうだから――、早くしないとまた失敗する。――委しい事は後で話す」

「ヨシ、じゃ直ぐ行く」

立松は刑事と共に東京駅に馳け付けた。乗車口の前に赤星は待ちかねたように突立っていて、車

が停らぬうちにひらりと飛び乗り、扉を開けて入りながら運転手に、

「赤坂のフジヤマ・ホテルだ。手前で停めてくれ」と云って、立松の隣りに腰を下した。

「向うへ着かない前にざアッと始めから話しておきましょう。鳩つかいに興味を持っている佐伯田博士はたった一人でこの事件を研究していたんだ。皆も知ってる通り、鳩つかいはダイヤを買い取った人やその真価をよく知っている。こいつあ宝石商と共謀《ぐる》かあるいは関係のある奴の仕業だと睨んだ。殊によると宝石商自身であるかも知れない。杉山氏に鳩が来た前日、彼は東京中の有名な宝石商の店に行き、ショー・ウインドウに飾ってある宝石を見せてもらい、値段を訊いて歩いたが一つも買わなかった。博士は一軒一軒違った品を見せてもらった、まず天華堂では真珠の頸飾、香取の店ではダイヤの指輪、田屋ではルビーの帯留、玉村ではエメラルドのピン、というように、――博士の考えはこうだったんだ。どの宝石商にもこの人は宝石を買ったなと思わせ、自分の処へ鳩が来るのを待っていた。もし鳩がダイヤを要求すれば香取を疑い、ルビーと云えば田屋を、――ところが天華堂の店で尋ねた真珠の頸飾を所望して来たんだ。そこで、これは天華堂自身か、あるいはその店の者か――」と云いかけていると、立松はポンと赤星の膝を叩いて、

「じゃ君が、君が佐伯田博士だったんだね？」

「変装していたんだ。勿論博士の承諾を得てやったんだがね、鼻眼鏡をかけ、頰髯を附けてね――。その偽博士が天華堂に行ったとき、店には杉山氏、主人及び店員四人、保険会社の岩城文子の七人がいた。犯人はこの七人の中にいなければならない。第一に怪しいと思ったのは天華堂主人だ。で、彼を電話口に喚び出し、『いま、「中洲の森」で啞の権と青痣の吉公が大喧嘩をおっ始め権の野郎は逃げたが吉公は大怪我をして死ににかかっている、是非手渡したいものがあるから貴方に来てもらいたいんだが――』と、云うと、主人は怒ったような声で『間違いじゃないか、俺はそんな名を聞いたこともないよ』と言ったので、こんどは他へかけて同じ言葉を繰り返してみた。すると『どうして電話番号を知ったか』と話の返辞より先に詰問だ。しめた！　と思って『吉公が教えた』と出

鱈目を言うと、『馬鹿！　仕様のない奴だなア、明日行くよ。今夜は行かれない、もう電話をかけちゃならない。かけると承知しないよ』と言って、『どこからかけているのか、お前は何者だ？吉公の友達か、名前は何と云うか』などとしつこく質問していたが、好い加減な答えをして電話を切っちゃった」

「それや一体誰なんだ？」

「保険会社の岩城文子」

「えッ！　岩城文子？」

「あの女は職業上宝石商の間に出入し、誰が何を買ったかよく知っている。真価も知っている。この頃は宝石に保険を附ける人が多くなったからね」

「しかし、どうしてあの女が――」

「あんな優しい顔をしているがなかなか凄い女なんだ。この間病院で出遇った時僕に出鱈目の話をして恋敵が杉山氏に鳩を送ったんだろうと云ったり、自分はダイヤが嫌いだと云い、嫌いになった理由まで物語った。僕はこれは臭いナと気がついた。それとなく注意をすると細そりした奇麗な指には微かだが指輪の跡が残っている。ハテナと思い、始めて疑いを懐き彼女を洗ってみる気になった。一時は相当な生活をした宝石狂であった夫に死なれ、段々貧しくなったので、一つ一つ宝石を売って生活していた、指にさす一つの指輪もなくなった時、彼女は嘗て読んだ外国のある小説を思い出し、その本からヒントを得て鳩つかいを考えたんだよ」

「そこまで分っているのに何故早く捕まえなかったんだ？――高飛びしたらどうする？」

「逃げやしない。利口な女だから逃げりゃ自分に疑がかかる位は承知している。――僕の話は半分想像だからね、確証が摑みたかったんだ」

「じゃ、どうして天華堂を疑って電話なんかかけたんだね？」

「彼女と共謀じゃないかと思った」

車はホテルの手前で停った。

「保険会社の女外交員が、こんな立派なホテルに住んでいるのか？」

立松は呆れて眼を瞠った。赤星は笑いながら、

「これは彼女の隠れ家だ。ここでは岩崎文代と称している。このホテルは西洋人が多いから、ダイヤを売るには何かと都合がいいんだろう。岩城文子としての住居は小さなアパートの一室なんだ」

一同はエレベーターで五階に昇った。岩城文子の室の前に立った、赤星は扉を静かにノックした。

室内はひっそりとして、人がいないようだったが、少時すると床を歩く衣擦れの音がして、内から扉を細目に開けて廊下を覗こうとした処を、素早く一人の刑事が肩で押し開けて中に入った。立松と赤星はその後に続いた。文子は真青になって下唇を噛み、恨めしそうに赤星を見ながら、顔にかかる遅れ毛を耳の後へ掻き上げた、その細い指には眩しいようなダイヤの指輪が輝いていた。

「何の証拠もないのに――、私に疑いをかけるなんて余り卑劣じゃありませんか。そんな人達の手にかかって捕縛されるよりはむしろ――」

と言ってじりじりと後退りながら、やにわに左手の指輪をぬいて、ハッシとばかり赤星の顔に投げつけ、飛鳥のように窓際へ馳け寄り、白い手を高く挙げたかと思ったら、身を跳らせて窓から下へ飛び降りてしまった。下の敷石の上にはまるで緋牡丹の花束を投げたように、文子の体が粉砕されていた。

赤星が投げられた指輪を拾ってみたら、それは宝田夫人から奪ったものであった。

梟《ふくろう》の眼

ポケットのダイヤ

陽子は珍らしく早起きして、朝のお化粧もすませ、ヴェランダの籐椅子にながながと両足を延ばし、ココアを飲みながら、頻りに腕時計を眺めていた。

客間の置時計が九時を打つと、それを合図のように玄関のベルが鳴って、貴金属商の杉村が来た、と書生が取りついだ。貴金属商というのは表面で、実は秘密に婦人達の間を廻り歩いている、損料貸しなのである。指輪や時計の交換などもやるので、重宝がられているのだった。彼は如才ない調子で、お世辞を振りまきながら、女中が茶菓を運ぶのに出たり入ったりしている間は、ゆっくりと鞄から一つ一つ指輪を取り出して、テーブルの上に並べていたが、女中の姿が見えなくなると、懐中から別に持っていたのを出して、

「パリーで買ったものだというんですが――、カットも新しいし、これだけの上物は滅多にございません。――いかがでしょう？　二千五百円じゃお安いと思いますが――」

三キャラット以上もありそうな、純白ダイヤ入りの指輪だ。陽子は蠟細工のような細い指にはめてみて、じっと眺めた。欲しいな、と思った、欲しい、欲しい！　しかし、この指輪に換えるだけの宝石を、残念ながら、持ち合せていない。もし是非ともこれを望むとすれば、纏《まとま》ったいくらかの金をたしまえとして渡さなければなるまい。結婚してからまだ半年にしかならない二十一歳の若夫人の身では、それだけの金の工面は少し難しかった。欲しくって、欲しくって堪らないが、これは我慢しなければならないので、その代りに小指にはめるマルキイズを借りることにして、ルビーの指輪に若干の金を添えて話をつけた。

杉村は鞄の中に指輪を納《しま》いながら、

「米国観光団の大舞踏会があるそうでございますね。ご出席なさいますんでしょう？」

「ええ、招待状が来ているから、行く積りよ」

「そのために——、皆さん、大変ご苦労をなさいます。これは内々のお話でございますが、——私共の上等品は大部分当日のために出払ってしまいました」

陽子は杉村が帰った後も、三キャラットのダイヤが眼の前を離れなかった。梅田子爵夫人ともあろうものが、あれ位のダイヤ一つ持っていないとは情けない、何とかして買いたいものだと思いながら、ぼんやり庭を眺めていると、縁側に忙しそうな足音がして、実家の次兄、平松春樹が訪ねて来た。

「あら、お兄さん」

兄の顔を見ると急に甘えるような気持ちなって、何ということなしに涙ぐんだ。ダイヤが欲しいのよ、と、口先にまで出かかったのを、ぐっと押えて、陽子は唇を噛んだ。それは云ってはならぬことであった、こんなにまで欲しがっていると知ったら、この妹思いの春樹が、黙ってみているはずはない。どんな無理をしても、きっと、ダイヤを持って来てくれるに定《きま》っている、その無理が——、彼女には恐しかった。

「お兄さんも舞踏会に行らっしゃるんでしょう？　西洋婦人が沢山来るそうですから、さぞ、奇麗なことでしょうねえ」と云った。

「米国人が半数以上だっていうから、ダイヤが踊ってるようだろうよ。君なんか、宝石をつけて行かない方がいいぜ。ケチな指輪をはめて行っちゃ、反ってみすぼらしいからな」

兄の言葉もまるで耳に入らないように、陽子はじいッと考え込んでいたが、何を思ったのか、急に元気づいて、起《た》ち上り、

「どうせ買えないから、と思って断念《あきら》めたんだけれど、——お兄さん、私、これから三越へ行くわ。あそこは月末払いだから、——その時はその時の事で、どうにかなるわ。ほんとにうまいところに

気がついた。三越へ行って、――ダイヤを見て来る。定めた！」

「馬鹿！　止せッて云ったら――、小《ち》ッぽけなダイヤなんかみっともないぞ！」

「だから、――大きいの、買うわ」と、勢よく化粧室に飛び込み、パッフで顔を叩いて、外套に手を通しながら、浮き浮きとして出て来た。

春樹は苦笑して、煙草に火を点け、

「じゃ、俺も一緒に出かけるとしようかな」

二人は連れ立って出た。

三越の前で陽子は兄に別れ、軽い歩調でエレヴェーターの中に入った。彼女はもうダイヤの事しか何も考えていなかった。

エレヴェーターを出ると傍目《わきめ》もふらず、真直ぐに、貴金属部へ靴先を向けた。ショウ・ウインドウを覗くと、パッと眼に入った大きなダイヤがあった。沢山の指輪に取り巻かれた真中に、それはまるで女王のように輝いていた。杉村の持っていたのなどより、ずッと立派なものであった。早速、馴染みの店員を招《よ》んで、硝子《ガラス》の上をトントン指先で叩きながら、

「ちょいと、この指輪、見せて下さらない？」と云った。

店員は五千八百円という正札を、ぶらりと下げているその指輪を陽子に渡し、なおそのほか気に入りそうなのを五つ六つ並べて見せてくれた、彼女はそれを一つ一つ指にはめては見惚れていたが、やはり最初目についた五千八百円が一番気に入った。欲しいなあ、と思うと我知らず溜息が出る。お金をどうしよう？――仕払いの時、もし、出来なかったら――、と思うと眼の先が真暗になる。だが、――どうにかなるだろう、構わない、買っちまえ！　彼女は顔をほてらせて、凝《じっ》とダイヤを見ているうちに、何だか頭がぼうッとした。ふと我に返るとはッとして、また考えた。そんな無茶なことをしてどうする？　到底それだけお金が出来るはずがないのに、――無謀な考えを起したら、それこそ月末は大変だ、やっぱり――、断念めるより仕方がない。彼女は名残り惜しそうに指輪を

ぬいて、箱に納め、力なく返そうとしたが、傍にいた店員の姿が、どうしたのか見えなかった。四辺《あたり》を見廻すと、自分の側に、やはり同じように、指輪に見入っている婦人があった。ちょっと見た時西洋人かしらと思ったほど、洋装がしっくりとよく似合い、帽子から、靴まで薄墨色であった。背が高くて、スマートな、好ましい姿だ。と陽子はつくづく眺めた。余りじろじろ見たせいか、その婦人はすうッと向《むこう》へ去《い》ってしまった。そこへ店員が戻って来たので、指輪を渡し、

「また出直して来ますわ。気に入ったのが、――あることはあるんだけれど――」と云って悄然と三越を出た。

銀座を歩いているうちに夕方になったので、円タクを拾って家へ帰ったが、外套を脱ぐのも億劫な位、がっかりした。考えれば、考えるほど、気が滅入る。

「ああ、あのダイヤが欲しい！」

溜息と一緒に、ツイ口に出してしまってから、急に恥しくなり、顔を赤らめて起ち上り、ポケットからハンカチを摑み出した、カチリ！　床に落ちたものがある。オヤッと思って、見ると、白っぽい、光った小さなものがころころと転げて、室《へや》の隅の壁際で停り、電燈の灯を受け、ピカッと眼を射た。

ダイヤだ、ダイヤの指輪だ！

三越の店員に慥《たし》かに渡したと思っていた五千八百円の指輪だ。彼女は頭の先から足の先まで、ジーンと電気でも伝ったように感じ、体が硬直《こわば》って身動きも出来ない。

どうして、ポケットの中に、あのダイヤが入っていたのだろう？　欲しい！　と深く思い込んだあの刹那の念力にひかれて、転げ込んだのではあるまいか。まさか――そんなことがあろうとは信じないが、嘗《かつ》てある霊能者の物品引寄せというものを見たことがある。もしああいう事が、実際に出来るものだとしたら――、あるいは――。

陽子は怖くなった。

今にも、三越から何とか云って来やしないだろうか。たとえそれが意識してやった事でないとしても、ポケットに入れるところを誰かに見られはしなかったろうか。訴えられたらどうしよう？一層返しに行こうか。――それも変だ。反って疑われるかも知れない。――では、このまま、黙って、知らぬ顔をしていようか――。

彼女は指輪を半紙に包んで、取り敢えず人目に触れない箪笥《たんす》の抽斗《ひきだし》の奥に入れて、錠を下し、熱した頭を冷す積りでヴェランダに出た。夫に打ち開けて相談してみようか、しかしそれも心配だった。潔癖な彼が、どんな風に誤解しないとも限らない。

それにもう一つ、陽子の胸を刺すような心痛があった。それは他でもない、兄のことである。

春樹は風采も立派、学校の成績も良く、才物であったが、どういうものか、幼少の頃から盗癖があった。が、彼に云わせるとこうだ。世間の人は皆間抜けで、馬鹿揃いだ。すきだらけだから盗まれる。盗んでくれと云わんばかりな顔をしているのに、自分の不注意を棚に上げて、人に盗癖があるなんてチャンチャラおかしい。その気持ちは彼女にもよく分った。

それに春樹は物を盗んで、それをどうしようというのでもない、ただ、他人が後生大切に身につけているものを、こっそりと掏《す》りとる、それが愉快なのだ、その瞬間、実に何とも云えない快感を覚える、それを味いたいばっかりに、罪を重ねているのだが、盗んでしまえばそれぎりで、品物に執着がないのだから、持主の住所を調べては、送り返してやる。まさか、平松子爵の次男がスリだとは何人《なんぴと》も感付かないだろう、知っているのは妹一人位のものだと彼は考えていた。しかし、その愉快な遊戯も、陽子が梅田家へ嫁いだ日を限りに、きっぱりとやめたはずである。が、もしも盗癖というものが血統にあるのだとしたら――、知らぬ間に心のどこかに芽生えていたとしたら――、と、考えると、彼女は身も世もあられぬほど苦しくなった。

薄墨色の女

警察から喚出《よびだ》された夢を見て、陽子は眼を覚ました。ガーゼの寝巻は汗で肌にはりついている。夫は起きて、新聞を読んでいた。何か出ているのではないか知ら、と思って、上目使いに顔色をうかがった。

「何だか、寝言を云ってたよ」

ギョッとして、面を反向け心を落付けてから、何気なく、

「新聞に――、何か面白いことでも、出ておりまして?」と訊いた。

「ウム。『省電の通り魔』ッて題で、スリの一味が就縛された記事があるが、それを捕えた山梨刑事の写真が出ているんだ、この男、この間会社へやって来て、僕と暫時《しばらく》話したからよく知っているんだがね」と云って、新聞記事を読み上げた。刑事を知っているので、特別に興味を感じているらしかったが、陽子は何だか厭な気持ちがした。だが、黙っていても悪いと思って、

「山梨刑事ッて、どんな方?」

とお世辞に訊いてみた。

「まだ若いが、なかなかの敏腕家だよ。庁内きっての美男子で、女のような優しい顔をしている、スリ仲間じゃ、鬼山梨で通っているそうだ」

「そんな奇麗な人を、鬼だなんて可哀想ねえ」

陽子はその話をいい加減に打ち切ってしまいたかったので、枕時計を見て、

「あら! もう、八時過ぎてるわ」と吃驚《びっくり》したように飛び起き、急いで寝室を出た。次の間の大きな姿見鏡に、彼女の顔が真青に映った。頭がずきずき痛む。

夫が外出したら実家へ行って、春樹に相談しよう。こういうことは何人《たれ》よりも、彼が一番よく理解してくれるだろう。助けてもくれるだろうし、きっと好い智恵も貸してくれるに違いない。

彼女は心の苦しみをかくし、つとめて元気らしく装っていた。軈《やが》て夫を玄関に送り出すと、早速実家へ電話を掛けてみたが、兄はまだ起きていなかった。急用が出来たから、後刻行く、と云い残して、電話室を出ようとしたら、扉の前に女中が待っていて、

「奥様に、是非、お目に掛りたいと仰しゃって、ご婦人の方が、おいでになりましたが」

と云った。

陽子は何がなしに、ハッとして、

「何? ご婦人の方だって? お名前は?」

「仰しゃいませんが、お学校のお友達だから、お目にかかれば分りますって――」

「どんな方?」

「モダンな、お背のお高い、大きなお眼のお美しい方でございます。薄墨色のご洋装が、迚《とて》もよくお似合いで――」

聞いているうちに、彼女の膝頭はガタガタと慄え出した。薄墨色の女! 背の高い、眼の大きな、あああの人だろう。三越の貴金属部で、自分と同じように指輪に見入っていたが、あれはお客さんではなかったのか知ら? 洋服部あたりには、よくああしたモダンな人を見受けるから、あの女もやはり店員の一人だったのかも知れない。と思うといよいよ不安になった。三越にしても梅田子爵夫人という身分に対して、滅多な真似は出来ないから、まず最初は穏かに話をつけようと、店員をよこしたのかも分らない。

用件を訊かずに、知らぬ人と会ってはならぬ、という夫の日頃の吩咐《いいつ》けも忘れて、名前さえ云わない、その未知の婦人を応接室に通させた。

「お茶だけでいい。ベルを鳴すまで、――来ちゃいけないよ」と我知らず、きつく云って、陽子は胸をドキドキさせながら、応接室のドアをさっと開けた。果して――。

薄墨色の女は、にこやかに笑いながら一礼して、

「昨日は失礼いたしました。突然で――嘸《さ》ぞ吃驚なすったでしょう？」と馴れ馴れしく云う。陽子は早く用件を云ってもらいたかったので、ただ、「いいえ」と云って、微笑したぎり黙っていた。

婦人は燐寸《マッチ》を磨り、器用な手つきで巻煙草に火を点けた。何を云い出されるかとハラハラしながら、煙の行衛《ゆくえ》を見ているると、薄墨色の女はやがて煙草の喫いかけをぐっと灰の中にさし込んで、

「突然、伺ッた用件、――奥様、――もうお分りでございましょう？」

と意味ありそうな眼をして、にやりと笑った。

陽子は唇を震わし、眼を膝に落して、

「何ですか、私には、――ちッとも――」と微かな声で答えた。

「あら、まだお分りになりませんの？　昨日、お預けしておいたものを――、頂戴に上ったんですのよ」

「？」

「オホホホホ。とぼけていらっしゃるの？　奥様、お人が悪いのねえ。あのダイヤの指輪、――ポケットの中へ入れておいた――」

彼女は一時に呼吸が止ったかと思うほど、驚いた。ダイヤの指輪は、この婦人のものだったのか。

「オホホホホホ。そんなに吃驚しないだッていいわ。貴女は何もご存じない。否《い》え、何の罪もおありにならないんですのよ。あのダイヤは私が盗んで、ちょっと奥様のポケットを拝借したんですわ。私達仲間ではよくやることですが、――素人の方のをお借りしたのは、私、始めてです。どうぞ、返して下さいね」

陽子は呆気に取られていたが、この女は三越の店員でも何でもなく、女掏摸《すり》だったのかと思うと、いくらか安心した。盗んだ人が分れば、もう自分に嫌疑がかかるはずもない。三越から何とか云ッて来たら、この婦人のことを話してやればいいんだ。

彼女は指輪を返して、ホッとした。

薄墨色の女は嬉しそうに、それを掌の上にのせて見惚れていたが、

「奥様、私なんかの手並に驚いていらッしゃるようじゃ駄目ですわ。明晩の舞踏会に無論ご出席なさるんでしょうが、あの観光団の中には世界的なスリの名人がいるんだそうですよ。非常な美人で、誰が見ても高貴な婦人としか思われないんですッて、――何しろ世界中のスリ仲間から、女王のように崇《あが》められているんですから、素晴しいじゃありませんか。私もせめて、一目拝みたいと思ってるんですが――」

とすっかり隔てがとれて、まるで仲間同志に話しかけているような調子だった。

あれほどまでに思い込んでいたダイヤだのに、どうしたものか、今はもうちっとも欲しくなくなった。返してしまってからは、反ってさばさばとして、心が軽くなる位であった。

薄墨色の女が帰ると直ぐに陽子は実家へ行って、春樹に会い、昨夜からの出来事を話し、

「ダイヤを渡してやッたけれど、――大丈夫でしょうか、私、補助罪になりやしないかと思って――」

「現行犯でなければ大丈夫さ。尤も前科があれば別だけれど――、とにかくそれほどの女だ、心配はないよ。――そして、何かい、世界的の奴が観光団に交って来ているんだって？　そいつあ愉快だな、その女を俺に紹介してくれないかなあ」と春樹は眼を輝かせて云うのだった。

世界的の名人

観光団歓迎の大舞踏会は、グランド・ホテルの大ホールで開かれた。

平松春樹は瀟洒《しょうしゃ》たる服装で、美しく着飾った妹の陽子を伴い、会場へ急いだ。入口には主催者側の紳士淑女がずらりと十数名一列に並んで、来客を受けていた。陽子はちょっと気後《きおく》れがしたよう

に躊躇《ためら》っていたが、兄を顧みて口早に云うのだった。

「皆さん、お立派で――、私きまりが悪いから、――はやく、このネックレースをとってしまって頂戴よ」

春樹は苦笑して、

「馬鹿だなあ。だから、止せッて云ったんだ」

と云いながら、ルビーと真珠を鏤《ちりば》めたネックレースの環を外してやった。

陽子は春樹の先に立って、その列の前を通りながら、一人々々挨拶をした。中ほどのところまで来て、何気なく次ぎの女の顔を見た。彼女は驚いて足が竦んでしまった。それは昨日会った薄墨色の女ではないか、しかも、その左の指に煌々と輝いているダイヤ――、それは慥かに見覚えのあるものであった。スリがどうして主催者側の一人として立っているのだろう？　余りの不思議さに暫時棒立ちになっていると、先方から陽子の手を握って嬉しそうに微笑み、「昨日は失礼、――今晩はよくいらっしゃいました」と愛想よく云って、隣の夫人へ、梅田子爵夫人であると紹介した。春樹は妹の後にいたので、名も知らない薄墨色の女に握手もし、自己紹介もした。

列を通り越してホールの中に入ると、陽子は周囲を見廻しながら、兄の耳に口を寄せた。

「大変ですよ。お兄さん。あの薄墨色の女はスリです」

「えッ、だって、主催者のリスイーヴング・ラインに立っていたじゃないか。人違いだろう、うっかりスリだなんて云うと大変だぞ」

「でも――、昨日は失礼と云いましたよ。確かに間違いではありませんわ」

「もしか、それがほんとうだとしたら、――痛快だな。――どんな女だか、僕はもう一度見てくる」

と云って、止めるのもきかないで、また入口の方へ後戻りしてしまった。

陽子は呆れて、兄の後姿を見送っていたが、軈て自分達のグループの方へ行った。

春樹のシイクな風采とスマートな社交振りとは西洋人の気に入り、殊に若い女達の間には大もてだった。忽ち番組のカードは予約で一杯になった。

噎《む》せかえるような強い香水、甘たるい皮膚の香、柔らかそうな首筋、クリーム色のふっくりした胸、それ等は彼に何の刺戟も与えなかったが、ダイヤの魅力には時々自制の念を失うような、恐しい誘惑を感じた、春樹は宝石に眼を反らせて、ホールの中を踊り歩いているうちに、幾度も薄墨色の女と廻り合った。最初は黙礼を、次ぎには微笑を、終いには眼で合図するほど親しくなった。その眼がまたよく物を云う。偶然にパッタリ瞳が合う時など、春樹は身内がすくむような気持がした。日本人だろうか、西洋人だろうか、あるいは雑種児《あいのこ》かも知れないが、いずれにしても不思議な魅力を持つ眼である。

世界的のスリの名人、それがこの中にいるというのだが、皆立派な人ばかりで、怪しげな者は一人もいない、が、春樹はどうかして探し当てようと思いながら、次ぎから次ぎへとかわって行く相手の女に、注意深い眼をそそいでいた。

十二時を打つと同時に、ドラが鳴って、食事を知らせた。デザートのフォークを置くともう音楽が始った。忙しい、と口小言を云いながらも、皆愉快そうに、ナフキンをテーブルの上に投げ捨て、ホールへ馳せ参じた。シャンペンに元気づいて、ふらふらする足を踏みしめながら、春樹は薄墨色の女と踊っていたが、その次ぎの時には、銀髪の肥った貴婦人の手を取っていた、見るからに金持らしいこの人は、年にも似合わぬ派手なネックレースをしていた、大粒のダイヤがぶらりと胸に垂れ下って、これみよがしに光っている。

酒の酔いが手伝って、すっかり大胆になっていた彼は、夢中に踊っているふりをしながら、背中に廻していた片手で、首筋に喰い入るようにめり込んでいる細い鎖を探《さ》ぐって環を外した、と、思ったら、するするとネックレースをポケットの中に辷《す》べり込ませてしまった。銀髪の婦人はいい気持ちに踊っていたので、少しもそれを知らなかった。幾番か過ぎた後、フト胸のダイヤの失くなっているのに気がついて、騒ぎ出した。

急にホール内がざわめいて、困惑したような青い顔の支配人は、銀髪の婦人を別室に伴って行った。

何事だろう？　と次ぎから次へ、訊いたり答えたりして、噂は忽ち拡がった。貴婦人達は各自に云い合せたように、自分の宝石が失われてはいないかと、改めてみた。

「シャンペンに、大分酩酊していらしたから」

と一人が云った。

「どこかに、落したんじゃないでしょうか」

「いいえ。盗まれたんですのよ。あの方、米国の大金持なんですってねえ」

舞踏会はすっかり白けてしまった。

ネックレース

ネックレースの紛失で大騒ぎをやっている頃、平松春樹は地下室のバアで愉快に酒を飲んでいた。彼は何となく嬉しくってたまらなかった。ボーイを摑まえては冗談を云ったり、酒を注いでやったりしていたが、相手がいなくなると急に淋しそうに、ぽつとして、ちびり、ちびりと飲みはじめた。するとに軽い靴の音がして、薄墨色の女がすいと入って来た。

「ラム酒を頂戴！」と云って、どこに腰掛けようかというように、ボックスを眺めていたが、ふと彼の顔を見るとにッと笑って、いそいそと傍へやって来た。春樹は慌てて半席を譲った。

「お一人でこんな処にいらしたの？　いつホールを脱け出しておしまいになったか、私、ちっとも知らなかった。ご一緒に飲むお約束をなすったくせに、おいてきぼりするなんて、酷い方ねえ」

「くたびれちゃったから――、少し休んでまた行く積りだった。酒でも飲んで、元気をつけてね、

——さア、どう？　もう一度僕と踊らない？」

女は吃驚したように、

「まあ、あなた、何もご存じないの？　もう舞踏会はお終いになっちゃったんですよ。悪い奴がいて、銀髪の奥さんのネックレースを掏ッたんだそうですわ。ホールの中は、いま、その事で大騒ぎしているの」

春樹はプッと吹き出して、

「誰がやッたんだろうな。またどこかのポケットにでも入れてありゃしないか知ら？」

「オホホホ、お妹さん、もう話しちゃッたのね、いやだわ」と女は笑いながら、大きな眼で睨んだ。

彼はちょっと真面目になって、

「だが——。あの話は少し変だね。僕は妹から聞いて、直ぐ三越に電話で問い合せてみたが、ダイヤは一つも紛失して居りませんッて云ってたぜ」

「それや不思議はないわよ。三越のダイヤなんかに手をつけやしませんもの。ありゃ私が持っていた偽物ですわ。それを使ったのよ」

「用意周到だなア。しかし、偽物を返してもらったって、儲からないじゃあないか」

「あの場合は目的が別にあったから、儲けなくってもよかったんですわ」

「どんな目的？」

「あなたにお会いしたかったからよ。お妹さんに御紹介して頂こうと思ったの、そのためにあんな苦労して、狂言まで書いたんですわ」

春樹は少し擽《くすぐ》ったかったが、それでも悪い気持はしなかった。

「今夜は君の話につられて来たんだが——、世界的のスリなんて、どれがそうだか分りゃしない。失望しちゃったよ」

「まあ！　妙な事に興味を有《も》ッてるのね。世界的の名人って、大抵知れてるわ。私なんかの眼から見りゃ――」と云いながら、ちょっと起ち上ったが、どうした拍子にか靴を辷べらせて、危ぶなく前へのめりかけた。彼は中腰になって、肩を支えてやった。彼女は起ち直ると顔を赤くしながら、

「これは、――私が頂きましたよ」と云ッて、彼の掌の上に、冷めたい、シャリッとしたものを載せ、「ダイヤのネックレース!」と力をこめて云った。春樹は胸がドキンとした。夢中でそれを睨んだ。薄墨色の女は誇らしげに細い鎖を撮み上げていたが、低い、小さい声でアッと叫んだ。それはネックレースには違いなかったが、ダイヤではない、ルビーと真珠を鏤めたもので、銀髪婦人のと似てもつかぬ安物であった。春樹は顔を赤らめ、それを奪い取って自分のポケットに押し込み、

「生意気な真似をしやがる、だが、これは俺のものじゃないんだ」

「じゃ、誰のものなの?」

「妹のさ。陽子の奴、俺が止せって、あれほど云うのもきかないで、こんな安物を首にぶら下げて来たもんだから、ホールの入口まで来ると恥しくなって、とってしまい、俺に預けたんだ」

彼女は失望のいろを顔に浮かべながら、苦笑いしていた。

「しかし、君もなかなか凄い腕だね」とつくづく感心したように云ったが、急に舌打ちして、

「だが――、忌々《いまいま》しいなあ、俺は今まで人にやられた事は一度もなかったんだのに――」

「それや仕方がないわ。相手が私だもの」

「何だって?」

「世界的のスリの名人を向へ廻しちゃ、いくら平松の若様だッて、敵《かな》いッこありゃしない」

「フム、やっぱり君だったのか。多分、そんな事ちゃないかと思っていた。しかし、観光団で豪いスリがやって来たって事は大分評判らしいぜ。余り警察を甘く見ていると取っ摑るぞ」

「大丈夫だわよ。警察で躍起となって捕えようとしていても、私はこの通り、平然と、大東京の

ぎるんですよ」

真中を大手を振って歩き、ダンスをやって遊んでいるじゃないの。私の好きな蛇のように、捕えようとしても、するすると辷べり出て逃げっちまうんですからね。警察の網の目は私には少々大き過ぎるんですよ」

彼は気を呑まれて、ちょっと返事が出来なかった、女は急に今度は調子を変えて、

「私のような世界中を股《また》にかけた、あばずれ者でも、生れ故郷の恋しさには変りがないんですのよ。だから、こっそりと観光団に交って来たのよ。今度の帰朝は商売ばかりが目的ではなく、よそながら母や妹達を見ようと思ってやって来たんです。――だって、公然と会うことが出来ないんですもの、可哀想じゃない？　父は非常に厳格な人ですから、私の姿を見たら容赦なく捕えて警察へ突出すでしょうよ。親の手を振りきって逃げる勇気はないから、最初から会うことは断念めて、遠くから、みんなの姿だけを眺めて喜んだり、悲しんだりしているんですわ」と云って、少し打ち萎れた。春樹はその話を聞いているうちに、この女が何だか可哀想になった、しかし、また考えると癪に触る、この俺の持物を掏った奴だ、と思うと憎くて堪らない、何人よりも勝れていると信じていただけに、彼は非常な屈辱をさえ感じているのであった。

「君の手腕には全く感心した。世界的の名人と云れるだけある、実際スゴイもんだ。が、俺だって、そんなに馬鹿にしたもんじゃないぞ。俺には親分もなければ、仲間もない。誰に教わったのでもないんだが――」

「それやそうでしょう。私の仲間中で、平松子爵の若様ッて云ったら、知らない者は一人もありませんからね。どの程度の腕だかは知らないけれど、相当なもんだッて事は分ってるわ。でも――、現場を見ないんだからねえ」

「じゃ、見せてやろうか」

「オホホホ。そんなに己惚《うぬぼ》れると失敗するわよ。耻を掻かせるといけないから、今日はおあずけにして、またこの次ぎ見せて頂きましょう」

「そんなことを云うなよ。是非、一つ見てもらいたいんだ」

女の手首を摑んで、起ち上った。

現行犯

「まあ、手近かなところ、どこでもいい」

春樹は気が進まないらしい様子をしている女を、引立てて歩いた。

折柄ホテルの玄関は、舞踏会の客が帰るので大混雑だった。彼は興奮した顔をして、人を推し分けつつ、物色していた。

夜会服を着た一人の貴婦人が、自分の自動車を眼で探しながら、夢中になって延び上っているのを見た。春樹はその背後に近づき、ちょっと突当るや、目にも止まらぬ早さで、ダイヤのピンを抜き取り、しっかと握ったままその手を外套のポケットに突込んだ、それと同時に、彼の利腕《ききうで》はぐいと摑まれた。ハッとして振り返ろうとする耳許に、恐ろしく底力のある太い声で、

「君の名誉を思って――、この場は穏かにしてやるが――」

いやに横柄な物云いだ。しかも声の主は薄墨色の女ではないか。春樹は狼狽した。

「神妙にしろ！」

冷めたいものが彼の背筋を走った。女はぐっと睨んで、鋭く、云い放った。

「現行犯だ！」

「エッ！」

があんと頭をひとつ、玄翁《げんのう》で殴打《なぐ》られたような気がした。彼はよろめきながら、女の顔を正面からじッと見据えた。

薄墨色の女は巧みな変装を解いた。

「あっ。鬼山梨!」

女装の人、それはスリ仲間で一番怖れられている、山梨刑事であった。

青い風呂敷包

ゴリラ

江川初子がカフェー・ドラゴンからアパートへ帰ったのはかれこれ朝の五時頃であった。

彼女はハンド・バッグから室《へや》の合鍵を出し、扉《ドア》を開けると、冷めたい朝風がサッと顔を撫でた、オヤと思って見ると往来に面した窓が開放《あけはな》しになっている。

たしかに閉めて出た積りだったのに——、と思いながら、室内を見廻したが別に変ったこともない。

初子は窓を閉め、ついでにブラインドを降し、これからぐっすりひと寝入りしようと、戸棚に手をかけたがなかなか開かない、何か支《つか》えてでもいるのだろう？　と、ぐッと力を入れて引いた拍子に、どしん！　重そうな音がして、大きな荷物が、赤い夜具と一緒に転がり出た。

彼女はハッと身を退《ひ》いた。見るとそれは唐草模様を染め出した青い大きな風呂敷づつみであった。誰がこんなものを戸棚の中に入れたのだろう？　何が入っているのか知ら？　初子は好奇心の眼を輝やかせて、風呂敷の上からソッと触ってみたが分らない、蒲団にしては少し手ざわりが堅い、破れ目から中を覗いてみようと、右眼を押し当てるや、

「キャッ！」と魂消《たまげ》るような悲鳴を揚げ、廊下へ飛び出して、バタバタと馳け出したかと思うと気を失って倒れた。

そのただならぬ物音に方々のドアが一時に開き、寝巻姿の男女がドヤドヤと出て来て彼女のぐるりを取り巻いた。

管理人が馳け付けた時には初子はもう正気に返っていたが、怖しそうに自分の室の方を指差したまま、唇をワナワナと震わせ、容易に物が言えなかった。

「どうしたんです?」と、管理人は初子へというよりはむしろ周囲の人々に説明を求めるように言った。

そこへ仲好しのダンサーが、芥子粒《けしつぶ》のように小さい丸薬を掌に載せ、片手にコップを持って来て、

「初ちゃん、しっかりおしよ。さア、この六神丸《しんがん》を呑んで、――気を鎮めて、――どんな事があったんだか、みんなに話して頂戴」と言って、コップを唇にあてがってやった。

初子はゴクリと咽喉《のど》を鳴らして、水を飲んだ。

「ちッたア、はっきりした?」

彼女は黙って首肯《うなず》いた。しばらくすると大きな溜息を吐《つ》いて、

「ああ、怖かった!」と吐き出すように呟いた。

「どうしたのさ、何がそんなに怖かったのよ」

初子はダンサーの手に摑まって、ふらふらと起《た》ち上りながら、皺嗄《しわが》れた声で言った。

「あのう、――風呂敷の中に変なものが入っているんですよ。早く、開けて見て下さい」

管理人を先に立てて一同は彼女の部屋へ入った。なるほど青い風呂敷づつみは室の真中に放り出されてある。

「江川さんの荷物じゃないんですか?」

初子は烈しく首を振って、

「私のなもんですか。――私のいない留守の間に、誰かが戸棚の中に納《しま》ったんですよ、早く――、どなたか、ちょいと、中を覗いてごらんなさい」

言わるるままに管理人が真先に破れ目に眼を当てたが、

「アッ!」と仰天し、

「人間が――、人間が入ってる。やッ、これや大変だ!」

その声に若い女連は逃げ出した。怖いもの見度さで居残ったものは交る交る風呂敷の中を覗いて

は顔色を変えた。

「頭はあるが、――顔が見えないな」

「男か、女か、――断髪だ」

「ウム、素敵な美人らしいぞ！」

「開けて見ようじゃないか」

荷物を囲んでガヤガヤ騒いでいるところへ、二十七八の青年が入って来て、一同を制し、

「駄目だ、駄目だ、触っちゃいけない。警官が来るまで、手をつけちゃいけないんだから――」

と云った。見るとそれは止宿人の一人で、私立探偵として評判のいい山本桂一という初子のパトロンであった。彼は旅行先から今帰ったばかり、玄関を上るとこの騒ぎだ。

「誰か早く、――交番へ行って、訴えて来てくれませんか」

パジャマを着た一人の学生は、交番へ宙を飛んだ。

急報に接して、警視庁からは係長が若手の敏腕家杉村刑事を伴《つ》れて馳せ付け、そこにいた山本桂一に事の顚末を聞いてから、杉村を顧みて、

「君、風呂敷を開けてくれ給え」と云った。

青い風呂敷づつみは四隅をまとめ、それを一本の強い麻縄で厳重に括ってあった。杉村は最初ナイフでその縄を断《き》ろうとしたが、何を思ったのかそれを止めて、丹念に結び目を調べながら、十分間もかかって漸《やっ》と解いた。中からは血だらけの男が現われた。手足を縮め、俯伏せに丸くなっている、体をひき起してみると、短刀が、グザと胸に突き刺してあった。折り曲げた左手に桃色のリボンをしっかりと握り、それをまるで抱きしめてでもいるように胸に押し当てている、リボンは一尺余りの繻子《しゅす》地であった。

杉村は頭を、山本は足を、二人で持ち上げ死体を赤い友禅の蒲団の上に横《よこた》えた。それはいかにも醜い顔の二十五六の男であった。

「アッ！　ゴリラ——」

小さい叫び声と共に初子はよろよろと倒れかかり、管理人の腕に獅嚙《しが》みついた。人々の眼は彼女に集った。

「この男、君、知ってるの？」と管理人が訊いた。初子は真青になり、恐しそうに面を反向けながら、震え声で答えた。

「知ってますとも、この男は——、ゴリラのニックネームで通っているツバメ・タクシーの運転手で、吉川さんッて人ですわ」

ツバメ・タクシーの主人は直ちに召喚された、彼は一目見ると確かに吉川であると承認した。

致命傷は無論心臓を刺したこのひと突きであり、死後数時間を経過したものであると警察医は言った。

死体は解剖に付すことになり、初子は容疑者としてその場から本庁へ連行された。その後姿を見送っている山本の顔には不安のいろがあった、彼は、飽くまでも事件を調査し、彼女の嫌疑を晴らさなくてはならない、と、心に誓ったのだった。

女優江川百合子

初子は厳しい訊問を受けたが、吉川運転手殺害については何等の関係もないと云い張った。彼女は興奮して、

「そんなに疑《うたぐ》るんなら山本さんに訊いて下さい。あの方はほんとの私という人間を知っています、私はそんな悪いことの出来るような大胆な女ではありません」と口惜しそうに云った。杉村は少し言葉を和げた。

「どうして、吉川を知っているんだ？」

彼女はちょっと躊躇した後、

「妹がほんのちょぃとの間、あの人と同棲していたことがあるんです。それも無理やりに――、強制的に同棲させられたんですが――」

「ご亭主だッたのか？」

「おお、いやだ、ご亭主じゃありません」

「君の妹は何しているんだ？　やはり、女給さんかね？」

初子は少し得意らしく言った。

「女優ですわ」

「女優？　何んて名だ？」

「江川百合子」

それを聞いてから、杉村は始めて彼女の顔をよく見た。なるほどどこか江川百合子に似ている、妹も美しいが、カフェー・ドラゴンのナンバー・ワンだけあって、姉の初子も非常な美人だ。

「吉川と百合子とはどこで知合ったんだ？」

「私と一緒に横浜で女給をしていた時です。吉川さんは妹を大変贔屓《ひいき》にしてくれました。その頃、あの人はまだ学生さんでしたが、いろんな嘘を吐いてはお父さんからお金をせびり取り、そのお金を湯水のように使って妹の歓心を買っていましたが、遂々《とうとう》それがお父さんに知れ、学資を断れてしまいました。吉川さんはすっかり悲観して、少時《しばらく》姿を見せませんでしたが、軈《やが》て学校も止めてしまい、運転手になったと云って、また来はじめました」

「すると二人は恋仲だったんだな」

「ご冗談でしょう。まさか――、あんな醜男《ひと》、妹が好くわけないじゃありませんか」

「しかし、同棲までしていたんだからね」

「それや拠《よんどころ》ない事情があったから――、ほんの申訳ばかりに、一緒の家で暮らしていたというだけのことですわ」

「どういう事情？」

「百合子は相当容色《きりょう》に自信があったもんですから、女優になりたい、と、口癖のように言っていたんですよ。すると吉川さんがそれを聞いて、いくら美人でも、立派な人の紹介がなくっては女優にはなれない、仮りになれたところで一生下積みで、スターなんかにはなれッこないんだ。そこへゆくと紹介人のいい人はどんどん出世する、幸い自分の伯父さんに映画会社の重役があるから、頼んでやろう、と云うんです。その代り、女優にしてやったら僕と結婚するんだよ、と冗談のように云ったんです。女優になりたい、という事しか考えていない妹は深い考えもなく、うかうかと約束してしまいました。ですが――、私の口から云うと可笑《おか》しいけれど、百合子はほんとに美しい顔をしていますし、姿もいいから、吉川さんに頼まなくったって、充分採用される価値はあると思うんですわ。それだのに、吉川さんッたら、僕が女優にしてやったんだ、と恩に被せて、遂々無理やりに約束を履行させちゃッたんですの。妹はもともとあの人を嫌っていたので、ほんの二三日で逃げ出しちゃッて、隠れていました。

ところが最近いいパトロンが出来たんですの、それをまあどうして嗅ぎつけたか、吉川さんが知って憤慨し、血眼になって探し廻っているんです。それだけならまだいいけれど、そのパトロンの処へ手紙を出して、百合子は吉川という立派な夫があるんだ、などと脅迫めいたことを言ってやったんですッて」

「パトロンは百合子にご亭主のあることを知らなかったのか？」

「無論知りませんでしたわ。一生懸命に隠していたんですもの――、だって、あんないいパトロンを逃がしちゃ詰りませんから、第一家柄は立派だし、金離れはいいし、またとない結構な人なんです。――それや、世間では不良なんて悪口いう人もありますが。――百合子に夢中になっていて、親類中の反対を押しきって、正式に結婚しようとまで話が進んでいるところへ、そんな打《ぶ》ちこわしの手紙なんか出されたんで困っているんですの。——決して立腹しないから真実のところを打ち明けてくれ、と、パトロンは頻りに妹を責めるので、已《や》むなく吉川さんとの関係を白状してしまったそうですわ。

半信半疑のうちはよかったが、事実であると分ってみるとやはり気持ちがよくないのでしょう。さっぱりした人だったのに、急に気難しくなり、大変に疑りっぽくなって、百合子が外出から帰れば吉川に逢いに行ったんだろうと誤解するし、お客が来たと云えば、吉川か、という風に邪推を廻しては怒るんです。それで今、二人の間もごたごたしていますの、吉川さんは吉川さんで、パトロンの出来たのを怒って、昨夜も私のところへ文句をつけに来ました」

と云って、ハッとしたように口を噤ぐんだ。杉村はそれを聞き逃がさず、畳かけるように詰問した。

「君のところへ？　昨夜？　何時頃だ？」

初子はうっかり口を辷べらせて余計な事を饒舌《しゃべ》ってしまったと後悔したが、仕方なく、

「十時頃だったと思います。百合ちゃんとの仲を割いたのは初ちゃんお前だねッて、恨めしそうな顔をするんですのよ。それでなくってさえあの人の顔、気味が悪いのに——、私、ゾッとして、お店の方へ逃げて行きました。そしたら、吉川さんプンプン憤って帰ったそうですのよ」

「それから吉川がまた引返して来たんだろう？」

「否《いい》え、それっきりお店へは来ませんでした」

「じゃ、アパートへやって来たのか？」

「いいえ、そんなことはありません。私は昨夜お店にいて夜を明かし、今朝アパートへ帰って来たんですから——」

杉村は少時考えていたが、

「パトロンの名は？」と訊いた。

「川口譲《ゆずる》さん」

「川口譲？　ウム、あの有名な川口博士の息子か」

「ええ、そうですわ。お父さんは昨年お亡くなりになりましたが、大変なお金持ちで、譲さんはそこの一人息子ですわ。商船学校を今年卒業し、就職口も定《きま》りかけているんですの。柔道四段の強い人のようでもなく可愛いい顔をしていて、とてもモダンですわ。スマートな服装《なり》で、立派な自家用を自分で運転して時々ドラゴンへ来るんです。女給さん達は皆大騒ぎします、百合子を羨しがらない人はありません。その幸福も吉川さんのためにめちゃめちゃにされてしまうのかと思うと、百合子が可哀想でなりません。あんな人に附き纏われちゃあお終いですからね、とても執念深くって――」

そこへ一人の刑事が入って来て、

「江川百合子は昨夕姉のところへ行くと云って出たぎり、まだ帰って来ないそうです。心当りの処をきいて、探してみましたが、どこにもいないんです」と云った。

杉村は川口譲を召喚した、が、彼は意外にも病気で、築地のある病院へ入院しているので出頭出来かねるという答えであった。

病院へ問い合せると、急性盲腸炎で今朝手術したばかりだから面会謝絶だという、彼は病院にいて、しかも絶対安静を必要とする病気であるとすれば、この事件に関係あるものとは考えられない、と杉村は思った。

棄てられた死美人

初子の訊問を終ったところへ、彼はまた一つの訴えを聞いた。

丸ノ内のある大きなビルディングの北側に、乗り棄てられた一台の自動車があった。そこには某銀行の出入口がある。掃除をしていた小使の一人が何気なく車内を覗いて見ると愕《おどろ》いた。シートの上に青い顔をして仰向けに倒れている女がある、細い頸には純白のマフラを巻き着けられ、赤い絹糸のような一筋の血が唇から流れ出して、ゴムマットやシートを赤く染めている、彼は慌てて交番へ馳け込んで訴えた。

取り調べの結果、死んでいるのは近頃売出しの映画女優江川百合子であることが判明した。何者かが死体をここまで運んで来て、自動車ごと棄て去ったものと思われるが、運転手の姿が見えないところから、あるいは彼等の仕業ではないかと疑われた。間もなく自動車番号によって所有者ツバメ・タクシーの主人が召喚された、その車は昨夕交代時間に吉川が運転してガレージを出たものであると彼は云った。

一日に二つの殺人事件が続発したのに捜査課では狼狽し、全機関を総動員して犯人逮捕に努力したが、初子以外には一人の容疑者も挙らなかった。

杉村はいらいらしながら本庁へ帰って来ると、山本桂一が彼を待っていて、

「今、カフェー・ドラゴンの美佐子という女給に会ったら、昨夜十時頃、吉川がドラゴンの前から百合子と一緒に自動車に乗って、どこへか行くのを見たと云うんですが、二人とも死んでしまっているから分らないけれど——、まさか、初子が二人を殺したとは思われません、杉村さんは疑っていられるようですが——」

「犯人が挙らないうちは、僕は誰れにでも疑いの眼を向けているよ」

「美佐子は何か知っているらしいんですが、僕には遠慮して話しません、慭《なまじ》い隠しだてされると

やり難いんですが――、それはきっと初子に取って不利な事なんでしょう、しかし、僕の主義として徹底的に調べたいんです。少しでも不審の点があればたとえ妻であっても容赦しません、が、僕はまだ初子を信じていますから――」

「美佐子の証言から、彼女の犯行だと決定しても?」

「必ず真犯人を挙げて、その証言を覆えして見せます」

杉村は微笑して、

「じゃ美佐子を召喚して、直ぐ調べよう」

「そう仰しゃるだろうと思って伴れて来ました。階下に待たせてありますから、喚んで来ます」

間もなく山本は美佐子を伴れて来た、二十二位の、おとなしそうに見える女だった、彼は彼女を残して室を退いた。

「君は、昨夜ずっと初子と一緒にいたのか?」

と杉村が訊いた。

「ええ、いましたわ、暁方まで――」

「吉川と初子とは、――どんな関係だったんだ?」

「ゴリラとは別に何もなかったんでしょう」

「じゃ、川口とは?」

「川口さんは最初、姉の初子さんに夢中だったんですの。あの方利口者だから好い加減に待遇《あしら》って搾《しぼ》っていたんですが、私立探偵の山本さんッていうパトロンがある事が分ったもんだから、川口さん怒って、欺されたって一時大騒ぎをやってましたが、そのうちにどういう風になったんだか、妹の百合ちゃんと仲好くなったんです。無論初子さんが紹介したんですがね、百合ちゃんは姉さんのように手腕はないけれど、温和《おとな》しいものだから、川口さんすっかり気に入っちゃって、初子さんの事は断念《あきら》めたんですの。ところが、最近、百合ちゃんに吉川さんッて旦那様のあることが川口さんに知れ、またごたごたしているんです」

「川口は百合子を責めるそうだが、紹介者の初子には何にも言わないのかね？」

「言わないどころか、大変ですわ。この間もお店へ来て酔っぱらい、初子をのしちまうんだって暴れたんですよ。彼女《あれ》は毒婦だ、悪党だって――」

「初子はどうしていた？」

「かくれていましたわ。初子さん、なかなか腕が凄いんですからね、また直きにうまく丸めッちまうでしょう」

「吉川も怒っているって云うじゃないか？」

「ええ、迚《とて》も怒っていますわ。昨夜も大喧嘩をして――」

「何？　大喧嘩をした？　どこで？」

「お店でですわ」

「君はその場に居たのか？」と杉村は乗り出して、

「始めッから委しく話せ、どうして喧嘩になったのか、よく考えて、間違いのないように言うんだぞ」

美佐子は俯向いて、少時考えていたが、やがて徐《おもむ》ろに口をきった。

カフェー・ドラゴン

初子のはしゃいだ声がボックスを賑わしていた。美佐子はラウンド達を連れて彼女のお客へ挨拶へ出た。

そこへ夢丸というラウンドの一人が長い袖をひらひらさせながらやって来て、初子の耳に唇を寄せ、何か囁いた。彼女は忽ち眉をよせ、舌打ちしながら、烈しく首を振った。夢丸は心得て引き退った、が、間もなくまたやって来て、

「駄目よ、おねえさん、どうしても帰んないわ。――だから、ちょいと来て頂戴な」と歎願した。

初子はカッとして、

「放《う》っちゃっておきよ。ゴリラなんか――、構わないでおけば帰っちまうさ」と甲高い声で云い放った。

「酷いことを云うなよ。僕は遠慮するとしよう」客は不快な顔をして起ち上ると、皆が止めるのもきかないで、さっさと表口の方へ行った。初子は大分酔っていたので、足許も危ぶなかしく後を追い馳けたが、ふと、入口のところに佇んでいる吉川を見ると、

「何だって、商売の邪魔をするのさ、あんたなんかに用はないよ」といきなり突掛《つっかか》った。

「そっちになくったって、こっちにゃあるんだ」

「執拗《しつこ》い男だわね、用があるなら台所口へ廻って頂戴、表に立っていられちゃ縁起が悪るくって仕様がない！」

美佐子は見兼ねて、吉川を二階の衣裳部屋へ案内して、

「初子さんを連れて来て上げるから、ここで待っていらっしゃい」と言って、マッチと灰皿を彼の前に置いてから、初子のところに戻り、「早く会って、帰してしまった方がいいわよ。余り怒らせると反って損だから」と注意して、無理やりに彼女を衣裳部屋へ送り込んだ。

「一体どんな用があって、こんな忙しい時間にやって来るのさ」

吉川は黙って青い顔をしていたが、恐い眼をして初子をぐッと睨みつけ、

「百合子をどこへかくした？」

「知らないわよ、そんなこと――」

「白状しろ、百合子はどこにいるんだ？」

「知らないもの、白状もくそもあるもんか」

「なにッ」

「嚇《おど》したって驚きやしないよ。吉川さんが余りうるさく附き纏うから、百合子は厭がって、逃げッちまったんでしょ」

「そうじゃない。君がかくしたんだ、君が――」

と込み上げる口惜しさをジッと耐えながら、眼を血走らせて、彼は唇を嚙んだ。

「僕達の間を割いたのは君なんだから」と言って、

「割いたんじゃなくって、あんたが嫌われたんだよ。会うのが厭だから隠れてんのさ。それが分らないのか知ら、自惚《うぬぼ》れッて恐しいもんだなあ」

吉川は突然《いきなり》起ち上って、灰皿を叩きつけた。

「オヤ、危ぶない！――私を女だと思ってなめるのかい？　さア帰っておくれ、それだから女に嫌われるんだよ。おまけに――オホホホ」

初子は殊更に彼の顔をしげしげと見上げて吹き出した。吉川は歯ぎしりしながら怒鳴った。

「どうするか、覚えていろ！」

「忘れるわよ」

彼女は吸いかけのバットをポンと彼の顔に投げつけ、起ち上って階段を降りようとすると、吉川は追い縋って襟首を摑んだ。

「うるさいね、どこまでいやがられるように出来ているんだろう、帰ってくれッて言ったら、――さっさと帰れ、お前さんなんかの来るところじゃないんだよ、このゴリラ」

「こん畜生！」

吉川は初子の頰を打擲《なぐ》った、力をこめて、立てつづけにぶん打擲った。彼女は彼の胴中に武者振りついて、大袈裟な悲鳴を揚げ、

「人殺し！　人殺し！」と叫喚《わめ》いた。

美佐子は夢中になって、

「大変だ――、誰か来て――」と叫んだ。バタバタと裏梯子を馳け昇る跫音がしたので、吉川は彼女を突き退け、階段を飛ぶように馳け降りて、表へ逃げ出した。初子は気狂いのようになって口惜しがり、

「美佐ちゃん、早く――、ゴリラを摑まえておくれよ」と騒ぐので、美佐子は吉川の後を追った。

往来へ出ると吉川はぱったりと百合子に遇った。

「き、きみ――」と言って、彼は夢中で走り寄った、偶然のこの出会いを、百合子は喜んだのか愕いたのか、立ち竦んだまま、少時は身動きもしなかったが、やがて、咽喉から絞り出すような声で、

「しばらくでしたわねえ」とにっこり笑った。その一言で彼は有頂天になった。

「どこへ行くの？」と急《せ》き込んで訊いた、百合子はもじもじしながら、

「姉さんのところへ、――ちょいと、あの急用が出来て――」と言いながら、救いを求めるように美佐子へ、合図の眼を向けた。飛んだところで摑まってしまった、と美佐子は心配して、初子を呼びに行こうと思ったが、この場を離れたら百合子が嘸《さ》ぞ困るだろうと思い、思案にあまって茫然《ぼんやり》していると、吉川が、

「美佐ちゃん、邪魔すると承知しないぞ」恐い眼でじろりと睨んだ、美佐子は縮み上った。

「百合ちゃん、君に話したいことがあるんだ。ちょっと、一緒にそこまでつきあってくれ」

「じゃ、ちょいと、姉さんのところへ行って来て、それからでいいでしょう？」

「いけない、いけない。こっちは急ぐんだから」

躊躇している彼女を引き摺るようにして連れて行った。美佐子はそれを見ていながら、引きとめることが出来なかった。

「刑事さん、私の知っているのはそれだけです」

「それぎり百合子は姉さんのところへ来なかったか？」

「来ませんでした。初子さんは大変待っていましたけれど——。私は叱られるのが恐かったので、百合ちゃんが吉川さんに連れて行かれたことは黙っていましたの」

死の直前に喧嘩したという不利な事実は彼女の身上を一層悪くした。厳重追及したところ、最初は飽くまで知らぬと頑張っていたが遂いにかくし切れず、吉川と争うたこと及び桃色のリボンは彼女のものであること等を白状した。組みついた時、髪に結んでいたリボンが吉川のカフス・ボタンに引掛ってとれたのだと云った。しかし、何故彼はそれを最後の瞬間まで手離さず、握りしめていたのだろう？　そこに何か意味がありそうに思われる。あるいは彼と初子との間にも秘密があったのではあるまいか、そのため一層彼女が二人の仲を厳しく云って引割《ひきさ》こうとしたのかも知れない。

杉村の初子に対する疑問はいよいよ深くなった。

百合子を殺したのは誰だろう？　それもあるいは——、と考えた時、ふと彼の頭にあることが閃めいた。杉村は急に起ち上ると帽子を取って、そそくさと出て行った。

水兵結び

二時間後、杉村は元気よく戻って来た。

係長は彼の顔を見ると、待ち兼ねたように訊くのだった。

「どうだね？　君、何か手がかりがあったかい？」

「やっと謎が解けました」と彼は莞爾《にっこり》した。

係長は眼を瞠《みは》って、

「何にッ？　謎が解けた？　犯人が分ったと云うのか？」

「分りました。百合子を殺したのは吉川です」

「吉川を殺したのは？」

「彼自身、即ち彼は他殺でなく、自殺です」

「死体を包んだのだけが、初子の仕業か？」

「否え、それも彼自身のやったことでした」

「しかし、自分を包んで、外から縛るという事が出来るかな？」

「出来ます。あれは水兵結びですから、少しその道に心得のあるものなら誰にだって出来る。たった今、彼が水兵だったことが分ったので、この謎がすっかり解けたわけなんです。僕の想像を話しますから聞いて下さい。吉川はドラゴンを出ると、偶然百合子に遇い、彼女を無理やりに自動車に連れ込み、頻りに復縁を迫ったが拒絶された。いろいろ言葉を尽して頼んでみたがやはり駄目、手厳しく刎付《はねつ》けられたのにカッとなり、嫉妬と怨恨とに燃えていた全身の血は、一時に頭に昇ったと思うと、夢中で彼女に飛びかかり、力をこめて細い首を絞めつけました。ハッと我に返った時には百合子はもうぐったりとなって、彼の腕の中に倒れていたんです。その死顔をぼんやり見守りながら、今こそ、彼女は完全に自分のものだ、と思うと、何とも知れぬ嬉しさに胸が一杯になるのでした。吉川はその場で直ぐ後を追う積りだった、が、こういう結果になるのもみんな初子が悪いからだ。憎いのは彼女だ。復讐してやる、それから死ぬことだ、と思った。自惚れというものは恐しい、あれほど嫌われていたのが分らなかったのだからな。彼のためには幸であるかも知れないが、――そこで彼は考えぬいた末、彼女の部屋で自殺して、それを他殺らしく装い、嫌疑をかけてやろうと思いつき、そのために桃色のリボンまで握って死んだんです」

と言って、杉村はリボンと麻縄と風呂敷とを持って来て、

「水兵結びをやってみますから、見ていて下さい」

と、青い風呂敷を拡げ、その真中に坐って、麻縄の一端にリボンを結びつけ、風呂敷の四隅を集めて縄で括り、リボンを握ってすっぽりと中に入り、中からぐいぐいと手繰った、彼がリボンを引張る度に麻縄は段々と締ってゆき、最後にウンと一つ力を入れたので、縄は驚くほど強く締った。同時にリボンはするりとぬけて、彼の掌の中に握られた。

「入ることは入ったが、出ることが出来ない。麻縄を断って下さい」

係長はナイフで縄を断った。杉村は乱れた髪を撫で上げながら、

「吉川は風呂敷の中で、心臓を突き、自殺したのです」

「しかし、姉への復讐ならむしろ妹と情死したように見せた方がいいんじゃないか。それに――、好きな女を自動車の中に棄てて、一人で初子の部屋へ行ったのも少し変じゃないか」

「ガソリンがなくなったから、已むなくあそこへ置去りにしたんでしょう」と言った時、後のドアが開いて、一人の刑事が係長へ解剖の報告をした。

「吉川と百合子の胃中には同じものが残っていましたが、消化の点から見て、吉川が先に死んだものと分りました」

その一言で杉村の想像は根本から覆えされてしまった。刑事はまた語をつぎ、

「それからもう一つ重大な発見がありました。それは吉川の口中から出た小さい肉塊です。その肉塊には皮がついていました。しかも、指紋のある――、手の指先らしいということです」と言った。

小指の先

そこへ杉村の部下が慌ただしく入って来た。彼は川口の麻酔の醒めるのを待ち、訊問する積りで、

部下を築地の病院へ詰めきらせておいたのだった。

「杉村さん、川口氏はまだ麻酔がさめないんです。昏々と眠りつづけていて――、頗る憂慮すべき容態だそうです。医員達は非常に心配しています、家族の者も皆馳けつけて、病室に詰めきっているんです」

杉村は驚いて椅子を離れ、係長に会釈して、

「では、ちょっと、行って来ます」と云って、室を出ようとすると、出合頭《であいがしら》に山本桂一が顔を出して、

「川口氏は只今息を引取りました。杉村さん、これでこの事件もやっと片附きましたね」と晴々した顔で二人の方を見て、

「謎の鍵を摑んでいたのは、川口氏でしたから――」

係長と杉村は顔を見合せたまま、黙っていた。山本は言葉を続けて、

「杉村さん、川口さんは今朝未明に入院したのだそうですよ」

「えッ、何だって?」

杉村は吃驚して訊き返した。病院に問い合せた時、確かに入院している、今、手術を終ったばかりだから、面会謝絶であると答えたので、それなり電話を断り、何日に入院したかという事はたしかめなかった、何という失策だったのだろう。

「川口氏はこの春も盲腸炎で入院したことがあるそうです。その時、再発したら直ぐ手術してくれと院長に頼んであったのです。だから突然飛び込んで来ても、別に怪しみもせず、早速手術室に伴れて行ったのでしょう。生憎院長はまだ来ていなかったので、外科の若い医者が代理に手術を行ったのだそうです」

「院長と故川口博士とは非常に親しかったそうだからね、その息子だ、それ位の我儘は許していたかも知れないな」と杉村が言った。

「我儘を通させるような親しい交際をしていたことが、結局一人息子の川口譲を殺してしまったんですよ」

「君の云うことはよく分らんな、もっと明瞭《はっきり》と言い給え」と係長が焦れッたそうに云った。

「一口に云えば、川口氏は盲腸炎だと偽って、嘘の容態を云い、医者を欺いて手術をさせたんです。彼は病院へ馳けつける前に、已《すで》に多量のカルモチンを嚥《の》んでいた。それを知らずに、医者は手術のための麻酔剤をかけた、それだけだって危険だのに、腹まで割いたんだから堪りませんよ。つまり、川口氏は病院を死場所に選んで、自殺したんです」

「何故自殺したんだ？」

「その理由は川口氏が院長へ残した遺書によって明白となりました。彼は死場所に病院を使うことを非常にすまないと思った。幼い頃から可愛がってくれた院長や、その人の病院を傷つけることは実に忍びなかったが、彼としては他に方法がなかったのでしょう、それで自分の秘密を院長へだけ打ち明けて謝罪したのです。院長は川口氏の希望通り、遺書を焼き捨てたいのだが、世間へ知れないように、警察の方々だけで秘密に葬って下さるならばお見せしたいと云っています。私は読みましたから、ざっとお話し致しましょう」

と、彼は手帳に控えておいた文字を見ながら言葉を続けるのだった。

「川口は百合子と吉川とが過去に関係があったことを知ってから、日夜煩悶しつづけていたのです。昨日も余り憂鬱なのでドラゴンへでも遊びに行こうと思い、その近くまで来ると、向うから睦しそうに百合子と吉川がやって来るんです」

「そこまでは美佐子という女給が申立てている」と杉村が言った。

「両人は間が悪るかったと見え、頻りに一緒にドライヴしようと誘ったが、気が進まないので、僕が奢ってやるから何か食べようじゃないか、とレストランへ入り、食事をし、ビールを飲んだ。心中面白くない二人の男はやたらに飲んだのでかなり酔払っていた。そこを出ると百合子がまたすすめるので、遂々三人一緒に自動車に乗ったが、運転台にいる吉川が自棄《やけ》にハンドルをきり、無茶苦茶にスピードを出すので、車体は烈しく動揺し、危険だったので、乱暴な真似は止せ、そんな運転のしかたがあるか。と川口が罵ったのが機会《きっかけ》となり、二人は口論を始め、遂いに恐しい格闘になりました。吉川は短刀をぬいて向って来たが、力の強い柔道四段の彼には迚も敵いません。忽ち短刀はもぎ取られ、それで心臓を突き刺されたのです。吉川は苦しまぎれに川口に嚙みつき、小指の先を喰いちぎった、それは解剖した時、吉川の口中から出ました」

「確かに、それは川口の指先かね？」

「左の小指の腹です。川口は急性盲腸炎の苦しさに堪えかねて、指まで嚙み切ったと医者は言っていましたが――」と言って、話をもとへ戻し、

「余りにも恐しいその場の光景に、百合子は気を失ってしまいました。二三十分後、ぽっかりと眼を開いたが、その時はもう吉川は死んでいた。それを見ると彼女は急に可哀想になり、死体に取り縋って泣き出しました。それを凝《じっ》と川口は見ていた。やはり彼女は吉川を愛していたんだ、自分は欺された、と思うと口惜しさが一時に込み上げてきて、目の先が真暗になり、前後の考えもなく夢中で飛びかかって、百合子の首を締めつけました。ぐったりとなった彼女を、彼の腕の中に見たが、少しも可哀想だとは思わなかった、自分の心を裏切った女！　彼は憤りの眼で美しい死顔を眺めた、百合子も憎いが、重ね重ね自分を欺いた初子は一層憎かった。川口はハンドルを握って、二つの死体を乗せた自動車を運転しながら、夜の街を当なく彷徨《さまよ》いました。恰度その時、どこかの時計が午前二時を打ちました」

「すると、三人がドラゴンの前で一緒になってから三時間ほど経ちますね」と杉村が言った。

「正確に云えば三時間と何十分だ」

「そうです」と山本は首肯いて、

「それから川口は、死体の始末をどうしたものだろうと考えました。そのうちにふと頭に浮んだ

のは、吉川を初子の部屋に持ち込んで、彼女が殺したように見せかけることでした。一時にせよ、嫌疑がかかるのは痛快だ、彼女への復讐にはまたとない、いい思いつきだ、面白い、嘸ぞ迷惑するだろうと思うと迚も愉快でした。そこで自動車をアパートへ乗りつけ、力の強い彼は吉川を引担いで、彼女が閉め忘れて出た窓から入りました。彼はまた考えた、自分への疑いを避けるためには他殺より自殺の方がいいと思い、風呂敷に包んで吉川も知っているはずですから水兵結びにしました。桃色のリボンは水兵結びに用いたように故意《わざ》と握らせておいたんです。

さて、今度は百合子の死体です、どこへ送りつけようかと運転しているうちに、ガソリンがなくなり、已むなく丸ノ内で自動車ごと棄てたのでした。

彼も人間二人を殺害したのですから、生きている気持ちはありませんでした。しかし、なまなか自殺をして家名を汚すような事があっては申訳ない、彼は考えぬいた揚句、一つの名案を、——少なくとも彼自身はそれを名案だと思ったのですが、——思いつきました。それは偽盲腸炎になって手術をして命をとってもらうことでした。そこで予め多量のカルモチンを嚥んで入院しました。よもやカルモチンを嚥んで来たとは思いませんから、医者はそのうえに麻酔剤をかけて手術にかかった。川口のこの考えは美事に成功しました。彼は眠り続けたまま息を引き取ったのです。これだけ考えてやったのに、ただ一つ大切なことを忘れていました。それは死者の口中に残した小指の先でした」

美人鷹匠《たかじょう》

九年前の出来事

小夜子は夫松波博士の出勤を見送って茶の間に戻ると、一通の封書を受取った。裏にはただ牛込区富久町とだけ書いてある。職業柄、こうした差出人の手紙は決して珍らしいことではないが、これは優しい女文字でしかも名前がない、彼女は好奇心にひかされて主人宛の親展書であるにかかわらず、開封した。

「旦那様！」という書き出しにまず眉を曇らせ、キッとなって読み始めた。

「あなた様は突然こういうことをお聞きになってもお信じになれないかも知れませんが、どうぞ、私の申上げるこの偽りのない物語を最後までお読み下すって、切なる私のお願いをおきき下さいませ。

今から九年前、お小間使として上っていた花と申す少女のあったことはいまでもお胸の底にハッキリとご記憶遊ばしていらっしゃるだろうと存じます。その花は旦那様のお気に召したばかりに、奥様の御機嫌を損じ、遂々《とうとう》お暇を出されてしまいました。

半年後、お家附きの奥様は玉のような若様をご安産遊ばしました。一日違いで、花もまた男児を産みました。同じ父君を持ちながら、一方は少壮弁護士として羽振りのよい松波男爵の御嫡男達也様、やがて立派なお家を御相続遊ばされる輝かしいお身柄。一方は生れながら暗い運命を背負って、荆棘《いばら》の道を辿らねばならぬ貧しい私生児。

花の児には父君にあやかるようにと、旦那様の御姓を無断で一字頂いて、松吉という名をつけました。せめて一と目でも見てやって頂き度いと、再三お願いしましたが、旦那様は無情にもそんな覚えはない、と、一言のもとに吻《は》ねつけておしまいになり、可愛いい松吉の顔を見て下さらないばかりか、最後には脅迫だとて、花の父を警官の手にお渡しになりました。

その冷めたいお仕打ちを花は心から恨みました。無念の歯を喰いしばりながら、散々考えた揚句、ある復讐を思いつき、ささやきますと、お人好しの父は震え上り、その無謀に驚いてなかなか取り合ってくれませんでしたが、旦那様が余りにも冷酷な態度をお示しになるものですから、父も遂いに意を決し、同意してくれました。

そして、それを実行しました、というのはこうなのでございます。

ある夕方、父と花とは案内知ったお邸内に忍び込み、様子を覗いていました。それは恰度お宮参りの日で、お屋敷はお祝いのお客様で大混雑、応接室の方からは晴れやかな笑声が絶えず聞えて居りました。やがてお客様達がお食堂の方へお入りになると、乳母《ばあ》やさんは達也様を抱いて、静かなお離室《はなれ》へやって来て、一息吐《つ》いていました。少時《しばらく》すると乳母やさんは達也様を小さい寝台の上にねかしつけ、ツト、起《た》って廊下へ出ました、たぶんご不浄へでも行ったのでしょう。

その隙に、素早く、花は抱いていた松吉と達也様をすりかえてしまったのでございます。幸か不幸かその当時の二人は瓜二つでした。

そこへ戻ってきた乳母やさんは愕《おどろ》いて身動きも出来ず、棒立ちになってしまいました。父はいきなり短刀を突きつけ『声を出すと命はないぞ!』と脅しました。しかし、乳母やさんは存外落ち付いたしっかり者でした。もうこうなっては仕方がありません、泣いても、騒いでも、若様のお姿はそこにはない、おくるみに包まれて眠っているのは汚ない産衣《うぶぎ》を着た松吉で、達也様は花の手にしっかりと抱かれ、泣きもせず、もう先へ逃げてしまっていたのですから――。

声を出して殺されるか、主人に不注意を叱られるか、どちらかです、ところが乳母やさんは何も云わず、松吉の衣類を脱がせて父へ渡し、お戸棚から新らしい白絹の産衣を出して着せたのです。そしてまんまと松吉は達也様になりすましたわけなのでございます。

その日から幸福な松吉は男爵家の若君様として、大切に育てられました。

達也様の方は松吉となって、トンネル長屋の隅で大きくなりました。(これから若様の事を松吉と申します）花は人のすすめる結婚話などには耳を貸さず、只管《ひたすら》松吉の成長を楽しみに、父と二人で働きました、ところが、昨年の冬、ふとした感冒がもとで松吉は肺炎になりました。

実子ではないが、大変可愛がって居りましたので、どうかしてなおしたいと思い、身分不相応なえらいお医者様にも診て頂いたり、高価なお薬を買って飲ませたりしました、貧乏な者達にとって、それは一方ならぬ苦しみでございました。

お金さえあったら！　松吉の命は助かるのに――、と思うと堪らなくなって、悪い事と知りながら花は人様のものを盗みました。忽ちそれが露見して、捕えられ、刑務所へ送られてしまいました。悲しいことにはその留守の間に、可愛いい松吉は死んだのでございます。花が罪を犯してまで助けたいと希った命は、奪われてしまいました。

ああ思っても気が狂いそうです、死のう！　そうだ、自分も後を追って死のう、と、さえ思いつめました。愛児を失った悲しみ！　それは経験のある方でなくては到底お解りになるものではございますまい。

その時、ふと頭に浮んだのは達也様のことでした。死んだのは自分の児ではない、ほんとの児は生きている、この世にまだ生きているんだ、現に、男爵令息として学習院に通っているではないか、と、思うともう一刻も我慢が出来なくなり、その時からお屋敷の附近を彷徨《うろつ》き始めました。何日目かでやっと若様にお目にかかれました、それはランドセルを背負った学校帰りの可愛いいお姿でした、飛び付きたいような心をジッとおさえ、甦ったような喜びに胸を跳らせながら花はお顔を見詰めて居りました。が、もう只今の花は、遠くからお姿を見て満足しているだけでは我慢が出来なくなりました、自分の児を他人様の児として眺めている気にはなれなくなりました。若様、いや、達也様は花の児でございます、花の児です。花は自分の児をぎゅッと抱きしめたくなりました、抱きしめて、抱きしめて、離したくない、もう誰にもやるのはいやです。

どうぞ、旦那様、花の児をお返し下さいませ、私の申すことが嘘だと思召《おぼしめ》すなら、証拠をあげてみましょう。

達也様には腋《わき》の下に小指の先で突いたほどの赤痣《あざ》がある、花と同じように下唇に黒子《ほくろ》もあるはずです、しかし、それ等は外から見てわかる事で、云いがかりだと仰しゃられてはそれまでですが、体質の遺伝については争うことが出来ないだろうと存じます。旦那様も奥様もご立派な御体格で、失礼ながらお色はお白い方ではいらっしゃいません。それですのに、達也様は腺病質で皮膚が青白く滑《すべ》っこい、それにもう一つ、これだけは永久に秘密を守ろうと決心していたのですが、こういう場合ですからお打ち開けいたしましょう。

不幸な者はどこまで不幸なのか、花の血統には、ああ思っても恐しい、汚れた血が流れているのでございます。母方の祖母は発病と同時に家を追われ、旅に出たまま行衛不明になってしまいました。そして母もまた花が三つの時、花を父に頼んで永久に姿をかくし、生死さえも分らないのでございます。結核質に加えて――。

このいまわしい血を受け継いだ達也様が、由緒正しい、立派なお家柄を御相続遊ばすお身の上だとお知りになったら、よもや、返すのをいやだと仰せられますまい。

花の手に育った松吉はそれに引換えて色黒で頑丈なしっかりした児でした。しかし、花は弱くっても、悪質の遺伝を持っていても、やっぱり自分の児が欲しゅうございます。当時の証人としては、嘗《かつ》ての乳母やさんがいつでも出現して下さるそうでございます。どうぞ、旦那様、花の児を返して下さいませ――」

小夜子はもうそれ以上読み続ける勇気がなかった、思いがけないこの手紙は、彼女の心を真暗にしてしまった。

花という小間使のいたことは記憶している、緋桃の花のような可憐な美少女だった、その少女がいるために御用聴きの若者達が台所口を離れなくて困る、と、醜い顔の他の女中が度々訴えたことも覚えている。十七にしては少しませていたが、気の利いた賢い娘だったので彼女も愛していたが、夫にも大変気に入っていた。小夜子は悪阻《つわり》のあとの衰弱がひどかったので、暫時《しばらく》箱根の別荘に静養していたその留守の間に、花は暇をとって帰ってしまった、どういう理由で帰ったのか、別に詮議立てもしなかったので、それについては何も知らなかった。

小夜子は今の今まで、あの謹厳な夫がこんな醜い半面を持っていようとは夢にも思わなかった。刑務所から来たものだから囚人の手紙に違いない。事によると、これは夫の弁護に不満を懐いた女の捏造《ねつぞう》で、家庭の平和を破壊してやろうという蛇のような復讐かも知れない、うっかり乗ってはそれこそ物笑いだと、心で打ち消すあとから、あるいは――とまた疑う心が頭を持ち上げて来る。

半信半疑だが、全然無根だとも思えない、それが小夜子の心を憂鬱にさせる。なるほど達也は腺病質で弱い、夫婦とも壮健なのに不思議だ、と、主治医も常に首を傾げている、するとやっぱり――、彼女の胸には疑念が湧いた、が、それにもかかわらず、その手紙を夫へ見せようとも、また訊きただしてみようとも思わなかった。

というのは、松波博士と夫人とは非常に仲の好い夫婦だったので、小夜子はひそかに自分一人で何とか始末をつけ、夫の耳には入れまいと考えたのだった、殊に今、ある有名な事件の弁護を依頼され、日夜そのことに没頭している際でもあったので、こんな煩わしい、偽《いつわり》か真実かさえも分らぬような話で、夫の頭を掻き乱すに忍びなかった、たとえそれが事実であったとしても、全く一時の過失に違いない、それなればこそ、花の申出にも拒絶しているではないか、一時の過失位は笑って許すのがほんとに夫を愛する妻と云えよう。

「どうせ、過失のない人間なんてありやしないんだから――」と、小夜子は自分に云って聞かせるように言って、手紙を箪笥の中へ納《しま》い、ピンと錠をかけてしまった。

菅編笠の女

一週間後に、小夜子はまた同じ手紙を貰った、今度は刑務所からではなかった。

返事をくれないのなら若様を誘拐《さら》ってやるの、よい家庭の裏面として松波男爵家の秘密を世間に曝露してやるの、と、脅迫めいた言葉が連ねてあった。

小夜子は直接花に会って話したいと思い、居所を探したがまるで分らなかった。立派な人格者と評判されている夫が、小間使に子供を産ませたなどと、そんな不行跡を明るみに晒《さ》らされてはたまったもんじゃない、夫の不名誉は妻の不名誉でもあるから——。

煩悶の日が続いた。

小夜子は遂いに思い余って、芝で開業している従妹《いとこ》の女医を訪れ、体質の遺伝についていろいろ質問してみたが、その結果は反って彼女の心を暗くするばかりであった。

何も知らない従妹は小夜子の真剣な顔を不思議そうに見て、

「また神経衰弱じゃない？　そんな事を気にして——、今ッから達ちゃんのお嫁さんでも定《き》めておこうッて云うの？　オホホホホホ。余り気が早いわ。まだ九つでしょう？」と笑った。小夜子も仕方なく笑顔をつくったが、

「遺伝しているかどうか、外から見て分らないものか知ら？」とまた真面目に訊くのだった。

「分ることもあるし、分らないこともあるわ。とにかく、松波家の相続人だから婚約しておくとしても、相手の家の血統はよくよく調べておく心要はありますよ。——恐いからねえ」

そこへ患家から迎えの自動車が来た。

「小夜子さん、私、直ぐ帰って来ますから——」

と起ち上り、

「待っている間に薬局で催眠剤でもつくらせて、少しお飲みなさいよ、大分、神経が疲れている

従妹を玄関に送り出したそのついでに薬局へ入ってみたが、生憎誰もいなかったので、彼女は薬ようだから――」

を宅へ届けてくれるようにと、頼んで従妹の家を辞した。

小夜子は九年前の記憶を辿って、その頃一緒にいた仲働きのきよという女をよんで、当時の事をいろいろ訊いてみた。しかし、花のその後の消息は知らなかった。

もし手紙にある如く、達也が小夜子の実子でなかったとしたら――、無論この家の相続はさせられない。相続人は親類の中から誰か貰わなければならないが、それを親族会議に持ち出すのが辛い、その理由を語らねばならないから――。

彼女の頭の中にはその問題がこびりついていて、一刻も忘れられず、絶えず悩まされつづけていた。

あの日以来、小夜子は始終注意の眼を達也に向けるようになった。品のいい、どこから見ても大《たい》家《け》の若君らしい容貌、それ等はどうしても小間使風情の子とは思われない、お母様似だと他人《ひとさま》様は仰しゃる、達也は誰が何と云っても自分の児だ。あんな虚弱な児を真実の親でなくてどうして育て上げられよう。小夜子の頭には幼い頃からの数々の病気や、幾夜眠らずに附き添って世話をした記憶がつぎつぎと浮んでくる。看護婦にさえ出来ない看護をしてやった、それが血を分けた親でなくてどうして出来るものか。

「お母様、――ただいま」

バタバタと達也が茶の間に飛び込んだ。ランドセルを背負ったまま、母の膝へ寄りかかり、甘えるように顔をすりつけて云う。

「お母様、鷹狩見に行ってもいい？」

「どこへ行くの？」

「横町の空地。――お母様も一緒に行って頂戴、僕も鷹狩やってみたいなあ」

母は達也の首からランドセルを外してやり、

「鷹狩ってどんな事をするの？　危なかないの？」と訊いた。

「危ないもんか、――迚《とて》も愉快なんだ」

「そう？　じゃお母様にも見せて頂戴」

「皆がやるんだよ、お母様、鷹を放して雀や鳩を捕らせるの、迚も面白いんだ、まるで昔の武士《さむらい》になったような気持がするッて、武田君が云ってたよ」

小夜子は達也に急《せ》き立てられて出かけた、なるほど空地の真中は一杯の人だかりだった。人垣を覗いてみると、最近勃興しかけた鷹狩を真似て、芸人風の男女が子供相手の商売をやっているのだった。

そこは大きな屋敷跡で、庭になっていたところにはまだ樹木がそのまま残っている、松の樹の根方には菅編笠を被った若い女が、きりりとした身拵えで立っていた。故意《わざ》とだろう、古風な装いをして、紫被布《ひふ》なんか着て、短かく端折《はしょ》った裾から浅黄色の足袋をのぞかせ、すっきりとしたいい姿を見せていた。笠の赤い紐が白い頤《あご》にくびれ込み、いかにも奇麗な女らしく思わせた、物珍らしいので見物の眼はこの美人鷹匠に吸いよせられている。

大勢集ったところで、撞木《しゅもく》に止っている蒼鷹を彼女は手に移し、声を張り揚げた。

「呼上げ、呼下し、最初にまずそれを御覧に入れましょう」

松の樹の上に鷹を放ち、餌箱をカタカタ鳴らして自分の腕に呼び下したり、また松の樹の上に呼び上げたり、一通りやってから、

「こん度は振替渡り――、さあ、どなたか肩を貸して下さい。鷹が飛び移りますから――」

群集の中からモジリ外套の男が飛び出した。鷹は忽ちばさりと厚ぼったい羽音をさせながら、その男の肩へ飛び移った。見物は喜んだ。

訓練法がすむといよいよ鷹狩だ。後方《うしろ》に蹲踞《しゃがん》でいた五十余りの男はその時ツト起ち上って、

「さア、皆さん、雀にしましょうか、それともグッと奮発して鳩とやりますか、――雀が十銭、――鳩が三十銭、――坊ちゃん、嬢ちゃん、さア、さア、お土産に生捕って下さい！」

と声を枯らして叫んだ。その男の足許には風呂敷に包んだ鳥籠があった、その中には鳩や雀がぎっしりと目白押しに並んでいる。

見物の中から声がした。

「雀！　さア、十銭――」

カチリ！　白銅が小石に当った。男は早速風呂敷の隅をめくって、一羽の雀を摑み出した。美人鷹匠は十銭投げた子供の方へ近寄って、小さな手に革の手袋をはめてやり、自分の左手に止っている蒼鷹を子供に移した。

「坊ちゃん、あの小父さんが雀を飛ばしたら、勢よく、パッと鷹をお放しなさい。鷹狩の気分を出して――。よごさんすか」

子供は恥しそうに顔を真赤にして照れていたが、見ている連中はみんな羨しそうだ。

男はかけ声をしながら、晴れ渡った青空へ向けて、勢よく雀を放った。同時に鷹も子供の手を離れた。

見物はアレアレと騒いでている間に、鷹は心得たもので、悠々と雀を追って地上に舞い戻り爪で押えた、よく馴らされているので、雀に疵を負わせるようなへまはやらなかった。

美人鷹匠は走りよって、鷹から雀を引放し、子供の手にそれを持たせた。

「さあ、お土産です。坊ちゃんがお捕りになった小雀、鷹狩の獲物ですよ」

子供は雀を持って意気揚々と帰って行った。達也は興奮して母の手を握り、足をバタバタやって見ていた。その時、ふとした表情に小夜子は花の俤《おもかげ》をはっきりと見た、彼女はハッと胸を打たれて、握っている達也の手を思わず振り放した、顔ばかりではない、夢中になって跳ねている姿が、やっぱり花そっくりだ、彼の全身到る所に花の面影がある。

小夜子は軽い眩暈《めまい》を感じた。もしや、夫がその面影を人知れず懐しんでいるとしたら——と、思うと、彼女は堪らなかった。

見物は面白そうに、他愛なく喜んでいる、その中に、小夜子一人は深い物思いに打ち沈んでいるのだった。

「達ちゃん、もう帰りましょうよ」

「お母様、僕、まだ帰るのいやだよ」

達也はなかなかその場を離れようとしなかった。

鷹の爪

その日を始めとして、美人鷹匠はその仇《あだ》めいた姿を毎日空地に現わした。夕方引揚げる時には鳥籠は空っぽで、雀も鳩も売切れという繁昌《はんじょう》ぶりだった。

達也の鷹狩熱はなかなかさめなかった。毎日雀を一羽、二羽、と捕って帰った、捕った雀は新らしく買った大きな鳥籠に入れて飼っておいたが、どういうものか、次ぎ次ぎと死んで行った。

鷹匠が現われてから恰度七日目だった。

小夜子は外出から戻って内玄関へ上ろうとすると、俄かに門前が騒々しくなって、小砂利の上を馳ける大勢の跫音が、ただならぬ出来事を語った。「何だろう?」脱ぎ捨てた草履をまた引掛けて、内玄関を出ようとすると、一人の男を先頭に沢山の子供達が門内へ馳け込むところだった。真先にいる男が重そうに抱えているのは達也だった。達也は顔から首筋を血だらけにして、ぐったりと男の腕の中に倒れていた。ぞろぞろと従《つ》いて来た子供達は不安そうな眼で、互いに何かささやき合っている。

「達ちゃん、達ちゃん」

小夜子は走り寄って、男の手から達也を受取りかたく抱きしめながら、彼の名を喚《よ》んでみた。達也は細く眼を開いて、母の顔を見上げ、微かに口許に笑いを浮べたが、そのままた眼を閉じてしまった。

彼女はハンケチで流れる血を押えながら、

「早く、早く、お医者様を――、一体、まあ、どうしたの?!」

誰に訊くともなく云うのを聞きつけて、子供達は一緒に声を揃えて答えた。

「小母さん、鷹の爪に引掛けられたんですよ」

「今日は鷹の御機嫌が悪るかったんだ」

「鷹が悪いんじゃない、雀が悪いんだわ、雀が逃げ場を失って達也さんの肩に止ったの、そこへ鷹が降りて来て――、達也さんが動かないでじッとしていればよかったんだけれど、吃驚《びっくり》して騒いだもんだから、鷹も驚いて、雀を引摑《ひっつか》える拍子に達也さんの咽喉《のど》に爪を立てちゃッたんですよ、小母さん」ませた小娘が事件の顚末を説明した。

松波博士は急報に驚いて帰宅した。医者が馳けつけた頃には達也は幾分元気になっていた。

小夜子は青い顔をして枕許に附添っている。

「達ちゃん、しッかりして頂戴、これんぽッちの疵、何でもないんだから」と元気づけた。

「そうだ。達也は男子《おとこ》だからな、これ位のことに負けちゃならんぞ」

と云いながらも、父の顔には不安のいろがありありと現われていた。両親は医者の顔色ばかり眺め、彼の眉一つの動きにも胸をドキリとさせた。

手当をすませてから医者は徐《おもむ》ろに口をきった。

「これで、お熱さえ出なければ御心配なことはないと思います」と云って帰った。

小夜子は頼みつけの看護婦会へ電話してみたが、生憎馴染みの看護婦はいない、明朝まで待ってくれれば何とか都合すると会長が云った。神経質の達也が知らぬ看護婦で納まるはずはない、仕方がないから明朝まで待つことにして、今夜は小夜子が寝ず番をしようと腹を定めた。

「奥様、美人鷹匠がお詫びに参りました。若様の御容体を委しく話してやりましたら、すまない、すまない、と申して泣いて居ります。是非お目にかかってお謝罪《わび》がしたいから、奥様へお取り次ぎして頂きたいと云って、お台所に居りますが、――どういたしましょう?」と女中が云った。

小夜子はうるさそうに、

「取り込んでいて会えない、と、云って、帰しておしまい!」

松波博士は警察へ電話をかけて、事の顚末を知らせた、ついでに美人鷹匠が謝罪に来ていることを話し、一応取調べてもらいたいと訴えた。

間もなく警官が来て鷹匠を連行した。

小夜子は達也の額に手を触れてみて、

「大丈夫、この分なら熱は出そうもないわ」

と云って、ほッと溜息を吐いた。

が、彼は遂々発熱した。

うとうとしたかと思うと、急におびえて眼を覚まし、

「鷹が――、鷹が――」むっくり蒲団の上に起き上って、恐しそうに叫んだ。

「落ちついて頂戴。達ちゃん、鷹なんていやしませんよ」

火のような頭をそッと氷枕の上におさえつけ、額にも氷嚢をあてがった。

達也は夜中譫言《うわごと》を云いつづけて、ひどく苦しみ悶えた。

暁方近く、医者が馳けつけて来た時には、もう何とも手のほどこしようもなかった、達也は深い眠りに陥ったまま、遂いに危篤になった。

腕を組んで、暫時考え込んでいた医者は、言い難そうに、

「傷口から黴菌が入ッて敗血症を起されたとしても――、とにかく、少し腑に落ちないところがありますので、――どなたか他の先生にも一応御診察して頂いて下さいませんでしょうか、あるいは立ち合って頂いても結構ですが――」

と言葉を濁した。

医者が死亡診断書を書くのを拒んだのも当然だった、やがて判明したところによると、ある恐しい毒薬が傷口から入ったものだという事であった。

鷹の爪に毒を塗ってあったものではないかとの疑いで、一度釈放された美人鷹匠へ捜査の手がのびた。女は已《すで》に行方を晦《くら》ましていたが、ほどなく三河島の百軒長屋から挙げられた。

厳重な取調べが行われたが、ただ泣くばかりで、何も答えなかった。

一人の刑事は女の身許を洗って来て、司法主任へ報告した。

「岩下ハナ、二十七歳、前科があります。窃盗犯で、出所したばかりです」

「連れの男は亭主か?」

「いいえ、父親です。正式の結婚は一度もしていませんが、私生児が一人ありました」

「男か? 女か?」

「男の子です、が、死亡しました。――以前には相当にやっていた小鳥商だったそうですが、その店もたたみ、この数年はひどく困っていたらしいんですが、最近子供相手のああいう商売を始めたのです。自分では先祖に鷹匠があったので、それを縁に始めたのだと云っていたそうです」

「鷹狩で相当の収入を得ていたのか?」

「大分あったらしいんですが、借金があってその方に引かれてしまうので、稼ぐ張り合いがないと近所の者にこぼしていたそうです。何でも子供が大病して、その時出来た借金に苦しめられていたらしいです」

「子供は何歳で死んだんだ?」

「九歳」

「フウム」

司法主任は美人鷹匠を喚んで、優しく訊問を始めた。

「お前はどういう理《わけ》で、松波博士の令息を殺害する気になったんだ?」

女は吃驚して、美しい眼を一杯に見張り、

「殺す気ですッて?」

「ウム」

「飛んでもない。どうして——、私が、そんな恐しいことを——」

「やらないと云うのか? しかし、松波博士の令息はあの暁方亡くなられたんだぞ」

「えッ?!」

見る見る蒼白になって、ふらふらと起ち上ったが、よろめいて、椅子の背に摑まった。

「旦那、そ、それは——、ほんとですか?」

「鷹の爪の毒、イヤ、爪に塗った毒薬で殺されたんだ。お前は故意と爪を引かけたんだろう? どういう理由があってそんな事をしたんだ。わけを話せ。正直に白状しないと、お前ばかりじゃない、お前の父親にも恐しい共犯の嫌疑がかかるんだぞ」

「旦那、御冗談仰しゃっちゃ困ります。私は毒薬なんか塗った覚えはございません。ああ、——でも、どうしたらいいだろう、——あの若様はほんとにお亡くなりになったんでございますか、それは——、ああ、それほ、ほんとの事でございましょうかねえ」

「ほんとともさ。今日は告別式だ」

女はわッと泣き出した。長い間泣きつづけていたが、やがて、涙で魂まで洗らい上げられたかと思われるような、清らかな、美しい顔をあげ、微笑さえ浮べてじいッと司法主任を見上げた。その麗わしいうるんだ眼には深い決意のいろが現われていた。女は青白い唇を噛みながら、きっぱり云った。

「旦那、申訳ございません。白状いたします。若様を殺したのは――、たしかに私です」

「何故殺したんだ?」

「私は以前あのお屋敷に御奉公していた者でございます。その時出来た子供があの若様と同年の九ツで、先頃亡くなりました。自分の児が死んだ。しかも、貧乏のためろくな手当も出来ず、みすみす助かる命を死なしてしまいました。同じ時に生れたあの若様はお幸福《しあわせ》で、あんなにお立派に育っていらっしゃるのに、私の息子は――、と思うと羨しいやら、嫉《ねた》ましいやら――、それでも私は自分の死んだ児が見たくなるとあのお屋敷の附近をぶらついて、若様のお姿を見て居りました。鷹狩の商売を始めてからはあの空地で毎日若様を見ることが出来、時にはお話する事さえありました。どんなにそれは嬉しい事でございましたでしょう。私はまるで若様一人を待つために、あすこで鷹狩をやっていたようなものでした。若様は面白がって毎日来て下さいました、私はほんとに死んだ息子に会うような喜びで、あの空地へいそいそと出向いたものでございます。自分の児も、もし若様のように立派なお屋敷に生れ、立派な父君を持っていたら――と、思うと、不憫で不憫で堪らなくなりました。その思いが段々こうじて、果ては若様が憎くさえなってきたのです。それは嫉妬なのでございましょうか、私はある日、若様がお母様と御一緒に見に来て下すった時、何という事なくむらむらと腹が立って、気狂いのように鷹をけしかけたのを父に叱られました。私は若様が憎いというより、奥様の態度が癪に触ったのでした。私が若様に近寄って革の手袋をはめて上げながら、余りのお可愛さに思わずちょっとお頭《つむ》を撫でました。すると奥様は眉をしかめ、さもさも汚ないと云うように私の手を払い退けて御自分で手袋をはめて上げ、若様のお体に私のような者の指一本も触れさせまいとなさいました、その御様子に私はカッとなり、若様を殺してお母様に私と同じ悲しみを味わせて上げようと思ったのでした」

「お前は一度も正式の結婚をしていないが、子供の父親は誰なんだ?」

な声で笑った。
女はハッとしたように眼を上げ、少時黙っていたが、急に捨てばちになり、
「御用聴きの若衆さんで――、それや迚も奇麗な男でしたわ、オホホホホホ」とヒステリック
な声で笑った。

遺書

小夜子は一人息子の達也を失って以来、すっかり気を落して、一室に閉じ籠り、悲歎にくれて
いた。
犯人は美人鷹匠、即ち以前の召使花であると聞いて、松波博士は非常に驚いた。
小夜子は彼女にどんな判決が下されるものだろうと、訊いてみた。
「無論、極刑だ。――怪《け》しからん。あんな女が死刑にならないでどうする――」
夫人は卒倒してしまった。
その夜、小夜子は自殺したのだった。
打ち続く不幸に、世間では博士に痛く同情した。新聞は夫人の自殺を、愛児を失った悲しみから、
極度の神経衰弱に陥ったためであると報道した。
無論博士自身もそう信じきっていたのだッたが、はからずも手箱の中から一冊の洋書と遺書とを
発見したことによって、死の原因は根本から覆えされてしまった。洋書は鼠色の表紙にフランツア
ーベル著、トキシコロギーとあって、九十二ページのところが折ってあッた。
松波博士は胸を轟《とどろ》かせながら遺書を開封した。
「同封の書面をお読み下すったならば、私の申上げることの偽りでないことがお分りになりまし
よう」

と、いう文字を冒頭にして、小間使花からの手紙が二通巻き込んであった。博士はまずそれを読んで、愕然とした。

小夜子の遺書にはその手紙を読んで以来の苦悶を細々と認めてあった。そして最後にこんなことが書き加えてあった。

「私は密かに、一人で何もかも調査しました。最初半信半疑であったことも残念ながら事実であり、私が箱根の別荘に行っていた間に、後々問題を起さぬという約束で十二分の手当を与えて花との手をきられた事も、すべて仲働きのきよから聞きました。申すまでもなく達也は花の児で、花の家に恐しい汚れた血の伝わっている事実もたしかめました。私はこの由緒正しい松波家の血統に汚点を残すに忍びません、御先祖様に対して申訳ないと考えました。そういう体質を受けついで生れた達也自身も決して幸福な生涯を送ることは出来ません、家を思い、達也の将来を思い、私は心を鬼にしてこの忌わしい汚れを取り除く覚悟を致しました。花からこうした脅迫を受けていることが万一世間に知れたらば、あなたの御名誉はどうなるのでしょう、達也さえいなければ脅迫の材料がなくなります。私は深く決心を致しまして、ひそかにフランツアーベルの著書を読み、なお薬物学及び毒薬学の研究を致しました。それは決して罪の発覚を防ぐためではありません。どうしたら最も楽に、眠れるようにこの世を去らせてやれるかという、達也を愛する心からでした。達也が鷹に爪をたてられて怪我をいたしました時、ふと、この機会にと思いつき、かねて用意してあった――それは過日従妹の薬局から盗み出しておいたものです――毒薬を夜中傷口に塗りました。

達也を殺したのは私でございます。花は何も存じません。彼女が達也殺しを自白したと承わった時、恐しくなりました。賢い花は私の心を見破り、自分で罪を負う決心をしたものと思います。もし罪のない花に極刑が下るようでしたら、それこそ私は死んで謝罪しても追いつきません。自分の愛児を殺された上に、その犯人を庇護《かば》って自ら死刑になろうとする、花の心に私は打たれました。そんな事をさせてはなりません。私は死んでお謝罪を致します、どうぞ、達也を殺したことをおゆるし下さい、愚かな私の心をお憐れみ下すって、せめて、あなただけは私を理解遊ばして下さいませ。

重ねて申上げます。花には何の罪もございません、どうぞ、彼女を救ってやって下さいませ、これが私の最後のお願いでございます」


松波博士が美人鷹匠に面会した時、最初に発した一言は、

「何故、お前は達也を殺したと偽りの自白をしたのか?」という質問であった。

花は顔も上げないで泣きながら答えた。

「せめて、そうでもしなくっては奥様に申訳なかったからでございます。――考えますと私位悪い女はありません、つくづく愛想がつきてしまいました。自分の都合のよい事しか考えない、松吉を取りかえたのも自分の子供に幸福を与えたいばかりで、人様の御迷惑も考えず、恐しい罪を平気で犯してしまったのです。そしてこの度はまたそれを種に脅迫し散々奥様をお苦しめしました。それだのに、私をお恨みにもならず、お咎めにもならず――、ほんとに何という優しいお心の方でしょう。達也様がお亡くなりになったと承わった時、ああ悪いことをした、と、始めて眼がさめました。そして心から掌を合せて奥様を拝みました。私には奥様のお心がはっきりと映ったのでございます。ここまで追い詰めたのは私ですもの、原因はみんな私からで、手を下さないばかりで私が殺したも同然です。達也様も松吉も死んでしまい、私も生きている気もなくなりました。せめてもの罪ほろぼしに殺人罪を引受け、死刑にして頂き度かったのでございます」

法曹界きっての敏腕家松波博士が令息殺しの犯人美人鷹匠のために、義侠的弁護を買って出たという記事が新聞を賑わしたのは、それから間もなくのことであった。

深夜の客

声

女流探偵桜井洋子のところへ、沼津の別荘に病気静養中の富豪有松武雄から、至急報の電話がかかり、御依頼したい件が出来た、至急にお出でを願いたい、と云ってきた。

有松は如才ない男だ。殊に婦人に対しては慇懃《いんぎん》で物優しく、まことに立派な紳士であるが、どういうものか洋子は彼を好まなかったので、ちょっと行き渋ったが、職業柄理由なく断わるのもよくないと思い、午後四時四十分発の急行で、東京駅を立ったのだった。

汽車が小田原に着く頃には、ひあしの短い冬の日は、もうとっぷり暮れていた。

洋子はやっとある事件の解決をつけたばかり、ゆっくり休む暇《いとま》もなく、直ちに車中の人となったので、座席に落付いてみると、一時に疲れが出てぐったりとなり、おまけにひどい睡魔に襲われて、ともすればうつらうつらとなるのだった。

ふと、近くで人の話声がした。彼女は夢のようにそれを聞いていた。声はどうやら通路あたりから聞えて来るように思われる。

「うまく行った。が、危ぶないところだった。何しろ、――客車全体にはッてやがるんだから――」

調子は荒っぽいが、声は細くて柔かい感じがした。返事は聞えない。

「どんなに手配したって、――目的を果すまでは、摑まっちゃならないぞ!」

少時《しばらく》、間を置いて、また、

「なアに、愚図々々云ったら、――俺がやッつけッちまう」底力の籠った云い方をした。

それぎり途絶えてしまった。

ところが湯ケ原を通過すると間もなくだった。突然、「さア行こう」と同じ声がした、と思うと非常ベルが鳴り、列車は俄かに速度を緩め、停車しようとした。洋子はぼんやりと眼を開けていた。その時、突如出入口のドアを開け、身を跳らせて飛び降りた二つの影を見た。一人は背の高い、がっちりした体格の鳥打帽の男、もう一人は小柄で細《ほっ》そりとした色白の細面だった。

やがて、汽車はレールの上を引きずられるような重い音を立てて停った。乗客は総立ちとなり、車内は騒然とした。真暗な外を透し、事故を知ろうとする顔が、窓に重っている。が、別に何事もなかったものと見え、車はまた静かに進行を続け始めた。

「どうしたんだ？　何があったんだ？」

「轢《ひ》かれたのか？」

通りかかった車掌を捕えて、乗客は詰問するような語調で言った。

「何んでもなかったんです。誰か悪戯した人があるんでしょう。――非常ベルを鳴らしたりするもんだから、すっかり脅かされてしまいました」と苦笑した。

「怪《け》しからんじゃないか。お客がやったのかね？」

「それを調べておるんですが、――どうも、分らないで困っているんです」

「弄戯《からか》っておいて、逃げたんじゃないか？」

「否《いい》え、そんな事はありません。お客さんはお一人もお降りになりませんから。――ちゃんとこの通り一々行先を記《しる》してあります。いらっしゃらなくなれば直ぐ分りますが、お一人も欠けていないんですから――」

洋子の見た二つの影、それは何であったのだろう？　乗客の人数に変りがないとしたら、――あるいは夢だったのかも知れない、が、自分にはどうしても夢だとは思われなかった。しかし、何事もなかったと云っているところへ、余計な話を持ち出して、騒ぎを大きくしてはならないと考えたので、彼女は黙っていた。

すると今度は背中合せに腰掛けている若夫人が、役人風の夫にささやいているのが聞えた。

「停車場でもないところへ汽車が停るのは、何だか無気味なもんですわねえ。一体、誰が非常ベルを押したんでしょう?」

「うっかりと間違えたんじゃないか。——何しろ、あの有名な義賊尾越千造が脱獄したというので、その筋じゃすっかり神経を尖らしてるからな。見給え、この列車にも多勢刑事が張り込んでるぞ」

「まあ、いやだ!——じゃこの列車に怪しい人が乗っているんでしょうか?」

「と、でも——、睨んでいるんだろうな」

「気味が悪いわねえ。そんな事仰しゃると、皆さんのお顔が恐しく見えますわ」

「冗談じゃない。尾越は女のような優男《やさおとこ》だ。顔ばかりでなく、悪人だがどこか優しいところがあるとみえて一仕事やるとね、早速ニュースに出た哀れな家庭へ現われて、ほどこして行くんだ。だからみんな彼を庇護《かくま》って、故意《わざ》と違った人相を云ったりするもんだから、捕えるには随分骨が折れたそうだよ。もう一つ、尾越が普通の強盗と異《ちが》っていた点は、押入る家が、必ず不正な事をやって金をこしらえた富豪連中と定《きま》っていたことだ」

「どうして、貴方はそんなに委しく知っていらっしゃるの? 新聞にはまだ何も出ていませんわねえ」

「あの当時、僕は司法官だったからね、裁判所に始終出入りしていたので知っているんだよ」

「同じ強盗でも、どうして尾越だけはあんなに人気があるのかと不思議に思っていましたが、やはり異ったところがあるからですわねえ」

汽車は無事に沼津に着いた。

プラットフォームに降りた洋子は、そこに有松の姿を見ないのをいささか意外に思った。行き届いた彼の事であるから、必ず自身車をもって出迎えに来るだろう、と、予想していたのに——。

あるいは改札口で待っているのかも知れないと思ったが、そこにもいない。そればかりでなく、有松からの出迎人らしい者は一人も来ていないし、自動車も廻《ま》わしてないのにはちょっとがっかりした。

洋子は円タクの傍に進み、ドアに手をかけながら、

「有松さんのお邸まで送って頂戴」と云った。

運転手はパタンと扉《ドア》を閉めると同時にハンドルをきった。

夜風が寒く、空には星がきらめいていた。車が松並木にさしかかった時、反対の方向へ向いて、一台のフォードが疾駆して来た。擦れ違った瞬間、ハンドルを握っているがっちりとした鳥打帽の男、それと並んで腰かけている貴公子風の男とが、チラリと眼に入った、はっとして見直そうとした時には、車はもう行き過ぎてしまっていた。彼女はそれが何となく汽車を飛び降りた二つの影であるような気がしてならなかった。

有松の邸はひっそりとしていたが、それでも人待ち顔に扉は左右に開かれていたので、円タクは音を立てて門内に辷《す》べり込んだ。が、誰一人出迎えなかった。洋子は玄関のベルを押した。取り次ぎは出て来ない。

奥座敷の方に灯は見えるが、家の中は妙にしいんとしていて、まるで人気がないようだ。もう一度ベルを鳴らしてみた。耳を澄ませていると遠くの方で跫音のするのが聞えた。二三分待ったが、やはり誰も姿を見せない。

洋子は少し焦《じ》れったくなったので、今度は続けさまにベルを押した。

青褪めた顔

すると、ドアが細眼に開いて、そこから物怖《ものお》じしたような二つの眼が覗いた。

「東京から参りました。御主人にお取り次ぎ下さい」

と、苦笑しながら名刺を出した。

相手は無言で、細い白い手を差延べてその名刺を受けた。と思うと、急にさッとドアを開けて、さも待ち焦《こが》れてでもいたように、息まではずませて、

「どうぞ、先生、お入り下さいませ。よくいらして下さいました！」打って変ったような人懐《ひとなつこ》い態度で迎えた。

洋子は一目で、それが評判の美人、有松の養女美和子だと分った。十七八位だろうか、凄いほどの美しさだが、何分にも青褪めてまるで病人のようだ。しかも、彼女は小刻みにぶるぶると体を震わし、唇のあたりには微かな痙攣《けいれん》さえ見える。これはただごとではない、と直感したので、

「お嬢様、どうかなすったんですか？」優しく言うと、美和子はもう我慢がしきれなくなったというように、突然声をあげて泣き出した。

「どうなさいました？　お父様の御病気でもお悪いのですか？」

「いいえ。父が――、あの父が――」

「お父様が？」

「あの――、亡くなりましたの」

「えッ？　いつ？」

長距離電話で声で聞いたのは、まだ四五時間前の事だ。洋子もこの急変に驚いてしまった。

「それが分らないんですの。私――、ちっとも知らずに――、お書斎へお茶をいれて持って行ったんですの」と云いかけて、美和子は怖しそうに身を震わし、

「父は机の前に俯伏せになって――、死んで居りました。四辺《あたり》は一面の血――」

「咯血なすったの？」

「いいえ。たぶん泥棒に――、心臓に短刀が刺っていました。――私は夢中でその短刀を抜き取りましたの、すると急に血が吹き出して、私の手も、腕も、袖も、血だらけになってしまい――」

洋子は終りまで聞いていられなかった。美和子に案内させ、主人の書斎へ馳けつけた。

室内はすっかり荒され、散乱した書類の中に、有松は朱《あけ》に染って倒れていた。その右手にはピストルがかたく握られてあったが、彼は引金をひく前に、心臓を刺《ささ》れたものらしかった。美和子が抜き取ったという短刀は床の上に投げ出されてあった。

「警察へお知らせになりましたか?」

「いいえ、まだ——、だって、誰も居りませんの。私一人きりで——、どうしたらいいかと途方に暮れているとベルが鳴ったので、竦んでしまいました。泥棒がまた来たのかと思ったもんですから、恐くって——、とてもお玄関へ出られませんでしたの。——でも、ほんとに嬉しゅうございました、先生がいらして下すって、私は助かりましたわ」

「お女中さんは?」

「町へ買物に参りました。もう帰るだろうと思いますけれど——」

何も知らないこととは云え、短刀には美和子の指紋が着いたであろうし、偶然ではあろうが、女中は買物に出掛けて不在、家の中には美和子一人しかいなかったとなると、その結果はどういう事になるのだろう。犯人が証拠でも残して去ってくれない限り、嫌疑のかかるのは当然だった。

洋子は第一にそれが心配になった。しかし、美和子はそんな事よりも、父が殺害されたという事で気が顚倒しているらしく、洋子が警察へ知らせに行こうと云うと、慌てて引き止め、

「先生、どこへもいらっしゃらないで——、どうぞ、私の傍にいらして下さいませ。後生ですから——」手に縋りついた。

「じゃ、私が留守番していますから、お嬢様行っていらっしゃい」

家に居残るよりも、その方がいくらか恐しくなかったと見えて、美和子は直ぐに外へ馳け出した。

検屍の結果、殺人の行われたのは午後六時から七時の間であるとの事であった。その時間に家に

いた者は美和子一人である。

　女中は係官の前でこんなことを云った。

「最近の旦那様は非常な気難しさで、始終いらいらして、夜もおちおちお眠りになれない御様子でした。ニュースを聞いていらしたかと思うと、突然顔色を変え、東京から急に大工を呼び寄せて戸締りを直させたり、ちょっとした物音にも脅えて、まるで誰かに狙われてでもいらっしゃるようでした。今日は朝から大不機嫌で、お嬢様に当り散らしたので、お嬢様は恐しいお声で、美和子は俺を殺す気だな、とか、いつかは俺はお前に殺されるだろうとか仰しゃっているのが聞えました」

　係官の眼は等しく美和子にそそがれた。しかし、彼女はその六時と七時の間には二階の自分の部屋で手紙を書いていたと云った。

　なるほど書きかけのレター紙が机の上に置いてあった。それにはこんなことが書いてあった。

「私はお世話になるべからざる人のお世話になっていることの苦痛に、もはや堪えられなくなってしまいました。

　私の亡き父と無二の親友の養父が、突然両親に死別し孤児になった私を引取って、今日まで育てて下すった御恩、それを思うと、反抗してはすまないと思いますが――、二言目には有松家の財産を私が狙っているように云われるのも辛く、私の顔が母に似ず、段々亡父に似てくるので養父はひどく厭がって、時には眼を覆うて私の顔を見ないようにしたりするのも辛うございます。親友なら懐しそうなものですのに、何故厭がるのだろうと思うのですが、また考えてみれば、それは当然の事でもあります。だって、亡父は母を殺害し、入牢中に発狂して自殺した人なんですもの。どういう動機で父が母を殺すようになったのかよく分りませんが、非常な感情家で、激し易かったそうですから、単純な動機からついそんな大罪を犯してしまったのではないかと思います。

余りにも母を愛する結果、ひどく独占的になり母が、ちょっと男の人と話していても怒ったのを覚えています。熱し易く、怒りっぽいが、直ぐまた上機嫌になるような性質でした。それがまた私にそっくりだそうです。私も怒ったが最後、随分乱暴をしますよ。今日なんて、私は半日気狂いのようになりました。何故って、養父は自分の置き忘れを棚に上げて、ネクタイピンが紛失したと云って私に疑いをかけ、ひどくせめられました。盗んで逃げる積りだろうッて、そして最後には、氏より育ちというがやはり両親が両親だからなアって云いました。

私はその一言でカッとなり、そこにあった一輪ざしを床の上に叩きつけました。無論心の中では養父に投げつけたのですが――。養父は眼をむいて、私を打ちました。投げつけた一輪ざしで私は散々打たれて、痣《あざ》だらけになりました。

私はもう今日限りこの家を出ます、そしてタイピストになって働く決心をしました。働いて自活します。針の蓆に座っているより、荊棘《いばら》の道を勇敢に掻き分けて進みます。養父に云わせると私の父は気狂いだったそうですから、私も今に気狂いになって何を仕出かすか分りません。養父の恐怖病も私がいなくなったら全快するでしょう、心密かに私を怖れているもののようですから。私もまた養父が怖しい――」

手紙は参考として押収され、美和子はその場から連行された。

義賊の訪問

有松は死を予知していたか、あるいは何事か危険の身に迫るのを感じて、洋子へ電話をかけたものではなかったろうか、もう一汽車早く来れば、その危険から逃がれ得たかも分らないのに、と彼女は残念に思った。

終列車に乗り込んだ洋子は疲れきっていたが、妙に眼が冴えて、居眠りする気にもなれなかった。帰宅すると客が応接室に待っていた、彼女は用談をすませ、玄関へ送り出したのは、もうかれこれ一時近かった。

あと片づけに来た女中には早く休むように云って、自分はたったひとり応接室に居残った。邪魔される事なしに、静かに独りで考えたかったからだ。

美和子の運命、それは余りにも惨《むごたら》しいものであった、彼女は胸が痛くなるような気持ちがした。──実父は母を殺して牢死し、いままた養父は非業の最後をとげている、稀れにみる美貌の孤児の背景はあたかも血をもって描かれたものであった。

夜は次第に更けてゆく。

洋子は身動きもしないで物思いに沈んでいた。瓦斯《ガス》ストーヴの火が青く見える。すると、庭を誰やら忍び歩いているような音がした。この夜更けに！　と思い、窓を開けて外を眺めたが何も見えない、植込の闇は深く、ひっそりとしている。

彼女は窓を閉め、ストーヴの側に椅子をすすめたが、また微かな音を聞いた、と、思うと、今度は歯の浮くような響がした。

振り向いてみると、窓に人影が映っている、ハッとしている間に硝子《ガラス》を切り、窓のかけ金を外して、覆面の男がひらりと部屋の中へ入って来た。

洋子は起《た》ち上り、ベルを押そうとすると男はその手を押えて、

「人をよばないで下さい。どうぞ騒がないで──私はお宅へ泥棒に来たのではありません。先生にお目にかかりたくって参ったのですから──」

「それなら、何故、玄関から案内を乞うておいでにならないのですか？」

「表玄関から──、上られる身ではございませんので──」

応接室の硝子窓を破って闖入するほどの兇漢にも似ず、その声は柔らかくいかにも優しい、しか

もどうやら聞き覚えがあるようにさえ思われるのだった。

男はやがてテーブルの上に短刀を置いた。洋子はそれをちらりと横眼で見た。彼はポケットを探り、ダイヤ入の指輪と釘二三本とを同じくテーブルの上に載せて、無言でポケットをたたいて見せた。もはや身に寸鉄も帯びていないという事を示す積りらしかった。

深夜、危険を冒して入って来た位だから、並々ならぬ用事があるに違いないと思ったので、洋子は椅子の一つを指差して、

「どうぞ、お掛け下さい」と云ってから、改めて、

「一体、あなたはどなたなんですか?」と詰問するように云った。

男は覆面を脱《と》った。彼女はびっくりした、その顔には見覚えがある。沼津の松並木で擦れ違った時、運転手と並んで腰かけていた貴公子風の男だった。恐らく汽車を飛び降りた影の一つも同人に違いない。聞き覚えのある声だと思ったのも道理だ。已《すで》に彼女は通路で話していた彼の声を聞いていたのだから。

彼女の驚いている顔を見ながら、落付き払って、

「私は脱獄囚尾越千造でございます」と名乗った。洋子は二度びっくりした。

「お驚きになりましたか?」

ちょっと返事が出来なかった。

覆面を脱いだ男は色白の女のような美しい顔をしていた。これがもし玄関から一人の訪客としてやって来たのだったら、義賊尾越千造だと名乗られても、恐らく信じられなかったであろう。それほど態度にも容貌にも兇悪のかげはみじんも見えなかった、反って人の好さそうな貴公子にさえ見えるのだった。

「先生、どうか、少時私の申上げることに、お耳をお貸し下さい」

洋子は無論その願いを拒むわけにはゆかなかった。こんな優しい顔はしているが、彼女がもし先

方の乞いを退けたら、どんな態度に出るか分らなかった。

「承わりましょう。が――、夜も更けていますから、どうぞお早くお話し下さい」

尾越は嬉しそうに、小腰を屈め、

「そう仰しゃって下さるだろうと思って居りました。やはり、私の眼は過まらなかった！」と呟いた。やや沈黙の後、

「今度私が脱獄した理由、それは決して自分自身のためにやったのではないのです。あの男のため、いや、ある男の頼みを果してやるためだったのです。先生、私はあなたの前に偽りのない事実をお話しいたします、それをお聞きの上、是非先生もお力をお貸し下さいますように、お願いいたします」

嫉妬

尾越千造は襟を正して語るのだった。

「私はこれまで自分でやろうと思った事で失敗したことはありません。脱獄も今度で二度目ですが、二度とも成功でした。最初の時はある売国奴を殺《やっ》つけるため、今度は罪なき囚人の死の願いを果すためです。私は忍術使いではありませんが、人の注意を他に外らせておいて、仕事をするのが得意ですから、脱獄もそう難しい事ではありません、が、さて、脱獄しても、今度のような場合は、自分の力ばかりでは駄目、囚人の願いを聞いて頂く方を探し求めなければならない、それが一方ならない困難でした。先生には御迷惑でしょうが、まあ白羽の矢が当ったものと思召《おぼしめ》して、一肌ぬいで頂きたいのです」

「お話に依っては――、私の力で出来ますことでしたら、何なりと致しましょう」と、快く引受

けた。

「私はある死刑囚から世にも気の毒な物語を聞いたのです。独房にいるはずのその囚人から、同じく囚人である私が、どうして話を聞いたかという事は、どうぞ、お訊ね下さいますな。ただその物語りを先生に聞いて頂きさえすればよいのですから、――それで私の義務は終るのです。余計な事は一切省くことにいたしましょう」

「なに、要点だけを承わればよろしいんですよ」

「その死刑囚も、もう疾《と》うの昔、発狂し、自殺を遂げてしまいました」と云って、尾越は少時瞑目した。やがて言葉をつぎ、

「その男を仮りに譲治とよびましょう。――その譲治は米国で生れましたが、両親には早く死別し、兄弟姉妹もなく、全くの独りぽッちでしたので、情のある宣教師に拾われて非常に愛され、やがて一緒に東京へ参り、譲治は学校へ入ったが、言葉もよく通じないし、西洋人の習慣が身についているので、友達になってくれる人もなかった。彼はいつでも淋しく校庭の隅っこに小さくなっていたのです。それを気の毒に思ったのか、上級生の中で一人、大変親切に世話をしくれる人がありました。間もなく二人は兄弟のように仲好くなりました」と云いながら、彼はマッチをすって、バットに火をつけ、

「友人というものを始めて持った譲治は実に有頂天でした。何でもかでも親友に打ち開けて相談する、という風でした。何年か経つうちに宣教師は亡くなり、その遺言によって、莫大な遺産が彼の懐中に転がり込みました」

「西洋人にはよくそういうことがありますのねえ」

「宣教師が亡くなってみると、大きな家に一人でいるのも淋しいからと云って、親友は知り合いのある未亡人の家を紹介してくれました。譲治は家族同様の待遇という約束でその家に移ることになったのです。そこから通学を始め、親友は始終訪ねて来て何かと世話をやいてくれました。未亡

人には冬子という大変美しい娘があって、譲治はその娘に熱烈な恋をささやくようになりました。親友はそれを聞いて苦い顔をし、度々忠告したものです。冬子は不良だから断念《あきら》めろ、将来ある君の妻にあんな女は相応しくないよ、第一貧乏人の娘じゃないか、などと云って、ひどくけなしていました。しかし、彼はどうしても思い切れないので、親友のとめるのもきかないで求婚しました。未亡人は非常に喜んだが、肝心の相手ははっきりとした返事をしなかったのです。が、遂に二人は結婚しました。冬子はともかくも、譲治は幸福でした。翌年には可愛女児《おんなのこ》も生れた、親友はまるで家族の一人であるように入り浸っていたものです。が、どういうものか、冬子は彼を好まなかったようで、それだけがいつも譲治の心を暗くさせていました。夫の親友なら、妻も親しんでくれればよいが、と、思っていたのです」

「よほど純情な男なのですね」

「夢のように七八年過ぎました。冬子は従兄《いとこ》に仙ちゃんという若い船員があって、航海から帰る度に土産物などを持って訪ねて来る。二人は幼少の頃同じ家で育ったとかで、まるで兄と妹のような睦《むつま》じさです。従兄同志というものの親しさを、譲治は美しい眼で見て喜んでいましたが、親友は早くも二人の間に疑いを抱き、しばしば警告を与えるのです。妻の心を少しも疑っていない彼も、まのあたり見るような話を余り度々聞かされるので、あるいは？　という気がしはじめたのです」

「無二の親友の言葉だけに、一層信じるでしょう」

「さあ、それからというものは、以前のような穏かな眼で二人を見ることは出来なくなりました。でもまだ半信半疑だったのですが、親友が歯がゆがって、一度証拠を見せてやろう、それほど僕の言葉が信じられないなら――、と云いました。見せてくれ、と彼も頼みました。見せてやってもいいが、君興奮すると危ぶないナ、と妙な笑い方をした。譲治は憤然として、もし事実でなかったら許さんよ、と云いました。親友は再び笑いました」と云いかけた時、応接室の置時計がふいに二時を打った。尾越はちょっと振り返って時計を見たが、また語をつぎ、

「するとクラス会の夜、出席している譲治のところへ慌しく親友が迎えに来ました。一緒に家へ帰ってみるとなるほど、奥の離室《はなれ》の方から賑かな楽しそうな笑声が聞えています。従兄の仙ちゃんが来ているんです。親友の思いつきで、次の間の戸棚の中にかくれて様子を見ていることになりました」

「女の子はその時どこにいたのです?」

「仙ちゃんの膝に腰かけて、チョコレートを食べていました。三味線を聞かせてよ、と仙ちゃんが云います。冬子は戸棚から三味線を出して調子を合せ、今日は何をやりましょう。と云う。思いなしか仙ちゃんは熱っぽい声で袈裟御前が首を落されるあれ、何とか云ったなと云うと、鳥羽の恋塚よ、と冬子は朗らに笑いました。妻は幼少の頃から長唄を習い、相当自信があるようでしたが、譲治はオルガンは好きだが、三味線は嫌いだったので決して弾くな、と言い渡してあったのです。その代りにグランドピアノの立派なものを買ってやったのです」

「それじゃ譲治さんがほんとに冬子さんを愛していたものとは思われませんね。少し思いやりがなさ過ぎる、自分の思うままにしようとするような男を、女は愛すでしょうか」と洋子はちょっと首を傾げた。尾越も同意するように微笑した。

「とにかく、譲治は自分の禁じていた三味線を弾いているという事からして腹が立った。しばらくすると、冬子は澄んでいい声で唄い出しました。

『さるほどに遠藤武者盛遠《もりとお》は、春も弥生の始めつかた霞がくれの花よりも、床しき君の面影を、見初めし緑のはし供養、あけくれ絶えぬおもい川、恋わたる身はうつつなや――』

そこまで進むと、突然、仙ちゃんが感傷的な声で、僕ね、明日また航海に出るんだ、冬ちゃんの鳥羽の恋塚を吹き込んでもらおうと思ってレコードを持ってきたよ。君の声が聞きたかったらこのレコードをききます。と云いました。冬子の声は低くてよく聞えなかったが、譲治は何となく息苦しくなり、生汗がじとじと滲んできました。が、親友がしっかりと手を押えているので、戸棚から出ることも出来ません。隙見しているのではっきりとは見えませんが、どうやら仙ちゃんと冬子の手が時々触れ合ったりするような気がして、彼はもうじっとしてはいられなくなったんです」と云って、尾越は自分の事ででもあるように、大きな溜息を吐《つ》いて、

「やがて、隣の部屋にレコード吹込みの仕度が出来、女の子はその方へ行きました。三味線を弾いている冬子の半身が見えているぎりで、仙ちゃんの姿は見えない。親友は譲治の体をちょい突いて、ソラ、見ろ、どうだ？　なんてささやきます、が、譲治には何も見えません。親友は彼以上に夢中になっているようでした」ちょっと言葉を断り、軽い咳をしていたが、また話しだした。

「ところが、仙ちゃんが起ち上ったらしい気配がしたと思うと、同時に妻の肩へ彼の手がかかったのを見たのです。譲治はくらくらと眩暈《めまい》を感じました。彼の熱い血はぐんぐん頭へ昇り、すっかり思慮を失って、親友の止めるのを振り切って、ふらふらと戸棚から出たものです。余り唐突に姿を現わしたので、冬子は愕《おど》き、あれッ！　と叫んで仙ちゃんに縋りついた。もう駄目です。譲治は前後を忘れて飛びかかった。すると、どういうわけか、パッと電燈が消え、室内は真暗になりました。その途端に刃物が彼の手に渡された――、と感じました。あるいは偶然そこに置いてあった刃物を摑んだのかも知れませんが――、とにかく、刃物を握ると同時に逆上した」話している尾越の眼も、何となく殺気を帯びて来た。

「譲治は短刀を振り廻わして、無茶苦茶に暴れ廻ったが、さっぱり手答えがない、血迷っているので、柱に打《ぶ》つかったり、襖を突破ったりしているうちに突然、妻が悲鳴を上げたので、一層物狂おしくなりました。アッ。あなた、助けて――、あれッ、と叫ぶ冬子の声に混って、やったな！　と恐しい声、それと共にどたりと倒れる重そうな響きを聞きました。譲治は気狂いのようになって、やたらに短刀を振り廻した。助けて――あなた、武さんを押えてよ――。と声を限りに救いを求める妻の声も、混乱している譲治には何も分らなかったのです。やがて彼はへとへとに疲れて、その場に倒れてしまいました。誰が急報したものか、ドカドカと警官が入って来て、難なく譲治は捕え

られたのです。仙ちゃんも冬子も、もうその時には息が絶えていました」

「女の子は助かったのですね？」

「女の子は夢中で——、大切なものと思ってそのレコードを抱え、奥へ逃げてしまったのです」

レコード

「譲治は段々気が落ちついて来ると、余りにも恐しい罪に戦《おのの》きました。咄嗟の間に人間を二人も殺し、しかも、一人は命にも代え難い愛妻なのです。親友はあのごたごたの始まる前に逃げ帰ったと見えて、警官が来た頃には姿は見えませんでした。血の海の中に彼は一人ぽかんと、失神したように短刀を握っていたのです」

「短刀を渡したのはその親友ではなかったのですか？」

「あるいは？——と考えないではなかったのですが、短刀は自分のものだし、何の証拠もないことだし、——どうすることも出来ませんでした。それに、その後の親友は実に至れりつくせりの親切ぶりを示してくれましたので——。弁護士を頼むことから、減刑運動から、女の子を手許に引取って立派な令嬢に仕上げてやるという約束までしてくれました。兄弟だって、これほどまでにつくしてはくれまいと思うほどだったのです。譲治は涙を流して感謝し、一時にもせよ、彼を疑ったことを後悔し、全財産の監理から、女の子の将来まで一任したそうです」

「よほど、善良な方なんですわねえ」

「ですが、段々日を経《ふ》るに従って、彼の頭にいろいろな疑いが起りました。やたらむしょうに突いたが、肉体を突刺したような手応えは一度もなかった。それだのに、冬子は背中から肺臓を突貫かれ、仙ちゃんは心臓を突かれている。どうもそれが分らないのでした。記憶が次第に甦って来るにつれ、妻が死際に、あなた武さんを押えてよ、と、云った言葉も、また刺そうとしているのが夫だったとしたら、その夫へ救いを求めていたのも変です。暗闇に紛れて、何者かがやったのではないか、と考え始めるようになりました。その何者とは一体誰でしょう？　その場に居合せたとしたら、それは親友一人しかありません、しかし、その人は何一つ証拠を残していないばかりか、警官が飛んで来た時には、もう現場にいなかったのですから――」

「誰が警察へ知らせに行ったのです？」

「公衆電話だったそうです。無論誰だか分りませんでした。――で、譲治も一時はもしかしたら？と疑ってみたのですが、仮りに親友が殺したにしても、その後の仕打ちが余りにも親切なので、恨む気にもなれなかった。どんな事であろうと、罪は一人で背負おうと決心したそうです。が、また冷静に考えると馬鹿々々しくなって、自分に覚えがないのだから、これは飽くまで争わなければならない、という気も起るのです。そこで、なおよく記憶を辿ってみると嘗て妻の母が、冬子を譲治が知る以前に、親友が彼女へ求婚したことがあったと話したこと、親友が余りにも仙ちゃんに敵意を持っていたこと、妻がひどく彼を嫌って避けていたこと、等を思い合せてみた時、彼は思わずハッとして唇を噛みました」

「譲治さんは始めて、親友の奸計にまんまとのったことを、お知りになったのですね？」

「そうです。愛する妻は殺され、自分は罪なくして死刑に処せられる、しかもその敵のような男に、恩人から譲られた財産まで自由にする権利を与えてしまったのか、と思うと彼の憤りは極点に達しました。それから間もなく発狂して、自殺したのです」

「親友はどうしました？」

「譲治の金で相場をやり、今は大金持ちになっています」

「女の子は？」

「その事なのです。女の子が成人した暁、必ず譲治を恨むに違いない。恨まれるのは仕方がないけれど、彼女が世間へ対して、どんなにか肩身狭く暮らす事だろう、と思うと堪まらない。どうぞ真犯人を見出して、娘のために父が無罪であったことの証明《あかし》を立てて頂きたい、という譲治の切なる願いを果してやりたくて、実はお願いに上ったのでございます」洋子は当惑した。

「しかし、証拠は何一つないのでしょう?」

「証拠はレコードに残っています」

「そのレコードは――、もうないのでしょう?」

「それが不思議な事で私の手に入ったのです。それで急に彼の約束を果す日が来たと思い、脱獄したわけなんです。――私の仲間がある屋敷に強盗に入り、偶然盗んだ着物の間から一枚のレコードが出た、家へ帰ってかけてみたら迚《とて》も物凄かったので、毀すのも薄気味が悪いから、納める積りでお寺の縁の下へかくしておいた、という話を聞いたのです」

「強盗に入った屋敷というのはどこです?」

「沼津の有松武雄の家なんです」

「それでは――」尾越はにっこりして、

「有松を殺害したのは私です。実はこの前脱獄した時、彼を訪問して譲治の話をしてやりました。有松は両人を殺害したのは自分だと白状しましたから、潔く自首しろと薦めました。彼も必ず自首すると誓ったにかかわらず今日まで実行しませんでした。多分、私が間もなく捕えられて刑務所へ入ったと聞いて、安心してしまったのでしょう。ところが今度の脱獄をニュースで知ってから、すっかり脅えてしまい、私を捕えるようにお願いする積りで、先生へ長距離電話なんかかけたのでしょう」

「汽車を飛び降りた二つの影は?」

「一つは私で、一つは仲間の奴、そのレコードを盗んだ男です」

「何故、通路であんな話をなすったんです? 人に聞かれたら危険だとは思いませんか?」

「先生にだけ聞かせる積りだったんです。非常ベルで驚いているところだから、先生が怪しい話声を聞いたと仰有って下されば騒ぎは一層大きくなりましょう?」

「どういうわけでそんな事をしたんです?」

「停車を長びかせたかったのです。仕事最中に先生に訪問されては、都合が悪いと思ったから。しかし、私も有松を殺す気はなかったのですが、先方でいきなりピストルを向けたもんですから、つい――」

「では、今度はあなたに自首して頂かなければなりませんね。それでないと、可哀想に美和子さんに嫌疑がかかっていますから――」

「無論、自首いたします。この事さえお引受け下されば、私の用事は終るのですから、しゃばにぐずぐずしていることはありません」

尾越は懐中からレコードを出してテーブルの上に置いた。洋子はレコードをかけた。二人は緊張した。

「かかるべしとはしらつゆの、草踏みしだき庭伝い、忍びよったる盛遠は、月こそ冴ゆれ恋の闇、キャッー　あれ――、あなた助けて――、アレー武さんが仙ちゃんを――、あなた!　あなた早く来て、武さんを押えてよ。――ウム、この野郎、やったな!　血迷うな、僕に何の恨みが――、僕を殺してどうするんだ?!　あれッ、あなたー　ひ、ひと殺し、ヒェッ、あなた助け――」

言葉に交る烈しい雑音、それはその場の光景を物語るように聞えた。文句はそこで途切れ、あとはまるで闇の中に沈んでゆくような無気味な沈黙の中に、針の廻る音のみが物淋しく聞えていた。

洋子はぞっとして、

「これだけ立派な証拠があったのに――」と、歓声をもらした。

「先生、では、どうぞ、お願いいたします。私は死刑囚の依頼をやっと今日果し得たかと思うと、胸がすくようです。――脱獄をやったからにはまた罪が重くなりましょう。が、私の心の荷は軽くなりました。どうぞ、美和子さんの将来もお願いいたします」

「承知いたしました」

暁の霜を踏んで、深夜の客はどこともなく姿を晦《くらま》した。

鷺娘

1

「まゆみちゃん、何のお話かと思って飛んで来たら、いやあよ、またあの縁談なの？　私はやっぱり一生独身で、芸術に精進する積りなんだから、お断りしますよ」

百合子はさっぱりと云った。

まゆみは彼女が一度いやだと云い出したらどんなにすすめてみたところで無駄だと知っていたので、黙っていると、百合子はまゆみの気持ちを損じたとでも思ったのか、駅前の闇市で買ってきたという南京豆入りの飴を出してすすめ、自分も口に入れて、

「内玄関で薬剤師の竹村春枝さんに会ったわ。あのひと、また来ているの？」

と話をかえた。

「そう。疎開先から戻って来たけれど行くところがないんですって、それで当分薬局を手伝って頂く事にしたの、でもねえ、開業医だって、この頃、とても楽じゃないわ。竹村さんがいた時分のように景気もよくないし、第一あなた、旧円から新円にかわる時、沢山な患者さん達がしこたま旧円を預けに来たんでしょう、それがみんな預金になっちゃって出せないんだから、今じゃまるで遊びよ、忙しいけれどただ働きみたいなもの。竹村さん、月給はいらないからッて云うんだけれど、月給なんか知れたもんよ、それよりか食糧のかかりが大変だわ」

百合子は薄い唇を曲げて、

「断わっちまいなさいよ。私、あんな高慢ちき女大嫌いさ。美人ぶっていて――」

まゆみと百合子は従妹同志で両方とも一人娘だったので、幼少い時から姉妹のように仲好くしていた。年も同年の二十四、身長も同じ五尺一寸、色白のぱちりとした目鼻だち、うすでの感じまで

よく似ている。しかし、性質はまるで正反対だった、まゆみがおっとりとして口数も少なく万事控えめなのに反して、百合子はてきぱきとして負けずぎらいの強気だ。金持ちのお嬢さんでふたりは学校以外にいろいろなことを仕込まれたが取り分け舞踊は両方の親達が好きだったので、六才の六月から稽古にやられ、まゆみも光村医学博士夫人となるまでは舞踊家としてたつ位の意気込みであったので、仲の好い二人も舞踊の事になるとまるで敵同志のように互いに鎬をけずッていた。が、天分のあるまゆみにはいくら努力しても百合子は足許にも追いつかなかった。

ところが今から五年前、歌舞伎座で舞踊大会のあった時、まゆみは見物に来ていた光村博士に見染められ、懇望されて妻になって以来ふっつりと舞踊とは縁をきり、地味な若奥様となって家庭の奥へ引込んでしまった。

まゆみは細い指先で飴をつまんで口に入れようとしたところへ、噂の主の竹村春枝が入って来た。二十七八のすっきりとした美しい女だった。

「奥様、先生が、応接室に川崎様がいらしてますから、お相手をして下さいませって――」

彼女は自分の口に持って行こうとした飴を竹村にやって、

「ちょいと待っていてね」と百合子を残して竹村と部屋を出ると入れ違いに光村博士が聴診器を首にかけたままで入って来た。百合子は軽く頭を下げてにッと笑った。博士は彼女の膝の前に放り出してある写真を手にとってにやりと笑い、揶揄口調で云うのだった。

「やあ素敵！　モダンだな。お婿さんの候補者かい？　素晴らしい美男子じゃないか」

「知らない」

百合子はすねたようにつんとした。

博士はわざと親類書を声高かに読み上げた。

「大審院判事の子息で弁護士か、姉さんが大学教授法学博士に嫁すとあるから家には小姑はなしか、両親はいないし気楽だなあ、その上に財産がある。五十万円――、こいつあ結婚した方が得だぜ」

「いやだわ。光村博士《おにいさま》までそんなこと云って、憎らしい！　私は舞踊と結婚して一生舞踊を旦那様だと思って暮すんだわよ」

「おや、それじゃ約束が違うじゃないか」

「まゆみちゃんが死んだら貴方と結婚するッてこと？　いつのことだか分らないわそんな話――、ああ、考えるとつまんない」百合子は焦れたそうにハンケチを丸るめて畳の上に叩きつけ、

「誰も彼もみんな癪にさわる人ばかりだ、まゆみちゃんなんか殺してしまいたい、大事な私の光村博士を横取りして、涼しい顔をしているんだもの」

「横取り？　ウフウフ。君を光らせるために、まゆみが死ぬほど好きな舞踊を封じてやってるんじゃないか、ちったあ僕に感謝してもいいはずだよ」

「私だって自分の恋人をまゆみちゃんに捧げてるじゃないの。恋を犠牲にしてまでもやりとげようとしている私の芸術も――」

百合子はしばらしく肩を落して、

「天分のないものは仕方がないわねえ、ああまゆみちゃんが羨しい、あれだけ才のある人は見たことがないって家元さん口癖のように云ってらっしゃるわ」

「お世辞さ」

「羨しいより憎らしいわ。私は努力でのびて行くより仕方がないんだもの、光村博士がいくら封じた積りでも、まゆみちゃんいつ気がかわって舞踊家になろうと思うまいもんでもない、この頃少し結婚生活に退屈しているようだもの。あのひ上が生きている限り安心が出来ないわ、一層殺しちゃいたい」

百合子は博士にとられた手を邪慳にふりきって起ち上ろうとすると、

「川崎様のお薬が出来ました」

と竹村が薬瓶を持って来た。話に夢中になっていた両人は胸がドキンと鳴った。博士は狼狽して

応接室の方を指差し、

「竹村君、川崎さんはあっちだ、早く薬瓶をよこせ、いや、早く持って行って上げろ」

しどろもどろだった。竹村は何も気がつかないように応接室の方へ去った。百合子はほっとして後姿を見送り、

「何んて美しい女だろう。光村博士はあの人好きなんじゃないの？　利口そうなあのぱっちりした眼、油断がならない、何か感付いたんじゃないか知ら？」

「感付いたって構うもんか、あんな奴、追い出しちまえばそれきりだよ。それよりかね、百合ちゃんの名披露何日にするの？　切符をウンと引き受けるぜ」

と博士は話を転じようとしたが、百合子は竹村の事ばかり気にして、

「まゆみちゃんに何か云いつけると困るわ、あのひと、私の方を変にじろじろ見ていたけれど大丈夫かしら？」

「気のせいだよ」軽く受け流して、博士はコロナに火を点じた。

2

舞台稽古の前日になって百合子は急に鷺娘を踊るのがいやだと云い出した。

下ざらいで興奮していた家元は、この我儘な申出でに忽ち腹を立てたが、そこは何と云っても贔屓筋の大切なお嬢様なので、怒りをぐっと呑み込んで、

「騒目ですよ。プロまで出来ているんだから」

と言葉だけはおだやかに云った。

「だって、うまく出来ないんですもの」

「名取りの癖に何んですって？」

百合子は溜息を吐いて、

「ほんとに私、名なんか貰らわなけりゃよかったわ」と口を泛べらせてしまった。

その一言で今まで抑えていた疳癪玉が破裂した、家元はカッとなって、

「ちょいと、もう一度云ってごらん。――私はねえ百合ちゃん、あんたが泣いて頼んだから仕方なしに名を上げたんですよ。それだのに名を貰らわなけりゃよかったとは何事です。それもさ、まゆみちゃんのように質が良いのなら格別、あんたみたいに苦労させられた上に勝手なことを云われちゃ、いくら親御様の御贔屓にあずかっている私でも、そうそう御機嫌をとっちゃいられませんよ」

家元の権幕に百合子は唇を白くした。今まで、そこにずらりと並んで自分の番を待っていた朋輩弟子は一人へり二人へりして、いつの間にかこそこそと姿を消して次の間へ逃げてしまった。

「すみません。家元さん」

百合子は低い声で謝罪《わび》ながら、境の唐紙の方をちょっと見た、唐紙の後ろには弟子達が寄り添って聴き耳を立てていることだろう。

百合子はもう一度丁寧に頭を下げて佗びてみたが、家元はその位の事では納まらなかった。

「あんたにさ、まゆみちゃんみたいに上手に踊れって云ったら、これや私の注文が無理というもんでしょう。だけど人並みのこと位は出来そうなものね。無理に名をとった手前に対しても――、意地にもですよ」

「よく分っています。家元さん」

「分っているなら何故もっと勉強しないんです？」

「勉強していますわ、それでも――、どうしても――」

「出来ないっていうの？　こんなに教えてやって出来ない人が、芸で立とうなんて余り虫が好すぎるよ、あんたはお金持ちのお嬢様だもの、出来もしない芸で苦労するより、お嫁に行ったらいい

じゃありませんか。まゆみちゃんのような人なら芸を捨てて勿体ないと思うけれど、あんた位なら別に惜しいこともないからね」

稽古所の格子戸ががらりと開いて、娘達が笑声を先に立てて賑やかに入って来たが、忽ち穏かでない空気を見て取って、すうっと次の間へ逃げてしまった。百合子はもうこれ以上ずけずけ云われるのは辛かったので、

「わかりましたわ。私、一生懸命にやります。きっと、うまく踊りますから堪忍して下さい」

「名取りにならなけりゃよかったなんて大きな口をきいたんだからね、うまく出来なかったら札を返してもらいますよ」

「はい」

「まゆみちゃんところへ行って、よく教わって来るといいよ」

「はい」

「あの人の鷺娘、実によかったからねえ」

「はい」百合子は膝の上に涙を落した。

「名披露に肝心のあんたが一番拙かったなんて云われちゃ耻っ掻きだからね」

「はい」と震える指先で眼頭を押えた、涙はその指を伝わって流れた。

百合子の胸の中は口惜しさで一杯だった。家元の一言一句はさながら毒汁でも注射したように骨身に通った。朋輩の前でこれほどまでに侮辱しなくても、と、家元の心が恨めしかった。この屈辱をそそぐためには、どんなに苦しくっても努力して立派に踊りぬいて見せる事だ、それより他に道がない。

家へ帰ると早速猛練習を始めた。一夜まんじりともしないで踊りつづけ暁方近くには疲れきって舞台に俯伏したまま前後不覚に寝入ってしまった。

「百合ちゃん、風をひくよ。今日は大事な舞台稽古だというのに――」

母に起されて、百合子はパッと眼を開くと、直ぐまた起ち上って復習を始め、母を驚かせた。青褪めた顔に眼を血走らせ、舞台稽古に馳けつけた。彼女はもう死者狂い、耻を掻かされた家元への吊合戦だ。悲壮な決心で鷺娘に全霊を打ち込んだのだったが、悲しいことには百合子の芸には独特の持ち味もなければ、習った形以外のうまみを見せるということがなかった。焦れば焦れるほどかたくなった。

家元はもう投げてしまって、

「今となっちゃもう仕様がない。反って、お笑いぐさで、愛嬌があっていいよ」と嘲笑した。

笑いを嚙み殺していた朋輩達は家元が笑ったので、もう我慢がしきれなくなり、一度にぷっと吹き出した。

百合子は狂気のようになって、楽屋口から外へ飛び出した。

3

百合子が晴れの舞台で鷺娘を踊ると聞いてから、まゆみはすっかり憂鬱になってしまった。

「どうぞ、切符をどっさりはいて頂戴、舞踊界へ入る私の首途を祝福して、成功を祈って下さい。当日は是非お二方様お揃いで御見物のほどを——」

走り書きの手紙に添えて、プログラムと切符が沢山届けられた。

気の利いたそのプログラムを眺めると、まゆみは我知らず心の時めくのを覚えた。自分も止めなかったら、やはりこうして晴れの舞台も踏めるものを——、見物の拍手を浴びて引込む時の愉快さを思うと身内がうずくようだった。

「久しく見ないが、百合ちゃん、きっと上手になっただろう」羨しい、嫉ましい、淋しいごちゃごちゃな感情が込み上げてきて眼が熱くなる。思わず溜息を吐いた時、廊下を慌しく馳ける音がして、突然、百合子が入って来た。彼女の顔は死人のように真青だ、一目見た時そのただならぬ表情に驚いたが、次ぎの瞬間にはいきなりとられたまゆみの手に、わなわなと烈しく震えている百合子の手を感じて二度びっくりした。

「まゆみちゃん！」

百合子は彼女の膝に泣き崩れた。

「どうしたのよ、そんな青い顔をして――、泣かないで話してごらんよ」

「ああ、私、口惜しいわ！」

百合子は下唇を血の染むほど噛みしめて、ぽろぽろと涙を頬に伝わらせ、

「家元さんはほんとにひどい人よ」

「あんた、叱られたの？」

「叱られたんじゃない、いじめられたのよ、口惜しいわ、まゆみちゃん」百合子は麻のハンケチを前歯でピリピリ引き裂き、きっとなって、

「あんた、私の一生のお願いきいて下さらない？　私を助けて頂戴よ」

と云って、また一しきり泣き出したが、

「まゆみちゃん、私の云うこと、絶対に他言しないって誓って頂戴」

「誓うわ。だけれど何なの？」

「きっと秘密をまもってくれる？」

「大丈夫」

「饒舌《しゃべ》ったら承知しないことよ、生かしておかない、殺しちまうわよ」

「殺すんだって？」

まゆみは思わず大きな声を出した。

「しっ！」百合子は庭を指差した。植込の中に屈んで竹村が草をむしっている。

まゆみは縁側に出て声をかけた。

「竹村さん、草むしり、今でなくってていいわよ」

「はい」

竹村は賢そうな眼をぱちりと開いて、にっこりした。まゆみも微笑をかえした。

「向へやったから、さあ早くその秘密話してよ」まゆみはもとの席へ戻った。

「まゆみちゃん、私の代りになって、――鷺娘踊って下さらない？」

「えっ?!」

「私になりすまして、踊って頂戴な」

突飛なこの依頼に驚いて、まゆみは返事が出来なかった。

「ね、いいでしょう？」

まゆみは黙っていた。引き受ければ夫の命令に反くわけだ。公の舞台にたった以上どこで誰に見破られまいものでもない。うまくいったところで縁の下の力持ち、下手をすれば博士夫人を棒に振らなければならない。まゆみは途方に暮れてもじもじしていると、百合子は威圧するような鋭い眼と烈しい語調で迫るのだった。

「いやならいやとはっきり云いなさいよ」

「いやってわけじゃないけれど――」

「そんなら引き受けると云って、私を安心させて頂戴」

「でも――、何んだか恐いわ」

「意気地なし！　そんなら頼まないわよ。私はもう決心してるんだから、あんたに断わられたら生きていない、死ぬわ、まゆみちゃんを恨んで死んでやる。たったいま、ここで。この部屋で――、嘘だと思うんなら見ていらっしゃい、お薬はちゃんと薬局から盗んでこの通り持っているわよ」

百合子は帯の間から薬を出して、

「生かすも殺すもあんたの心一つ、私はもう絶対絶命なんだから、まゆみちゃんが承知してくれなければ死ぬより他にみちがない」と云いながら一息に薬を飲もうとした、まゆみは驚いてそれを奪い取り、庭へ投げた。

「馬鹿なことをするもんじゃないっ」

「じゃ、引き受けてくれる？」

まゆみはうなずくより仕方がなかった。

「だけれど、そんなこと出来るものか知ら？」

「出来ますとも、まゆみちゃんと私はそっくりだから、顔をつくってしまえば、絶対に分りっこありゃしないわよ」

「うまく替玉になれるか知ら？　そして、あんたはどうするの？」

「楽屋の隅にでも隠れているわ」

「危ぶない話ね、もし見つかったら――」とまゆみは胴震いした。

「光村博士は重病患者があって行かれないと仰しゃるし。見物はまゆみちゃんの妙技にうっとりと魂を奪われているから、見破る人なんかありっこないわ。危ぶなそうな人には切符をやらないから」

百合子の替玉になって踊る、まゆみは恐しいような、また嬉しいような気持ちがした。そんな機会でも与えられなければ舞台に立つ望みは永久来ないのだ、彼女の頭の中は華やかな舞台の光景で浮き立った。

「この御恩私一生忘れないわ。万が一に光村博士に知れた場合、きっと私が命にかけて引受ける。まゆみちゃんを悲境に陥すような事は断じてしないから、私を信じて、安心して立派に踊って下さいな、ね、いいでしょう」

百合子の眼が否でも応でも承知させずにはおかないというように鋭く光る、まゆみはその眼光に射すくめられたようになって、

「ええ」とかすかに答えてしまった。

百合子はまゆみの手をとって唇に強く押し当てて泣いた。

「ありがとう。あんたは私の命の親だわ」

まゆみは非常に不安だったが、そのまた半面には思いがけない機会が到来してあこがれの舞台が踏めるという喜びがないでもなかった。

百合子は起ち上って、

「じゃ、明日、間違いなく、楽屋口へ来て下さい。うまく誤魔化すからね」

4

当日は百合子と牒めし合せてあるので、万事うまく行った。

楽屋は大混雑で、家元へ挨拶しようと思ってもそれすら出来かねるほどだったから、百合子の傍でまゆみがうろうろしていても、誰一人それを怪しむ者はなかった。

すべては好都合だった。まんまと百合子になりすまして、白綸子《りんず》に黒の帯、素足に手拭をふきながしに被ったところはどう見ても替玉とは思えなかった。

いよいよ鷺娘の出番になった。昨日散々小言を食った百合子が今日はどんな風にやるかと、同情半分好奇心半分で朋輩達は自分の事を放り出して見に行ったので、楽屋に居残っている者は一人もなく、空っぽだった。

百合子は舞台が気になって堪らなかったが、見に出ることもならず、荷物の間にすくんでいると、

幕溜りから覗き見している朋輩達の思わずもらす歎声が耳に入った。

「まあ！　素晴らしい出来だわね」

「大した芸ねえ。家元さん以上よ」

そういう声を聞く度に百合子は胸がわくわくした。どんなにうまいのか、一つのぞいてやろうとひょいと首を出すと、運悪るく楽屋へ飛び込んで来たお弟子の女の子に見つかった。

「あれっ！」女の子は飛び上るほど驚いた。そのはずだ、舞台で踊っているのも百合子、楽屋にいるのも百合子、二人の百合子を同時に見たのだから。

百合子は人差指を唇にあて、

「云うときかないよ、殺しちゃうから」

そこに落ちていた小道具の短刀を突きつけて威した。

恰度その時、舞台ではまゆみが火焔模様の襦袢になって踊っているところだった。百合子はくろごを着て幕溜りから覗いていた。うまいな、うまいもんだな、と思うと同時にむらむらと嫉しくなった。胸が裂けるような気がした。憎い！　じいっと睨んでいると、どうしたのかまゆみは急に眉をしかめ、苦しそうな表情をした。

鷺娘は大成功だった、場内を揺り動かすような拍手の中に幕となった。

百合子の母は客席から楽屋へ飛んで来て、家元に礼を云った。家元は今日の出来栄の見事さを褒めぬいた。百合子は擽ったくて居たたまれず早々逃げ出して、客席の方を眼で探すと、約束通りまゆみはいつか洋装に着換えて、彼女を招いていた。

「百合ちゃん、困った事が出来たわよ。見物席に竹村さんが来ていたのよ、はっと思ったら、よろけて釘を踏んじゃった、素足だからね、ずぶりとささった。苦しかったけれど踊っちゃった、が、痛くって――、迚も堪らない。私はこのまま帰るわ、竹村さん、まさか私だと気はつくまいが、何だか恐いわ。だが、どうして切符を手に入れたんだろう、――とにかく、どんなことがあっても今夜の事は秘密よ。お互いに困る事なんだから――」

百合子は心配そうに足許を見て、

「送って行こうか？」

「大丈夫、ひとりで帰れる」

まゆみは足を引摺りながら帰った。


その夜からまゆみは苦しみ出して、翌朝百合子が見舞に行った時にはもう動くことさえ出来なかった。

「ありがとうよ。お蔭様で大変な評判――」

とささやくと、まゆみはにっこりして百合子の手を握った、その手は火のように熱かった。

まゆみの苦悶は日毎に加わった、踏抜きから黴菌が入ったのだが、その釘をどこで踏んだのか誰にも分らなかった。

夜となく、昼となく苦しみつづけて四日目の暁方、まゆみは遂いに死んでしまった。

5

敗血症で死亡したと思われていたまゆみの死因が夫博士によって覆えされた。踏んだ釘にはある恐しい毒薬が塗られてあったことが発見されたのだった。釘を踏んでその傷口から黴菌が入り敗血症になるという事はあり得る。しかし、それに予め毒薬が塗ってあったとなるとそれは問題だった。

不思議な殺人事件として警視庁内は俄かに緊張した。一人の刑事が慌しく入って来て司法主任の前に報告した。

「舞台で百合子が踊っている真最中に楽屋で百合子を見たという女の子があります。女の子はあの晩から発熱して『お化物《ばけ》が鷺娘を踊っている』と囈言を云いつづけているそうです。家元は家元であの時の踊りが到底百合子の芸ではなかった、とあとで気がついて薄気味悪るく思っていると、まゆみが死んだ、それを聞いて益々怖気づいているという話なんです」

「百合子を調べた結果は？」

「何を訊いてもただ泣くばかりで駄目なんですが、その代り薬剤師の竹村春枝という婦人から参考になる話を大分聞きました。百合子とまゆみは表面非常に仲が好く見えたが、実はお互いに憎しみ合い、嫉妬に燃えていたそうです」

「嫉妬？」

「そうです。光村博士をまゆみに紹介したのは百合子です。女にかけてはなかなか手腕のある博士はうまく百合子を説きつけ、美人のまゆみと結婚しました。その代り競走者であるまゆみの芸を永久に封じるという約束をしたのです、その約束が非常な魅力で、百合子は直ぐ二人の結婚を承知したといいます」

「それを百合子が白状したのか？」

「どうして、あの勝気な、虚栄心の強い女が自分の弱点を曝露するもんですか。彼女は鷺娘を踊ることになっていたが急に気分が悪るくなり、止めると云えば家元に叱られるので已むなくまゆみに代理をつとめてもらったとだけは白状しました。まゆみが踏抜きをしたのは舞台でだそうです。それ以上は何も云いません。勿論博士との関係についても絶対にそんな事はないと云い張っています」

「竹村春枝という婦人はどうして微細な関係を知っていたのだろう？」

「さあ」

「まゆみの芸を封じたなどとは想像とも思えない、現にあれだけ好きだった踊りだからな、それを禁じられていたればこそやらなかったのだろう。しかし、そんな事まで知っているのが妙じゃないか」

「竹村は頻りに博士と百合子との関係を云って、一週間ほど前にも博士がまゆみを応接室に追いやって、百合子と巫山戯散らしていたのを見たと云っています。それから名披露の前日百合子が何かまゆみを脅迫でもしているらしく烈しく云い争っているのを庭先にいて聞いたとも云っています。その時まゆみが百合子の手から奪い取って庭へ投げ捨てた紙包を拾ってみたら毒薬が入っていた、変だなと思っていたら果してこの度の事件だ、これはたしかに計画的に行われた殺人で、まゆみを殺す目的で鷺娘を踊らせたに違いない、と云って非常に憤慨しています」

司法主任は直ちに竹村春枝を召喚した。

「薬剤師がどういう理で奥座敷の話を立聞きしていたのか？」

「立聞きしていたのではございません。博士《せんせい》のお仕事をしている時お隣りのお部屋の話声を聞いたのでございます。奥様は何も御存じないんですが、百合子さんはほんとに悪い方だと日頃癪にさわっていたものですから、遂いお話を聞いていたのです」

「まゆみの芸を封じる約束をしたという事は誰から聞いたのか？」

竹村はちょっと返事に詰ってうつむいた。

「出鱈目か！」

「いいえ、それはいつか博士が御酒に酔ぱらっていらした時仰しゃいましたんです」

「君はこの犯人を知っているんだな」

竹村は黙っていたが、知らないとは云わなかった。

「知っているなら云ってしまえ、白状しないと反って君に嫌疑がかかるぞ」

びくりとして顔を上げ、きっぱりと、

「百合子さんでございます」

と竹村は云いきった。

「証拠は？」

「百合子さんは奥様を殺して、御自分が博士夫人になるお積りだったのです。釘に毒を塗ってわざと踏むような場所に投げて置いたに違いございません。私は数日前薬局で薬が紛失した時からあの方を怪しいと思い、奥様のお身をよそながら保護して上げる積りで、あの晩も舞台間近かの客席におりましたのです」

「切符をどうして手に入れた？」

「博士から頂きました」

「毒を塗って釘を投げたのまで知っていながら何故黙っていたんだね？」

「恐しかったからでございます。――百合子さんの復讐が恐かったので――、あの方はお顔に似合わず凄い人で、どんな事でもやりかねないんですから――、奥様をうまく煽動《おだ》てて替玉に使い御自分だけがうまい汁を吸って世間の眼を暗ませようとなさるなんて――、その上御自分のために犠牲を覚悟で踊って下さる奥様を殺そうと計画むなんてほんとにひどいと思います。私の口から発覚《ばれ》たなんて事になったらどんなめにあうか知れません。それを思うと迚も怖しくって今まで申上げられませんでしたが、何も御存じない、あんなお優しい善良な博士に嫌疑がかかっていると聞きましたので、もう黙ってはいられないと私も決心をいたしました。罪のない方が罪を被るという事が余りお気の毒なので――、私はもう百合子さんに恨まれても構わない、博士をお救いしなければならないと存じて思い切って何もかも申上げてしまいました。博士は何もこの事件には関係がございません。あの百合子さんこそは人間の皮を着た鬼でほんとの悪人なんです」と夢中になって博士を弁護し、口をきわめて百合子を罵った。

司法主任は竹村が怒れば怒るほど美しさを増す大きな眼をじいっと見入っていたが、やがてにっこりとして、

「ありがとう、よく話してくれた、これですべてが明白になりました」

と優しい声で云ったのだが、竹村はその一言ではっとしたように真青になった。

竹村が博士に罪を被せまいとして一生懸命に口語る言葉の中から、司法主任はある疑いを見出したのだった。

厳しく訊問した結果、遂いに彼女はすべてを白状した、それによると自分が博士の妻になる積りであったのを、横合いからまゆみという人が出て来て奪ってしまった。その恨みでまゆみを殺す気になった。釘に毒を塗って舞台に置いたのも無論竹村のやったことで、その次ぎに殺人嫌疑を百合子にかけて、永久に博士から遠ざけてしまう計画であったと云った。

魂の喘ぎ

1

××新聞社の編集局長A氏は旧侯爵藤原公正から招待状を貰った。彼は次長を顧みて、

「君、これを読んで見給え、特種階級も大分生活が苦しいと見えて、藤原侯が家宝売り立てをやるそうだ」と白い角封筒を渡した。

次長は中味を引き出すと低い声で、

「拝啓、菊花の候益々御多祥奉賀候、就ては来る十月十五日拙宅において、いささか祖先珍重いたせし物、当家としては家宝とも称すべき品々、展観に供え、その節御希望の品も候わば御入札賜わり度、失礼ながら御指名申上げし方々のみに限り御来駕御待ち申上げ候、なお多年皆様方の間に疑問とされし藤原家の秘密も公開仕るべく候

昭和二十二年十月一日

旧侯爵藤原公正

××新聞社編集局長殿」

と読み上げてから、ちょいと小首を傾げ、

「藤原家の秘密も公開仕るべく候」と繰り返し、

「親類知己位の狭い範囲ならともかくも、新聞社の人まで招いて発表しようとするその秘密というのは何んだろう？　彼も相当な売名家だけあって、人を惹きつけることはうまいなあ。秘密公開というこの文句が魅力だよ。こいつあちょっと行ってみたくなる」と笑いながら傍の部長に招待状を見せた。

A氏はピースに火を点じながら、

「君達は知らないのかな、あの公高失踪事件――、大分旧い話だが、先代の藤原侯には公高という一人息子があった、それがつまり藤原家の何代目かの後継ぎだが、十一の時行方不明になったまま今日に至っている。その当時評判だったのでね、その頃僕はまだ駆け出しの記者だったが侯爵家の内偵を命ぜられ調査してみたが表面に現われている事以外には何もわからなかった。後継ぎがいなくなったというので、親族会議の結果、南条男爵の三男坊の公正が養子に迎えられ、間もなく増比良伯爵の姫君と結婚した。つまり夫婦養子さ。翌年は先代が亡くなり、三年目に先代夫人が心臓麻痺で死んでいる。不幸つづきの侯爵家もその後は至極無事で、空襲にも免れたという話だ」

折柄昼やすみで数人集っていたが、中で古参の記者の一人が物知り顔に乗り出して、

「その公高って少年は非常な利口者で、稀れにみる美貌の持主だったそうですね、尤もあのお母さんの子だから綺麗なのも当然だが、――僕は公高は見ないから知らないが、母夫人の方は二度見ましたよ。一度は乗馬倶楽部で、飾り気のないさっぱりとした乗馬服を着て栗毛の馬に乗っている颯爽とした姿、もう一度は肌の透いて見えるような薄い夜会服の上に毛皮の外套を引っかけて自動車に乗ろうとしているところ、実にぞっとするような美婦人だった。僕は体がかたくなって、しばらく見惚れたまま動けなかったのを覚えている。世の中にはこんな美しい女もあるものかとすっかり感心しちゃって、美人の噂が出ると僕は定って藤原夫人の名を云ったものだった」

「夫人はどこから嫁に来たんだね？」

「それがさ。所謂氏なくして玉の輿に乗った人で、日本橋辺の旧い薬種屋の娘で女医学校を卒業し就職を求めにある医学博士を訪問している時、偶然そこへ来合わせていた先代侯爵が見染めて、親類中の大反対を押し切って妻に迎えたんだそうだ。薬種屋の両親は娘の出世、貴族と縁組みするのは家の名誉だと有頂天になっていたし、娘の方は映画なんかで見る外国の貴婦人の華やかな生活を連想して旧い習慣にとらわれている日本の貴族の生活というものを研究してもみなかった。だから結婚後の家庭生活はあんまり幸福でなかったらしい。彼女の亡くなった時、お通夜に行ったもの

から聞いたが、姑だの、母を異にした――、つまり妾腹だな、そういう小姑が多数いる間に挟まって小さくなり、平民の娘、平民の娘と蔑視《さげす》まれつづけて、針の蓆にいるような辛い思いをしていたという。ああいう社会で氏のないということが、どんなに肩身が狭く、またどんなに賤しまれるかということを彼女は全く知らなかったんだね」

「不幸な人だなあ」

「美人薄命という言葉がぴったりくるね。唯一の希望である我が子は行方不明になる、その心痛から病弱になり、生きて行く力を失ったと云って床に就く日が多かったというからその頃から心臓の方も悪るくなっていたんだろう、突然麻痺を起してあっけなく死んでしまったのが、公高の三回忌を行った夜だったというのが何かの因縁だとでも云うんじゃないかな」

「とにかく局長、是非、出席して話を聞いてきて下さいよ」

一同は秘密公開という点に興味をもっているらしかった。

2

藤原家の売り立ての日は朝から小雨が降ってうすら寒い日であった。

応接室をはじめ各部屋の襖は全部取り除かれ、大玄関の式台にはモーニングを着た家扶と執事が並んで来客を迎えていた。天気の悪いにもかかわらず徒歩で来る者、自動車で馳せ参じる者、招待状を受附に差出して奥の大広間に案内されて行く人達の中には東北から来たの、関西からわざわざ上京したのという者も少なくなかった。客は廊下にまであふれて定刻には文字通り奥の大広間は立錐の余地もない有様だった。遅れて来た編集局長は人々の間を縫うようにしてやっと入った。そこは藤原家の仏事を行う部屋で、ぐるりの壁には代々の当主と令夫人との油絵の肖像画が掲げてあった。公正侯の思いつきであろう、その時代の当主の使用した物品をそれぞれの前に並べてあった。

　先代侯爵と夫人の前には大きな寝観音が安置され、螺鈿蒔絵の経机の上には青磁の香炉をのせて沈香を焚き、細々と立ちのぼる煙はあたりの空気を、清浄なものに感じさせていた。その傍には高蒔絵の御厨子、蝶貝入りの書棚、梨地定紋ちらしの文机等が極めて体裁よく置きつけてあった。どれを見ても欲しいものばかり、侯爵が特に指名した人に限るとしたのは、商売人の立ち入るのを防ぐためだったろうと一同はうなずいた。

「あら、まあ、何んて大きな観音様でしょう」とびっくりしたような甲高い声がした。それは二三人の貴夫人連であった。

「お立派な観音様、これはね、先代様がシャム国へ御派遣になった時、有名なワット・サーケーという寺院の御住職様から御拝領になったものですよ、あんまり大きいので平常は菱井信託の地下二階の宝物庫にお預けになっていたのを特にこの度お取り寄せになったんです」

　と同族の侯爵夫人が云った。

「このお胴の中でお昼寝位出来そうですわ」

「でも、中はがらん洞ではないでしょう。金だか、銀だか、銅だか知らないけれど、いずれむくでしょうから」

「金や銀なら今頃まで残っていませんわよ。供出させられてますから、オホホホホホ」

　誰でも一度はこの寝観音に眼をとめるらしく婦人達が次の間へ去ってしまうと、どかどかと四五人の紳士連が周囲を取り巻いていた。頃あいを見て、

「皆様、どうぞ御入札をお願いいたします」

　と執事が大きな声を張り上げた。

　入札せよと云われても素人ばかりなので、価格がわからない、金額の書きようがないという人が多かった。それでも大騒ぎしてどうやら入札が終った。

「粗茶を差上げますから、御一同様がた、どうぞこちらへ」と来客を食堂へ案内した。

各自の前に紅茶と菓子が運ばれた時、始めて藤原公正が羽織袴で姿を見せた。彼は威儀を正して一通りの挨拶をすませると、

「招待状にもちょっと申上げておきましたように今日は当家の秘密を皆様にお話申上げたいと思います」と前置きして、

「已に御承知の事でしょうが、話の順序として一応申上げます。私共夫婦は他家から養子に参った者、当家は公高が継ぐはずでありましたが不幸にも十一才で行方不明になり、彼の生死も分らないままで十数年過ぎてしまいました。当時皆様方の間では昔風に神かくしだろうとか、人浚いの手に渡って奴隷にでもなっているだろうとか、種々の取り沙汰をされていたのですが、結局分らずじまいで今日に至りました。それがやっとわかったのです、その御報告が一つと――」公正は言葉を断って、そこに集っている人々の顔をひとわたり見廻わした。

来客は片唾を呑んで聞いていたが、公高の消息がわかったと聞いて急にざわついた。

公正は語をつぎ、

「もう一つは先代夫人、即ち公高の母君の死について申上げたい。夫人は心臓麻痺で亡くなったのではなく、実は公高の三回忌の法事を行って後、自殺されたのです」

低い溜息が、あちこちに聞えた。

「私はどうかして、自殺の原因を知りたいと思い、遺書を探しました。しかし発見されませんでした。よくよく整理して死なれたものと見え、文字を書いた一片の紙片すらなかったのです。ところが偶然、この売り立てをいたそうとしたおかげで、この二つの謎が解けたのです。藤原家所有のこれ等の品物が他人様の手に渡ってしまっては、もう再び夫人の遺書を探すよすがもないと私は考え、念のためもう一度全力をあげて探すことを思い立ち長い間かかって厳密に調べたのです。すると夫人の愛用していたこの文机の抽斗の奥に秘密の扉――、つまりかくし場所のあるのを発見した

のです。その扉を開くのがまた非常な困難でありましたが、遂いに目的を達しました。そしてそこに一通の遺書が入っているのを見たのです。それによって始めて夫人の死の原因を知る事を得ました。ここにあるこれが即ち遺書でございます」

紫縮緬の袱紗に包んだ部厚な封筒を公正は高く捧げて一同に見せた。

「さて、私はこれからこの遺書を読み上げますから、お聞き下さるように願います」

3

「私は二十四の年に藤原家の人となってから十四年になります。夢を懐いて妻となった私、世間知らずの私は楽しい娘時代から一足飛びに現実の苦悶の世界に入ったのです。結婚後数日にして私は已に後悔していました。この結婚に不賛成だった藤原家の人々は私の落度を見つけてそれを口実に夫との間を割き、何とかして別れさせせようと、あることないことをいろいろと夫へ讒訴したので、二人の間にひびが入り、それがいつか大きな溝になって面白くない日を送るようになり、私の地位も次第に足許から崩れかけて来た、その翌年公高を生みました。

家柄のない事はこういう社会の人の目には一つの罪悪のようにでも映るのでしょうか、平民なんかに教育されてはどんな者になるか分らないというので、公高は生れると直ぐ私から引き離され、祖父母の溺愛の中で我まま一杯に六つまで育てられ、戻った時は手のつけられないやんちゃになっていました。しかし機嫌のよい時は実に如才のない、頓智のある気の利いた子でした。

小学校へ入ると直ぐ級長になり、明朗で頭が鋭いと先生も褒めて下さる。悧口だ、美しい子だと親類中の褒めものになり、そのために私への風当りがすっかり違ってきたのは有難い事でした。ひと様から云われなくとも、子を見ることは親が一番知っています。私は密かに同族間を見廻わしましたが公高の右へ出る男の子は一人もありません。私は得息でした。栴檀は双葉より香ばしいといいますが、ほんとに公高は輝いていて、生れながらにして人の長となる品格を備えています。彼のおかげで平民の娘の価値も上り、危く見えた私の地位も段々ゆるがぬものになって行きました。

ある日、私がお湯殿から衣裳部屋へ入ろうとすると入れ違いに、小さい者の影がお縁側の方へ走るのを見ました、公高でした。どうして母の衣裳部屋へ入っていたのかと何心なく見ると、ずらりと並べてある簞笥の一つの抽斗が開いていて腕時計のケースがありません。それはダイヤ入りで一番大切にしているもの、私は何という事なしに胸を突かれました。墨塗りの小物入れにも触れたらしく小さい手形がついている、泥に汚れた手で抽斗を開けたのでしょう。帯止の金具類が掻き廻わしてある、この小さい手形は公高に違いない、悪戯もこうなると念が入り過ぎているので放ってもおけず、それかといって家人の思惑もあるので、人に知れないように土蔵前へ連れて行き、よく訊いてみると、公高はいつか近所の小母さん達――、お神さん達と仲好くなっていて、その人達に唆かされ、大分私の持物を引出していることがわかりました。

無断で人の物を持ち出すのは泥棒と同じことだとよく説諭しました。彼はしょげ返って涙をこぼしながら首を垂れていました。こんな幼い者をおだてて貴重品を捲き上げるなんて罪悪だと私は憤慨し、小母さん達というのが憎くなり、公高が可哀想でなりませんでした、罪は彼女等にある、彼には何の罪があろう。今後の事もあるので密かに小母さんの一人を訪ね、罪のない子を罪に陥すようなことになるからもし欲しいものがあるなら、何でも上げますからこれからは直接私に交渉してくれと頼むと、彼女は非常に立腹し、飛んでもないことを仰しゃる、若様から頼まれるのでお断りも出来ず、仕方がなしに必要もないのに買って上げているのに文句をつけるとは何事だ、御大家と思って遠慮していればつけ上って、と逆捩です。欺したのがばれたので耻しいからあんな虚勢を張るのだ、浅間しい女とこっちは蔑視んで帰りました。それは公高が八才の時のことです。

その年の秋、外務省からシャム国へ派遣される夫に従いて私も行きました。帰ってみると僅半年ばかり離れていた間に公高はすっかり変って妙によそよそしい態度をするのです。恰度庭の四阿で友達と遊んでいるのを見たので、お菓子を持って行きましたが、二人は夢中で話していて私の近づくのも気がつかない、聞くともなしに話を聞くと、

『自分の息子を放ったらかして、今頃新婚旅行でもあるまいさ。あのべらぼうに大きな寝観音の背中にはうんと土産物をかくしているそうだ、信託へ持ち込まないうちに盗ってやれ、鼻をあかしてやろうじゃないか、一泡ふくぜ』と憎い口をきいているのです。

『鍵をどうしてあけるの?』と友達が訊く。

『わけなしさ。針金一本でどんな厳重なやつでも開けてみせてやらあ』と威張っている。私は呆れてあとの言葉を聞くのが厭でした。踵を返そうとするその跫音に気がついて、二人はこっちを見ましたが、

『チェッ。噂の主の御来臨だぞ』と低い声で『うんとおだてて嬉しがらせてやれよ』

友達はあどけない顔をして私の傍にまいり『僕、小母様を、××宮妃殿下のお忍びかと間違えちゃったあ』と云うのです。××宮妃殿下は有名なお美しいお方であらせられましょう?

公高は私がどんな顔をするかと、じいっと盗み見ているのです。

その頃、女中部屋で頻々と物が紛失する、衣類を始め毎月溜めていた給料をそっくり盗まれた等々の訴えに、執事の注意で一人の小間使に暇をやりました。が私はもしや公高の仕業ではないかと胸を痛めていると、今度は学校から電話です。あまりに欠席がつづくからとの注意、登校していることとばかり思っていたのにどうしたのでしょう。よく調べますと悪友に誘われて途中から外れるらしいのでその母君に私からお頼みに行きますと、意外にも先方では公高に誘われるので大困りだとの事、私は情けなくなりました。しかし、その友達だって何を云っているのかわかりません、公高は私に嘘を云う子ではありませんから――。

誰が何と云おうと私は彼の味方です。母だけはどんな事を人が云おうと公高の方を信じてやりま

す。彼は決して自分から悪い事をするような子ではない、が、意志が少し弱いので、他人の誘惑に勝てないのです。それが可哀想で小叱を云う気にもなれません。

そうした事の続いたある日、私は公高の部屋で思いがけない沢山の物品を見たのです。ダイヤの指輪、女の腕時計、紹刺の紙幣入、その中にはかなりの大金が入っていた、私はかあッとなって眼がくらくらとしました。ハンド・バッグが二個、一つは鰐革、一つはエナメル、開けて見ると立派なコンパクトやらクリーム入れやら、女の持つものがぎっしり詰っている、私はガタガタ慄えて、どうにもふるえが止りません。どこからこれだけの物を運んできたのでしょう、無論買うだけの金は与えてありません、すると——、ああどうしたらいいのでしょう。私の頭の中は混乱してしまいました。卒倒しそうになります。

公高の将来にかけた期待が大きかっただけに失望は更に大きかったのです。今となってみると近所の小母さんの言葉もほんとうだったのでしょうし、女中部屋の盗難も——、友達を誘惑して学校をサボったのも——、みんな彼がやったことに違いない、私は悲しみのどん底に呻吟《うめ》きながら、部屋の中をのたうち廻りました。私の血はどんどんと頭へ逆流して物の判断もつかないようになりました。もしそこに公高がいたなら私は彼に飛びかかって首をしめつけたでしょう。

私は両手で顔を覆うて突伏して泣きました。長い間泣きつづけました、この恐しい打撃にもう起ち上る気力もなかったのです。

何故私がこんなに絶望したか、それには理由があるのです。実は私に一人の弟がいました、それは恐らく世間では知らないでしょう。生れると直ぐ他家の籍に入ったのですから——、その弟が公高のように才はじけた頭のいい美しい少年でしたが、年頃になると不良仲間に入り隼の正という名までつけられ、その上、手癖が悪るく箸にも棒にもかからなかったが、喧嘩で大怪我をしたのが原因で死にました。その時悲しむはずの肉身達はほっと安心し、最初で最後の親孝行だと父は喜びました。不良性は私の血統にあるらしく、父の兄、私の伯父も大変者だったと申します。

それが頭にあるので私は一途に逆上してしまったのです。まだ年少の事だから教育次第で善道に導く事も出来ようにと仰しゃるかも知れないが、それは私へのお世辞、あるいは同情の言葉です。公高はもう真人間に立ちかえるとはいくら母の慾目でも思われません。あまりにも巧妙過ぎる、先天的の不良だからです。

日頃蔑んでいる平民の娘の生んだ子が不良で盗癖がある、しかもそれは血統だとあっては私の救われる道はありません。公高のおかげで築きかけた地位は忽ち崩れ、私は奈落の底に突き落されてしまうのでしょう、それればかりでなく、大切な大切な藤原家の血統に不良の血を残したとそれこそ多数の人の憤りを浴びなければならないでしょう。それはともかくもこういう少年が成長したところで碌な者になるはずはない、家名を汚し親の名を耻しめ社会に害毒を流して他人に迷惑をかける。また彼自身の将来も暗澹たるものでしょう。

私はすべてに希望を失いました、希望を失ったもののとるべき道――、ああ、それは云わずと知れています。私は公高をほんとに愛しています、愛していればこそ、彼を私の手で始末してやろう、彼を殺して私も死のうと決心したのです。

私は気が狂ったのでしょうか。

何事にも小器用な公高は小鳥を飼い馴らすのが上手でした。恰度おそまきの痲疹を患ってそれが癒ったばかりの時でした。屋上庭園で文鳥を放して遊びたいと云ってききません。

その日は偶然みんな外出して家の中には私と彼と二人だけでした。こんないい機会がまたとあろうか、と誰かささやくような気がしたのです。四辺を見たが誰もいません。チャンスを逃がすな、と、また――。私は自分の耳を両手で覆いました。

公高は屋上で文鳥を放し、空を仰いで手を叩き口笛を吹いて呼んでいたが、病み上りのところへ強い日光を浴びたので眩暈がしてよろめき庭園の棚に摑まったのを私はいきなり突き落そうとしたのです。彼は落されまいと必死に棚にしがみつく、私は夢中になってその手をふりほどくと、彼は死者狂いで私の髪の毛を摑みました。黒髪は解けて公高の手に蛇のようにからみついた、私は頭を後へ引きざまどんと胸を突いた、あっと一声叫んで彼は墜落しました。実に一瞬間の出来事です。

私は夢みているようにぽかんとして、ただ呼吸《いき》をきって喘えいでいました、が、急にはっと我に返ると、疾風のように庭へ馳け降りました、しかし、後頭部をしたたか打った彼は已に息を引き取っておりました。

自分で殺しておきながら何んという矛盾でしょう、私は公高を抱いて私の居間へ連れて行き夢中で人工呼吸を行ったのですが、もう駄目でした。すると急に犯した罪が恐しくなって慄え上りました。殺人！　まあ何という大それた事をしたのでしょう。

公高がいくら悪いと云ってもまだやっと十一になったばかり、それをむざむざと――、取り返しのつかぬことをしてしまいました。私は死体を抱き上げ、声をあげて泣きました。今にも物を云いそうな可愛いい顔をしています、私は頰ずりしながらじっと眺め、せめてこの美しさだけでも永久に残してやりたい、と思ったのです。私は女医でしたし、学校を卒業して家庭の人となってからもいろいろ研究していた事があるので、早速それを応用してみようと、大いそぎで、ある薬品を調剤し彼の股間静脈に小さいポンプで二千グラムもの液を注射したのです。それは死体の腐敗を完全に防ぐものなのです。

そうしておいてから始めて死体をかくす場所を考えたのですが、どこにもありません。散々悩んだ揚句、ふと思いついたのは信託の地下二階に保管を頼んである寝観音でした。あれの背中に納めてやりましょう。いい思いつきではありませんか、生前は悪魔の心を持った少年、死んで仏身になるとは有難いこと、私は涙が出るほど嬉しくなり、この名案に感心してしまいました。

私は衣類の入れ替えと称して茶箱の中に彼を入れ、自動車で運びました。大きい荷物の出し入れは毎度の事なので信託の人々にも怪しまれず、始末が出来ました。観音のがらん洞の背部に彼を寝かせ、そのぐるりの隅々にまで隙間なくぎっしりとアドソールを詰め込み、密閉して鍵をかけ、なおめばりまでほどこして外部からの空気の侵入を防ぎ、これでよしと見定め、安心して帰宅したのです。

私は公高の死体を人工ミイラにつくり上げるつもりだったのです。自然ミイラの如ききたならしいものでなく、彼の美しさを永久に保存する人工ミイラです。実は私自身死んだらそれを行ってもらいたい願いで、多年研究していたものです。

さて、公高の死体も現われず、されぱと云って生きている証拠もないので行方不明ということになりましたが彼が発見されるまでは失踪の日を命日とすることに定めたのです。

三年目の祥月命日、即ちこの遺書を認める前日私は信託へまいり、寝観音を開いて見ました。私の製造した人工ミイラ！　ああそれは美事に成功していました。生けるが如き彼の美しい顔は生前と少しも変りません。私は感激の涙を流しながら、新らしいアドソールと古いのとを入れ替えもとの通りに封じて帰りました。公高は仏の中に生きています。永久に——。

それを見届けてから、私は自分の罪にふくす、それは最初からの覚悟でございました。

藤原冴子」

藤原公正様

4

公正は遺書を読み終ると徐ろに席を起って、

「実はこれから皆様と御一緒に観音の背部を開けようと思うのです。私共はまだ何も手をつけておりません。では——、どうぞ」

彼を先頭にして客はぞろぞろと従いて行った。まるで墓を発きでもするような気持ちだったので、多少の好奇心はあるものの、誰一人口をきく者はなく、ただ跫音のみ長い廊下を続いていた。

やがて、公正の指図で家扶と執事は寝観音の後ろへ廻わって封を切り、鍵を開けた。二人が背部へ手をかけようとした時、「ちょッと、待て！」と公正は制し、一同に向って、「皆様、ずっと近よって下さい。只今、観音を開けますから――」と云ってから、両人へ合図の眼を向けた。

緊張した顔を並べて一同固唾を呑んだ。重苦しい空気が室内に充満した。

ガチャリ！　背部はぱっと開かれた。

「あらッ?!」

「まあ！」と呆れたというような声がした。

「やあ、これは――、これは――」公正は呆然として顔が蒼白になった。

「何んだ！　人形じゃないか」編集局長は嚙んではき出すように云った。

美事な人工ミイラを想像していた人々の前に現われたのは、よにも可愛らしい水兵服を着た男の子の人形であった。

公正は事の意外に面喰って、弁解の言葉もなく、途方に暮れている時、ふと人形の胸に抱いている第二の遺書らしきものを見た。

彼は救われた、ほっとして、これを手にとり上げ、

「皆様！　ここに別な遺書がありました。さあ、これを読んでみましょう」

さっと封を切った。

「人工ミイラをつくりたいと思ったのですが悲しい事に女一人の手ではどうにも所置が出来ません。それで已むなくあきらめて、この邸内の雑木林――、そこは蛇が出るので家人の近寄らないところです――、の梅檀の樹のもとに穴を掘って埋めてやりました。今頃はもう魂い白骨になっていることでしょう。美しい人工ミイラに出来なかった事はかえすがえすも遺憾です。それでせめてもの心やりに懇意な人形師に頼み、公高の似顔をつくらせ、それを時折眺めに信託にまいり、僅かに慰めていたのです。

藤原公正様

藤原冴子」

公正の命によって、直ちに雑木林の栴檀の根元が掘り返えされ、間もなく公高らしい少年の白骨が現われたと執事によって報告されたのだった。

和製椿姫

1

私が玄関の格子を開けると、母が馳け出して来て、

「御殿山の東山さんからお使いが見えたよ、今朝っから、三度も」と急きこむように云った。

「どんな御用？」

「重大事件なんだって、至急、御相談したいから、日名子さんがお帰りになったら、直ぐお出で下さるようにって」

「事務所の方に電話くれればいいのに――東山さんなら事務所から直接行った方がずッと近いのにねえ」と、私は気が利かないじゃないかと云わないばかりの口吻で云った。

「度々かけたがお話中ばかりで通じなかったって云ってたよ。東山さん待っていられるだろうから、日名子さん、あんた行って上げたらどう？」

「そうね。あの性急な東山さんの事だから、さぞ、焦り焦りして家の人達を叱り飛ばしていることでしょう。仕方がないわ、じゃこれからちょっと行って来ます」

私は脱いだ靴をまた履いて、東山邸にいそいだ。

品川の海を見晴した宏壮な邸も、主家の一部と離れの茶室だけが残って、あとは全部戦災を受けていた。あの体面を気にかける彼が、まだ手入れもしないのはよくよくのことだろう。聞けば邸も内々売物に出ているという噂だから、懐は相当苦しいに違いない。何しろひと頃あんなに景気のよかった軍需会社も終戦と共に閉社してしまって、第二封鎖と財産税とにいためつけられてしまった上、十人近い家族を抱えての居食いだから、並大抵のことではあるまい。

東山春光の父と私の父親が親しかった関係から、私は彼と友達だった。彼は高等学校時代からの

道楽者で、富豪の息子にあり勝な、我儘で見栄坊で、ひとりよがりの通人で、歯の浮くような男だった。が、女にかけては相当なもので、新橋あたりの待合へ入り浸って、そこから学校へ通ったなどという噂を聞いた。奥様運の悪い人で、器量望みで貰った最初の妻ともいれて五人目のを失ってからは正妻を迎えず、外に囲ってあった第二夫人を家にいれていた。

第二夫人は有名な美人で、一時和製椿姫と云えば道楽者仲間で知らない人がないほどの女であった。勿論芸者でも、女優でもない。お妾商売とでも云うようなもので、男から男へと飛石伝いに歩いているような類だった。そして、東山春光の懐へ入って、そこを最後の落付き場所とでも思っていたのか、その後ふっつりと噂がなくなってしまった。

「東山はあの女を根びきしたために、決闘を申込まれたそうだ」なんて話があった。

とにかく、それからの彼は花柳界にもあまり姿を見せず、家庭内に閉じ籠ってしまったので、さだめし平和な幸福な生活をしているのだろうと、私はかげながら祝福していたものであったが、さて、品川の邸へ来て、彼に会うと、今までの想像はすっかり覆がえされた。彼の変り果てた様子にまず一驚を喫してしまったのである。すっかり憔悴して、顔面神経痛でもあるように、絶えず眼と口を引きつらしている。

私は久々の挨拶もそっちのけにして、

「重大事件って、どんな事が起ったんですの?」ときいた。

彼はいらいらして、椅子のふちを指先で叩いたり、脚を組んだり、ほどいたり少しも落ちつかなかったが、

「日名子さん、実は極秘裡に、至急、何とか始末をつけなければならない事件が出来たんです。どうでしょう? あなた、絶対に他言しないと誓ってくれますか?」

「それはもう私の職業柄、他人の秘密をしゃべるような事はありませんよ」

彼は深くうなずいて、

「そうでしょうな。医者が患者の秘密を語らないようにね。それに僕と日名子さんとは友達でもあるからね。特に便宜をはかっても下さるだろうし、と、まあ、自惚れてお願いするんですが——、あなた僕の妻、勿論正妻ではありませんが、美耶子にお会いになったことがありますか？」

「ええ、二度ばかりお目にかかりましたわ。大層お美しい方ですのね」

春光は苦笑いして、

「美耶子が、昨夜浚われてしまったんですよ」

「へえ、奥様が？」

「そうです、妻がです」

「浚われたということがどうしてお分かりになりますの」

「美耶子はあなた、重病で寝たっきりだったんですよ。独り歩きも出来ない大病人が消えて失くなったんですから、浚われたとしか考えられないじゃありませんか」

私は黙って彼の顔を見た。青い頬にいく分か興奮して血の気がのぼっているが、その眼は充血して昨夜来の苦悶をありありと現わしている。いつも奇麗にわけている頭髪も、話をする間に指でがりがり掻くので、もしゃもしゃになっていた。

美耶子の前身が前身だけに、彼の煩悶には複雑なものがあった。嫉妬の交った感情もあっただろうし、体面を重んじる彼としては、まるで顔に泥を塗られたような不愉快さもあったろう。世間へ知れては面目ない、何とかして誰にも感付かれないうちに連れ戻さなければならない、と、彼は焦っていた。

「もっと委しく話して頂けないでしょうか。奥様は御重体でいらしたとすると、どういう御病気だったんですの？」

彼は鼻の先でふふんと笑って、

「ああいう種類の女が、最後に生命を奪われるとしたら、結核か黴毒かに定っているじゃありませんか。自業自得ですよ。散々男を悩ませた報いが来たんです」

私はにの冷めたい言葉に腹が立った。そうと分っているなら、何故もっと早く手をつくしてやらなかったのか、生命を奪われるところまで追いつめて、それをじッと瞠めていたとしたら、彼は絶対に彼女を愛していたのではない。むしろ何か心にたくらむところがあって、彼女へ復讐したのではないかとさえ疑えるのだった。

「それで、ですな」と彼は言葉をついで、「世間体もある事ですから、医者に頼んで神経衰弱という事にしてあるんですよ。まさか、神経麻痺だの、痴呆症だのって発表出来ませんからな。気狂いなら失踪しても云いわけはたちますが、しかし、世間の話題になるのは困りますからね。どうしても、一度は連れ戻して、ここから葬式を出さないと困ります。それに美耶子は御承知の通り、大変虚栄心の強い、大の見栄坊ですからね、東山夫人として死にたいのに定っています。また、そうしてやるのが僕の慈悲ですよ。浚った奴にしても、さて自分のところへ連れて来てみれば愛想がつきるでしょう、あの我儘ではね、直ぐに棄てられてしまいますよ」

「浚った人から何とか云って来ましたか? お金をよこせとか何んとか」

「まだ何とも云って来ませんよ」

「では何を目的で御病人を連れ出したりしたんでしょう?」

「まさか、あんな病人とは知らずにやったんでしょう。馬鹿な奴だ」と吐き出すように云って、「人の口さえうるさくなかったら、反って有難い位なんだけれどね。世間っていう小姑があるから——、それだけを僕は恐れているんですよ」

私は彼と友達でなかったら、一言で拒絶してしまうのだったが、こういう人を頼っていた美耶子の事を思うと、彼女がいままでにどんなに冷めたい待遇を受けていたかが想像されて、浚われたということが果して彼女にとって不幸なのか、幸福なのかわからなくなった。しかし、もし連れ戻すことが彼女にとって幸福ならば、彼の依頼のためではなく、私は彼女のために努力してみようと決心した。

「失踪前後の事や、何か手がかりになるお心あたりの事でもあったら話して下さいね」と云うと、
彼は天井を向いて考えていたが、

「まず、昨今の宅の経済状態からお話ししなくてはなりますまい。美耶子はあの通り贅沢好きで、いまの時代にも昔と変らぬ生活をしないと機嫌が悪い人です。ところが、実はお恥しいがこの邸も持ちきれなくなったような状態なので、彼女の希望するような生活は出来ない、それが第一不平だったんですね。内緒で、昔馴染の男へ訴えたらしいんですよ。不愉快な話じゃありませんか、たしかに二三度手紙の往復をしている」と唇を噛んだ。

「相手の男はわからないんでしょうね?」

「分っています。実に怪しからん奴で、僕はまだ会ったことはないのだが、美耶子を自分が引取って世話をしたいなんて、無体な生意気な手紙をよこしたんです」と云って、彼は次の間にたって、抽斗を開けたり閉めたりしていたが、二三通の手紙を摑んで戻って来た。彼は震える手で封筒から中味を引き出して読み上げた。

「美耶子さんの御近況を聞くにつけ、僕はお気の毒で黙ってみているに忍びないんです。是非、僕の手にお返し下さい。どのみち全快の希望がないものならばせめて最後の幾月なり数日かなりを、心ゆくまで楽しく送らせて上げたいのです――。などと、日名子さん、実に呆れた男ではありませんか。美耶子をまるで自分のものででもあるような事を、云ってるんですから、非常識にもほどがある、気狂いですよ、この男は――」と憤慨した。

「それに対して、何とお答えになりまして?」

「捨てておきましたよ、無論」

「最後に来たのはいつですか?」

「数日前です。僕は放っておきました。すると、昨夜、美耶子がいなくなったんです」

「美耶子さんはどのお部屋にねていられたのですか？　重体と云われるからには看護婦もついていたんでしょうね？」

「看護婦もあれの我ままに呆れて、三日といる者はないんです。余り度々かわるので近所の手前みっともないのでやめました」

「どなたかお世話していらしたんですの？」

「さあ、別段、誰と定めてはいませんでした。手のあいている者が気をつけることにしていたんですが、庭の離れの茶席を病室にあてておきました。昨夜は来客があって、夜が更けたのにあの大雨でしょう？　美耶子はもう眠っているだろうから、明朝早く行ったらよかろうということで、誰も行かなかったんです。美耶子は昨夜はじめて茶席にひとりでいたことになるのです」

「美耶子さんの失踪は今朝発見されたんですね。お客様でごたごたしていらしったとすると、宵の口やら、夜中やら、失踪された時間ははっきりしないわけでしょう？」

「そう、しかし、あの体で自分で失踪するわけはないから、手紙の男が連れ出しに来たことだけは確実です。素人の僕達がかけあってみたところで、おいそれと返してよこすような奴ではありますまい。どうせ目的は分っていますよ。見ていらっしゃい。いまに莫大な身代金請求をよこすから――警察の手にかければ直ちに解決されましょうが、それでは世間に知れる恐れがある、新聞にでも出ると困りますからね。そこであなたは女性でもあるし、私立探偵という職業を持っているからお願いするわけなんです。世間へ知れないように、上手に彼の手から奪い返して下さい。が、奴もなかなか凄いですからね、よくよく注意なさらないとしてやられますよ。アドレスはここに書いてあります」

　と、彼は封筒をよこした。私は差出人の名を見てちょっとびっくりした。それはいま売り出しの流行歌手、しかも評判のいい青年であった。

2

翌日私は青年を訪問した。

彼は少しも悪びれず、私を応接室に通して、

「今日あたりは東山さんからお迎えにみえるだろうと思っていました」と云った。

青年は美しい男ではあったが年よりはずっと老けて見えた。しかし、東山春光が想像しているような凄い男でも、悪漢でもなかった。むしろ温和な弱々しい感じであった。

私は思い切って最初からざっくばらんに口をきった。

「御察しの通りですよ。奥さんを頂きに上りました」と云って、名刺を出した。彼はそれをちらりと見て、

「僕は始めから名乗りを上げて交渉していたんですが、東山さんが取り合って下さらないからこんな事になっちゃったんです。浚ったというと穏やかではありませんし、場合によっては僕は犯罪人になるかも知れませんが、いまは一刻を争う時なので、やむを得ず荒療治をやったんですが、別段強請がましい事を云った覚えもなし、探偵の方までお頼みになるほどの必要はないのじゃないかと思いますがね」

そこで私は自分と東山との関係を説明し、彼が私へ特に依頼した理由は世間へ知らさないということが第一で、万事穏に事を運ぶためであることを説明し、従ってはこのまま素直に夫人を返すならば、東山は好んで表沙汰にするような考えは毛頭持っていないからその点は安心されたがよかろうと云うと、

「東山さんの御好意は感謝いたしますが、御返しすることだけは、もう少時待って頂きたいんです。結局はお返しすることにはなりますが――」

「それが困るんです。つまり東山さんのほうは世間の口にのぼることを極度に怖れているんです。今のうちなら誰にも知らさず、また誰にも疵がつかずにすむ。が、これが長びくと自然世間へもれる、親類もうるさい、そうなると穏やかにとばかりは云っていられないから、徹底的にやらなければならない。警察の手で取り返すような事になれば、そこに自然罪人も出ようというもの、事を荒立てるのを好まない東山さんとしてはそれは死ぬよりも辛いから、そこをよく理解して頂きたいと申されるんですよ」

彼は、云いようのない悲痛な面持ちをして、じいと腕を組んで考え込んでいる。

「いかがでしょうかね」と私は彼の答えをうながした。

青年は石のようにだまりこくっている。

「お返しになった方が、あなたのためですよ」

すると、彼は居ずまいを直し、きっとなって、

「あなたから御らんになったら、さぞ勝手な奴とお思いになるでしょうし、また人の夫人を滲うなんて非常識な大馬鹿者に思われるでしょうが、これには一つの物語があるのです。どうぞお聞きになって下さい。いや、その前に、美耶子さんが無事であることを御目にかけて、御安心を願わなければなりませんでしたね」

「是非お目にかからせて下さい」

「ではどうぞ僕と一緒にいらして下さい。お会いになって失望なさるといけないから、あらかじめ申上げておきますが、彼女はもう自分自身を失っています。時には魂の戻ることもあるのですが――、彼女は自分を東山夫人とも、美耶子とも思っていないんです」

「と、仰しゃると?」

「あのひとは夢を見ているんです。自分をほんとの椿姫だと思い込んで――」

「椿姫ですって?」と私は呆れて彼の顔を見た。

青年は痛ましそうな表情をして、

「夢の世界にいることが、彼女にとっては最上の幸福なのですよ。和製椿姫などとうたわれた頃から、和製なんかと云われるのはいやだ、私はほんとの椿姫になりたいと云っていましたもの。それが病気になって、気が狂うと同時に、小説の中の人になってしまったらしいんですね、それはあのひとの長い間のあこがれだったんでしょう、その理想を実現しているいま、美耶子さんにとってこれ以上のいい生活はないんです。実に無上の幸福に浸っている、そこなんです、僕がもうしばらくお連れ戻しになることを裕予して下さいと申上げたのは――。また冷めたい現実の世界に引き戻すのは可哀想です。どこまでも夢を見させて、夢のまんまでこの世を終らせて上げたい」

と云って青年は眼を拭い、

「いまの東山さんはもう美耶子さんにあきてしまっているんです。ただ世間体をつくろう事にばかりに狂奔しているだけです。彼女の心なんかを思いやっているんではないんですからね、そんな冷めたい人の手に返すなんて――」

私は青年の後ろに従いて、奥の部屋へ入った。入口には厚い天鵞絨のカーテンが下りていて、その隙間から見える部屋の中は実に眼の覚めるように美しかった。生花に囲まれたベッドの前には純白のレースの帳が半分ばかりしぼってあって、彼女の疲れた顔に直接光線があたらないように工夫してあった。小さい部屋ではあるが、それは善美をつくしたもので、美耶子はレースの覆いのかかった羽根枕に満足そうな横顔をつけていた。

青年の足音に、ぽっかり眼を開けた彼女は、彼の方へ向いて両手をひろげた。彼は走りよって膝まずき、その細い手をとって唇を押しあてた。

彼女は赤い羽根蒲団を押しやって半身を起しかけた、がまた崩れるように横になった。彼女の着物は美事に刺繡のある水色のガウンであった。胸には一輪の椿の花をさしていた。ベッドの裾の方に控えていた小女が走りよって、恐る恐る蒲団をかけた。彼は小女の事を美耶子附きの侍女であると云った。その侍女も古風な洋服を着て、取りすましていた。

「この部屋の中では二六時中椿姫の劇が演じられています。僕も一役をかっているんですが――」

と真面目臭って云った。

浮世離れたこの一室は美耶子のあこがれの世界なのであろうか。彼女ばかりでなく、青年まで、いや侍女までが何となく精神病者でもあるような気がする、そこの空気全体が狂っているような感じで、私までいつかだんだんと引き込まれそうな気がしたので、いそいで部屋を飛び出してしまった。

3

応接室に戻ってほっとしていると、後を追って来た青年は私と差向いの椅子に腰かけて、静かに語り出した。

「話は二十年前に溯らなければなりません。みよりというもののない美耶子は生きるために夜の女になったのです。それよりほかに道がなかった。毎夜往来に出て客を拾うのですが、ある雪の降る寒い晩、生憎と一人の客も摑まらない、恰度その頃彼女は誰の子とも分らない嬰児を生んだばかりで、勿論嬰児はそのまま産院に預けてしまったが、彼女はその夜一文の収入もないのと、無暗と乳の張るのとに苦しまなければならなかったのです。

夜は段々に更けて来る。雪はますます降りしきる。もう商売も駄目だと見きりをつけて、帰ろうとする時、ふと行手の往来に人影を認めました。背の低い、一寸法師かと思われるような男がマントを着てとぼとぼと歩いて行くのです。こうなれば一寸法師であろうと、なんであろうと、男でありさえすりゃいい。

彼女は追い縋って、うしろから声をかけました。

『ちょいと、雪の降るのにどこへ行くのよ、家へ来ない？　温い紅茶を上げる、ウイスキーもあるわよ、遊んでいらっしゃい、ねえ？』と云って、肩へ手をかけ、顔を覗き込んで、思わずあっと後退りました。

それはなんと十ばかりの少年でした。

寒さと飢えとで震えているその少年を彼女は自分のアパートに連れて帰りました。そこまではよかったのですが、さて、彼に与えるものは何もなかったのです。紅茶もウイスキーも口から出まかせの言葉だったので、ガス口に十銭銀貨をいれてお湯をわかして飲むだけだったのです。

二人は熱いお湯を呑み合いました。そして寒いので蒲団にもぐって抱き合っていました。その時ふと思いついて、

『私、苦しくってたまらないのよ。あんた私のお乳のんでくれない？』といって、胸をはだけました。三日も飲まず食わずでさまよっていた彼は夢中で乳房を吸いました。彼女は楽々として眠りにつき、少年も久しぶりで満腹したのでいい気持ちになって、ぐっすり眠りました。

彼はその夜から彼女のところに厄介になりました。陽が暮れると彼女は稼ぎに出る、帰る時にはきっと札を握っていました。その金で二人は食物を買って暮したのです。

恰度十日目の晩でした。何んだか今日はお金がたんまり儲かりそうな気がする、お土産を沢山買って来るから待っておいでよと云って、いそいそと出かけて行きましたが、それぎり彼女は帰って来ませんでした。その翌晩も、次ぎの晩も、少年はまたぞろ飢え始めたのです。

後でわかった事ですが、折り悪しく闇の女の狩り込みに引っかかって、病院へ送られてしまったのでした。

それは少年の十一の時のことだったのです。

病院から彼女の友達が金を届けに来てくれた時には、彼はもうアパートにはいませんでした。

それぎり彼と彼女とは別れ別れになってしまいました。

数年後、和製椿姫の名で有名になっている彼女を彼はかいまみました。一度は歌舞伎座の入口で、それはプリンセスのような素晴らしさでした。もう一度は菅原好美の歌劇椿姫を観に行った時彼は彼女を見ましたが、いつも金持ちらしい数人の紳士に取り巻かれていて、遠くの方から眺めるだけで、言葉をかけることは勿論、近づく事も出来ません。しかし彼は何とかして会いたい、会ってアパートでの好意を謝したいものと思っていましたが、どうにも機会がありませんでした。

彼女の隆盛はながかったが、やがて、東山春光第二夫人として家庭の人に納まったという噂を耳にして、彼は失望しました。椿姫であるうちならばともかく、家庭の奥深く入ってしまわれては、めぐりあう機会は絶対にありますまい。そうして彼が一生涯忘れようとしても忘れられないアパートの十日間の恩をついに返すことも出来ないので終らなければならないのです。それを思うと彼は腸を断つようでした。

一年は夢の間に過ぎ、翌年、それこそほんとに思いがけず、ある舞踊発表会の廊下ですれ違いました。この偶然のそれこそ天が与えた好機を逃がしてはと、勇気をふるって彼女の前に出ました。二人は手を取り合って喜んだのですが、その時彼女は悲しそうにいまの生活の大変不幸であることを打ち開けて、何とかして救ってくれと泣いて頼みました。

その頃から病は彼女の肉体を侵し始めていたらしいのですが、病床に倒れるまで東山は、一度も医者にかけなかったといいます。

病室を茶席に移してからの彼女の生活は世にも悲惨なものでした。体のいいそれは座敷牢でしたから。

いく度も彼女は逃亡を企てたかわかりません。そのうち次第に体の自由を失い、病気は本格的に肉体をむしばみ始めたので、どうにもなりませんでした。

思いあまった彼女からの訴え手紙を貰ったのはその頃の事だったのです。

彼は意を決して彼女を奪ったのです。その結果がどういう事になるかなどと考えてはいられなかった。余命いくばくもないと聞いたので──。せめて僅かの間でも、彼女を心から喜ばせ、満足させて死なせたい、ただそれだけだったのです」

と云い終って、彼は太息を吐き、

「どうぞ、彼女を喜びのうちに息を引き取らせてやっては下さるまいか?」と面を反向けた。

私はそれでも連れ帰るとは云えなかった。全責任を負うから、彼女が小康を得るまで待ってくれと東山に頼んだ、美耶子はいま動かせないほどの重体であるからと云って、無理やりに納得させてしまった。

東山は親類中へ彼女を入院させたと云いふらした。

私は青年の言葉を信じて、彼からの便りを待っていた。

半月ばかり過ぎたある小雨の降る日、私は彼から迎いの車を貰った。

「御約束通り、お返し申上げましょう」と、彼は玄関に私を迎えると、いきなり口をきって彼女の部屋へ案内した。

見覚えのある美しい部屋へ一歩入ると、私はそこのベッドに白い布を顔にかけた彼女を見た。

「今朝、八時に息を引きとりました」と彼は頭を下げた。

私は白い布を脱ってその顔を見た。安らかに、まるで眠ってでもいるような美しい顔に、微笑が浮んでいるのを見て、何だか胸が一杯になった。

彼女の胸には相も変らず、椿の花が一輪さしてあった。私は病院から連れ戻ったかたちにして、亡軀を東山家に運んだのだった。

あの顔

1

刑事弁護士の尾形博士は法廷から戻ると、久しぶりにゆっくりとした気分になって晩酌の膳にむかった。庭の新緑はいつか青葉になって、月は中空にかかっていた。

うっすらと化粧をした夫人が静かに入って来て、葡萄酒の瓶をとりあげ、

「ずいぶん、お疲れになったでしょう?」と上眼使いに夫を見上げながら、ワイン・グラスになみなみと酒を注いだ。

「うむ。だが、――長い間の責任をすましたので、肩の荷を下したように楽々した」

「そうでしょう? 今日の弁論、とても素晴らしかったんですってね。私、傍聴したかった。霜山弁護士さんが先刻おいでになって、褒めていらしたわ、あんな熱のこもった弁論を聴くのは全く珍らしい事だ、あれじゃたとえ被告が死刑の判決を下されたって、満足して、尾形君に感謝を捧げながら冥土へ行くだろうって、仰しゃっていらしたわ」

「霜山君はお世辞がいいからなアハ……。しかし、少しでも被告の罪が軽くなってくれればねえ、僕はそればっかり祈っている」

「あなたに救われた被告は今日までに随分おおぜいあるんでしょうねえ。刑事弁護士なんて云うと恐い人のように世間では思うらしいけれど、ほんとは人を助ける仕事で、仏様のようなものなんですからね」

「その代り金にならないよ。だから、いつでもピイピイさ」と笑った。

「殺人犯だの、強盗だのなんかにはあんまりお金持ちはいないんですものねえ、でも、あなたは金銭にかえがたい喜びがあるから、と、いつも仰しゃいますが、減刑になったなんて聞くと私まで

胸がすうっとしますわ。その人のために弁護なさるあなたの身になったらどんなに愉快だろうと思いますのよ」と云っているところに、玄関のベルが臆病らしくチリッと鳴った、まるで爪か、指先でもちょっと触れたように。

「おやッ」と夫人は口の中でつぶやいた。

ふたりは何という事なしに眼を見合せたのだった。すると、こんどはややしっかりしたベルの音がした。

夫人は小首を傾げて、

「普通のお客様のようじゃないわね、きっと何かまた」と、云いながら席を起って行ったが、間もなく引返して来ると、まるでおびえたような顔をして、

「何んだか、気味が悪いのよ。まるで幽霊のような女の人が、しょんぼりと立っていてね、薄暗い蔭の方へ顔を向けているので、年頃も何もまるで分らないけれど、みなりは迚も立派なの。正面《まとも》に私の顔も見ないで、先生に折入ってお願いしたい事がありまして夜中伺いましたって、この御紹介状を差出したんですが、その手がまたぶるぶると震るえて、その声ったらまるで泣いているよう――」

博士はその紹介状を受取って、封をきり、眼を通していたが、

「不思議な人からの紹介だな」と云って、ぽいと夫人の手へ投げた。

「まあ、ミシェル神父様からの御紹介状ですのねえ、あなた、神父様御存じなの？」

「うむ。僕は若い頃熱心な天主教徒だったんだよ。いまは大なまけだが――、しかし、形式的のつとめこそ怠っているが、心は昔と少しも変らない信者なんだ。二十何年前僕はミシェル神父様の手で洗礼をさずけて頂いた。しかし、よくまあ神父様は覚えていられたものだなあ」と、博士は愉快そうに起って、自ら玄関に訪問客を迎え、横手の応接室に通した。

「どんな御用件なんでしょうか？」と、ゆったりと煙草に火を点けた。

女は夫人の言葉通りに小刻みに体を震わせながら、暗い隅に腰かけて顔も上げ得ないのだった。三十か、あるいは四五にもなっているかも知れないが、痩せた青い顔に憂慮と不安のいろが漂い、神経質らしい太い眉を深く寄せている。紹介状には川島浪子とだけ書いてあって、人妻か未亡人か、どういう身分の婦人であるかがまるでわからなかった。夜中、殊に突然飛び込んで来る客には何かしら深い事情のある人が多かったので、彼は心の中で仔細があるなとうなずいた。

ややしばらくしてから、婦人は低い声で、

「お願いがあって、突然上りまして」と云って、面を伏せた。

「神父様の御紹介状にはただお名前だけしか書いてありません、委しい事は御当人から直接訊いてくれ、と、ありますが——」

「はい。私はある小さな会社の重役をつとめている者の妻でございます。思いあまったことがありまして、教会へ告白にまいりましたところ、神父様が、先生にお縋りしてみよと仰しゃいましたので、恥を忍んでまいりました」と、割合にはっきりした口調で云って、はじめて顔を上げ、正面から彼を見た。その顔をじいと見ていた博士は、

「あッ、あなたは——」思わず愕《おどろ》きの叫び声をあげて、

「秋田さん秋田浪子さんじゃありませんか?」

「先生、よく覚えていて下さいました」と、彼女は淋しくほほ笑んだ。

「随分変られましたな、すっかりお見それしてしまった、川島さんだなどと仰しゃるもんだから、なおわからなかったんです」

「でも、私、川島へ再婚したんですの」

「秋田さんなら、何も御紹介状をお持ちになる必要もなかった」

「だって、もうお忘れになったろうと思って、——先生と御交際させて頂いていたのはもう二十年も昔の事ですもの」

「何十年たったって、あなたを忘れるなんて――」そんなことがあって、どうするものかと、つい口の先まで出かかったのをぐっと呑み込んで、

「いくら健忘症の僕でも、あの頃のことだけは忘れませんよ」

「じゃあ、いまでも怒っていらっしゃる？　私が結婚したことを――」

博士は烈しく首を振って、

「いいや。決して、――あなたは僕のような貧乏書生と結婚しては幸福になれないからいやだとはっきり云ってくれたから、僕は反って思い切れたんですよ。間もなく浪子さんが金持の後妻になったと聞いた時、その方があなたのためには幸福なんだろうと思って、祝福していた位ですもの、そのかたとは？」

「死別しました。先妻の息子が相続人だったので、私は離婚して川島と再婚しました」

「それで、――あなたは幸福に暮らしていられるんでしょうな」と云ったが、みなりこそ立派だが、見違えるほど面瘦れした彼女を見ては幸福な生活をしている者とはどうしたって思われなかった。

彼女は悲しげに少時しょんぼりとうなだれていたが、

「先生は、今朝の新聞を御らんになりましたか？」

と、きっと顔を上げて訊いた。

「見ましたが？」

「あの、――ある青年が、あやまって赤ン坊を殺した記事をお読みになったでしょう？」

博士はうなずいて、

「無意識のうちに殺したという、あの事件ですか？」

「私、その事で先生にお縋りに上ったんですの」

「すると、あの青年は？」

「私の従弟ですの」

「なるほど、あなたの旧姓と同じですね、秋田弘とか云いましたね」

「父の弟の息子です。秀才だったのですが、大学を出る一年前に応召して、戦争に行ってからすっかり人間が変ってしまいました。終戦と同時に帰還しましたが、もう大学へかえる気持ちもなく、それかと云って就職もせず、働く気もないという風で、前途に希望を全く失ってしまい、毎日ただぶらぶらと遊んでその日その日を送っているというようなので、親も段々愛想をつかし、最近では小遣銭にも不自由しておりましてね、度々私のところへ無心を云いに来るようになりました」

「ちょいと待って下さい」

博士はベルを鳴らして、夫人に今朝の新聞を持って来させ、もう一度その記事に眼を通してから、びっくりしたように、

「殺人はあなたの家で行われたんですか?」

「そうなんです」

「ふうむ」

彼は始めてこの訪問の容易ならぬことを知ったのだった。

「して、その赤ン坊は?」

「私の子なんですの」

「えッ? あなたのお子さんが殺されたんだと仰しゃるんですか?」

「ええ。ですけれど、――先生、弘さんは可哀想な青年なんですのよ。私、自分の赤ン坊が殺されたんですけれど、弘さんを恨む気にはなれません、それで、――それで実は私、先生にお願いするんです。どうぞ、あのひとを救ってやって下さいませ」と云って、手を合せ、

「あの、先生、弘さんは死刑になるんでございましょう?」とおろおろ声で訊くのだった。

「さあ」

「もしも、弘さんが死刑にでもなるようでしたら、――私は生きていられませんの。あんまり可

哀想で、――どうぞ、お願いです、助けてやって――」

と、婦人は縋りつかないばかりに嘆願するのだった。

「と、いって、僕がどうしようもないじゃありませんか。犯行がこうはっきりしていて、あなたの家を訪問し、あなたの赤ン坊を殺した、それをあなたは目撃していたが、どうにもとめようがなかった、というのでしょう?」

「新聞に書いてあるのはそれだけです、が、それにはいろいろとわけがありまして――」

「そのわけというのをすっかり話してみて下さい。その上で、僕の力に及ぶことなら何んとでもして上げますから」

「ほんとにお願いします。恐らく私が先生にお願いすることの、これが最初で最後だろうと思います。先生、私の涙のお願い、きいて下さいね」と云って、婦人はむせび泣くのだった。

「よろしい。その代り何もかもありのままを云って下さい。少しでもかくしたりしてはいけませんよ。嘘が交じると困ることになりますからね」

「決して、誓って嘘は申しません、かくしだてもいたしません、すっかり洗いざらいお話しいたしてしまいますわ」

2

浪子は興奮した心を鎮めるように、胸に手を当てて、瞑目やや久しゅうしてから、静かに口をきった。

「何から申上げていいかわかりませんが、まず私共の家庭の状態を一通り聞いて頂きます。川島は先刻も云ったように会社の重役で、極く派手好きな道楽者なのでございます。親譲りの財産があるところから会社の株を買い、そのおかげで重役の椅子についているのですが、手腕があるというわけではありません。金使いは至って綺麗な方ですから、私は金銭の苦労をしたことはありませんが、人間の幸福は決して金のあるなしではない、という事をしみじみ感じたのは再婚した翌年だったのでございます」

博士は微笑して、

「金持ちを撰んだあなたただったじゃありませんか？」

「若かったんですわ。考えが浅かったんです。夫は道楽者で、私と結婚する前から一人の女がありました、その女はカフェのマダムだったんだそうですが、夫は会社の近くに家を持たせ、会社への往復には必ず立ちよるという風で、その事を知らなかったのは私ばかり、会社の人達をはじめ誰一人知らない者はありませんでした。みんなは私よりもその妾の方へおべっかをつかい、奥様々々と云っていました」

「とかくそんなものですよ。金持ちというものは、——実際には正妻より妾の方が勢力があるものと定っていますからね」

「私はまるで床の間の置物で、世間へ体裁をつくるための妻だったのです。私は面白くない月日を送るようになりました。恰度昨年の今頃ですわ、ふとした機会から妾が妊娠したことを聞き込みました」

「あなたのお子さんは？」

「私には子どもはありません。妾に妊娠までされてはもう私は手も足も出ない、どうしたものか、一層身を退いて夫と別れようかとも思いましたが、考えてみるとそれは妾に負けたことになり、損をするのは私ばかり、私がいなくなれば、もっけの幸いと家へ乗り込み正妻になおるのは火を見るより明らかです。厭でもここは頑張らなくっちゃ、妾なんか家へ入れてたまるものか、と私は思い返しましたのですが——」

「それが当然ですよ」

「やはり夫の愛が私から去っているのを感じないわけにはゆきません。彼の外泊は近頃ではあたりまえの事のようになってしまいました。夫は最初私に妾のある事をひしがくしにしていたものです、私が利口者か、世間を知っている者かだったら、ひしがくしにしているのをほじくりもしなかったでしょうし、素知らぬ顔で見て見ぬふりもしていたでしょうが、私は嫉妬にかられて何の考えもなく、何もかも知っているぞ、と、云って、夫が閉口しているのを見て痛快がっていたものです」

「一時は胸がせいせいして愉快だったでしょうが、結果はよくなかったでしょう?」

「悪るかったことを後に知りました。濡れぬうちこそ露をもいとえで、男は知れたとなると開き直る者だということを私は知りませんでした。夫はもう平気で私の前で妾ののろけも云うし、私と比較して妾の事を褒めたりするのです、私はひどく侮辱されたような気がして、その度に夫と喧嘩をし、口論の絶え間がなかったんです。そのうちに玉のような女の子が生れたとききました。気に入っている女に出来た自分の子です、彼はもう殆ど家へは帰らず、妾の処に入り浸ってしまいました」

「川島さんもそれではあまりにあなたを踏みつけにした仕方です。一家の主婦としての立場も考えて上げなければ、それでは召使などの手前あなたの面目が立ちませんなあ」と博士は同情に堪えないという風だった、見違えるほど瘻れてしまったといい、憂いに沈む眼差しといい、苦境に喘いでいるのがありありと見えて、彼は痛ましく思ったのだった。

「赤ン坊が生れてから間もなくの事でしたが私に取っては偶然に湧いた幸運、夫にとっては悲運とでも申しましょうか、妾に若い男があるという噂がたったのです。夫が詰問したところ事実であることがわかり、それが原因でふたりの仲が気拙くなり、夫の熱もだんだん冷めてゆくように見えました。ある日夫は云い辛そうに、赤ン坊を引き取ってくれるならば妾と手を切ると申しました。この機会を逃がしては、と、私は早速承知いたしました。すると、妾はただ引取ってもらうだけでは困る、入籍して相続人にしてほしいと申出たのです」

「なかなかのしっかり者ですね。勿論それもあなたは承知されたのでしょう?」

「はい。そして妾と手を切らせました。どうせ道楽者の事ですから、妻一人を守るというわけにはまいりませんが、私としてはその妾と別れてくれるということが嬉しかったんです。妾の方は手切金をたんまり貰えば、という位のところだったんでしょうが、夫の方はとても未練があったのです。しかし、二度と夫に会わないということと、赤ン坊に会わないという条件で話が纏まりました。吉日を撰んで赤ン坊を私が引き取りにまいったのです」

「その赤ン坊ですね?　殺されたのは?」

「そうですの。私の子ではありませんが、十ケ月も育てたのですから、実子と変りはありません、とても可愛かったのですよ」

「御主人の方は?」

「眼の中へ入れても痛くないというほどの可愛がり方なのです。愛子と名づけまして、夫は愛子のあるために女道楽も大分下火になりましたので、私も安心して、いい事をしたと喜んでおりましたが、夫は別れた妾がよほど気に入っていたものと見えて、何とかしてよりが戻したいらしかったのです。実は妾の心をいつまでも惹きつけておく手段に愛子を手許に引き取ったのだという事が、私にも段々わかるようになりました。会わない約束の妾とも時々内緒で会っているらしい様子もあります」

「それじゃまんまとあなたは一杯喰った、欺されたようなものではありませんか」

「うまく相続人の地位にまで据えたりして、と、思うと腸が煮えくりかえるほど腹が立ちました。赤ン坊一人育てるということは、先生、容易ならぬ苦労でございます。その苦労を私一人に背負わせて、――ほんとに口惜しくなります」

「そして将来妾が公然と現われて来たとしても、自分の生んだ子が相続人になっているんですから強いですよ」

「ほんとに私はつまらない立ちばになってしまったのです。私は快々として楽しまぬ日を送るようになりました。それに同情してくれたのが従弟の弘さんなのでございます」と云って、溜め息を吐き、

「弘さんの事を少し申上げなければなりません、新聞にもあります通り精神異常者なのでしょう。幼さい時から頭もよく学校の成績もよくって利口者だったので、両親に非常に可愛がられ気儘に育ちましたが、ひどい疳癪《かんしゃくも》持ちで、自分の思うことが通らないと気狂いのように暴れ狂うという癖がありましたの」

「我儘なんですね」

「弘さんが怒ったとなると、みんな逃げ出したものです。怒るとまるで人が変ったようになり、眼を釣り上げ、顔は蒼白というよりはむしろはくぼくでも塗ったように白っちゃけてしまうのです。烈しい一時の発作のようなもので、発作中にやったことは後で何を訊いてみても覚えていません。ある時のこと弘さんがひどく怒りまして、庭に遊んでいた鶏の首をひねって殺したんですが、意識を取り戻してから鶏の死んでいるのを見て、誰が殺したんだと云って大変悲しがりました、犬の子を絞め殺したこともありました。一時の発作ですから、気が鎮まるとけろりとして、平常と少しも違わぬ優しい弘さんになるんですの」

「恥しいから、記憶がないように云っているのではありませんか?」

「いいえ、発作中の事は全く知らないらしゅうございます。二重人格とも違いますし、ジキルとハイドのようなのとも違います。余り変なので私の懇意な精神科の医者にその話をしましたら、それは意識喪失症状で、精神病の一種なのだと申されました。そう申せば弘さんの母方の親類には発狂して座敷牢で死んだ婦人もありますし、彼の母親もひどいヒステリーで、いく度も自殺しかけたことがありました」

「精神病の血統なんですな」

「弘さんは戦争に行ってからは一層気が荒くなり、発作を起す数も多くなりました。将来に希望もなく、何も信じる事の出来なくなった弘さんが、毎日遊び暮らしているのですから忽ちお金に窮してしまい、私へ無心を云いに来るようになりました。私は自分の愚痴を聞いてもらえるし、同情してもくれるので、主人には内緒で小遣を与えておりました。が、段々無心が烈しくなり、額も多くなるので私も少し困り始めました」

「働けるのに働かない、という人が一番困りますよ」

「主人に云えばなまけ者に小遣なんかやるナと申されます。私が与えなければどこからもお金の出どころがないのを知っていますから仕方なく、お金の代りに衣類を渡して、これを売りなさい、と申すような事も度々ありました。弘さんはその度に浪子姉さんにすまない、と云って、眼に涙を浮べるのです。心はほんとにやさしい人なのですが、何かひどいショックを受けたり、激怒したりすると発作を起してしまうのです。何という可哀想な情けない病気を持っているのでしょうか、これだけお話ししたら、弘さんの性格もほぼ御想像がつくことと存じます」

3

彼女は言葉を続けて、

「愛子は日一日と可愛くなります。夫は家へ帰るのは赤ン坊を見るためで、愛子をあやしたり、抱いたりしています。愛子を中心としての話ばかりで、赤ン坊を離しては私達の夫婦関係というものは全く水のような冷めたいものになってしまうのです。それもまた私にとっては淋しい、つまらないものだったのです」

「しかし、赤ン坊がいるからまだいいのですよ」

「そうかも知れませんが、ある日、夫は縁側に出て愛子をあやしていましたが、突然ぎゅっと抱きしめ、頬ずりしながら、妾の名をよんだのです。私はハッとして、眼がくらくらとしました。ああ、夫は赤ン坊を通して彼女を愛撫している、と思うとむらむらとして、いきなり愛子を引ったくってしまいました。夫は不機嫌な顔をしてむうっと黙り込んでいました。

「気まりが悪かったんでしょうよ」

「私はそういう雰囲気にいるのが辛く、何とかして夫の心を和げようと思い、この子のおかげで毎日が楽しい、子どものない夫婦なんてつまらないでしょうねえ、と申すと、ふふん、子どものない妻なんか他人と同じだ、と、ぷつんと云って外へ出てしまいました。私はその言葉が頭にこびりついて離れませんでした。何年連れ添っても子どものない私は彼から見たら他人なのだ、そこへゆくと妾の方は別れても他人ではないのだろう、と口惜しくって、胸が燃えるようでした。

「男という者は勝手な事を云いますからね」

「それに愛子の顔が妾にそっくりで、眼つきだの、笑う口許だの、実に生き写しなのです。あの憎い妾に似ていると思うと、可愛さよりも憎らしくなるものですのねえ。愛くるしい眼をじいッと見詰めていると、いつかそれが赤ン坊でなくほんものの妾の顔に見えたりして、この眼で夫を惑わせたか、蕾のような赤い唇を見ると、夫の心を吸い寄せた憎い唇——と、思わず口尻を捻り上げて泣かせたりしました」と云って、彼女は虚のような声で笑った。

博士はいかにも興味深くその話に聞き入っていたが、

「愛子さんをいじめたりしては、なお御主人との間が拙くなるじゃありませんか」

「でもあんまりよく似ているんで、憎らしくなってしまいますわ。そして、恰度昨日の事なんですが」と云いかけて、身震るいしながら「夫と愛子の事で喧嘩したあとで、私はまだ興奮からさめきらず、むしゃくしゃ腹を立てているところへ弘さんがやって来たんです。また無心だな、この男も私に同情するような顔をして痛めつけに来るんだ、と癪にさわり――」

「無理もないな」

「で、私は突っかかるような調子で、またお金を貰いに来たの？　と云うと、弘さんは恥しそうに顔をぱっと赤くしました。今日は駄目よ。そういつもいつも柳の下に泥鰌はいないわよ、ちっと河岸を変えたらどう？　ときめつけてやりました」

博士は口許にちょっと笑いを浮べた。

「弘さんは何か口の中でぶつぶつ云っていましたが、丁寧に頭を下げて、すみませんが、今日は退っぴきならない事で金が要るのです。その金がないと僕は詐欺になるんです、どうぞもう一度だけ助けて下さい。拝みます。としおれ返って頼むのです。私は威丈高になって、何の真似？　拝んだりして乞食みたいだわ。あんたが詐欺になろうと烏になろうと私の知った事っちゃない。同情してやればつけ上って、来る度にお金々々なんだから、ほんとにいやんなっちまう。帰って頂戴よ。と呶鳴りつけてやりました」

「驚いたでしょう？　あなたの権幕に――」

「弘さんはべそを掻くような顔をして部屋を出ました。襖を閉めるか閉めないに、私はまた声を張り上げて、お金が出ないと分ったらもう来まいよ、あの乞食は、――と、悪口を浴びせて、やっと、溜飲を下げたものです。すると、ガタンと何か襖に打つかる音がしました。振り向いて見ると、襖を蹴倒した弘さんが仁王立ちになって私を見下している、両の拳を握りしめ、歯をきりきりと鳴らし、眼を釣り上げているんです。発作だ！　これから暴れ始めるんだな、狂った牡牛のように、――と思うとぞッと頭から水をかけられたように総毛立ちました」その有様をまのあたりに見るように震るえて、

「弘さんの顔はまるでお面を被ぶったように無表情になっているのを見ると、思わず私は愛子を抱いて身を退きました。同時に自分の云い過ぎを後悔したのです。弘さん、私が悪るかった、堪忍

して頂戴、お金を上げるから、と云いました、が、金という言葉が一層彼の憤りの火に油をそそいだ結果になりました。金が欲しさに戻ったと思うのか、と云うや、いきなりそこにあった人形を叩きつけ、力を込めて手足をばらばらに引きちぎりました。その凄まじい権幕に私は夢中で庭へ飛び降りて逃げ出しました」

「愛子さんをどうしました」

「残して来た事に気がついて、引返したのです、が、ああ、先生、その時の私の驚きと恐怖はとても御想像がつきますまい。私は縁側に両手を突いたまま、釘づけになったように身動きも出来なかったのです。弘さんは赤ン坊の首を両手でしめつけていたんです、それから人形と同じように手足をちぎろうとしているのを見て、私は狂気のように彼に武者振りつき愛子を奪い返しましたが、その時はもう赤ン坊はぐったりとなって、死んでいました。その物音に馳け込んで来た女中は直ぐに派出所へ走ったのです。そして、先生、弘さんは殺人犯としてその場からひかれて行ったのです」

博士はたまりかねたように、

「浪子さん、よくわかりました。が、どうぞほんとの話をして下さい」と云った。

「え？　何を仰しゃるの？　先生、これが嘘偽わりのないほんとの話なんですわ」

「あなたは何故抱いていた赤ン坊を残して、一人で庭へ逃げたんでしょう？」

「？」

「正直な話を聞かないと、助けたいと思っても助けられなくなる場合が沢山あるんです」

浪子は黙って、うつむいた。

「引返して来て、あなたは赤ン坊を奪ったと仰しゃる。そんな馬鹿なことはあり得ませんよ。あなたは弘さんの狂暴になるのを承知している、故意に赤ン坊を残して逃げたと云われても文句ありませんね」

「飛んでもない。私はあんまり恐しかったので、気が転倒してしまって――」

「僕から云わせると、あなたは赤ン坊の顔が妾にそっくりで、それを見ていると憎くなると仰しゃった、その時已にあなたは手こそ下さないが、心には充分殺意を生じていたのだ、と、私は見ているんです」

「ああ恐しい、そんなこと、——先生、もう何も仰しゃらないで下さい。私はそんな悪い女じゃありません」

「なら何故ほんとの話をなさらないんです。せめて僕にだけ、——僕を信用して僕にだけ真実を語って下さるならば、僕は誓ってそれを漏らしもしないし、永久の秘密として葬ると同時に、弘さんのために極力尽力もしましょうし、また、あなたをも救って上げます。あなたをも、但し、——あなたが強情を張って、飽くまで自分に都合のよいような創作話をされるならば、この弁護はお断りいたすほかありません」ときっぱりと云った。

浪子は悄然としていたが、やがて、彼の足許にひれ伏すように両手をついて、

「すみません。先生まで欺こうとした私は何というお馬鹿さんでしょう。先生、私は神父様へは真実の告白をしました。赤ン坊を殺したのは私です。にっこりと笑ったあの顔、——ああの顔が、こんな罪をつくってしまったのです。あまりにも妾に似ていたので憎悪の念がむらむらと湧き、その羽二重のような柔かい頸に手が触れると、あとはもう何もわからなくなってしまいました。気がついた時、赤ン坊は死んでいたのです、そこへ弘さんがやって来たので私は愛子を戸棚にかくしました。極度に興奮していたのと、弘さんに見られなかったかという不安とで、私は気狂いのようになり、無茶苦茶に悪口を彼に浴びせかけたのです。すると果して彼は怒り、意識喪失になったので、これ幸いと赤ン坊を弘さんの傍へ置いて、彼が夢中の裡にしめ殺したものとしたのです。ところが、警官に連行される時、弘さんが私の耳にささやいたのです。僕は浪子姉さんの境遇に心から同情してるんだ、姉さんがあんまり可哀想だから罪は僕が背負って行く、僕の好意を無にしてはいけませんよ。僕は最初から廊下で、すっかり見ていた。今日だけは僕は正気だった、意識喪失症状なんか

起しちゃいなかった、あれは僕の芝居です。浪子姉さん、どうぞ幸福に暮らして下さい。と申したのです。私の罪をきて裁かれる彼の事を思いますと、私は一層自首しようかとも考えますが、それでは弘さんの心に反く事にもなりますし、ああ、どうしたらよろしいのでございましょう」浪子は身をもだえて泣き伏した。

「約束通り、僕はいまの話は聞き流して永久に忘れてしまいますよ。ね？　そして、極力弘さんを救う事に努力しましょう。意識喪失者は精神病患者ですからね。なあに、気狂いは何をするか知れませんよアハ……」

魔性の女

一

　会社を退出した時には桃子にも連れがあったので、本庄とは別々の電車に乗ったが、S駅を降りると、彼はもう先に着いて待っていた。

　二人は腕を組んで夕闇の迫った街を二三町も歩くと、焼け残った屋敷街の大きな一つの門の前に立ち止った。

　桃子は眼を丸るくして、門冠りの松の枝を見上げ、

「あんた、このおやしき？」

「うん。素晴らしいだろう？　会社への往きかえりに毎日前を通っていてね、いい家だなあと想っていたんだ。今朝、出がけに寄って、部屋を見せてもらった。離室の茶席、とても素的だぜ。没落した華族さんの内職にやっている御旅館兼お休息所さ。ここなら会社の人なんかに絶対知れっこないからね」

「だって、私――」

　桃子は尻り込みして、

「あなたのお宅といくらも離れていないんでしょう？　そんなお膝もとで――、会社の人よりも奥様に感付かれたらどうするのよ」

「燈台もと暗しさ。遠征すると反ってばれる。これなら、奥様だって、仏様だって御存じあるまいさ」

　構えが堂々としているので桃子は気おくれして、入りそびれていると、客の気配を聞きつけて、奥から出て来た素人臭い女中に案内され、多摩川砂利を踏んで、右手の朱雀門から庭の茶席へ通さ

れた。

数寄を凝らした部屋を物珍しそうに眺めていると、庭下駄の音をわざと大きくたてながら、先刻の女中がお銚子とビールにちょっとしたつまみものを運んで来た。

「御用がございましたら、ここのベルをお押し下さいませ」

本庄の座っている壁際に、ベルが取りつけてあった。女中が出て行くと桃子はお銚子を取り上げて、本庄の盃についでから、自分はビールを呑んだ。

「まさか、奥様、あなたと私とのこと、御存じないんでしょう?」

「多分ねえ。君が僕の病気見舞いに来た時、あとでいやに褒めてたから――、どうだかなあ」

「知れたら困る?」

と眼で笑った。

「困るなあ。だが仕方がない。君とはどうしたって別れられないもの」

「だって、奥様は絶対にやかない人でしょう?」

「うむ。だが――、嫉妬《やか》れる方がいいな。黙ってただじいと眺めていられるのは辛い」

何を思い出したのか、本庄はちょっとべそを掻くような表情をした。酔いが出て、色の白い上品な顔にほんのりと赤味がさして、酒にうるんだ眼が美しく見えた。桃子はコップを唇に持って行きながら、惚れ惚れと彼の顔に見入っていたが、

「私はあなたが好きなんだから、奥様が怒っても、あなたに捨てられない限り絶対に別れないわよ」

「僕の奥さんだって、君と僕との関係までは嗅ぎつけちゃいないさ。だが、彼奴は黙っていて常に僕の一挙一動を監視しているんだ。そして、僕の事なら一から十まで知りつくそうとしている。知らなきゃ満足出来ないんだ。いい事でも、悪いことでも。つまり、変態なんだろう」

「きっと、奥様、あなたをよっぽど愛しているんだわねえ。私なんか敵《かな》わないかも知れない。そういう愛情の前には、私、頭が下がるわ」

「僕はいやだよ。つくづくいやだ。まあ考えてもみたまえ。何んでも、かんでも知っていて、知らん顔していようっていうんだからね。いやだよ」

煙草を灰皿に押しつぶした。

「ほんとに愛していれば、相手の全部を知りつくそうとするのは、当然だわ。でも、私には離れている間のあなたが何をしているか分らないわよ。勿論分りたいけれど――」

「訊けばいいじゃないか」

「訊いたって、かくされればそれまででしょう? あなたにしたって、私に云いたくない事もあるでしょうからね。それが嫉妬心をそそるもとになるということも知ってるけれど、あなたの奥様のように、何もかも見透せたら、決して、嫉妬は起さないだろうと思うわ」

「そうかなあ」

「たとえばさ。あなたとこうしていても私にはあなたの愛情がどれほど深いものかってことは分らない。あなたの言葉や態度で想像するだけのものでしょう。ところが奥様はあなたの心の奥の奥まで見透せるんだから、自分が優越な立ち場にある間は心配はないでしょう。あなたに女が出来たって、平気でいられるかも知れない。つまり、自分の方が勝っているからよ。愛されているという確信があるから――」

「愛情をわけられるのは不愉快だろう、全部自分のものにしたいと思わないか知ら?」

「私はあなたの肉体も精神も独占している積りでいるんだけれど、ほんとはどうなのか知ら? 奥様が嫉妬しない処を見ると、怪しいもんだわ」

「うちの奥さんはね。僕をくさりでつないでおいて、適当に遊ばしてくれるんだよ。飼犬のつもりでいやがる。いやな奴さ」

と吐き出すように云う。

「だって、御新婚当時は随分、奥様が役に立ったって云うじゃないの?」

「それや役に立ったさ。彼奴の持っている第七感の神秘なんだよ。そのおかげで危険も救われたし、上役のお覚えも目出度くどんどん出世もするしさ。重宝だったが、今じゃ、そのかんがうるさくなった。何んでも知ってやがるのは、つまりその第七感が発達しすぎるからだ。そして近頃はますます鋭どくなりやがった。このまま進んだら僕は苦しくって一緒にはいられない。気狂いになってしまうぜ」

「あなたを気狂いにさせるほどの情熱、私は羨しいわ。あなたの奥様が――」

「何云ってるんだ。君がいなかったら僕は生きちゃいられない。奥さんぎりだったら僕はとうに自殺してしまってらあ」

「私には第七感どころか第六感も働かない、平々凡々で何にもわからないから、そこがあなたには肩が凝らないし、気楽でいいんでしょう?」

「君とこうしている時だけが、僕には天国なんだよ」

本庄はついと起《た》ち上って、ちょっと次の間を覗いた。水色の覆いのかかった涼しそうなスタンドが枕許に点いていて、白麻の蚊帳越しに紅入友の蒲団がなまめいて見えた。彼は襖をしめきると、桃子のそばへにじりよって肩へ手をかけて、引きよせ、

「ねえ、僕の全部は君のものなんだよ」

桃子のコップを持った手がぶるぶると震えた。

「駄目よ。ビールがこぼれるわ」

と、飲みかけのコップを彼の唇へ持って行った。

二

家を出る時、今日は宴会で少し遅くなるかも知れないと云っておいたので、十二時近くに帰ったが、妻の安子は別に怪しむ様子もないのに内心ほっとして、言わずもがなのことまで軽口にしゃべりつづけた。

「会費の関係もあるだろうが、酒がまずくってねえ。やっぱりうまいのは家の晩酌に限るなあ」

安子はちらりと流し眼で彼の顔を見た。五つも年長の彼女はいつも厚化粧に派手なみなりをして、彼との釣り合いを気にしているようだった。

「そんなお世辞を云って、お酒のあとねだりしたって、もう駄目よ。随分召上ってるんですもの。毒ですわ」

と云いながらも彼のためにとっておいた配給のビールをぬくのだった。

安子は柱時計を見て、

「あら、もう一時よ。明日日曜だからゆっくり寝ていらして頂戴な。その間に、私、研究所へ心霊の修業に行って来ますわ。あなたのお目覚めになるまでに帰りますから――」

本庄は苦い顔をして、

「いい加減にしろよ。修業、修業って、どうするつもりなんだ。これ以上かんかんが発達されちゃやりきれない」

「だって、私には立派な霊能があるんですもの。修業して、磨かなくっちゃ損です。そして、あなたがもしか失業でもなすったら、私霊媒になって、うんとお金儲けて、あなたを左団扇で遊ばしておいて上げるわ」

「馬鹿ッ。縁起でもない。三十二の僕が今から失業してたまるかい。これからじゃないか」

「はい、はい。すみません。お疲れのところを余計なこと云って、お気にさわったらごめんなさい。

では私はお先へ寝みますから、御宴会のつづきでも考えて、思い出しながらお飲みになって下さい」

安子は襖をぴしゃりと閉めて出て行った。宴会のつづきでも考えて——、と云われた言葉が頭に残って気になった。

「お疲れのところ、と、云いやがった」

本庄は低声でつぶやきながら、襖越しに彼女の方を睨んだ。

二本しかないビールを奇麗に飲んでしまって、床に就いたのは何時だかわからなかったが、眼が覚めた時には安子はいなかった。出かけてから大分時間がたっていたとみえて、朝飯の仕度は茶の間の卓上に出来て白いレースの覆いが被ぶせてあったが、今朝焚いた御飯もすっかりさめて、味噌汁は水のようだった。朝飯を終って、お茶を飲みながら、何気なしに、妻の机の上を見ると、いつもきちんと片づけてあるのに、今日に限って、家計簿も出しっぱなしになっている、日記帳の上には万年筆もころがっている。

「ほう。女房の奴、日記なんかつけてやあがるのか、生意気な——」

本庄は安子がどんな事を書いているか、こっそり見てやろうと思った。

「女房の日記なんてものは、およそくだらない。家計不如意の愚痴か、亭主の不平と定ってらあ」

冷笑しながらぱらぱらぱらと二三枚はぐり、最後のページに眼を落すとはっとした。

「九月十日　土曜日
近頃奥田子爵の家ではもぐりで旅館を開業したそうだ。今日の逢引きには持ってこいの家だから彼女もさぞ満足するだろうと思い、出がけにちょっとあたってみたら、割に低廉だ。部屋も気に入ったし、妻には宴会と偽《いつ》わって出たので、帰りの時間の心配もない、万事好都合だ。会社の帰途、彼女と同行する。

彼女は妻の凝視を恐れているので、僕は極力妻を罵倒して彼女を慰めてやる。二人は永遠に別れないという誓いをして、彼女を駅まで送って家へ帰る、十二時十五分前である」

本庄は頭を掻きむしった。女房の奴、何もかもまた知ってやがる。妻の日記ではない、これは妻が書いた本庄自身の日記ではないか。馬鹿にしてやがる。

しかし、昨夜のことをもう知っているとは全く驚く。そして素知らぬ顔をしているのだから、悪どい奴だ。

「魔物、魔性の女！」

彼は日記を叩きつけた。

が、気になるのでまた拾い上げて、最初の方に眼を通した。

「八月六日　土曜日

年上の女の恐ろしい情熱にはさすがの僕も辟易《へきえき》する。もともと人妻だった彼女が、良人を捨て、地位を捨てて僕の懐ろに飛び込んだのだ。それを今になって、僕が誘惑したかのように云われるのは甚だ迷惑千万である。

彼女の熾《や》きつくような恋情に僕が負かされて、遂いに結婚するようなはめになったのだが、安子の第六感、いや第七感だそうだが、最初のうちは全く重宝だった。

たとえば、近日会社で人員淘汰がありますから、注意なさい、と云えば四五日内に必ず首をきられる奴が出てくる。

彼女はまた今日は出勤時間を少し遅らせないと、電車の事故があって危ぶないですよと云う。馬鹿なことを、と、思っても少し遅れて出かけると、前の電車が脱線して怪我人があったと騒いでいるなど、全くわれわれの六感と異った第七感の神秘を持っている。

誰が云うのか、彼女には豊かな霊能があるから、それを磨けば何でも見透せるような豪《えら》い者になる。とおだてられ、せっせと心霊研究とやらを始めた。その実、内心では彼女を離れている間の僕の行動を見たいという野心から、研究を始めたものらしい。彼女の本心を忌憚《きたん》なく云えば、本庄俊なる僕を全部独占し、僕の行いを一から十まで知りつくそうとするにある。近頃ではただ知るだけでは満足出来ない。僕の肉体は髪の毛から足の爪まで、いや、出来ることなら皮膚を破ぶって内臓を引き出し、僕の心臓までしらべてやろうという欲望に燃えているらしいのだ。しかし、僕を殺してしまってはならない。死なせることは彼女自身をも殺す結果になるのだから、そこで、どうしても心霊の必要を感じる。霊の力によって、僕の本心を探ろうとするのだ。そして、常に凝視の眼を怠らぬことである」

本庄はぱたりと日記帳をふせて起ち上った。

「勝手にしやがれ。心霊がなんだ。霊の力がなんだ。たわけ者！」

ぺっと庭に唾を吐いた。

「只今」

いつ帰って来たのか、安子が後ろに立っていた。

「日記お読みになって怒ってらっしゃるの？」

と、にっこりした。

本庄はむうっとして横を向いた。

「気まりが悪るいんでしょう？　何もかも知られちゃって？　オホホホホでも、あなたが外で何をなさろうと、私はちっとも怒りゃしないのよ。あなたの傍には、あなたの眼には見えないけれど、いつでも私の霊が附き添って見ているんですから、私、何んでも知ってるわ。そして、どんな女が出来ても、結局は私が一番好きで私の腕の中へ帰っていらっしゃるってことがわかっているから嫉妬も起らないのよ。オホホホ可愛いいから、あなたの道楽を大目に見て上げてるんだわ」

「余計なお世話だ。僕の体は僕のものだ。君の許しを得なくたって、勝手に自由にする、一々あだ、こうだと邪推されちゃやりきれない、第一不愉快だ、君は自分のでたらめな想像を信じているが、実際に僕が外でどんなことをやっているか常識で考えたって、分るはずはないじゃないか、いいかげんな創作日記を書くなんて人を侮辱するにもほどがある。実に怪しからんよ。第一その量見が僕には気に喰わないんだ。一人の男を全部自由にしようなんて自惚れも大概にするがいい。とにかく、そこに書いてある日記は全部嘘と出鱈目で、でっち上げた僕の悪評なんだ、僕をそんな人間だと思って軽蔑している奴とこの上一緒に暮らすのは真平だ」

「また別れようって云うんですの?」

「当り前じゃないか。僕は人間は好きだが、君のような化け者は嫌いだ」

「ひどいことを仰しゃる。あなたと別れるようなことになったら、私は死にますよ。死んだら、私の霊魂は直ぐあなたの肉体に入り、あなたの霊と合致して、永遠に離れませんからね」

本庄は身ぶるいした。

「そんなに私が嫌いになったんですか? もう直きに取り次ぎ電話が酒屋さんからかかってきますから、辛棒していらっしゃいよ。そして気晴らしに桃子さんに会って、機嫌よく帰っていらっしゃいね」

「何云ってやがるんだ。桃子なんて女、僕は知らない」

「お忘れになった? 御病気の時お見舞いに来てくれたタイピストさんよ」

本庄はそっぽを向いていると、果して酒屋から電話を取り次いできた。

彼はそこにあった庭下駄を突かけて、そわそわと出て行ったが、電話口の声は桃子であった。

「奴、何もかも知ってやがって」

と忌々しそうに云ったが、

「とにかく、行くよ。昨夜のあすこ、ね?」

三

本庄は一分の隙のない昨夜のスマートな服装に引きかえて、今日はふだん着のままで羽織も着ず庭下駄を穿いて、奥田子爵の御休息所へ行った。近くから電話をかけたとみえて、茶席には桃子が先に来て待っていた。

彼女の青褪めた顔を見ると、本庄は胸がドキリとした。

「家の方に知れたんじゃない?」

真先に胸に浮んだことを云った。

「いいえ、違うの。家の者じゃない、あなたの奥様に知れちゃったじゃないの。私、どうしよう」

彼女はおろおろ声で云った。

「それがどうして、君にわかったの?」

「奥様から今朝お迎えが来たのよ。そしてお目にかかりました」

「どこで?」

「心霊研究所とやらの応接室で、私、とても気味がわるかったわ。眼をすえて廊下を歩いている女の人や、私の顔を射るような凄い眼で見ている人達が、うようよいて、私、体がかたくなってしまったのよ。奥様もお宅でお会いした時は優しいお顔をしていらしたけれど、今朝は深刻な表情で、私の心を突き刺すようなお眼をなすってね。本庄を迷わすようなことをなさると私はゆるしても私の守護の霊がゆるしません。あなたの身に禍いがふりかかるから再び昨夜のような過失をしてはなりませんよ。早く手をきって、あなたは人の夫などを盗まず、正統な結婚をおしなさい。と、仰しゃるの」

「余計なおせっかいだ。そんな言葉で、二人の仲を割《さ》かれてたまるもんか」

「でもねえ、私、考えちゃったの」

「どう考えたの?」

彼は慌てて訊いた。

「恐いんですもの。昨夜のことをもう知っていらっしゃるようじゃ、この先、あの方にはどんなことでも知れてしまうでしょう？　私、興がさめちゃった、と、云ってはすまないけれど、監視つきで、お互いのおつきあいをする気にはなれなくなっちゃったんですもの」

それには本庄も同感だった。

「別れるよ、僕は断然安子と別れる」

と本庄はきっぱり云った。

いま、こういう話をしていることも、安子は家にいて、ちゃんと知っているかも知れない。あるいは彼女の言葉をかりて云うならば、彼女の霊魂が彼女の肉体から遊離して、自由に飛び歩き、肉眼では見えないけれど、この部屋のどこかで覗き見しているのかも知れないのだ。

そんな馬鹿なことがあるはずはない。と打ち消すあとから、本庄は心が身に添わぬような不安に襲われるのだった。

「私、奥様のあの恐い眼が、この障子の穴からでも覗いていやしないかと思うと、落ちついていられないのよ」

「あり得ないことだよ。君が、そんな非科学的な事を信じるとは思わなかった。みんな心の迷いだよ。安子のかんは鋭いが、出鱈目だ、それがたまたま当ったので、不審に思うのだが、僕だって、想像を逞しゅうすれば、ある程度までは当るからね」

「そんな気休めだけでは私安心出来ないの。奥様は迚《とて》もあなたを愛していらしゃるのね。情炎に燃えた、火のようなあのお眼を見ても、あなたの心をやきつくさないではおかないのだと思えてよ。恐ろしい執念だわ」

「だから、別れる」

「ほんと？」

「ほんとも嘘もない。別れるより生きる道はないもの。絶えざる凝視に僕は苦しくなった。まあ、考えてもみたまえ。いつでも、いつでも、どこからか凝《じ》っと見ていられる、すべてを知られてしまう、それが妻だとあっては僕は休息することが出来ない。僕は疲れてしまったよ」

彼は両手で頭を抱えて、泣くような声でつづけた。

「誰だってある時間は自分ひとりの世界が欲しい、またそれが必要なんだ。自分だけしか知らない天地が要るんだよ。それがなくては生きては行かれない。それが心なんだ。心に思うことは口に出さない限り、何人にもわからないだろう？　僕はその心を大切にしていたのに、その心の中にまで忍び入って、僕一人で思っていることを盗み知ろうとする者があっては堪ったものではない。四六時中休息なしに公衆の眼の前で踊らされている者より辛い。僕は気狂いになりそうだよ。妻に別れることは一つしかない僕への救いの道だ」

「お別れになったら、それでもういいのかしら？」

「その上に何がある。僕は家屋敷も、財産も全部彼女に与えて、僕は裸一貫になって安子から離れるんだ。僕がいなくなっても、あれだけの屋敷と財産があれば一生食うには困るまい。食えないようにして捨てたと云われては困るから、何もかも洗いざらいくれてやる。そしたら文句はあるまい」

「でも奥様は、あなたの全財産なんかより、あなたという人が欲しいんじゃないか知ら？」

「なら、どうすればいいって云うんだ？」

彼は焦《い》ら焦らして怒ったような口調で云った。

「どうすればって、私には分らないけれど、きっと離婚を承知されまいと思うのよ」

「どこまでも従《つ》いて来ようって云うんなら——、そして、いつまでも、この僕を金しばりにして苦しめようって云うんなら——」

と彼は血の気がさっと顔から退いて、鼻の頭に油汗がにじみ出た。

「どうしても離れないって云ったら、永久に僕から離れて、二度と附き纏えないようにしてやる」

「と、仰しゃると？　どうなさるの？」

不穏の空気に、桃子はおびえながら青くなって訊いた。

「うむ。その時は――、その時は殺しちまうばかりさ。殺せば完全に僕から離れる。いや、それは冗談だよ。アハハハハ」

桃子は彼の膝に顔を伏せた。

彼女の頭の上で、本庄の空虚な笑い声がつづいた。

四

安子は本庄の帰って来る時間を知っているように、玄関のベルを鳴らそうとすると、内から扉を開けてにこやかに彼を迎えた。

茶の間に入ると、お銚子がいいお加減についていた。彼女は盃を彼の手に渡しながら、

「今日は無事でしたね」

と云った。

「何が？」

「何がって、オホホホ桃子さんとのことが」

本庄はむっつりと口を結んだ。

「ねえ。私と別れて、あのひとと結婚する御相談が纏ったの？　随分酷い計画をなさる人達ね。でも、私、あなたが何と仰しゃっても、別れるのはいや」

と云って、彼にすり寄り、手を握って彼の持っている盃に唇をつけて一口飲んだ。

「ねえ、あなたも飲んでよ」

「いやだ」

彼は音を立てて荒々しく盃を置いた。

「いやなはずね、もういい加減まわっているんですもの。桃子さんのお酌でなくっちゃおいしくない？」

「何を云う？」

「ただ訊いてるのよ。私の愛情がうるさいんだって？　罰あたりねえ、あなたって人は——、誰のおかげで、若いあなたが、特別にこんなに出世して、いい地位を得たのか、忘れたの？」

彼の漆に手を置いて、執拗な凝視をつづけながら、

「みんな、私の、いいえ、霊のおかげじゃありませんか。それがなかったら、重役候補はおろか、下っ葉の走り使いがせいぜいよ。その大切な私を裏切って、桃子さんなんかと一緒になりたいばかりに、別れるの、殺してやるのって、大きな口もいい加減になさらないと、世間の物笑いになりますわよ」

本庄は膝の手を払い退け、肩を聳かせながら、

「その恩があると思えばこそ、今日まで出来ない我慢をしつづけてきたんだ。が、もう辛棒が出来なくなった、君のうるさい深情けは僕を気狂いにさせる。痒いところに手の届くような献身的なつとめぶりは全く有難迷惑で胸がむかむかする。君と一緒にいると僕は頭が変になって、どうかなっちゃいそうな気がする。君の毒針で刺すような凝視にはもう堪えられない。僕は君から完全に解放されて、自由の天地に大きな呼吸を吐きたいんだ。眼に見えない君の云う霊とかに縛られて、自由を失っているようないまの生活がつくづくいやになった。別れよう。それよりほかに僕の生きる道はないんだ」

「あなたと別れては、私は生きていかれないわ」

「生きてゆかれるだけの物を君にやる」

「全財産でしょう？　オホホホホそんなもの、私はあなたが欲しいのよ。あなたの体も、心も、全部を私に頂きたい」

本庄は手にしていた盃をぱっと彼女の顔に投げた。

「いい加減にしろ」

「私の希望をのべているのよ」

彼はカチカチと歯を鳴らしながら、

「悪女の深情けとは君のことだ。僕は普通の女が好きになった。摑まえどころのない霊だとか、心霊だとかにたぶらかされて、人の秘密を探ろう探ろうとしたりする女は大きらいだ」

彼女はねっとりした、まつわりつくような調子になって、

「そんなに嫌がられているのに、私の方じゃ好きで好きで堪らないとは何という情けない事でしょう。でも、逃げられるものなら逃げてごらんなさい。私の霊は私の肉体を離れて、あなたの後を追い、どこまでだってついて行きますからね」

「ついて来るなら、来てみろ」

「行きますとも、ほら、あなたの心の中に、私の霊が入って行く――」

安子はうつろな眼をして、彼の胸を指さした。

「えっ？」

彼はぱっと起ち上ると何者かを払いのけるように、心臓のあたりをばたばたと叩いた。叩いているうちに、彼は次第に理性を失って行った。

ただ、やたらに、眼の前にいる安子が憎くてたまらなくなった。

「こいつさえいなければ――」

という念だけが頭の中で渦を巻いていた。

彼は彼女が火鉢に突きさしておいた裁縫用の鏝《こて》を手にとるや、力まかせに彼女の頭をなぐりつ

けた。

「あっ。あなたは——、ほんとに、私を殺す気だったのね？」

仰向けに倒れながら、なおも鏝を振り上げて、打ち下そうとする本庄を、いとしそうに見上げて、

「あなたに殺されることは、もうちゃんと前からわかっていたのよ。だけれど、ああ嬉しい。あれあれ私の霊はあなたの魂の中に溶け込んでゆくのが見えますよ。あなたの魂と私の魂は完全に、あなたの肉体の中で合致しました。永遠に離れない。私は死んでも私の魂はあなたの心の中に生きています」

「何を云いやがるんだ」

二度目に打ち下した鏝の下で、彼女はもう声を出すことも出来なかった。

彼はやたらに鏝を振り廻わしながら、部屋中をくるくると廻わった。

「この心臓の中に、彼女の魂が入っている、ええッ。出ろ、出てゆけ！」

彼は喚《わ》めきながら、自分の胸をなぐりつづけた。

「出ないか！　出ろ、とっとと出てうせろ！」

彼は身をもがき、何かを振り落そうとでもするように体をゆすって、胸を叩きながら、家を飛び出し、あてどなく往来を走った。

配給物を届けに来た隣家の奥さんが、安子の惨死体に胆をつぶして、附近の交番へ訴え出た恰度その時刻に、本庄は狂人として通行の警官に捕えられた。

恐怖の幻兵団員《まぼろし》

私立探偵社の客

遠くの方でベルが鳴ったと思っていると、忽ち寝室のドアがはげしく叩かれ、

「先生、先生お客様ですよ」

せっかちの家政婦に起された。

枕時計を見ると朝の六時だ。私立探偵なんて職業を持っていると、とんでもない時間に訪問を受けることがしばしばある。そういう人に限って、厄介な用件を持ち込むものだ。私は舌打ちしながら、毛布をすっぽりと被ぶったまま、

「やかましい！　これからもう一寝入りしようと思ってるんだ。用があるなら待たしておけ」

「だって、先生、大至急お目にかかりたいって仰しゃるんですよ」

「何んて人だ？」

「お名前は仰しゃいませんが、お目にかかればわかるって、立派な方、凄いような美人で――、お若い方なんですよ」

私は毛布をはね退け、むっくりと起き上って、

「しょうがないなあ。客間に通しておけ」

私はいつの場合でも、身だしなみだけはきちんとしていた。安全剃刀《かみそり》を当てて、いそいで顔を洗うと、外出着に着換えて、客間に現われた。

「やッ。あなたでしたか。失礼しました。お名前を仰しゃらぬものだから――」

朝陽のさし込んでいるウインドウの傍に、椅子を持って行って、

「さあ、こちらへいらっしゃい」

とすすめた。

「まだ。おやすみになっていらしたんでしょう?　申わけありません」

家政婦が云った通り、全く素晴らしく美しい。たしか二十九歳だと聞いていたが、見たところはせいぜい二十二三、眼の覚めるような赤色ボックス型オーヴァを着ていた。彼女は松岡旧伯爵の世《よ》嗣《つぎ》一雄夫人で、類稀れな美貌の持主として有名であった。

没落階級に属する旧伯爵が、いまもなお昔ながらに依然として政界の影武者であり、相当の勢力を有するのは世間で知らぬ者もないが、彼はいつも黒幕であって、絶対に表面に立たない、それが彼を救ってくれたと云ってもよかった。

口の悪い人は、狸爺だの、剣劇の名人だのと云った。それはずるくって、立ち廻わりが上手だという意味であるが、たしかに云われるだけのことはあった。あの巨万の富も財産税だ、取得税だといって大部分を失っているはずだのに、なお昔のままの生活をつづけていられるということは、智慧者の彼なればこそ、と、私は思っているのだった。

家政婦が火種を持って来て、瀬戸の大火鉢に炭をついでから、各自の前にお茶を運んでいるのを、夫人はいらいらしながら見ていたが、彼女の退くのを待って、急に一膝乗り出し、

「先生、突然、こんな朝っぱらから伺って、御無理をお願いしてはすみませんが、実は私、大変な心配事が出来たんですの。委しいことは途々《みちみち》申上げますが、いかがでしょう?　これから直ぐに宅へいらして頂けませんか知ら?」

よく見ると夫人は憔悴して、顔いろは青褪めているし、唇のあたりが微かではあるが痙攣している。何事かは知らず、少なくとも彼女にとって重大なことに直面していることだけはたしかであった。

私はオーヴァを着て、夫人と一緒に玄関へ出た。そこにはニューフォードが横附けになっていた。シートに腰を下すと、私はわざとゆっくりと、落ちつき払って、シガレットに火を点じ、

「どうなすったんです?」

はじめて口を切った。

「すっかりお話ししなければお分りにならないでしょうが、主人が昨年の春シベリアから帰還したことは御存じでしたわね」

「麻布の御本邸で、一二度お目にかかりました」

「松岡の父が只今重態で、昨今、危篤状態であることも知っていらっしゃいましょう?」

「新聞で知っています」

「そのため、麻布の本邸は今、ひっくりかえるような騒ぎをしておりますの。その最中に――、実は主人の一雄が、行が不明になってしまったんでございますの」

「いつからです?」

「今日で、一週間になります」

と云って、ぷつりと口を噤み、涙ぐんだ。

私はそのあとを促がすように無言で夫人の顔を見た。一口に行方不明と云っても、彼女の場合にはいろいろなことが想像されるのだった。

一雄が出征する直前に、両親や親戚の反対を押し切って娶《めと》ったこの夫人は、その当時売り出しの映画女優であった。結婚後は映画関係は勿論、派手な交際は一切縁を切って、伯爵家の奥深く引込んでしまったので、いまはどう見ても真面目な貴婦人になっているが、彼女がそうなるまでには数知れぬ苦労を重ねてきたことだろう。私は一雄が行方不明になったという裏面には必ず複雑した事情がひそんでいるものと思った。

やや少時《しばらく》して、夫人は唇をふるわしながら、

「御承知でしょうが、松岡家には一雄と弟の薫と二人しか子供はございません。薫は画家でおとなしい人なので、両親のお覚えもよく、また実によく気がついて、かゆいところに手が届くように

父の看護をするので、両親には大変に気に入られておるのですが、一雄の方は到って無口で、ぶっきら棒で、お世辞も云えないので、とかく薄情者だの、親不孝だのと申されて評判がよくないところへ、一週間近くも父の前に顔も出さず、看護もしないので、病人は行方不明になっているとも知らずに、ひどく私へ当てこすったり、悪口を云ったりしているので、間に入って私は身を切られるように辛いんですの」

「一雄さんが行方不明になられたことは、伯爵は御存じないんですか？」

「秘《かく》してあるんですの。母だけは存じておりますが――」

「何故《なぜ》、秘していられるのです？」

「云ったら大変ですわ。重病人の親を捨てて姿を晦《くら》ますような不埒な奴にはこの家の相続はさせられない、と、いうことになりますもの。それでなくっても、次男の薫さんに相続させたいという考えが、何かにつけて見えますんでねえ。たまらないんですの。姑が間に入って取りなしてくれておりまます間に、どうしても一雄を探し出して、最後の看護をさせませんと、松岡家は薫さんにとられてしまいますネ。昨夜も親族会議でそういうように決議したらしいのでございます。ですから、どうあっても一雄を探し出して頂きたいんで――、ほんとに、先生、私一生のお願いでございますから、探して下さいましね」

「捜査願いは出されましたのですか？」

「ええ。出しましたが、次ぎ次ぎに大きな事件が出てくる昨今のことですから、家出位は大した問題にもされないとみえて、まだ何の手がかりもないのでございます。それで、私はもうそういう方面に実は見切りをつけまして、誰にも相談せずに、先生のところへ飛び込んで、お願いにまいったんでございます」

「私に御相談をされましたことは、当分の間、どなたにも秘密にしておいた方がいいだろうと思います」

「探し出されて、やっと父の危篤に間に合ったというよりも、自分から看護に帰って来たという風にした方がよろしいでしょうね。それでないと一雄がつまらぬ誤解を受けて可哀想だと思いますのよ。いつも一雄と比較されては褒め者になっている弟はこのところ、二日も三日、徹夜で附きっておりますの。兄さまと二人分お父様のお世話をするんだと私には申しておられますが、それだけに総領の一雄の不行届きが目に立ってね、六日も、七日も、まあ、どこをうろついていることでしょうか、父の重態は新聞にも出ているので、知っていそうなものですのに、情けなくなってしまいますわ」

「あなたにはお心あたりがありませんか？」

「こんどというこんどは全くわかりませんの」

「と、仰しゃると、前にも家を開けられたことがあるんですか？」

「幾晩もつづけて開けるということはありませんが、時々行く先も云わずに、ふらりと夕方から出かけて、翌朝ぼんやりと帰って来るようなことが一二度ありました」

「帰って来られてからも、どこへ行かれたのかお話しにならないのですか？」

「主人は至って無口で、それが帰還してからは一層口数が少なくなりましてね、何か訊いてもろくに答えないようなことが度々ございますの。詳しいことは宅へいらしてから申上げますが――」

「御主人のお部屋は家出なすった時のまんまになっているのでしょうね？」

「ええ。捜査願いを出しました時、手をつけるなと仰しゃったので、そのまんまにしてありますの。別に私が見ては変ったところはありませんが、とにかく、先生にいらして頂いて一度部屋中を御らん願おうと存じておりますの」

枯れたカーネーション

自動車は、白い洋館の前に停った。あまり大きな建物ではないが、ぐるりが広くとってあって、庭は一面の芝生だった。まだ空襲のままになって取りかたづけもしてないところなどがあるために、隣家といってもずっと離れているので、野中の一軒家というようなちょっと淋しい感じがした。

私は夫人のうしろに従って車から降りると、まず家の周囲を歩いてみた。

「御主人のお部屋は?」

夫人は立ち止って、半開きになっている窓を指差し、

「あの窓のある部屋ですの、ああして開け放しておくのは不用心ですから、廊下の方へ向いたドアに新らしく鍵をつけて、あすこだけを独立させたので戸締りだけは充分に出来ております。主人は大変に臆病になりましてね、以前は至って元気な人でしたが、シベリアから帰りましてからは、まるで人間が変ったように怖がりやになって、毎晩寝る前には自分で部屋の戸締りを一つ一つ見て歩き、これで大丈夫だと安心がゆかなければ眠れなかったんですよ。それだのに、あの朝は窓を開けッ放したまま、出かけたんですから、呆れますわ」と云いながら、

「さあ、どうぞ、お上り下さいませ」

玄関の方へ行きかけるので、

「私はお庭を一応検《しら》べてから、あとでまいりますから」

「ではお茶のお支度でもしておきますから先生、お調べがすんだら、直ぐいらして下さいね」

私は窓の下に立って注意深く地上を見た。一週間も過ぎているので、よくはわからないが、乱れた靴のあとがあって、その中に小型のラバソールが交っているのがはっきり見えた。足跡について、ぐるりと廻わると建物のうしろの裏門へ出た。裏門の扉には厳重な鍵がかかっていて、久しく開けないと見え、錠は錆ついていた。

門柱につづいた古い板塀はところどころ破れて、犬でも出入りしたらしい大きな孔があって、孔のまわりの羽目板はがばがばにゆるんでいる。手で押すとかなり大きく開いて、大人が屈んでくぐれる位に毀れていた。

私は体を屈め、肩を斜めにして外へ出ることが出来た。オーヴァが、破ぶれた羽目板にささって、尖った板の先に一つまみ位の毛がちぎれて引っかかった。

裏門の外にはかたそうな土の上にタイヤのあとがいく筋もあった。人通りはあまり頻繁ではないらしいが、自動車が楽に通れる位の路はあって、邸のはずれからは広い往来になっていた。細かく調べてゆくうちにほかの羽目板にも一つ私のオーヴァ以外の小さい布地がささっているのを発見した。手にとってみると、白っぽいしまの絹地であった。同時に塀の下の溝渕につき刺っている尖ったものを見た。拾い上げて泥を洗ってみると、美事な真珠のネクタイピンであった。

二つの獲物は私を非常に勇気づけた。

夫人はお茶をいれて待っていた。

私はまず絹地を出して見せた。

彼女は手にとって見ていたが、急にサッと顔いろを変えて、

「どこにございましたの？　これはあの日着ていたワイシャツの布地です、ああ」夫人は両手で顔を覆うと、

「やッぱり！　私の想像した通りだったんですもの先生、一雄はきっと殺されたんです。きっとそうです、きっと――」

身をふるわして、しゃくり上げた。

この上彼女を悲しませるのに忍びなくて、私はネクタイピンはポケットに入れたままで見せなかったが。このワイシャツに似合ういろのネクタイをつけ、好きな真珠のピンをさしていた、と云って、夫人は一雄の面影をしのぶように自分の方から語った。

ややあって、夫人は泣き濡れた顔を上げ、

「先生、一雄が帰還してからのこと、すっかりお話しいたしますから聞いて下さいね、そして御判断をして頂きますわ、先生も主人は殺されてしまったと思っていらっしゃるんでしょう?」

「まだそんなに御心配なさることはないと思います。屍体が発見されたというわけではなし、ただ行方不明になっているというだけのことですから、どこかに無事でいられるかも知れません。まあ、何もかも秘さずに話して下さい。御主人のお部屋を見せて頂きましょうか」

夫人は厳重な戸締りを開けて、私を彼の部屋に案内した。

八畳敷ばかりの洋間だった。大きなデスクには読みかけの洋書が開いてあった。廻転椅子がくるりと後ろ向きになっているところを見ると、急に起《た》ち上ったものらしい。机の上の花瓶にはカーネーションの枯れたのが首を垂れてさしてあった。四本だった。赤いペルシャ絨氈《じゅうたん》の上に一本踏みにじって、くちゃくちゃになっているのが落ちていた。

本を読んでいるところを、急に誰かによばれ、慌てて起ち上った拍子にカーネーションの一本が袖に引っかかって落ちた、彼はそれを拾い上げるひまもなく、踏みにじってあの低い窓から飛び出したのだろうと私は想像した。

部屋中くまなく調べ終るのを待って、夫人は語りはじめた。

ピストルで誓約書を

「私達の結婚当時からお話ししなければおわかりにならないでしょうが、何分両親はじめ殆ど全部の親類が不賛成だったのですからね。つまり身分違い、映画女優なんかをこの由緒正しい松岡家の世嗣夫人には出来ないという――。それを押し切って結婚するまでに運ぶのは大へんな努力でした。その間にあって、私達に絶えず同情して、味方になってくれたのは弟の薫さんでした。彼はかげになり、ひなたになりして、私達に力づけてくれたのです。そういう無理な結婚でしたから、一雄が出征して後の私の立ち場は実に惨めなものでした。本邸に引き取られ、厳しい舅《しゅうと》につかえ、何一つ自由というものは与えられず、毎日を泣いて暮らしながら、ただ夫の無事に帰る日ばかり待っていたのです。

　薫さんは画家でしたから、アトリエの必要もあるので、麻布の本邸の一部に画室をかねた小さい家を建ててもらって、そこに住んでいるのです。恰度空襲当時、模範的な防空壕だと云われた壕を地下室に利用して、その上に建てたものなのです。本邸の一部と申しても、薫さんのアトリエまでは相当離れていて、囲いうちと云うだけのこと、随分遠いのです。が、私は用事にかこつけてはアトリエに行って、薫さんに慰められ、うさをはらしておりました。薫さんという人は女性の気持ちに理解がありますので、女の人はみんな彼を好いていました。それだのに、降るような縁談を断って、未だに独身生活をつづけておるのです。独身であるということがまた一層魅力があるものと見えて、薫さんのところには絶えず女客がありました。

　ある時、薫さんは、兄さまはかの地で亡くなられたのではありますまいか、と申しました。友人が帰還してそんな噂をしていたと云うのです。内地で贅沢をしていたので、栄養失調で斃《たお》れたらしいということなのです。

　私はそれを聞いてから、帰らぬ夫を待っているのがたまらなく悲しくって、毎日のようにアトリエへ行っては泣いていました。

　ところが、突然、それこそ一本の便りもなかった一雄が高砂丸で帰るという吉報が入ったのです。嬉しさで気が狂うということがあったら、あの時の私の場合だったろうと思います。その報らせをもたらしてくれたのも薫さんで、私は夢中ですがりつき、嬉しさのあまり気狂いのようになって、薫さんの手を握ったり、抱きついたり、唇を彼の手に押しつけたりして、子供のように喜び廻わり

見て、
ました。薫さんは黙って、じいと私のなすがままに任かせていましたが、私がやや落ちついたのを
『こんなところを、人が見たら大変ですよ』

と、一言云うと外へ出て行ってしまいました。

あとで考えてみるとあまりの嬉しさからとはいえ、とんだはしたないことをしたと恥しくなりました。そんなに喜んで迎えた一雄はまあどうでしょう、出征前とはまるで別人のような、憂鬱な、暗い男になっておりました。いつも考え込んでいて、何かに脅えてでもいる風なのです。まるで恐怖病にでもとりつかれた人のようになっていたのです。

本邸は窮屈なので、早速この家に移りました、のびのびとした、それこそ新婚生活のような明け暮れを過せるものと、希望に輝いていた私は、帰還した日から、すっかり失望してしまったのです。四年も、五年もの間、どうして暮らしていたのか、訊きたい話は山のようにあるのに、何を訊いても話してくれません。夫は妻の私でさえ気をゆるせないというような様子ばかりして、ほんとに変な男になっていました。

医者は強度の神経衰弱だと云います。睡眠剤の力を借りなければ眠れぬ夜がつづきました。真夜中にふいに飛び起きて、あたりをきょろきょろ見廻わすかと思うと、急に恐ろしそうに身震るいして、机の下にかくれたりするんです。その時の顔の凄さったらありません。

たしかに一雄は普通の状態でないと思うようになりました。元来気の弱い、神経の細い男でしたから、出征中から故国の土を踏むまでには、恐い思いやら、命がけの辛い事もあったでしょうし、きっと、口には云えない、いろんな生活をしてきたのでしょう。彼の心を脅かすようなこともなかったとは云われません。

私は一雄の窶《やつ》れた顔を見ながら、ひとりでに涙が頬を伝わるのをどうしようもありませんでした。私がこれほど苦労して待っていた夫が、こんな冷めたい、変な人になってしまったのかと思うと、

悲しくってどんな秘密でも、私にだけ打ち開けてくれたら――と、しみじみ思うのでした。

彼自身も大変苦しそうなのがよくわかります。何を苦しんでいるのかは無論わかりません。ただ一人で煩悶しているのですから、私はたまらなくなって、薫さんにその話をしました。

薫さんも暗い表情をして、

『兄さまは何か悪いことでもしているんじゃないか。かの地にいる間は随分乱暴な真似をしたという人もあるから、殊によったら兄さまは人でも殺しているのかも知れませんね、犯罪の発覚を恐れているんじゃないのかなあ。気の弱い男は自分の犯した罪に脅えて発狂するって話もあるから――』

『まさか、そんな大それたことをする方じゃありませんよ。きっと、何か恐いめにあったんでしょう』

『じゃ、あなたが訊いてみたらいいんだ』

『だって、仰しゃらないんですもの』

『肉親だけですよ。ほんとの同情者は――、打ち開けてさえくれれば、僕は兄さまの苦しみを半分わけて背負って上げるがなあ』

薫さんは相変らず気持ちのいい人でした。私は遂々《とうとう》思い切って、ある晩、一雄に云いました。妻としての資格がないから、何事も打ち開けて下さらないのでしょう。それなら已《やむ》を得ませんから離縁して頂きますわ、と云って、迫りました。

別れる気なんて毛頭ない夫の心を私はよく知っていたのです。また私自身にしてみても今まで辛棒してきたのに、今更別れようとは思わないのですが、夫婦の間に秘密があるということは何んとしても堪えられないのです。

人殺しだって構いません。もっと悪い事をしていたって、私は驚きません。それよりも打ち開けられないということは、私が信用されていないということになるので不愉快だったのです。

一雄は何かよほどの決意をしたらしく、顔を上げるときっと私を見て、絶対他言をしないという誓をせよと申しました。そしてかたい誓約をさせてから、始めて、心の苦悶を打ち開けてくれたのです。

主人が収容所にいました時、仲の好い名門の倅数名が集って、研究会のようなものをつくり、徒然《つれづれ》を慰め合っていた事がありました。その時、夫は小さく丸るめた紙屑が床に落ちていたのを見たのです。拾って、ひろげて見ると、このグループの一人が書いたもので、それが上官への密告書であることを知りました。勿論、一雄の名も書いてあったそうです。彼はびっくりして、信じ合っているこの僅かなグループの中にもスパイがいるのかと驚いたといいます。

身辺にこういう人がいては油断は出来ないと思いましたが、どの人がスパイであるかわからず、また口に出すことでないのでそのままにしていると、ある日、突然、エム中尉という人からよび出されました。

何事かと思いながら、おずおずと彼のあとに着いて行くと、中尉はにこやかに一雄をもてなし、コニャックだの、うまい菓子だのの珍らしい御馳走をしてくれ、狐につままれたようになっている夫に、自分は東京にいたこともあると云って、松岡の父は政界の大立物だの、表面にはたたないが隠れたる勢力家の一人だの、と、しきりに褒めそやすので、少し気味悪るくなりましたが、それでもどうしてこんなによく知っているのだろう、と不思議に思っていると、伝令が来て、中尉に耳打ちしました。

中尉は直ぐ席を起って、一雄について来るように命じ、急にそこから出かけることになりました。どこへ行くのかまるでわかりません。

外には一台ジープが待っていました。中尉の命令で一雄は彼のあとから乗りました。ジープは超スピードで、シベリア大波状地帯のいくつかの丘を越え、かれこれ三十分近くも走りましたでしょうか、あんなにおしゃべりだった中尉はその間一言も口をきかないばかりか、行く先を訊いてもただ口許に微笑を浮べたぎり、何も答えないのです。一雄は薄気味が悪るくなり、不安で堪らなかったのですが、逃げるわけにもゆかず、運を天に任すより他はない、と、じッと眼を閉じ、どうにでもなるようになれと観念していると、ハタと車が停りました。

眼を開くとそれは実に奥の深い大森林に取り巻かれた、僅かの平地で、天幕《テント》が一つ張ってありました。あたりはしいんと静まり返って物凄い静けさです。中尉は夫を従えてその天幕の中へ入ったのです。

中では酒宴の真最中で、丸太の脚のついた大テーブルの上には山海の珍味がうず高く盛られ、高価な洋酒の瓶が林のように立っていました。実に豪華な宴会ですが、テーブルを前にして盛んに酒を呷《あお》っているのは軍服の士官と背広服の青年、それに一人の美しい女性が交った、たった三人きりでした。彼女は二十七八位のキビキビした態度で、麗わしい顔に理智的な眼が輝いていました。

中尉の紹介でその女性の隣の席につきましたが、一雄は何が何んだかわからず、夢のような気がしてぼんやりしていると、背広服をはじめ一同は夫のために乾杯をするやら、いかにも丁寧なにこやかな態度で、ここでもまた松岡の父が話題にのぼり、父の交遊関係など根掘り葉掘り訊ねるのでした。よくもこんなに細かく調べているものだと驚くほどだったと云います。穏かに雑談しているのですが、腰のピストルがいつでも物を云うぞ、というような、油断の出来ない、何んだか凄味のある和やかさだったのです。それから内地にいた時の夫の仕事など委しく訊かれ、やがて改まったような口調で、彼等の国に忠誠を誓うだろうかと問われました。

一雄は返事が出来ませんでした。黙っていると、

『答えをしないのは承知を意味するのだ。紙を渡すから、こっちの云う通りのことを書き給え』

『何を書くのですか？』

『無論、誓約書だ。我国に忠誠を誓うという』

『そんなことは――』

『書けんと云うのか？』と、士官は腰のピストルを取り出すと、いきなり一雄に銃口を向けて、

『さあ、書き給え』

拒否することは死でした。夫は銃口をつきつけられたまま、ペンをとり、云われるままに誓約してしまったのです。はっきりとは覚えていませんが、誓約書には住所、氏名、生年月日をしたため、次ぎにこんなことを書かせられました。

『私ハソビエト社会主義共和国連邦ノタメニ命ゼラレタコトハ何事デアッテモ行ウコトヲ誓イマス。コノコトハ絶対ニ誰ニモ話シマセン。内地ニ帰ッテカラモ親兄弟ハ勿論ドンナ親シイ人ニモ話サヌコトヲ誓イマス。モシ誓ヲ破ッタラ処罰《ショケイ》サレルコトヲ承知シマス』

一雄は日本に残っている妻のことを考えると拒むことが出来なかったと云います。心で父に罪を謝しながら、誓約せずにはいられなかったと云って、ぽろぽろと涙を流しました。

美しい女性は起ち上って、夫に握手を求め、魂をとろかすような微笑を浮べながら真紅《まっか》な唇を彼の耳にあてて、

『あなたのお仕事は東京へ帰ってから後です。あちらで、またお目にかかりましょうね。それまでは――、さよなら』

親しげにささやくや、さっさと席を起って出て行きました。ジープの走り出す音が聞え、やがてそれが次第に遠ざかって、消えてしまいました。

『合言葉を教えておこう』と云って、士官は一雄の耳に口を寄せました。

そのあとで、こんな注意を与えました。

『いつ、どこで、何国人であっても、それは日本人か中国人か朝鮮人か、あるいはインド人かも知れないが、今教えた合言葉をもって現われる人物があったら、その者の一切の命令に従わなければならぬ』と云うのです。

その日以来、一雄はよくよく注意していると、夫のように誓約書を書かされた人が、他にも大分

あるらしいのですが、それはお互いの秘密として胸の奥に納めているので、口に出す人は一人もありませんでした。従って今までの親友も、もうお互いに信じ合うということが出来なくなりました。疑いの眼で見れば、誰も彼もみんな誓約書に署名したスパイのように見えまして、お互いがお互いに探り合うというようなことになってしまうのです。

一雄への命令は、云わずと知れた父の地位を利用して、さまざまの事を探ぐるのにあるのは火を見るより明らかで、つまり夫はスパイの任務を背負されて、帰還したわけなのでした。

一つ間違えば死だと夫は云います。いつ殺されるかわからないとも云いました。

死の影を背負った男、夫は絶えず死の恐怖と幻とに脅やかされつづけていて、ある時は生きていることの苦しさから自分の手で死を撰ぼうと決心したこともありました。

人影に脅え、物音にいろを失い、訪問客に身構えするような彼でした。ある夕方、電車の中で、大森林の中で会った女性そっくりの横顔を見てから、また一層憂鬱になり、苦悶はますますひどくなりました。

『彼女が内地に来ている、いずれ連絡があるだろう』と、錠前屋をよんで、自分の部屋の戸締りを厳重に直させたり、ピストルを磨いたり、恐ろしく神経質になって、ちょっとした音にもびくッと肩を震るわせます。押し売りが来ても、眼鏡の底から眼を光らせるような始末でした。

恋の犯人

真面目で気の弱い一雄は、責任感も人一倍強く、任務を遂行しなければ生命を奪われる。しかし、無理強いに負されたのだから、何とかしてそれを逃れたいと思う、この二つの悩みに悶えぬいていたので、時には正気の人とは思えぬような振舞いをすることもありました。恐怖から気が狂ったのではないかと思いました。

私はどう慰めていいかわからなかったので、絶対秘密を誓ったにかかわらず、薫さんにだけこのことを打ち開けて相談しました。が、彼にもいい智慧はなく、私と一緒にただ気をもむだけでした。まだ合言葉をもって現われた者もなければ、何の命令もないのです。実際には何もしていなかったのです。それだのに夫は誓約したからにはいつ命令を受けるかわからない、どこから、どんな人が出現するかわからない、と取越苦労をして、心配しておりました。

父の重態が伝えられるようになった一週間前のこと、私共が本邸へ行っている不在中にこのカーネーションが見知らぬ一婦人によって届けられましたのです。

夫は真青になって、震るえ上りました。カーネーションのしべの中に薄い紙が折り込んであった、それに細かく何か認めてあったそうですが、夫は直ちにマッチをすって焼いてしまいましたので、私は見ませんでした。

それを始めとして深夜、どこからとなく電話がかかってまいりましたり、誓いを破った者の厳罰を考えよ、などと差出人のない脅迫状が舞い込んだりしました。誓いを破ぶったというのは、一雄がその秘密を私に打ち開けたということでしょうが、それがどうして知れたのかわかりません。

夫は彼等と連絡のある者が身辺にいるのだと云い、二人の女中を急に追い出したりしました。精神的の苦悶から、眼に見えて窶れ、このままでは発狂するか、自殺するか、悲惨な最後を遂げるに違いないと、憂慮しておりますと、ふいに姿が見えなくなってしまったのです。

恰度、その時私は父の看護に行っていて家を空けていました。女中の電話で馳けつけてみますと、あの通り窓が開いていて、

『旦那様は昨夜お電話で何かお話ししていらっしゃいましたが、お部屋へお入りになったきり、朝になっても起きていらっしゃらないので、ドアをノックいたしてみましたがお返事がございません。鍵穴からのぞくとベッドが空っぽでしたからびっくりして、御本邸へお知らせいたしました』

と、女中が申しました。
夫は玄関から出なかったとみえ、玄関にも表門にも鍵がかかったままだったそうです。

本邸では父が重態だというのに何故一雄は来ないのだ、と、やかましく私が攻められていましたので、行方がわからないとも申せず、風邪で熱が高くて起きられぬと嘘を吐《つ》いて、その場、その場を胡麻化しているのですが、母にだけは胡麻化しきれず、母にだけ私は白状してしまったんですの。

親戚の者達はもともと私があの家の後継者の妻となる資格はない、と、反対しきっているのですから、夫のいないのをいいことにして、薫さんに家督相続をさせようとしておりますのです。

そういうわけですから父の息のあるうちに、何んとかして探し出して頂きたいと思うのです。あれだけ脅やかされていたのですから、正気を失った人になっているかも知れませんが、生きてさえいてくれたら、と、それればかり念じているのですけれど、今日で一週間目になりますのに、どこからも便りがないので、あるいはもうこの世にはいないのではないか、などと思ったりして、私は生きた心地もございません。先生はどうお思いになりますか？　今はもう先生のお力にお縋りするよりほか、私には手のつくしようがありませんの、どうぞ、先生、お願いですから――」

夫人は涙ぐみながら、私の前に手を合せて頼むのだった。

夫人の家を辞してから、翌日の夜の十時までの間、私は一睡もする暇がないほど忙しかった。私は夫人の言葉のうちに、あるヒントを摑んだのだった。それに自信を得たので、思い切った行動が出来た。実にその三十余時間の活動ぶりは自分ながら感心するほど目ざましいものであった。

松岡旧伯爵は危篤を伝えられながら、高齢にも似合わず、不思議な生命力があって、臨終にはまだ間がありそうだ、と、主治医は語った。

枕許には伯爵夫人と一雄夫人が詰めきり、次男の薫が時折交代していた。次の間には近親者一同がぎっしりと詰めきっている。静かな病室からは咳一つ聞えなかった。

女中から受取った銀盆の名刺を、看護婦は無言で、薫へ渡した。

無言で受取った薫は名刺の上に書かれた文字を見ると、サッと顔いろを変え、よろめくように病室を出た。

名刺には、

「あなたの監視中の病人が脱出しました。直ぐおいで下さい」

と、あった。

薫は眼が眩んで、そこにいた看護婦を突き飛ばし、一散にアトリエに走った。

アトリエの中は真暗だった。電球が切れていたのを、まだ取りかえる暇がなかったのだ。彼は手探りで、まず地下室の鍵を開け、階段を降りかけると、下から低い声で、

「一足違いでした。御病人は父君の御臨終に間に合わなければ、と、仰しゃって、飛んでおいでになりました」

「何んだと？」

薫は相手の男の腕をわし摑みにしてねじ上げた、と、思ったら、反対にもんどり打って地上に投げ出された。

打ちどころでも悪るかったか、彼は少時起き上ることも出来なかった。

「薫さん、あなたがながい間かかってやったせっかくの計画も、いま一歩というところで、私立探偵の私のために、水泡に帰しました。お気の毒ですが仕方がありません。さあ、起ち上って、私の云うことをおききなさい。

あなたは映画女優時代から人知れず恋していた嫂《ねえ》さんに同情者のような顔をして、歓心を買い、あわよくば横取りしようと考えている時、運悪るくシベリアからお兄さんが帰還された。無事で帰られたのを喜ぶはずであるあなたは、反対にすっかり失望してしまいました。

若夫人はお兄さんと同棲される、指をくわえてそれを見ているのは堪らなかった。何んとかして

二人の仲を割こうと思っているところへ、お兄さんの秘密の話を夫人から聞かされたので、急に恐ろしい計画をたてたのです。

暗い影を背負されたと信じきって神経を尖らせている彼に、脅迫状を送ったり、偽電話をかけたりして脅かし、遂いに彼を半病人にしてしまいました。

お兄さんの精神の疾《いた》みはますますはげしくなるのを、悪魔はほほ笑んで見ていたのです。カーネーションを送っておいて、次ぎの夜、覆面したあなたは、夫人から聞いていた秘密の合言葉を使って、お兄さんを窓からおびき出し、わざと裏門からぬけ出して、いきなり彼の頭に風呂敷を被ぶせ、外に待たせてあった自動車に乗せてアトリエの地下室に連れ込んで、監禁したのです。あなたのいつも穿《は》いている小型ラバソールのあとを残したのも残念でしたね。

そして、あなたはひたすら父君の臨終の迫るのを待ち焦れていたのです。お兄さんが行方不明であれば、いやでもあの家を継ぐ者は薫さんです。あなたは名門とあの財産とを継ぎ、もう一つ美貌の若夫人を手に入れるつもりだったのですが、惜しいことをしました。シベリアからの命令だと思い込んでいたのが、実は弟の薫さんからだったと知って、お兄さんはすっかり元気になられましたよ」

そこへバタバタと跫音がして、若夫人が地下室の降り口から声をかけた。

「薫さん、早くいらして下さい。お父さまの御臨終です。それから喜んで頂きたいのよ。お兄さまが帰っていらしたの、御臨終に間に合いました」

そこにいる私の手を握って、夫人は感謝の眼をむけた。一雄を誘拐した犯人が弟の薫であったことだけは私は云わなかった。

それは一雄と私との永久の秘密として、胸に納めておく約束をしてあったからである。

随筆篇

心霊の抱く金塊

（上）

ツイ二三日前のこと、私達は赤い丸卓子を囲んで昂奮に汗ばんだ顔を並べ、心霊学者深井博士の話を、熱心に聞いていた。もう秋だというのに恐ろしく蒸し暑い晩だ。

「金塊はたしかにあった。この眼で見てきたのだから間違いはない、価格はまず五億万円ほどだ」と云って、口を真一文字にきゅッと結び、皆を見廻した。隣席にいた人は、その時、思わず低い呻きのような歎声をもらした。

× × ×

五億万円ばかりの金塊が、ある洞窟の奥に隠されている、と、一人の優れた霊媒が云い出したのは、よほど前のことである。ナヒモフ号やリュウリック号を聯想して、私達はそれを一笑に付して顧みもしなかったのであるが、博士は何か信ずるところがあったと見えて、その後、研究に研究を重ねた結果、登山客の杜絶《とだ》えたこの秋の初めに自ら探検に出かけて、遂に実証を見届けて来たという、その驚くべき報告を、今宵集まった人達に話そうとするのである。

「場所はどこですか」「その金塊には全く所有者がないのですか」「発見者は全部貰えるのですか、それとも何割という規定でもあるのでしょうか」などと、慾深い連中からの質問が続出する。

雨が降り出した、大つぶの雨が軒をうつ。博士は顎鬚《あごひげ》をしごきながら、徐《おもむ》ろに語をついでいう。

「場所は日本アルプスの×××の麓の城趾である。無論所有者はない。皆さんも知っているであろうが、――甲州の金山から武田信玄が掘り出した莫大な金の行方が、今に分らない、何れどこかに隠してあるのだろうが、――世間で甲州の金山だなんて掘っているのは、ありゃ武田信玄の掘りッかす、つまり屑なんだ。屑だッて大したものなんだが――、当時、大望を懐いていた彼が密に準備をしておいた軍用金、――即ちその金塊は、人に知れないようにあるところに納っておき、時機を待っているうちに、死んでしまったのだ。

三百何十年この方、その金塊の所在地を人知れず研究した者は沢山ある。中途で匙を投げた人もあるけれど、今日までに探り当てた慾の深い行者などが凡そ二百何十人もあった、が、多くはその洞窟に入ったきり出て来ない。稀に出て来た者もあるが、悉く発狂しては死んでしまっている。その付近は魔の岩とよばれ、土地の人々からは怖れられているのだ。

私は霊媒を伴って行くのだから白昼は面白くない。殊に精神を統一させるのは人の寝静まった真夜中に限る。私達はゲートルに黒い雨合羽を着て、山路を辿り始めた、それは午前一時頃である。案内役の霊媒はまるで霊に導かれてでもいるように、空を見詰めたまま、デコボコした岩の上を平地のように馳けて行く、私はその後を追うて走った。さながら二つの揚羽蝶が闇の中を飛んで行くように――、渓流に沿うて歩いたり、岩の間を潜ったり、下へ下へと降りる。夜道に馴れない私はただ霊媒の後姿を唯一の頼りにしているだけである。やがて、自然に出来た鍾乳洞に這《は》入った」

（下）

「闇はいよいよ深くなり、岩の間から滴る清水が顔に落ちてはひやりとさす。懐中電燈で足許を照しながら、奥へ、奥へと進む。ふと、頭上で水の流れる音を聞いた、河底である。突如、霊媒はピタリと足を止めた。電燈をさしつけてあたりを見廻した途端、ピカッと眼を射る光、岩を砕いて、穿った穴に、黄金は燦然と輝いているではないか。金塊といっても、まるいかたまりではない、竹の一節を縦に真二つに割って、金を流し込んだものと見える。竹はもうすっかり朽ち果てているが、金がその形を残して、一尺ばかりの蒲鉾のようだ。しかし、五億万円の金塊が一ケ所に納まってあるのではない、十二ケ所に分けて隠してあるが、それを武田一門の霊が大切に保管していて、妄《みだ》りに手をつけさせないのだ。

　何も知らない探検家達は、この素晴しい宝物を自分が発見したのだと思うから、いきなり手をかけようとする、と、忽ち見えざる人霊の怒りに触れ、気狂いにされたり、命をとられたりする。私は洞窟の闇に霊と対坐して、彼等の希望を訊いてみたのだが、と云っても、直接話をすることが出来ないから、霊媒をトランス状態に入らせて、彼の口を通して言を伝えてもらったのだ。

　あるときが来たら、金塊を是非私に使ってもらいたい、と彼等は云う。あるとき、それはここ十年の間には来るそうだが——とにかく、それまでは絶対に手を触れる事を許されない、厳重に彼等が監視しているのだから、人間の力ではどうにも仕様がないのだ。しかし五億万円の金塊がある事だけは確だ、もし嘘だと思う者があるなら、いつでも証拠を見せる、金塊ばかりではない、立派な甲冑なども沢山あるそうだ、それ等は段々と調べて行く積りである。皆さんの中で行って見たい人があるなら、私が案内して上げよう、但し慾を出すことは厳禁だよ、が、それも今年はもう駄目だ、秋も中頃となっては寒くて行かれないから、来年お伴をしよう」

　二百何十人もの命を奪った五億万円の金塊！　何という恐ろしい魅力であろう。話が終っても、皆は云い合せたように黙っている。私の頭の中は一瞬間、金塊、洞窟、人霊、発狂などが、くるくると廻っていた。その金塊が博士の手に取り出されるあるとき、というのは一体いつのことであろう？　永久に来ないときなのではあるまいか、しかし、博士の顔に希望が輝き、何事をか期していられるもののようであった。

×　×　×

私は日本アルプスの洞窟にさまよう心地で外へ出た。忽ち、電車、円タク、街の騒音に現実の世界へ放り出された。すると、聞いたばかりの話さえも、あとかたのない一つの遠い物語の如くにも思われるのだが、五億万円という言葉だけはどうも忘れられない。

またサッと降り出した雨に、アスファルトが金塊ででもあるように光っていた。

素晴しい記念品

フランスの片田舎に一人の科学者があった、年はもう五十に近いが独身で、兄弟もなく、友達もなく、淋しい孤独生活であった。彼の唯一の趣味は絵を描くことである。最初は静物を、後には人物、ことに若い女ばかりを描くようになった、が、不思議なことに彼に雇われて行ったモデル女はそれぎり姿を消してしまい、紹介者のところに戻って来ないのだ。初めは気にも留めなかったモデル紹介者も、それが五人六人となると少し不審になって、内々様子を探ってみたが別に変ったこともない。しかしどうも気になるので知り合いの刑事に密告した。それから間もなく家宅捜査が行われストーヴの中から燃え残りの薪を引き出すと、それに一つまみほどの長い女の髪の毛が、からみついていた、それ以外は何の発見も得られなかったが、厳重に訊問した結果、自白したところによるとモデル女を自分のものにした揚句、肉体を溶して薬品につくったり、絵具につくったりしていたが髪の毛だけはどうしても溶けなかったので焼き捨てていた。彼は平然として、

「私の描いた絵を見て下さい、実に不思議な色彩を見出すでしょう？　絵は彼女自身の肖像であり、彼女の肉体を溶したもので描いてやったのです、何という素晴しい記念品ではありませんか」と云ったという。

支那の何とかいう薬は人間の脳味噌から造ったものだと云うし、近頃評判の金《きん》の薬というのも支那から来るもので、これは人間の心臓から取ったのだそうだ。このフランスの科学者はどういう薬品をつくったか分らないが、いずれにしても形を失ってしまうのだから、捜査上にはバラバラ事件や小間切れよりも、一層始末が悪いだろう。

私がこの話を友達から聞いた晩だった。停留所に立って最後の赤電を待っていると、小柄な、痩せた婦人が前屈みに、ちょこちょこ歩いて来た、何気なく両方で顔を見合せ、私がオヤと思うと同時に先方でもハッと思ったらしく立止って、「まあ」と大きな声で云った。それは十年ばかり会わなかった池谷進吾氏の奥様であった。お互に挨拶をすますと「その後、――まだ、――池谷さんの御消息は知れませんの?」と私は訊いてみた。奥様は顔を曇らせ、「もう――あなた、――十年にもなりもますもの、帰って来るものなら、帰って居りましょう。私はもうどこかで、死んでいるものと断念《あきら》めて居ります」と云って涙を眼に浮べ「主人が行方不明になると間もなく可愛がっていた犬が死にました。姑も三四年前に亡くなりまして、私は遂々たった一人ぼっちになってしまいました」

池谷進吾さんは私共の藩主の従弟である。人の好い彼は皆に欺かされて、財産をすててしまい、私の知っていた頃にはお母さんがお琴の師匠、池谷さんが漢学の先生、奥様が賃仕事をしていた。奥様は恋女房だという噂であった、貧しいが他目にはいかにも楽しそうな、平和な家庭のように見えていた。恰度十年ほど前のある大雨の晩、池谷さんは永川下の叔父さんの家に金を借りに行く、と云って出たぎり帰らない。先方へ問い合せると来ないと云う。それぎり消息が絶れてしまったのだ。

捜査願いを出したが皆目分らない。永川下の叔父さんは度々警察に喚び出されて訊問されているうちに、これも行衛不明になった、ところがこの人は五日目に大川から死体となって発見された。取調べの末、奥様が昔吉原の遊女であったことも分り、生活が苦しいので主人が承知の上、永川下の叔父さんの妾になっていたということも知れた、が、肝腎の容疑者が死んでしまったので、そのままになったが、多分叔父さんが殺したのだろうという想像は誰もがもっていた。

果して殺されたのかどうかは分らないが、死体は遂にどこからも上らなかった。まるで煙のように消えてしまったのだ。

奥様に別れてから、私はまた薬品になった話を思い出した。池谷さんの体も溶かされてしまったのではあるまいか、などと思いながら、電車にのった。

蘭郁二郎氏の処女作――「夢鬼」を読みて――

「探偵文学」誌上で発表された時、非常な好評を博した蘭郁二郎氏の「夢鬼」がこの度上梓された。私は早速また繰返して読んだ。いくたび読んでも面白い。

妖魔の如き美少女葉子と、醜い憂鬱な少年黒吉との曲馬団の楽屋裏における生立から始まり、幼い二人はいつか互に愛しあうようになる。葉子にとっては戯れのようなこの恋も、黒吉にとっては実に命がけのものであったが、やがて移り気な彼女に捨てられる。恋に破れた彼は彼女を遂に殺し、その死体を抱いて飛行機から飛降り心中をするという終端まで一気に読んでしまった。そしてその後もなお妖しき興奮はなかなか冷めなかった。黒吉少年が最も得意とするブランコからブランコに飛びうつる曲芸がある、その空を切って懸命に影を描き得られたのではあるまいか。この点だけでも心霊学に造詣ふかい方だと想像される。「夢鬼」以下五つの短篇を添えてあるが、何れも興味ふかく読んだ。「歪んだ夢」もやはり心霊小説のような気がした。この五篇の中では「魔像」が一番面白かった。

今年の抱負

元旦の朝はその一年というものが非常に長いように思われる。三百六十五日あるのだから長いのはあたりまえだが、その一日を無駄なく、大切に暮らしたら相当何か出来るはずなのだ。

今年こそは大いに勉強して、自信のある作品とまではゆかなくとも、せめて、恥しくない、顔の赤くならないものを書きたい。

私は来る年毎に必ずそれを考えるのだが、まだ一度だって実行出来たためしがない。最初の意気込みが、二月、三月、ともなればそろそろ引込みかけ、四月頃にはすっかりしぼんでしまい、六月の声をきくともう半分は自暴自棄になって、また来年のことだ、と、あとの下半期は無茶苦茶に過してしまうのが常だったが、いつまで、そんなたわけたことを云ってはいられなくなった。

×

私はまたこんな風に考える事もある。お金があって、生活の心配のない人は羨しい、さぞいいものが続々と書けるだろう、静かないい書斎があって、家人にわずらわされることがなかったら、心のままに書けるのではないか、落ちつくことの出来ない、雑居のようなこのざわざわした日常生活の中で、何が出来るだろう、出来ないのがあたりまえではないか、と、それは自分への弁解なのだが――。結局はなまけものだから、道具だてばかりにこだわっているのだ。何もかも理想的に揃ったら、私はこんどは何と云うのだろう。

×

ところが、最近になって、自分の考えの、間違っていたことをつくづくと悟った。芸術と取っ組んで、その中に浸り切っていてこそそこに静けさもあり、心の落ちつきもあるはずなのだ。あたりの騒々しさにわずらわされているうちはまだまだ駄目だ。住居とか、食事とか、日常生活に文句を云っているようじゃいけない。それ等は単に生きて行くのに必要なだけのこととして、一切の贅沢は捨てて、すべてを犠牲にすることだ。私などの力で急に豊かになれるわけでもないのだから、貧しい中に仕事をするという、喜びをもたなくてはならない。

×

それで、一つの物を書くとしても、今年は身体をはって、体当りでやって行きたいと思っている。虚飾やヴェールにかくれていい加減にお茶を濁しておくような真似をしないで、裸になって真正直に打つかってゆく、それがいいかわるいかは分らないが、思ったことをとにかく実行してみたい。たとえそれが失敗に終っても悔ないつもりでいる。そこに今までわからなかった何物かを摑み得るのではないかとも思うからである。

今まで、自分で創作したものばかりを書いていて、自分を出したことのない私にとって、裸になって物を書くということは困難かも知れない。そして、出来上ったものは失敗であるかも知れない。自分ではいいつもりでいても、実際には馬鹿げた努力なのかも知れないのだから、出来たものが永久に匣底の奥深く秘められるのを覚悟の上でやらなければならないが、とにかく、今年は一つ自分自身に満足するような作品を書きたいと思う。

×

これが年頭に考えた私の今年の抱負である。

最初の印象

江戸川先生に始めてお目にかかったのはもう二十年近くも前のことです。

池袋のお宅のお座敷で、先生をお待ちする間、私の心は好奇心と不安が交錯していました。

と、いうのは、その頃。

「江戸川乱歩先生のお書斎にはドクロがつるしてある。お化けの人形がぶら下っている、その無気味な雰囲気の中で、先生は深夜人の寝鎮るのを待って、蠟燭の灯で仕事をされる」等々の記事が雑誌に掲載されたり、人の噂にのぼっていたからです。

とにかく先生は普通の方ではない、だからああいう小説がお書けになるのだと私は思っていました。が、それにまた異常な魅力を感じ、いつも驚異な眼で御作を拝見していたのです。エキセントリックな方だ、とは思っていました。作品全体に漂う、幻想、怪奇、猟奇から考えても、そういう御生活をしていられるのは当然なこと、これは事実だろうと思っていました。

それから大変気難しい方だとも聞いていました。私は怖れをなして一度尻込みしてお目にかかりたいという希望を捨てようかと思ったのです。

「そんなに心配することはありません。とても親切ないい方ですよ。僕は原稿を持って行っては、教えて頂いているんですが——」

これはたった一人の先生のお弟子だと自称していたある青年が、私の心をはげましてくれた言葉でした。

そういういろいろなことを、頭に浮べながら、軽卒にお訪ねしたことを、半分後悔しながら、ぼんやりとお庭を眺めていました。

ところが、お座敷に姿をお見せ下さった先生は、ゴシップや想像を裏切って、気軽な明るい、いかにも社交的な朗らかな方なのにまずびっくりしてしまいました。

いい加減の噂はするものではない、また噂を信ずるものではない、と、つくづく思ったことでした。お目にかかった瞬間に私の不安は一っぺんに吹き飛んでしまいました。あの青年の云った言葉がほんとだったのです。

そのことを後で青年に話しましたら、青年得意になって、

「先生にはいろんな面があるから一口にこういう方だと、云いきることは出来ませんよ。僕は一度浅草にお伴をした時、公園の砂利の上に座って乞食の真似をされた。その時なんざあ絶対に明るい社交的な方とは見えませんでしたからね」

その後、いく度もお目にかかってから、この青年のあとの話は、嘘だったなと思いました。何んでも優れた方は常人でなく、変った方にして、置きたいものなのでしょう。

しかし、彼の言葉をほんととすれば、先生にはいろいろな面がおありだそうですから、お書斎での御生活はあるいはあの円満な社交とはきり離されておられるのかも知れません。それは外部のものの覗うことの出来ぬものでしょう。それからもっと、もっと面白い面も持っていらっしゃるのかも知れません。

先生を心から尊敬しほんとうに御親切な方だと思ったのは終戦後です。私はお金をつかい果して困った揚句、突然先生のところへ伺って本の出版についてお願いしたのです。時期がおそい、もう少し早かったら何んとかして上げられたのに、とおっしゃいました。私はがっかりして帰ると二三日過ぎてから、先生の御頼みである書店の主人が訪ねてくれました。私は救われたのです。時期を失してしまった私の出版について、先生がどんなにお骨折り下すったかはその書店の主人の口ぶりでも想像がつきました。

印税も一度に渡してしまうと直ぐ使ってしまうから、毎月に割って渡してやってくれとお言葉添えがあったそうです。そこまで考えて下さる御親切な方があるものか、とつくづく思いました、そして私はこの時この御親切は一生忘れまいと心に誓ったことでした。

アンケート

ハガキ回答

Ⅰ☆読者、作家志望者に読ませたき本、一、二冊を御挙げ下さい。
Ⅱ☆最近の興味ある新聞三面記事中、どんな事件を興味深く思われましたか？

Ⅰ　フィルポッツの「赤毛のレドメイン一家」を井上良夫様の御訳で拝見して感動いたしました。
バルナビー・ロスの「Yの悲劇」

Ⅱ　この春頃の新聞にあった「国際婦女誘拐魔」の記事を面白いと思いました。

（『ぷろふいる』第三巻第一二号、一九三五年一二月）

昭和十一年度の探偵文壇に
一、貴下が最も望まれる事
二、貴下が最も嘱望される新人の名

（一）探偵ものの全盛を望む。
（二）木々高太郎先生。

（『探偵文学』第一巻第一〇号、一九三六年一月）

お問合せ

一、シュピオ直木賞記念号の読後感
二、最近お読みになりました小説一篇につきての御感想

一、あまりにも複雑な感情で一杯でしたので、おハガキでお答えするほど簡単な気持にはなれません。
二、最近知ったある婦人から、嘗てその人が満洲で馬賊を働いていた時の話を聞きました。それがいかにもグロテスクで怪奇味があり興味があったので、急にもう一度支那小説を読んでみたくなり、支那文学大観の聊斎志異などをくりかえしてみて大変に面白く思いました。

（『シュピオ』第三巻第五号、一九三七年六月）

解題

横井司

日本の近代探偵小説史においては、一条栄子や男性名で発表した松本恵子など、早いうちから女性作家の活躍が見られ、その後も少なくない数の女性作家が登場している。その中では、第二次世界大戦前に探偵小説の著書を刊行し、「女流」探偵作家として初めてジャーナリズムの寵児となったという意味において、大倉燁子《てるこ》こそ戦前デビュー組の「女流」探偵作家を代表する存在だといえよう。ところで近年、大倉燁子の親族にインタビューした結果をふまえてまとめられた阿部崇「伝記・大倉燁子――奥田恵瑞《けいずい》氏・物集快《もずめさやか》氏が語る『物集芳子』の肖像」（『「新青年」趣味』一〇号、二〇〇二・一二）が発表され、謎の多い大倉燁子の生涯が明らかとなった。以下、阿部の調査に拠りながらその生涯を紹介することにしたい。

　大倉燁子こと物集芳子は、一八八六（明治一九）年四月一二日、国学者・物集高見（一八四七～一九二八）の三女として東京市に生まれた。九二年、誠之《せいし》小学校に入学。二年後に、後に女性解放運動家として活躍する平塚らいてふ（一八八六～一九七一）こと平塚明子《はるこ》が同小学校に転校してきており、大倉とは同級生だった。九八年、東京女子高等師範学校（現・お茶の水女子大学）に入学するが、後に中退。父・高見が「昔流儀で、女に学問は要らぬという考えでしたので、二人とも中途で退学させられました」と後に妹の藤浪和子が語っている（「二葉亭先生のことなど」『近代文学鑑賞講座月報25』角川書店、六七・六）。このことに反発したこともあってか、大倉は妹の和子ともども文学を志し、兄・高量《たかかず》の友人として物集家に出入りしていた、後の政治思想家・吉野作造（一八七八～一九三三）の紹介で小説家の中村春雨（後の劇作家・中村吉蔵。一八七七～一九四一）に師事することとなる。同じ頃、俳人の阪本四方太《しほうだ》（一八七三～一九一七）にも弟子入りしている。

　大倉の妹・和子の回想によれば、兄・高量は文学好きで小説を書いていたこともあり、妹たちにも読めといっていたそうである。「兄がほめていたのは眉山、緑雨、紅葉、露伴、一葉などですが、私は柳浪や紅葉や眉山のほかに『自然と人生』の蘆花が好きでした。また、家で新聞を七つも八つもとっていましたので、天外の『魔風恋風』、木下尚江の『火の柱』『良人の自白』、風葉の『青春』など、当時評判の小説はみな読みました」（前掲「二葉亭先生のことなど」）という談話から、文学的な教養は相当程度身に付いていたことがうかがえる（もっともこれは、小説好きが新刊小説を手に取るような現代の感覚に近いのかもしれないが）。

その後、中村春雨が渡米することとなり、島村抱月を紹介してもらったが、抱月が多忙だったかの理由で二葉亭四迷（一八六四～一九〇九）を紹介され、二葉亭に師事することとなった（前掲「二葉亭先生のことなど」）。さらに二葉亭がロシアに渡る際に、夏目漱石（一八六七～一九一六）を紹介されたそうで、これについては後に大倉自身も回想している（「ある日の二葉亭先生」『日本古書通信』五八・五）。漱石に弟子入りしたことは『読売新聞』一九〇九（明治四二）年一〇月六日付け朝刊でも報じられているが、これに少し先立って同じ年の『新小説』七月号に小説「兄」が、物集芳子名義で掲載されている。これは二葉亭の斡旋によるものだったと、後に大倉は回想している（前掲「ある日の二葉亭先生」）。翌一〇年には『趣味』『女子文壇』『ムラサキ』に本名で創作が掲載された。『ムラサキ』一九一〇年一一月号に掲載された月下城頭の人「現時文壇の女流作家」では物集芳子にも言及されており、次のように評されている。

未《ま》だ未製品ではあろうが、物集芳子の作物は大《おおい》に注目すべき点がある、流石は漱石門下の秀才丈《だ》けあつて、辞句の使い振りも練れて居るし、会話もサクサクして居る、一寸空想に囚はれはしまいかといふ気がゝりもあるか《ママ》、その落《ママ》想は多く実在の根底を有して居る事象の、不自然ならざる発展であるから面白い。趣味に出た『生家』などは他の女流作家の一寸企て能《あた》はぬ味《あぢはひ》があつた。（略）芳子は文壇に於て最も注目すべき女流作家の一人であろう。

これによってみるに、大倉の創作活動はかなり期待されていたようだ。ここで取り上げられた「生家」は、後に「実家」と改題の上、岡田八千代編『閨秀小説十二篇』（一九一二）に再録されている（岩田百合子名義で掲載）。だがこれ以後は、一一年には『新小説』に、一二年には『青鞜』に、それぞれ一編を発表したきりで、いったんは筆を断ってしまう。一〇年に、吉野作造の紹介で外交官・井田守三《もりかず》と結婚した大倉だったが、その際、今後一切文筆活動には関わらないという誓約をとられていたらしい（前掲「伝記・大倉燁子」）。

結婚の一年前、先の新聞記事を見た平塚らいてふから青鞜社結成の誘いを受けている。らいてふが森田草平との心中未遂事件（塩原事件・煤煙事件）を起こした際に話を聞きにいったという大倉だったが、青鞜への参加は表向き辞退し、本名ではなく岩田百合として名を連ね、岩田由美名義で創作を発表しているのも、井田の意向を反映してのことだったのだろう（岩田なつ「『青鞜』の作家たち　物集芳子」『国文鶴見』九八・一二も参照のこと）。代わりに妹の和子が社員として本名で名を連ね、物集邸の離れを事務所として解放した。だが『青鞜』一九一二年四月号が発禁処分となり、物集家に官憲が入ったため、父・高見の怒りを買って和子は青鞜社を退社することとなる。同じ年の末、大倉は夫の任地であるアメリカへ発ち、外交官夫人としての生活が多忙となったこともあってか、その後、創作の筆は執られていない。大倉は夫の任地にすべて随行したわけではないようだが、この時期の海外渡航および滞在経験が、後の探偵小説作品に活かされたと見るのは容易であろう。井田とは一九二四（大正一三）年に離婚が成立し、一七年に生まれた長女・瑞枝を引き取っている。ただし姪の物集快によれば、後に外交官を辞して帰国した井田とは、彼が亡くなるまで「同居とも別居ともつかない生活を続けていた」という（前掲「伝記・大倉燁子」）。

一九三二（昭和七）年、中村吉蔵の紹介で森下雨村の知遇を得る。雨村は後に『踊る影絵』（三五）に寄せた推讃文の中で次のように回想している。

大倉さんとは、もう三年も前からの知已《ママ》である。最初は中村吉蔵氏の紹介で訪ねて来られたが、探偵小説に興味を有ち、自分でもその中創作をしてみたいといふ話であつた。

　中村氏の紹介であるし、それに相手が婦人のことだし、僕は大倉さんがどうした経歴の方だか、所謂身の上話といふものについては一度も訊ねたことがなかつた。が、度々訪ねて来られて、いろ〳〵話をしたり、僕の手許にあるロカムボール叢書を片ツ端から持つて行つて読まれるところなどからして、仏蘭西語に堪能で、海外の探偵小説には相当通じてゐられることが判つた。その中にこの集の巻頭に出てゐる「消えたミヂアム」の一篇を持つて来られた。（略）舞台を遠くシヤムにとつて、彼地の変つた風土情景を描いてゐらるゝのを意外に思つて、その時、初めて、女史の過去について訊ねて見た。（略）その後「蛇性の執念」や、「鉄の処女」などが出来る度に、僕のところへ持つて来られた。いづれも婦人にしては珍らしい着想と筆力をもつた作で、僕はどこかの雑誌へでも紹介して上げたいと思つたが、大倉さんはまだ〳〵その時でないと卑下し固辞されて、つひ世間へ発表する機会もなく、今日に至つたわけである。


「探偵小説に興味を有ち、自分でもその中創作をしてみたい」と言っていたとあるが、いわゆる純文学に関わっていた大倉がなぜ探偵小説に関心を持ったのかは詳らかではない。外交官夫人として海外にある時、親しんだものと想像されるくらいである。「ロカムボール叢書」とは、ポンソン・デュ・テライユ Ponson du Terrail（一八二九〜七一、仏）が創造した「容姿端麗かつ明朗な常習犯罪者」ロカンボールを主人公とする「後年のルパンの原型ともなった」シリーズである（長谷部史親『欧米推理小説翻訳史』九二・五。引用は双葉文庫版から）。シャムは現在のタイ王国で、夫と共に滞在経験がある土地だった。

　雨村はここで「つひ世間へ発表する機会もなく」と書いているが、実際にはデビュー単行本が刊行される一年前の一九三四年に、「妖影」（「踊る影絵」の元題）が『オール讀物』の九月号に、菊池寛の推薦文付きで掲載されている。その際、菊池は「作者は、僕の知人の妹で、外交官夫人として、外国にもゐたこともあるし、霊媒の研究もやつて居られる特異な趣味を持つた婦人である」と書いている。この言葉を信じるなら、兄・高量の伝手で掲載の運びとなったものだろうか。続いて「霊媒の研究もやつて居られる特異な趣味を持つた婦人」という菊池の言葉に応じるように「消えた霊媒女《ミヂアム》」が同誌に掲載された。

こうした経緯を経て、まさに満を持してという感じで、翌三五年二月に第一作品集『踊る影絵』が柳香書院から刊行された。山下武によれば、柳香書院に紹介の労をとったのは森下雨村だったらしい（「女流探偵作家第一号・大倉燁子」『「新青年」をめぐる作家たち』筑摩書房、九六）。同年七月には書き下ろし長編『殺人流線型』別題「復讐鬼綺譚」「女の秘密」「影なき女」が、同じく柳香書院から刊行された（短編二編を併録）。それまでに書き溜めてあったのだと想像されるものの、同じ年に一挙に二冊の単行本を上梓することは、当時としては恵まれたことであり、華やかなデビューを飾ったといえよう。

『踊る影絵』には、外交官を夫に持つS夫人を探偵役とするシリーズものの創作七編に翻訳二編（クサヴィエ・ドウ・メーストル Xavier de Maistre〔一七六三〜一八五二、仏〕「妖怪の塔」とジヨルジユ・ジ・テウーデウーズ「氷原の処女」。前者、原題不詳。後者、作者・原題共に不詳）を添え、巻末には森下雨村、中村吉蔵、岡本綺堂、長谷川伸、大下宇陀児、甲賀三郎、江戸川乱歩らの推讃文「著者及びその作品に就て」が掲載されていた。他に永井荷風にも序文を請いに行ったようだが、断られたようである。山下武は「雨村は探偵文壇に知己を持たぬ彼女のために、博文館以来、多年培った人脈を利用して紹介状を書」いたと述べているが（前掲「女流探偵作家第一号・大倉燁子」）、その折のことを回想した「永井荷風先生の思ひ出」（『日本古書通信』五九・六）には、「私が始《ママ》めて処女出版をしようとする時、無名の女の出版に気をもんだ本屋が、ろくに考えもしないで云つたんだろうが、是非永井先生から推薦文を頂いて下さいと頼まれた」と書かれているから、右の七名の推讃文も版元の要請だったのではないだろうか。また荷風を訪問した際に「原稿ですと御らん願うのに煩わしいからと、本屋が印刷物にしてくれましたので――」と言って「用意して来た短篇二三の印刷物」を渡したと書かれていることから、いくつかの作品のゲラが刷り上がっていたことがうかがえる。

三四年には「眼の指示」（後、改題して「その夜の出来事」）を『週刊朝日』に発表。翌年から『キング』『富士』『婦人倶楽部』など、講談社系の雑誌を中心に、「黒猫十三《とみ》」（三六）、「鳩つかひ」（同）、「梟の眼」（三七）、「美人鷹匠」（同）などの秀作を発表していった。グラフ雑誌『ホームライフ』にも、黒猫を胸に抱いて書斎の机に向かう写真が掲載されている。その際、キャプションに「大倉燁子女史」と題して次のような紹介文が掲げられていた。

　大倉燁子女史は、昨年来新進女流探偵小説家として彗星的にデビューした。その昔、文学少女時代には夏目漱石に師事し、その後外交官夫人としてアメリカ、南洋方面に滞在中、好きな文学の道に、豊富な材料を仕入れて来た。中村吉蔵氏や森下雨村氏にすゝめられて、探偵小説壇にその姿を現した訳であるが、熱帯地方に長く滞在した特異な体験と、浅野和三郎氏に師事した心霊学などの背景を持つ流麗な才筆は、現探偵小説壇に新しい分野をさへ開拓しつゝある人である。長唄は名取り、鼓はこれまた名手、語学はお手のもの、黒猫を抱いて、怪奇幻妖な想を練る女史の瞳には、心霊を解するといふ妖しい二次元の世界がひらめいてゐるようでもある。

写真の中には三味線や鼓も写り込んでいて、いやが上にも雰囲気を高めている。

こうして華々しい活躍が期待され、約束されたかに見えた大倉だったが、時局の変遷に伴って、時代は次第に探偵小説の執筆・掲載を自粛する方向へと進んでいく。外交官夫人という経歴を活かして、スパイ小説の執筆へと軸足を移していくことも可能だったはずだが（「消音ピストル」（三七。別題「拳闘場の白鬼」）、「覆面の花」（三九。元題「Ｄ４２３号」）、「笑ふ花束」（初出不詳）など、その手の作品が書かれなかったわけではない）、娘・瑞枝が小説家・松井玲子としてデビューするにあたってのプロデュースや出版事業に関わるなどして身辺多忙だったためなのか、四二年に作品集『笑ふ花束』を出して後の創作は、普通小説「メナムの水祭」（四二）が確認されているだけに過ぎない。

終戦後の一九四六年、探偵作家クラブ（現・日本推理作家協会）に入会した大倉は、同年の『宝石』七月号に発表した「鷺娘」で作家活動を再開する。この年はこれ一編で終わったが、翌年の『アサヒグラフ』二月五日号に掲載された「探偵小説家告知版」という見開き記事の中で、江戸川乱歩・大下宇陀児・角田喜久雄・水谷準・城昌幸・延原謙・海野十三・木々高太郎といった面々と並んで、大倉燁子が紹介されている。その際、写真に添えられたキャプションは次の通り。

> 本名は物集芳子（五八）　広文庫の編纂者として有名な物集高見の娘　外交官の未亡人でシヤムなどに駐在したことがある　処女作は昭和十年の「消えた霊媒」　英ピ《ママ》ーストンの簡潔な文章を好み「男たつ《ママ》たら探偵商売に専心するんですがネ」というほどの天性の探偵小説作家だ　お嬢さんの井田瑞枝さん（二九）も松井玲子の筆名で小説　随筆など単行本を二冊ほど書き　目下は乱歩氏のもとに探偵小説修業に通つている　大倉氏の趣味は五匹の猫の飼育　撮影の際「修正して下さるの」と端的な女性の心理を吐露

先にも書いた通り、元夫の井田守三とは二四年に離婚しているが、その井田の歿年は三八年。山下武は「外交官の未亡人」という表現は「嘘」だと断じ、「本人は多分に元外交官夫人を売り物としていた節がないでもない。すくなくとも、彼女のセールス・ポイントだったことだけはたしかだ」と述べているが（前掲「女流探偵作家第一号・大倉燁子」）。短いキャプションの中で元夫人であることを示すのも難しく、また記者としても右のように表現した方が良い記事になると踏んだのではないか。大倉本人とジャーナリズムとの要請が絡み合った結果の表現と見るのが妥当で、殊更に「嘘」

を強調する必要もないように思われる。それよりも、『踊る影絵』の推讃文で乱歩による「作者自身、外国の作家ではピーストン《ママ》を愛すると言つてをられた」という紹介の、大倉側からの観点が示されている方が興味深いというべきだろう。

この記事が出た同じ年の三月から、大倉はカストリ雑誌を中心に旺盛な筆力を示していく。戦前の執筆ペースとは比べ物にならない量で、もとより小説を書くことが好きでもあったのだろうが、売り食い生活を強いられた時期であってみれば、創作以外にはたずきの道を知らなかった大倉にとって、質よりも量となったことは充分予想される。『宝石』一九五〇年一月号に発表されたエッセイ「今年の抱負」に、その辺の心情をうかがわせるにたる文章がある。

お金があつて、生活の心配のない人は羨しい、さぞいいものが続続と書けるだらう、静かないい書斎があつて、家人にわづらはされることがなかつたら、心のまゝに書けるのではないか、落ちつくことの出来ない、雑居のやうなこのざわ〳〵した日常生活の中で、何が出来るだらう、出来ないのがあたりまへではないか、と、それは自分への弁解なのだが――。

これら戦後の創作は『決闘する女』（五五）、『魔性の女』（五六）にその一部が収められているが、その数は全体の五分の一程度である。中には探偵小説以外の作もあり、旧作の焼き直しなども混ざっているかとも思われるが、掲載誌が今となっては入手が難しいカストリ雑誌であるため、その全貌を把握するのは困難を極めているというのが現状である。

五六年からは筆名を丘ミドリと改め、『オール読切』に捕物帳を中心に執筆。五一年の「組屋敷のお化《ばけ》枇杷」以来、何本かの捕物帳を書いており、捕物作家クラブにも参加して、〈伝七捕物帳〉の一作を執筆したりもしているので、捕物帳を書くこと自体に違和感はないのだが、なぜ丘ミドリと変名にしたのか、分からない。同じ頃に松本清張が「顔」（五六）他の作品を書いて話題となり、ミステリ文壇に新しい動きが見え始めていた頃であることを鑑みるなら、筆名を変えることで時代の流れに棹さしていこうとする意欲の現われと考えられないこともない。だとしても、同じ五六年に、大倉名義で前年に出したばかりの『決闘する女』を『逆光線の彼方へ』と改題して丘ミドリ名義で再刊していることが、その予想を裏切ってしまっているとしかいいようがないのだが。

丘名義で半ダースを超える作品を発表した大倉だったが、五九年六月、脳溢血のために倒れ、闘病生活に入ったため、執筆もままならなくなった。この発作の前にも何度か軽い脳梗塞で倒れたことがあり、その度に一人で歩けるまでに回復していたそうだが、その頃から、この病気は治らないと考えたらしく、「毎日毎日、云つておきたいこと、過去の思い出などを話しはじめ」たのだという（松井玲子「亡き母の思い出」『日本探偵作家クラブ会報』六〇・九）。こうして書かれた回想文は『日本古書通信』に断続的に掲載されたが、五九年一一月号の「吉野作造博士の側面」を最後にそれも途絶えてしまう。そして、一九六〇年七月一八日、脳血栓により大倉燁子は永い眠りについた。享年七十四歳。

戦前にデビューした探偵作家の創作が、松本清張と仁木悦子が両輪となって牽引する五〇年代後半以降のミステリ・ブームの中、「探偵小説を『お化屋敷』の掛小屋からリアリズムの外に出したかった」という松本清張の言葉（「推理小説独言」『文学』六一・四）に象徴されるムーヴメントによって駆逐されていたことは、よく知られていよう。そうした作品群が再び世に現われ、再評価されていくきっかけとなったのは、一九六九年一二月、立風書房から刊行され始めた『新青年傑作選』であることは論を俟たない。このアンソロジーが『新青年』に掲載された作家・作品からセレクトされていたため、『新青年』に活躍の場を持たなかった作家たちは、再評価の機運を逃したといっても過言ではない。『新青年』以外の当時の大衆小説雑誌にも多くの探偵小説が掲載されていたはずだが、『新青年』が探偵小説のメッカであるという認識が、そうした作家を見えなくさせたといっても良い。その代表者の一人が松本泰だろう。そして大倉燁子もまた『新青年』以外の雑誌に活躍の場を持ったために、再評価の機会を逃した一人であるといえる。

　戦前の探偵作家を鳥瞰する好個の文献ともいうべき江戸川乱歩の「日本の探偵小説」（『日本探偵小説傑作集』春秋社、三五・九）には、デビューした時期のタイミングもあって、そして右に述べた通り『新青年』に寄稿していなかったため、大倉については言及されていない。それでも幸い、乱歩が『踊る影絵』に寄せた推讃文の中で、大倉の作風について以下のように論じている。

> 　処女短篇集『踊る影絵』に収められた諸作は、論理的な本格探偵小説ではない。作者の興味は主として異常心理の恐怖といふやうなものに集中されてゐるかに見える。死とか、心霊現象とか、女子男装などの題材が際立つて感じられる。（例へば「消えたミディ《ママ》アム」などには、異常心理の男がなか〳〵よく描かれてゐる。）この集の中では、私は「踊る影絵」が第一の佳作ではないかと思ふ。作者自身、外国の作家ではピ《ママ》ーストンを愛すると言つてをられたが、如何にもこの一篇には、「意外」に重点を置いた意味で、ピーストンが感じられる。犯人の偽瞞がなか〳〵巧みで、偽瞞それ自身に味ひがあり、「意外」の効果が強く浮上つてゐる。

ビーストン L. J. Beeston（一八七四〜一九六八、英）は、戦前において絶大な人気を博した短編作家の一人であり、戦前デビューの探偵作家に与えた影響は数知れない。森下雨村や大下宇陀児が、ウィリアム・ル・キュー William Le Queux（一八六四〜一九二七、英）を例に引いているのとは好対照の評価であり、作者の言葉に示唆されたとはいえ、その後に発表された「黒猫十三」、「鳩つかひ」、「梟の眼」といった良質の大倉作品の特徴をも見通したところがあって傾聴に値する。

　探偵文壇から推讃文を寄せている、もう一人の作家である甲賀三郎は、特定の外国の作家と比較してはいないものの、エドガー・ウォーレス Edgar Wallace（一八七五〜一九三二、英）の名に言及しているのが興味を引く。

探偵小説は日本では大へん歪められてゐる。グロテスクなものや、悪どい刺戟的なもの、それに恐怖小説とか秘密小説とか怪奇小説とか呼ばれべきものまで、探偵小説と名乗つてゐる。英国の一大流行児だつた故エドガー・ウオーレスは、グロテスクやエロチツクな描写によつて、読者を引きつける事を恥ぢるといつたさうだが、之は大へんい丶言葉だと思ふ。殊に探偵小説はグロやエロを主とすべきものでは、絶対にないのだ。

この意味で、多少物足りないやうな感じは起させるかも知れないけれども、気品と落着のある大倉さんの作品の出現を大へん嬉しく思ふ。さうして、之がジヤーナリズムに受け入れられたら、より以上に嬉しいと思ふ。

多分に当時甲賀が抱懐していた探偵小説論が見え隠れするのが興味深く、乱歩の評言と好対照をなしているのが面白い。おそらく甲賀は、すべての収録作を読んで書いたのではないのだろう。大下宇陀児も「消えたミヂアム」と「踊る影絵」のみ読んで推讃文を書いていることから、この二編のみゲラが刷り上がっていたことが想像され、甲賀もこの二編を読んだのみではなかったかと思われるのだ（その意味では雨村はともかく、全編に眼を通したと思しい乱歩は例外的だったといえよう）。

いずれにせよ、ビーストンといい、ル・キューといい、ウォーレスといい、比較される作家が古色蒼然としている。大倉が探偵作家としてデビューした一九三〇年代半ばといえば、小栗虫太郎・木々高太郎らの活躍によって「第二の探偵小説隆盛期」（江戸川乱歩「日本探偵小説の系譜」『中央公論』五〇・一二）のただ中であった。S・S・ヴァン・ダイン S. S. Van Dine（一八八七〜一九三九、米）の、あるいはフロイト心理学の影響を受けた、清新な作品が受け入れられていた時代に、大倉のアピール・ポイントが女性というジェンダーに限られていたのでは、新進の男性作家たちに伍して活躍することが難しかったのも、致し方のないところだったろう。それが災いして、戦後になってでも「女流探偵作家の先輩」（『日本探偵作家クラブ会報』六〇年九月号掲載の訃報にある言葉）という以上の評価は与えられなかった嫌いがある。かなり後になっても、「女流作家のハシリとして、記憶さるべき作家である」（『探偵小説百科』金園社、七五）という九鬼紫郎の評価であるとか、「期待されながら、探偵小説界に咲いた一輪の徒花《あだばな》に終った」（前掲「女流探偵作家第一号・大倉燁子」）という山下武の評価などが、大倉作品の受容のありようを示している。

外交官夫人としての経歴を活かして海外を舞台とする作品が書かれた期間は短く、そのエッセンスは『踊る影絵』に出尽くした感がある。心霊趣味の作品も、管見に入った限りでは「むかでの跫音」（三五）があるくらいで、むしろ戦後になってからの方が多く書かれているといってもいいかもしれない。ビーストン流のどんでん返しを基調とする作品は戦前に多く、戦後は、中島河太郎の言葉を借りるなら、「柔軟な筆致の心理描写を見せ」るようになる（「推理小説事典」『現代推理小説大系』別巻2、講談社、八〇）。九鬼もまた「抒情味の勝った犯罪小説ふうの作が多」いと評しているが（前掲『探偵小説百科』）、中島の評価は『宝石』に掲載された作品を瞥見してのものに過ぎず、百編を軽く超す戦後作品を鳥瞰してのものとは、とてもいえないのだし、九鬼の評価の根拠も中島と大した径庭はないように想像される。その中では山下武の「パズラーとしてより、『異常経歴』を利して人間の好奇的感情に訴える作風こそ、彼女が目指したもの」（前掲「女流探偵作家第一号・大倉燁子」）という評価は、大倉作品に寄り添おうとしているという点では出色なものといえよう。

近年になって大倉の詳細な伝記をまとめた阿部崇は、論考「女傑・大倉燁子伝説」（『「新青年」趣味』九号、二〇〇一・一二）の中で次のように評している。

筆者に言わせれば大倉燁子はやはりどこまでも探偵小説作家なのである。いわゆる教科書的な意味での探偵小説とは大きく異なっているとはいえ、あくまでも、探偵小説を書く、というこだわりに貫かれていた大倉の創作姿勢を、筆者は積極的に評価したいと思う。(略)大倉が探偵小説に向けたこだわりの本質は、探偵小説としての精度を追求する事ではなく、探偵小説という名の器の中で、自分のイマジネーションが紡ぎ出す物語を愛でる事であった。その器を放棄する事を大倉は意図的に拒否して、例えそれがどんなに探偵小説という器の形に合わず、違和感のあるものであっても、己の持ち込んだ空想と共に遊び、己がテーマとしてこだわっている女の情念を描ききる事に燃えた。そうして生まれた小説が、一般的な探偵小説をめぐる価値観においては認知される事なく、作者以外の誰にも理解され難い価値を持った小説になってしまったとしても、それは当然なのだ。

「一般的な探偵小説をめぐる価値観」を相対化する大倉のありようを指摘して示唆的である。こうした受容の流れをふまえていえば、今、大倉燁子の作品を読むのだとしたら、「女性らしい」というような男性目線のジェンダー・バイアスがかかった読みを相対化した上で、作家的資質としての女性性をとらえ直す作業が必要になってくるだろう。そしてまた、「女流探偵作家」という言葉に象徴されるような、ジャーナリスティックな市場価値から離れて、テクストそのものに向き合うような作業が必要である。大倉名義の著書としては五十五年ぶりの刊行となる本書『大倉燁子探偵小説選』が、そうした作業に寄与するよすがとなれば幸いである。

以下、本書収録の各編について、簡単に解題を付しておく。作品によっては内容に踏み込んでいる場合もあるので、未読の方はご注意されたい。

〈創作篇〉

本書では第一作品集『踊る影絵』に収められた創作をすべて収録したが、初出誌を底本とするという本叢書の編集方針に基づき、冒頭の二編のみ、元題のまま収録した。単行本化に際して、「消えた霊媒女《ミヂアム》」が冒頭に配され、「妖影」が改題の上、二番目に配されていることを、付記しておく。

「妖影」は、『オール讀物』一九三四年九月号（四巻九号）に掲載された後、「踊る影絵」と改題され『踊る影絵』（柳香書院、三五）に収められた。さらに「踊るスパイ」と改題され『踊るスパイ』（芳文堂書店、三五）に、「踊る影絵」と復題され『踊る影絵』（春陽堂文庫、三八）に再録された。また、『輝ク部隊』（陸軍恤兵部、四〇）、ミステリー文学資料館編『探偵小説の風景――トラフィック・コレクション（下）』（光文社文庫、二〇〇九）に採録されている（なお、右の『踊るスパイ』奥付における発行年月日は柳香書院版『踊る影絵』と同じで、一九三七年に再版が出たことになっている。おそらくは『踊る影絵』の紙型をそのまま流用し、版元を改めて再刊したものと思われる。したがって『踊るスパイ』としての初版は存在せず、再版本が改題初刊本に相当すると判断されるが、ここでは奥付に従い初刊年を三五年としておいた）。

初刊本の推讃文の中で、江戸川乱歩が「この集の中では、私は『踊る影絵』が第一の佳作ではないかと思ふ」といい、大下宇陀児に「この、しんみりした口調で物語を始めた作者のために、私はスッテンコロリと背負投を食はされたことを告白して置かう。探偵小説の手法には、先づ大低《ママ》通暁してゐるつもりの私ではあつたが、こゝでは見事作者にしてやられた」といわせた、大倉燁子の探偵作家としてのデビュー作であり、代表作でもある一編。

阿部崇「女傑・大倉燁子伝説」（前掲『「新青年」趣味』九号）は、ある登場人物の「あなたは嘗て、トワンヌのなかにあるチックといふ小説を、お読みになつたことがありますか？」という言葉をふまえ、本作品はギイ・ド・モーパッサン Henri René Albert Guy de Maupassant（一八五〇～九三、仏）の作品集『トワーヌ』*Toine*（一八八五）に収められた「痙攣」Le tic（一八八四）の改作であると指摘し、本作品と「痙攣」のストーリーを比較した上で次のように述べている。

「痙攣」のストーリーから探偵小説的な要素を導き出してしまうその読み方こそが大倉の作家と

しての根本的な資質、探偵小説に対する志向性の証明なのである。彼女のやった事は、スパイ小説というジャンルの属性に合わせ登場人物に「機密文書」や「スパイ」という設定を付与しただけの単純操作ではなく、物語を根本的に「探偵小説」化しようとする試みであった。「痙攣」では語られる事のない物語の裏側に対する大倉の好奇心が、大倉流の合理的な解答・もう一つのストーリーを生み、それを小説にしたのが「踊る影絵」なのだ。

本作品はまた、大倉自身を彷彿させるS外交官夫人を探偵役として、ワトスン役の「私」が聞いた話や共に関わった話を語るという形式の、連作ミステリになっていることも注目される。山下武によれば、S夫人が登場するのは「これ一冊かぎりで、戦後二、三の作品に再登場する」（前掲「女流探偵作家第一号・大倉燁子」）そうだが、戦後の登場作については残念ながら確認できなかった。

「消えた霊媒女《ミヂアム》」は、『オール讀物』一九三四年一一月号（四巻一一号）に掲載された後、「消えたミヂアム」と改題され、柳香書院版『踊る影絵』に収められた。さらに「泰国の鰐寺」と改題され『踊るスパイ』に、「消えたミヂアム」と復題されて春陽堂文庫版『踊る影絵』に再録された。戦後になって「消えた霊媒」という別題で雑誌に再録されてもいる。

第一作品集の推讃文で森下雨村が「在来の探偵作家がまだ誰も取扱つてないミヂアムを取扱ひ、それに保護金庫といふ、これ亦曾て見ないトリツクを使つてゐるところに新味があつて大変面白いと思つた」といい、乱歩が「異常心理の男がなか〳〵よく描かれてゐる」と評した作品。大倉の心霊趣味が最初に見られる作品で、本書収録の「むかでの跫音」（三五）や「魔性の女」（四九）、また残念ながら本書での収録を見送った「妻の妖術」（五〇）などと並んで、大倉作品のひとつの系譜を成している。

「情鬼」は、柳香書院版『踊る影絵』に書き下ろされた。さらに「女秘書」と改題され『踊るスパイ』に、「情鬼」と復題され春陽堂文庫版『踊る影絵』に再録された。

自殺した外交官の遺骨がすり替えられるという事件を、親族の依頼を受けてS夫人が解決するエピソード。トリック自体は乱歩のいわゆる「女子男装」（初刊本の推讃文）ものだが、S夫人と語り手の「私」が覗き見する、愛欲の果てともいうべき情景が印象に残る。語り手が最初に墓参に行く場面の処理なども秀逸。

「蛇性の執念」は、柳香書院版『踊る影絵』に書き下ろされた。さらに「南洋の蛇」と改題され『踊るスパイ』に、「蛇性の執念」と復題され春陽堂文庫版『踊る影絵』に再録された。

結婚四日目にして自殺した新郎の謎をめぐって、上流階級の複雑な人間関係を背景とした謎が解決される。動物利用のトリックはやや説得力に乏しいが、二世代に渡る因縁話自体は、鬼気迫るものがある。

「鉄の処女」は、柳香書院版『踊る影絵』に書き下ろされた。さらに「ジヨホールから帰つた男」と改題され『踊るスパイ』に、「鉄の処女」と復題され春陽堂文庫版『踊る影絵』に再録された。

伯爵夫人の意向を受けてサーカスの芸人を調査していたS夫人だったが、当の夫人が謎の死を遂げてしまう。夫の伯爵から妻の死の真相を突き止めてほしいと依頼されたS夫人は、伯爵家に胚胎する陰謀に突き当たる。精神病院を利用したトリックについては「艶書恐怖時代」（三八）にも扱われているし、弟が兄の廃嫡を企むというプロットは、形を変えて大倉作品に見られるひとつのパターンであるといえる。本書収録の作品でいえば右の「蛇性の執念」や「恐怖の幻《まぼろし》兵団員」（五〇）などがそれに当たるだろう。

「機密の魅惑」は、柳香書院版『踊る影絵』に書き下ろされた。さらに『踊るスパイ』に再録された。

夫が任地先の芸者に誘惑された上、現地の人々との関係も上手くいかない友人の外交官夫人を助けるために、任地先に向かったS夫人は、友人の夫の愛人が惨殺される事件に遭遇する。事件の背後関係も興味深いが、任地先の住民から疎外される外交官夫人の心情がよく描かれているのは、大倉の独擅場といえるかもしれない。

「耳香水」は、柳香書院版『踊る影絵』に書き下ろされた。さらに「上海の夜」と改題され『踊るスパイ』に再録された。

殺人事件の報を受けたS夫人は、現場に向かう途中、高級な香水の匂いを漂わせる女給風の女とすれ違う。女の後を尾行して意外な正体を突き止めた後、殺人現場に向かったS夫人は、さっきすれ違った女中の付けていた香水と同じ品物の瓶を発見する。そこから意外な秘密倶楽部の存在が明らかとなるというエピソード。『踊る影絵』中ではS夫人シリーズ最後の事件であるにもかかわらず、すべての真相を曖昧なままに物語の幕を閉じている異色作。

本文中に「（以下四十六字伏字）」とある部分は、初刊本では該当部分が四十六字数分空白になっている。同様にブランクにしても分かりにくいことを考慮して、右のように処理した次第である。

「むかでの跫音」は、『殺人流線型』（柳香書院、三五）に書き下ろされた。

本作品を「好短篇」と評価する山下武は、その魅力を次のように語っている。

歌舞伎の四谷怪談か累《かさね》を連想させるような陰惨なストーリーは探偵小説とは何の関係もないばかりか、前世だの背後霊だのと、因果物語を読むような秘教的雰囲気に包まれているのがこの作品の特徴だ。嫉妬や飽くことのない復讐心も作者が女性であることと無関係ではあるまい。特に、その中のある部分などは、ポーを思わせるような幻怪味がある。とりわけ、毎夜のごとく悪夢に苛まれる僧がその苦しみを訴え、天光教の友人に悪夢を封じてくれろと懇願するあたりの文章がそうだ。（略）潤一郎の「人面疽」を連想させる語り口にも、元来、この作者の関心が神秘的な幻怪趣味や超常現象にあったことを窺わせるではないか。

「黒猫十三《とみ》」は、『キング』一九三六年一月号（一二巻一号）に掲載された後、『笑ふ花束』（大元社、四二）に収められた。さらに『笑ふ花束』（ふじ書房、四六）、『覆面の花』（京橋書房、四七）、『笑ふ花束』（春日書房、五四）に再録された。

　賭博場の手入れから辛くも逃げ出した主人公が、つかまえたタクシーの中で昏睡する美少女を見つけるという出だしからして秀逸で、介抱するためにアパートに連れ込みながら、医者を呼びにいっている間に忽然と姿を消すという展開から、最後のどんでん返しに至るまで、ビーストン趣味が横溢した秀作である。「十三」を「とみ」と読ませる奇妙なタイトルも印象的であり、これが事件関係者の女性の名前（ニックネーム）だというあたりに不思議なセンスを感じさせる。

　ちなみに本作品は、初出誌と単行本とではテクストに大きな異動が見られる。例えば冒頭部分は、単行本版では、第一段落以下が次のように書き変えられている。

『危いツ！　捕りやしないかな？』

　ぎよつとして、立ち竦んだ。

　辰馬に誘はれ、初めて行つて見たなぐさみごとに、運悪るく仲間同志の喧嘩が始まり、つゞいて手入れとなつた。驚いた二人はかかりあひになつては面倒と、命からぐ〜此処まで落ちのびて来たのである。

　メイタクが少なくなつた、流しなんか一台も通らない、もうかうなつちや仕方がないから、どんなに夜が更けよう《ママ》と、づぶ濡れにならうとなるやうになれだ、此処から小山《こやま》まで徒歩《ある》いて帰つちや大変だが、結局はさうするより途《みち》がない。

○

　雨は銀糸のやうに顔へ降りかゝる、本庄はすつかりあきらめてすた〜歩き始めたところへ横町からふいにすうつと空車《あきぐるま》が一台やつて来た。

『有難い――、』〆た、我を忘れて、両手を高くさし上げながら、

『乗せてくれ、乗せてくれつてば――、頼むよ！』わめきながら、車のうしろに追ひ縋つた。

車はひたりと停ツた、彼はホツトして救はれたやうに、

『小山まで、――西小山だ！』と云ふなり、ドアに右手をかけて飛び乗つた。

また、最終部分も大幅に加筆されているだけでなく、黒猫トミー一味の結末がまったく変わっている。初出では「×　×　×」となっている部分は、単行本では第5章になっており（初出誌で一行空きになっている部分が単行本では第2章になっている）、以下のように改訂されている。

気がついた時、彼は全身打ちのめされたやうに疲れきつて、ベットの傍《かたはら》の床の上に打倒れてゐた。

本庄はまるで長い夢から覚めたやうに、ぼんやりとして、一昨夜から昨夜にかけての出来事を頭に浮べて考へた。

あれだけの大事件だ、新聞に出てゐない筈はない。ドアの下から室内に辷《す》べり込ませてある新聞を手に取つて拡《ママ》けた。隅々まで眼を通したが、それに関する事は一行も書いてなかつた。

宮岡警部はどうしたらう？　とみ子は？　彼の心にかゝるのは彼女の事ばかりであつた。

『行つてみよう、』本庄は疲れた足を引きずりながら外へ出た。

『無事であつてくれ、ばいいが。』と祈りながら、うろおぼえの道を辿つて小一時間も探し歩いた後、やつと見覚えの文化住宅の前へ出た。木造階段を昇つたが、ドアには鍵がかゝつてゐる。ノツクしても答へがない。窓といふ窓もきちんと閉まつてゐて、人の気配もない。裏へ廻ると隣家の台所に立つてゐた婦人が不思議さうな顔をして、

『お家を探してゐらつしやるんですか？』と声をかけた。

『宮岡さんはお不在なんでせう？』と訊くと、

『宮岡さん？』と怪訝な顔をした。

『こゝの家の方なんですが』

『そこの家はもう定《き》まつてゐるんです。この頃は家がないもんですから、空かない前からちやんとお約束が出来てしまつて――。何んでも関西の方から転任してゐらつしやる方ださうですよ。』と気の毒さうな顔をした。

『空家なんですか？』

『いまは空いてゐるんですが、さういふわけでしてねえ。』

何の事だ、いやにがらんとしてゐると思つたら、空家だつたのか。しかし、どういふわけで空家に連れ込んだものだらう？　してみると、あの宮岡警部といふのは？

二人の宮岡警部のあつたことを思ひ出して、彼はぞつとした。或ひは――。

辰馬に会はう、それがいい、会つて昨夜の顛末を訊いてみることだ、まさか、自分が手引きしたとは、知るまいから、素知らぬ顔をして、一昨日の晩の話でもはじめてゐるうちに、何とか先方から話し出すだらう。

思ひなしか、工場内は常になくごた〳〵してゐた。

二三人の客に取り巻かれてゐた辰馬は本庄を見ると、ついと椅子を離れて隣りの応接室に案内した。

『どうした？　おい。』辰馬は少し興奮してゐるらしく、頬に血の気がのぼつてゐる。

『一昨日の晩は、あれから豪いめにあつた。』

『俺は昨晩《ゆうべ》ひどいめにあつたぞ。』と云つて四辺《あたり》を見廻はし、声を落して、

『勿論×××の一味の者だらうが、俺んとこの××の秘密を盗みにやつて来たんだ。大胆な奴等だよ。例の一件な、そら一昨日の――、あの時から尾けてゐやがつたらしいんだぜ。』

『それなら僕も尾けられた。』うつかり口を辷べらした。

『君もか？　それやちと変だな。君を尾けたつて仕様があるまいになあ。』

本庄はどきんとした。黙つてゐればよかつたと思つた。

『どんな奴等だつた？』

『黒猫十三《トミー》つて若い女と、そいつの情夫だ。最初アパートにやつて来た。どうして合鍵を持つてゐたんだか――、いま調べ中だがね。』

聞いてゐる彼は冷汗を流した。心臓の鼓動が耳に騒々しく聞える。

『ふうむ。黒猫十三つて女か。』

『その女二三年前に、親爺の秘書を三日ばかりやつた事があるんだ。』

『ぢや君も知つてゐるんだな？』息をはずませた。

『顔は覚えてゐる、佳い女だぜ。混血児だが――。』

『日本人の？』

『違ふさ。だから情夫は××人さ。好い度胸だぜ。自動車に乗せて俺を工場に連れて行つたが、手配中の宮岡警部が来てくれて助かつた。』

『捕まつたのか？』

『うむ。たつた今捕まつたさうだ。奴さん、宮岡警部の写真酷似《そつくり》に変装してやがつた、二人宮岡警部が出来ちやつて何方が真物《ほんもの》だか分らないので困つたさうだよ。』と辰馬は笑つた。

まんまと欺かれ、手先に使はれたのかと思ふと本庄は心から腹が立つた。


銀行強盗事件がスパイ事件に変更されていることは、この最終部分からも分かるが、これも時局に棹さした結果の改変だろうか。事件の性質を変えたのに伴い、黒猫トミーに「混血児」という設定が加わり、情夫も「××人」となり、トミーに使われていたという弱さは見られない。そして初出誌版では「心から彼等を憎む気にはなれなかつた」本庄だが、単行本版ではそうした思いは削除されている。これも防諜小説仕立てに変えたことによるものだろう。

なお京橋書房版のテキストでは一部の伏せ字が起こされているが、大倉自身の手になるものかどうかは不詳。

「鳩つかひ」は、『富士』一九三六年七月号（九巻八号？）に掲載された。単行本に収められるのは今回が初めてである。なお、初出誌が入手できず、ここでは『Gメン』別巻（四八年四月五日発行、二巻五号）に再録時のテキストを底本とした。

初期の大倉作品には動物を利用したトリックの頻度が高く、本書収録の「美人鷹匠」（三七）もその系列に連なるもの。なお『殺人流線型』（三五）の中で担当警部が極秘裏に捜査中の事件として言及するエピソードは、「鳩つかひ」と同じトリックが用いられている。もっとも、同じなのは冒頭だけで、本筋の展開はまったくの別ものである。

「梟《ふくろう》の眼」は、『キング』一九三七年三月号（一三巻三号）に掲載された後、大元社版『笑ふ花束』に収められた。さらに春日書房版『笑ふ花束』に再録された。

「黒猫十三」同様、ビーストン調のプロットが冴えている。女賊をめぐるエピソードだと思わせて、意外な展開へと持っていくあたり、常套ながら巧いものである。一族の中の鬼っ子というキャラクターは、戦後の作品などでも見られる設定で、大倉がこだわった設定のひとつといえよう。

「青い風呂敷包」は、『キング』一九三七年四月号（一三巻四号）に掲載された。単行本に収められるのは今回が初めてである。

タクシー運転手の死体が発見され、続いてその妻だった映画女優の死体が発見され、混迷を極めていく事件のスピーディーな展開が、通俗的ながらさほどの混乱も見せずに描かれているのが印象的な一編。単に事件の展開だけで読ませるのではなく、刑事の間違った推理（しかしそれなりに魅力的な推理）が覆されるという展開まで用意し、一挙に真相まで語り尽くす筆致は、大倉のストーリーテラーぶりを示す好編である。

「美人鷹匠《たかじょう》」は、『婦人倶楽部』一九三七年七月増刊号（一八巻九号）に掲載された後、大元社版『笑ふ花束』に収められた。さらに春日書房版『笑ふ花束』に再録された。

先にもふれたように、動物利用のトリックもののひとつだが、読みどころは我が子を抱けない母親の苦悩にあるのはいうまでもない。

「深夜の客」は、『モダン日本』一九三八年一二月号（九巻一三号）に掲載された後、「牢獄の友情」と改題され大元社版『笑ふ花束』に収められた。さらに春日書房版『笑ふ花束』に改題のまま再録された。

冒頭で女探偵が登場し、物語の渦中へとすぐさま読み手を引き込むというスタイルは、大倉が好んで用いたシチュエーションだった。本書収録の「和製椿姫」（四八）及びそれを改稿した「椿姫ものがたり」（五九）にも見られるが、その早い例が本作品である。特に女性探偵である必然性がないところが大倉の面目躍如といったところか。

「鷺娘」は、『宝石』一九四六年七月号（一巻四号）に掲載された後、『決闘する女』（福書房、五五）に収められた。さらに丘ミドリ名義の作品集『逆光線の彼方へ』（ひかり社、五六）に再録された。

戦後復帰第一作となる一編。山下武は本作品について「トリックは貧弱だが、微妙な女性心理を絡み合わせた芸道小説としても読める」といい、「異様なのは百合子の性格」で、「彼女は替え玉役のまゆみの成功にホッとするとともに、舞踊の素質において数等勝るまゆみを激しく嫉み、憎悪の目差で鷺娘を踊る相手を睨む」と「それに合わせたかのようにまゆみが舞台の釘を踏み抜く」というストーリーに注目し、「女の一念とも言えようが、それよりここには『むかでの跫音』とも共通する神秘的な怨念が感じられないだろうか」と述べている（前掲「女流探偵作家第一号・大倉燁子」）。

ちなみに洋楽（バレー）と邦楽という違いはあるが、舞踊の才能をめぐる女性同士の確執というモチーフは、戦前の短編「シャグマの毛」（三八）でも描かれていることを指摘しておこう。「鷺娘」はその焼き直しの嫌いがなくもないが、作品としては本作品の方が完成度は高い。

「魂の喘ぎ」は、『宝石』一九四七年一一、一二月合併号（二巻一〇号）に掲載された後、『決闘する女』に収められた。さらに丘ミドリ名義の作品集『逆光線の彼方へ』に再録された。旧侯爵家が家宝の競売を行なうことになり、財産を整理していたところ、戦争前に起きた跡継ぎ息子の失踪事件と、その実母の死の謎を明らかにする書類が発見され、競売後の席上で公開されることになった、という枠組みを設定して、一族の中の鬼っ子テーマのストーリーを展開する作品。最後に、乱歩の「赤い部屋」（二五）などに見られるような典型的なオチだと思わせて、もう一段階ツイストが仕掛けられているのがミソ。

「和製椿姫」は、『仮面』一九四八年五月号（三巻三号）に掲載された。単行本に収められるのは今回が初めてである。

「深夜の客」同様、冒頭に女性探偵が登場し、すぐさま事件の紹介に移るといったスタイルの作品で、真相が関係者の告白によってなされるというところまで同じなのだが、それでもあえて収録したのは、本作品が後に「椿姫ものがたり」（『探偵倶楽部』五九・二）として発表されるテクストの原型作品であるからだ。両テクストを比較すると、本作品の方が失踪した美耶子の夫・東山の品性の下劣さが際立つように書き込まれている。たとえば東山の「あゝいふ種類の女が、最後に生命を奪はれるとしたら、結核か黴毒かに定つてゐるぢやありませんか。自業自得ですよ。散々男を悩ませた報いが来たんです」という台詞は、本作品にのみ見られるものだ。事件の背景、美耶子と青年歌手との過去の関係についてはまったく変更されておらず（二十年前に知り合ったという設定まで同じまま）、その意味でも原型となる本作品の方が完成度が高いように思われる。

阿部崇は「伝記・大倉燁子」（前掲）において、遺作となった「椿姫ものがたり」が未見の「和製椿姫」の改題作品である可能性が高いといい、「もしそうだとすると、大倉燁子の生涯を閉じるエピソードに最適と思われるこの小説の内容も、実はカストリ時代の書き飛ばしの一篇に過ぎなかった事になるかもしれないのだが、それならそれでいい。大倉の最後の小説として発表されたのが

『椿姫ものがたり』という作品であり、その内容は大倉燁子の人生を総括するにこそ相応しいものだ、という事が強調出来れば十分だ」と述べている。改訂しながらも変わらぬところに大倉のこだわりを見るとすれば、阿部の見解に否やはない。「書き飛ばしの一篇」と見るよりも、内面に存在していたある種の観念が自然と形となったものと見るべきだろう。大倉の場合、完成度を上げるために改稿するという意識よりも、蚕が糸を吐くようにして同じモチーフを何度も何度も取り上げて、その時々によって作品としての形が決まるという、いわばインプロヴィゼーション的な創作方法をとっていたと見るのが（それが意識的だったかどうかは別として）、生産的な読みをもたらすように思う。またそれは娘によって「以前からそうですが、病気になつてから、物がいえなくなるまで、小説の話の出ない日は一日もありませんでした。そして小説の話をしている時、母の顔はいつもいきいきと輝いていました」（松井玲子「亡き母の思い出」前掲）と回想される大倉のありようとも、うまく重なり合うように思われるのだ。

「あの顔」は、『ロック』一九四八年一〇月号（三巻六号）に掲載された。単行本に収められるのは今回が初めてである。

弁護士からの視点で書かれた作品としては、他に「まつりの花束」（五二）などがあるように、女性私立探偵が冒頭に登場するスタイルの変形として、ひとつの系譜を成していると考えられる（本書収録の「美人鷹匠」（三七）は弁護士もののヴァリエーションともいえよう）。嬰児殺しという面からは、動機こそ異なるが「魂の喘ぎ」（四七）を彷彿させもする。だが、本作品が優れているのは、話を聞いた刑事弁護士が、話の矛盾を突いて真相を語るようにしむけるところ、すなわち推理によって真相を導くというプロットが取られている点である。それがどんでん返しの効果を高めており、間然とするところがない仕上がりを見せている。

「魔性の女」は、『マスコット』一九四九年九月号（一巻七号）に掲載された後、『魔性の女』（五六、福書房）に収められた。

いわゆる心霊趣味の作品だが、単に心霊現象を扱っているというだけでなく、その霊能力がプロット自体に決定不可能性をもたらし、テクストに奥行きを加えることに与っているように思われる。そして怖さという点でも優れた出来映えを示している。心霊系の作品の中だけにとどまらず、管見に入った大倉作品のなかでも屈指の傑作である。

「恐怖の幻《まぼろし》兵団員」は、『オール読切』一九五〇年五月号（二巻五号）に掲載された後、「まぼろしに追われて」と改題され、『魔性の女』に収められた。

シベリア帰りの夫が失踪したという妻の依頼を受けた私立探偵が、夫の行方を突き止めると同時に、意外な真相を暴くという話だが、ストーリー上のミスディレクションとしてシベリアの俘虜が旧ソビエト連邦のスパイとして誓約をとられるという、おそらく当時としてはそれなりにノンフィクショナルな題材を取り入れた点に新味がある（初出時の角書きは「真相実話小説」だった）。外交官夫人作家としてデビューした大倉の面目躍如といったところだが、そうした国際的な背景を持つ事件が、きわめて日常的なロジックで決着を見せる落差が興味深い一編である。

〈随筆篇〉

「心霊の抱く金塊」は、『東京朝日新聞』一九三五年九月二三日から二四日付け朝刊に連続掲載された。単行本に収められるのは今回が初めてである。

女性執筆者による「身辺秋心」という連載コラムの第三回に相当する。心霊学者の深井博士については不詳。

「素晴しい記念品」は、『探偵文学』一九三六年四月号（二巻四号）に掲載された。単行本に収められるのは今回が初めてである。

フランスの犯罪実話に通じていることがうかがえる一編。

「蘭郁二郎氏の処女作――「夢鬼」を読みて」は、『読売新聞』一九三六年一二月九日付け朝刊に掲載された。単行本に収められるのは今回が初めてである。

『夢鬼』は蘭郁二郎の第一作品集で、一九三六年一〇月、古今荘から刊行された。表題作の他に「魔像」「虻《あぶ》の囁き」「歪んだ夢」「自殺」「鉄路」を収める。

「今年の抱負」は、『宝石』一九五〇年一月号（五巻一号）に掲載された。単行本に収められるのは今回が初めてである。

「最初の印象」は、『別冊宝石』一九五四年一一月号（七巻九号）に掲載された。単行本に収められるのは今回が初めてである。

巻末には「アンケート」と題して「ハガキ回答」などをまとめた。その内最初のものは『ぷろふいる』一九三五年一二月号（三巻一二号）に、後のものは『探偵文学』一九三六年一月号（二巻一号）に、また「お問合せ」は、『シュピオ』一九三七年六月号（三巻五号）に、それぞれ掲載された。単行本に収められるのは、いずれも今回が初めてである。

『探偵文学』三六年一月号の回答で、「最も嘱望される新人の名」を問われて、木々高太郎の名をあげているのもふるっているが、「先生」と敬称まで付けたのはユーモアの発露であろうか。大倉のデビューは三四年の九月で、木々高太郎の「網膜脈視症」が『新青年』に掲載されたのは同年一一月号だった。わずかに木々に先んじたことになるわけだが、物集芳子時代からすれば大倉の方が大先輩。その上、二葉亭や漱石の直弟子だったわけだから、芸術論を唱える木々の奮闘には微笑ましいものを感じたのかもしれない。木々が『人生の阿呆』（三六）で直木賞を受賞し、それを記念して編まれた『シュピオ』記念号（三七年五月号）の感想を問われた時、「あまりにも複雑な感情で一杯」と書き記した心情は、いかばかりであったのだろうか。

阿部崇氏から資料の提供ならびに御教示を得ました。記して感謝いたします。

［解題］**横井 司**（よこい つかさ）
1962年、石川県金沢市に生まれる。大東文化大学文学部日本文学科卒業。専修大学大学院文学研究科博士後期課程修了。95年、戦前の探偵小説に関する論考で、博士（文学）学位取得。『小説宝石』で書評を担当。共著に『本格ミステリ・ベスト100』（東京創元社、1997年）、『日本ミステリー事典』（新潮社、2000年）など。現在、専修大学人文科学研究所特別研究員。日本推理作家協会・日本近代文学会会員。

大倉燁子《おおくらてるこ》探偵小説選《たんていしょうせつせん》　〔論創ミステリ叢書 49〕

2011年4月20日　初版第1刷印刷
2011年4月30日　初版第1刷発行

著　者　大倉燁子
叢書監修　横井　司
装　訂　栗原裕孝
発行人　森下紀夫
発行所　論 創 社
〒101-0051 東京都千代田区神田神保町2-23 北井ビル
電話 03-3264-5254　振替口座 00160-1-155266
http://www.ronso.co.jp/

印刷・製本　中央精版印刷

Printed in Japan　ISBN978-4-8460-1063-8

論創ミステリ叢書

刊行予定

★平林初之輔Ⅰ
★平林初之輔Ⅱ
★甲賀三郎
★松本泰Ⅰ
★松本泰Ⅱ
★浜尾四郎
★松本恵子
★小酒井不木
★久山秀子Ⅰ
★久山秀子Ⅱ
★橋本五郎Ⅰ
★橋本五郎Ⅱ
★徳冨蘆花
★山本禾太郎Ⅰ
★山本禾太郎Ⅱ
★久山秀子Ⅲ
★久山秀子Ⅳ
★黒岩涙香Ⅰ
★黒岩涙香Ⅱ
★中村美与子
★大庭武年Ⅰ
★大庭武年Ⅱ
★西尾正Ⅰ
★西尾正Ⅱ
★戸田巽Ⅰ
★戸田巽Ⅱ
★山下利三郎Ⅰ
★山下利三郎Ⅱ
★林不忘
★牧逸馬
★風間光枝探偵日記
★延原謙
★森下雨村
★酒井嘉七
★横溝正史Ⅰ
★横溝正史Ⅱ
★横溝正史Ⅲ
★宮野村子Ⅰ
★宮野村子Ⅱ
★三遊亭円朝
★角田喜久雄
★瀬下耽
★高木彬光
★狩久
★大阪圭吉
★木々高太郎
★水谷準
★宮原龍雄
★大倉燁子

★印は既刊

論 創 社